웃음

웃음

1

베르나르 베르베르 장편소설
이세욱 옮김

이자벨을 위하여

웃음은 인간의 고유한 특성이다.

— 프랑수아 라블레

나는 텔레비전이 교양에 매우 유익하다고 생각한다. 집에서 누가 텔레비전을 켤 때마다 옆방에 가서 책을 읽으니 말이다.

— 그라우초 마크스

우리는 무엇이든 조롱할 수 있지만, 아무나 조롱할 수는 없다.

— 피에르 데프로주

우리는 영적인 경험을 가진 인간들이 아니다.
우리는 인간의 경험을 지닌 영적인 존재들이다.

— 피에르 테야르 드 샤르댕

제1막   **절대로 읽지 마십시오**   11

제2막   **시원의 숨결**   275

제1막　　　　　**절대로 읽지 마십시오**

1

우리는 왜 웃는가?

2

「……그래서 그는 문장을 읽고 웃음을 터뜨리더니, 그대로
죽고 말았습니다.」

올랭피아의 넓은 객석을 메운 관객들은 즉시 전율에 휩싸
였다. 다음 순간 모두가 일제히 웃음을 터뜨렸다.

와자한 웃음의 물결이 일었다. 그 물결은 거대한 샴페인
기포처럼 둥글게 부풀어 오르다가 우레와 같은 박수 소리로
폭발했다.

코미디언 다리우스는 객석을 향해 인사를 했다.

키가 자그마하다. 눈빛은 하늘색인데 한쪽 눈을 해적처럼
검은 안대로 가리고 있고, 머리는 곱슬곱슬한 금발이다. 분
홍 턱시도에 같은 색깔의 나비넥타이를 매고 레이스 가슴 장
식이 달린 흰 셔츠를 받쳐 입은 차림이다.

그는 겸손한 태도로 설핏 미소를 짓고 정중하게 몸을 굽혀
인사를 올린 다음 한 걸음 뒤로 물러섰다. 전설적인 뮤직홀
의 관객들은 자리에서 일어서 더욱 열렬한 박수갈채를 보
냈다.

코미디언은 검은 안대를 벗었다. 빈 눈구멍에 박힌 작은

13

플라스틱 하트가 전등 불빛을 받아 반짝였다.

관객들은 즉시 저마다 오른쪽 눈을 가렸다. 다리우스의 팬임을 나타내는 몸짓이었다.

다리우스는 안대를 차고 또다시 몸을 굽혀 인사하면서 천천히 물러났다.

관객들은 큰 소리로 그의 이름을 연호했다.

「다-리우스! 다-리우스!」

그러나 벌써 무거운 자주색 커튼이 천천히 미끄러지며 닫히고 있었다.

무대를 비추던 스포트라이트가 꺼지고, 대신 객석이 차츰 밝아졌다.

관객들 속에서 다시 외침이 터져 나왔다.

「하나 더! 하나 더! 하나 더!」

다리우스는 땀에 젖은 채로 이미 백스테이지의 기둥들 사이로 빠져나가고 있었다. 관객들은 여전히 술렁거리며 박자에 맞춰 소리쳤다.

「다-리우스! 다-리우스! 하나 더! 하나 더!」

다리우스의 분장실 앞에는 그를 앞질러 온 팬들이 빽빽이 모여서 통행을 막고 있었다.

그는 마치 꽃들을 따듯 팬들이 내민 손을 잡아 주고 몇 마디 말을 나누었다. 선물을 받아 들고 감사의 말을 하기도 했다.

짜릿한 흥분이 등줄기를 타고 흘렀다. 그는 이마의 땀을 훔치고 이리저리 인사를 건넸다. 감격해 하는 팬들을 헤치고 나아가기가 쉽지 않았다. 이윽고 분장실에 다다르자 그는 아무도 들이지 말라고 경호원에게 당부했다.

그는 자기 이름과 사진이 붙어 있는 문을 닫았다. 그러고는 빗장 손잡이를 두 번 돌려 문을 잠갔다.

몇 분이 흘렀다.

경호원은 가까스로 군중을 밀어내고 뮤직홀 소방 안전 요원과 이야기를 나누고 있었다. 그때 다리우스의 분장실에서 크게 웃는 소리가 들려왔다. 그러더니 쿵 하는 소리가 들리고 긴 침묵이 이어졌다.

3

〈한 전설의 종언〉

〈분홍색 어릿광대 타계〉

〈프랑스인들이 가장 좋아하는 프랑스인, 올랭피아에서 심장 마비로 사망〉

〈아디외 다리우스, 그대는 최고였다〉

이튿날 조간신문들의 헤드라인이었다.

한낮의 텔레비전 뉴스에서는 그의 사망을 첫 소식으로 보도했다.

「어젯밤 11시 30분에 날아든 소식입니다. 〈다리우스 대왕〉 또는 〈키클롭스〉라 불리던 유명 코미디언 다리우스 미로슬라프 워즈니악이 올랭피아에서 공연을 끝내고 심장 발작을 일으켜 돌연 우리 곁을 떠났습니다. 이 청천벽력 같은 소식에 온 프랑스가 충격에 빠졌습니다. 한 연예인의 화려한 역정이 영광의 절정에서 갑자기 중단된 것입니다. 비극의 현장에 나가 있는 취재 기자를 연결하겠습니다.」

레인코트 차림의 실루엣들이 화면에 나타났다. 모두가 우산을 받쳐 든 채로 긴 행렬을 이루고 있었다. 소낙비가 내리는 것을 아랑곳하지 않고 명성 높은 뮤직홀의 매표소 앞에서 차례를 기다리고 있는 것이었다. 취재 기자가 마이크를 들고 카메라의 시야에 들어왔다.

「네, 그렇습니다. 여기에서 어젯밤 다리우스 대왕이 갑자기 세상을 떠남으로써 우리 모두를 충격에 빠뜨렸습니다. 전국적으로 추모 열기가 고조되고 있는 가운데 오늘 오전에 추모 공연 일정이 발표되었습니다. 그가 사망한 바로 여기에서 그를 기리기 위한 대공연이 열릴 예정입니다. 그와 가깝게 지내던 모든 코미디언이 분홍색 어릿광대로 분장을 하고 그의 스탠드업 코미디를 연기하는 역사적인 공연이 펼쳐질 것이라고 합니다. 보시다시피 지금 여기에는 수많은 팬들이 모여 있습니다. 공연 소식을 접하자마자 표를 예매하기 위해서 달려온 사람들입니다.」

뉴스 진행자는 감사를 표하고 마이크를 넘겨받았다.

「대통령은 유가족에게 다음과 같은 메시지를 보냈습니다. 〈다리우스의 서거는 연예계뿐만 아니라 우리 나라 전체에도 큰 손실입니다. 다리우스를 잃은 것은 가장 재미있는 국민 한 사람을 잃은 것일 뿐만 아니라 친구 한 사람을 잃은 것이기도 합니다. 나는 많은 프랑스인들이 그랬던 것처럼 이따금 아주 힘겨운 상황에 놓일 때마다 다리우스 덕분에 즐거운 순간들을 경험했습니다.〉」

뉴스 진행자는 전문을 내려놓고 두 손을 모았다.

「다리우스 워즈니악의 영결식은 목요일 11시 몽마르트르 묘지에서 가족장으로 치러집니다.」

4

만약 죽는 방법을 선택할 수만 있다면, 나는 내 할아버지처럼 잠자다가 평온하게 죽고 싶다. 무엇보다 극심한 공황 상태에 빠진 채 살려 달라고 울부짖으며 죽고 싶지는 않다. 내 할아버지는 보잉 여객기를 조종하다가 조용히 눈을 감으셨다. 나는 그 비행기에 탔던 369명의 승객들처럼 죽고 싶지 않다.

다리우스 워즈니악의 스탠드업 코미디
「나 죽은 뒤에 세상이 망하든 말든」 중에서

5

화요일 오전 11시. 주간지 『르 게퇴르 모데른』의 사회부 회의 시간. 장소는 거대한 수족관처럼 생긴 방, 바로 사회부장 크리스티안 테나르디에의 사무실이다.

부장은 부츠 신은 다리를 뻗어 대리석 탁자에 올려놓았다.

기다란 가죽 의자에는 열댓 명의 기자들이 앉아 있다. 그들은 짐짓 태연하게 신문을 뒤적이기도 하고 수첩에 무언가를 적거나 노트북 컴퓨터의 자판을 두드리기도 한다.

「우리 독자들이 다음 호에서 읽고 싶어 하는 게 바로 이거야. 그러니까 우리 모두가 이 사건에 달려들어서 샅샅이, 속속들이, 밑바닥까지 파고들어야 해. 자, 이러고저러고 할 것 없어. 벌어진 틈새를 찾아서 쳐들어가자고. 다리우스의 죽음을 다룬 특집호를 만드는 거야.」

좌중 사이로 찬동의 소리가 번져 갔다.

「일간지들이 벌써 이 사건을 모든 각도에서 조명했으니까 우리는 독자들의 의표를 찌르는 르포를 실어야 해. 새로운 것, 특별한 것이 필요해. 특종을 만들어 내자고! 그럼 이제부터 각자 돌아가면서 강렬하고 충격적인 것들을 제안해 보기로 하지. 막심, 당신의 아이디어는 뭐야?」

부장은 자기 오른쪽으로 방열기에서 가장 가까운 자리에 앉은 기자를 턱으로 가리켰다.

「다리우스와 정치, 어때요?」

「너무 흔해 빠진 얘기야. 모든 정당에서 다리우스에게 러브 콜을 보냈다는 것은 누구나 아는 사실이야. 다리우스가 모든 정당을 지지하는 척하면서 실제로는 아무 정당도 지지하지 않았다는 사실 또한 잘 알려져 있고.」

「그 주제를 발전시킬 여지가 있어요. 다리우스는 프랑스의 보통 사람들을 대변했어요. 서민들은 마침내 자기들의 대표자를 만난 것으로 여겼지요. 다리우스가 〈프랑스인들이 가장 좋아하는 프랑스인〉으로 뽑힌 이유입니다. 우리는 시각을 조금 달리할 수 있을 겁니다. 〈프랑스 국민들이 왜 다리우스를 그토록 좋아했는가?〉라는 질문에 대답할 수 있으리라는 것이죠.」

「바로 그게 문제야. 너무 포퓰리즘으로 흐를 염려가 있어. 대중 선동은 곤란해. 다음 사람. 알랭?」

「다리우스와 섹스는 어떨까요? 그가 관계를 가졌던 여자들의 목록을 작성할 수 있을 겁니다. 다리우스는 숱한 스타들과 잠자리를 같이했죠. 그들 가운데 일부는 알몸으로 사진이 찍혔는데 사진들이 제법 볼만해요. 그런 것들을 실으면 우리 특집 기사가 한결 흥미로워질 겁니다.」

「너무 저속해. 우리 주간지의 이미지랑 맞지 않아. 대중 연예지에나 어울리는 발상이라고. 게다가 파파라치들의 사진은 너무 비싸. 다음.」

범죄 사건을 주로 다뤄 온 대기자 플로랑 펠레그리니가 고개를 들었다. 잘생긴 얼굴에 40년 기자 생활과 알코올 의존증의 자취가 역력하다. 그가 차분한 목소리로 또박또박하게 말했다.

「다리우스와 돈이라는 주제를 다뤄 볼까 해. 다리우스의 예전 제작자인 스테판 크로츠를 알고 있는데, 그 친구라면 다리우스 제국의 경제적인 규모가 어느 정도인지 기꺼이 말해 줄 거야. 다리우스는 파리 근교에 그야말로 성관이나 다름없는 저택을 가지고 있었어. 여러 나라에 키클롭스 프로덕션의 지사를 세우기도 했지. 자기 공연의 모든 파생 상품을 형제들과 함께 관리하면서 막대한 수입을 올리던 참이었어. 눈알에 하트를 박은 로고를 팔아서 돈깨나 벌었을걸.」

「너무 물질주의적이야. 다른 아이디어 없어? 프랑시스?」

「다리우스의 불우한 청소년기와 관련된 몇 가지 비밀을 파헤쳐 볼까요? 사고를 당해서 오른쪽 눈을 잃었다고 하는데 그 사고가 어떻게 일어났는지, 그리고 어떻게 그런 장애를 활용해서 자기의 트레이드마크를 만들어 냈는지 알아보자는 겁니다. 제목도 아예 〈키클롭스의 인생 역전〉이라고 하면 어떨까요?」

「너무 싱거워. 장애인이 된 불행한 소년이 양지에 자기 자리를 마련하기 위해 외로운 싸움을 벌였다는 식의 이야기인데, 너무 복고풍이라고 생각하지 않아? 독자들의 심금을 울리는 주간지를 만들겠다는 거야? 그런 건 우리가 아니라도 도나캐나 다 하고 있어. 자, 다들 애를 좀 써봐. 이번 특집호에는 중요한 것이 걸려 있어. 머리를 쥐어짜란 말이야. 다음 사람. 클로틸드, 무슨 아이디어 없어?」

호명된 여성 기자는 얌전한 학생처럼 일어섰다.

「다리우스와 환경 보호는 어떤가요? 그는 환경 오염에 반대하는 투쟁을 지지했어요. 원자력 발전소에 반대하는 시위에 참여한 적도 있고요.」

「그것도 너무 싱거워. 요즘 스타들은 누구나 환경 운동가를 자처하고 있어. 그게 유행이란 말이야. 생각한 게 고작 그거야? 하긴, 이런 게 자네다운 것이긴 하지.」

「아니, 부장님…….」

「됐어, 〈아니, 부장님〉은 무슨. 한심한 친구 같으니, 매번 형편없는 아이디어 아니면 주제에서 벗어난 아이디어를 내놓는다니까. 기자 노릇 하겠다고 시간 허비하지 말고 다른 일을 알아보는 편이 낫겠어. 내가 보기엔…… 염소젖을 짜는 일이 훨씬 잘 어울려.」

킥킥거리는 소리가 들렸다. 몇 사람이 웃음을 참지 못하고 낸 소리였다. 아픈 데를 찔린 기자는 눈에 칼을 세웠다.

「부장님은…… 부장님은…….」

「내가 뭐? 나쁜 년이라고? 암캐라고? 매춘부라고? 어디 딱 맞는 말을 찾아보시지. 그리고 〈다리우스와 환경 보호〉 따위의 멍청한 아이디어보다 나은 게 없으면 그냥 입 다물고 있어. 우리 시간을 낭비하게 하지 말란 말이야.」

클로틸드 플랑카오에트는 벌떡 일어나서 문을 쾅 닫고 가 버렸다.

「아! 보나 마나 화장실에 가서 질질 짤 거야. 저렇게 물러 터진 주제에 대기자가 되기를 꿈꾸다니. 다음 사람. 뭐 화끈한 아이디어 좀 없어?」

「다리우스와 젊은이들은 어떻습니까? 그는 희극에 재능

이 있는 젊은이들을 키우기 위해 웃음 학교와 극장을 설립했습니다. 비영리적인 목적을 지닌 사업이었죠. 수익금은 모두 젊은 코미디언들을 지원하는 일에 재투자되었으니까요.」

「너무 빤해. 다른 신문이나 잡지와 구별되는 더 자극적인 것이 있어야 해. 아무도 모르는 정말 놀라운 것이 필요하다고. 자! 다들 머리를 조금 더 쥐어짜 봐.」

기자들은 뾰족한 아이디어를 떠올리지 못하고 서로의 얼굴만 바라보았다.

「혹시 다리우스의 죽음은 타살이 아닐까요?」

크리스티안 테나르디에는 그 말을 한 여성 쪽으로 고개를 돌렸다. 과학 담당 기자 뤼크레스 넴로드였다.

「말이 되는 소리를 해라. 다음 사람.」

「잠깐만, 크리스티안. 무슨 얘긴지 더 들어 보자고.」

대기자 플로랑 펠레그리니가 나섰다.

「들어 보나 마나야. 다리우스가 살해되었다고? 이왕이면 자살을 했다고 그러지그래?」

「단서가 있어요.」

뤼크레스가 담담한 어조로 말했다.

「넴로드 씨, 그래, 그 단서라는 게 뭐지?」

그녀는 조금 뜸을 들이다가 대답했다.

「다리우스가 사망하던 순간에 올랭피아의 소방 안전 요원이 분장실 앞에 있었어요. 그 남자가 말하기를, 다리우스가 몇 초 동안 요란하게 웃는 소리를 들었다고 합니다. 쓰러지기 직전에 말이에요.」

「그래서?」

「소방 안전 요원 말로는 다리우스가 정말 아주 큰 소리로

21

웃었답니다. 그러다가 갑자기 쿵 소리를 내며 쓰러졌다는 것이죠.」

「한심한 친구 같으니, 누가 더 바보 같은 제안을 하는가를 놓고 클로틸드랑 경쟁이라도 하겠다는 거야?」

몇몇 기자가 수군거렸다.

잽싸게 부장 편을 들기가 일쑤인 막심 보지라르가 끼어들었다.

「살인이라니, 말도 안 돼. 다리우스는 분장실에 있었고 그문은 안쪽에서 잠겨 있었어. 그의 경호원들이 문 앞을 지키며 서 있었고, 〈분홍 정장들〉이라 불리는 그 경호원들은 어깨가 떡 벌어진 거구들이야. 그래도 의심이 안 풀린다면, 한가지 더 말해 주지. 다리우스의 시신에는 상처가 전혀 없었어.」

뤼크레스는 당황한 기색을 보이지 않았다.

「다리우스가 죽기 전에 몇 초 동안 큰 소리로 웃었다는 사실…… 제가 보기엔 그게 아주 이상해요.」

「왜 이상하다는 거지? 어디 자네 생각을 다 말해 봐.」

뤼크레스는 즉각 대답했다.

「코미디언들이 혼자 있을 때 그렇게 웃는 것은 드문 일이죠.」

부장은 핸드백을 뒤져 작은 절단기를 꺼냈다. 그런 다음 가죽으로 된 작은 상자에서 시가를 꺼내어 냄새를 맡아 보고는 절단기로 끄트머리를 잘라 냈다.

플로랑 펠레그리니는 무슨 아이디어가 떠오른 듯, 종이에 무언가를 끼적거렸다.

뤼크레스는 침착하게 자신의 논거를 밝혔다.

「제조업자들은 일반적으로 자기들이 만든 상품을 소비하지 않습니다. 상품에 무엇이 들어 있는지를 알기 때문이죠. 의사들은 남을 치료하기는 해도 자기들 자신을 치료하는 데에는 서툽니다. 빅토르 위고는 다른 소설가들의 작품을 읽지 않는 이유를 설명하면서 〈젖소는 우유를 마시지 않는다〉고 말했죠.」

몇몇 동료가 고개를 끄덕였다. 뤼크레스는 자신감을 얻고 말을 이었다.

「패션 디자이너들은 대개 옷을 잘 입는 사람들이 아닙니다. 그리고 기자들은…… 신문에 난 것을 믿지 않습니다.」

좌중 사이로 다시 수군거리는 소리가 번져 갔다. 그녀가 정곡을 찔렀다는 뜻이었다. 플로랑 펠레그리니는 조금 전에 무언가를 끼적거려 놓은 종이를 그녀에게 슬쩍 건네주었다. 그녀는 그것을 알은 체 만 체 하고 동을 달았다.

「직업이 직업이니만큼 우리는 정보들이 얼마나 부정확한지, 어떻게 조작되고 왜곡되는지 알고 있습니다. 그래서 그것들을 곧이곧대로 믿지 않죠. 제가 보기엔 코미디언들 역시 개그가 얼마나 작위적으로 만들어지는지 알고 있습니다. 그래서 그들을 웃기기란 여간 어려운 일이 아닐 것입니다.」

두 여자는 말없이 서로의 눈을 똑바로 바라보았다.

한쪽 여자는 『르 게퇴르 모데른』의 사회부장 크리스티안 테나르디에. 샤넬 정장에 샤넬 블라우스, 샤넬 손목시계, 샤넬 향수. 머리는 적갈색으로 염색을 했고, 원래 검은색인 눈에는 하늘색 렌즈를 꼈다. 나이는 52세이고 편집 경력은 23년. 중론에 따르자면, 그녀가 부장 자리에 오른 것은 막후 교섭의 재능 덕분이었다. 사실 그녀는 기사 한 편을 제대로 쓴 적도 없고 현장에 나가 취재를 한 적도 없으면서 승진을 거듭해 왔다. 어떤 사람들은 그녀가 위층의 중역들과 잤다고 수군대지만, 그녀의 외모로 보건대 그랬을 가능성은 별로 없어 보인다.

다른 쪽 여자는 28세의 기자 뤼크레스 넴로드. 사회부에 가장 나중에 들어온 기자들 가운데 하나이며 명목상의 지위는 〈상근 객원 기자〉이고 과학 분야를 전문적으로 담당하고 있다. 그녀는 비정규직에 속해 있지만, 현장 취재 경력은 6년이나 되고 그동안 1백여 편의 르포 기사를 썼다. 그녀의 머리털 역시 적갈색이다. 하지만 부장처럼 염색을 한 것이 아니라 원래가 빨간 머리다. 광대뼈 주위에 주근깨가 깨알같이 나 있는 것을 보면 그 점을 확인할 수 있다. 눈은 아몬드처럼 생겼고 눈동자는 에메랄드 빛깔이다. 작고 뾰족한 코는 뾰족뒤쥐의 주둥이를 연상시킨다. 목은 가늘고 근육이 잘 발달된 몸에서는 활기가 느껴진다. 둥근 어깨가 드러나는 검은색 치파오 상의를 입고 있어서 그 모습이 더욱 활기차 보인다. 이 중국옷에는 붉은 무늬가 들어가 있다. 칼에 찔린 용을 수놓은 것이다.

크리스티안 테나르디에는 시가에 불을 붙이고 말없이 연기를 빨아들였다. 깊은 생각에 잠겨 있다는 신호였다.

플로랑 펠레그리니가 뤼크레스를 거들었다.

「키클롭스가 살해되었다는 건 엄청난 특종 아냐? 그 문제를 제대로 다루면 우리가 일간지들을 이길 수도 있겠는걸.」

이윽고 부장이 연기의 긴 소용돌이를 뱉어 내며 말했다.

「아니면 우리의 신뢰성이 땅에 떨어지고 만인의 웃음거리가 될 수도 있겠지.」

부장은 젊은 기자를 노려보았다. 기자는 눈길을 떨어뜨리지 않고 당당하게 맞섰다. 그렇게 말없이 주고받는 눈빛 속에 한순간 어떤 적의가 감돌았다. 예로부터 기존의 권력에 맞서는 사람들을 부추기던 바로 그 적대감이었다. 아버지 필리포스 2세에게 도전하던 알렉산드로스, 카이사르를 칼로 찌르기 전에 그를 노려보던 브루투스, 1968년 5월 혁명 때 프랑스 공화국 보안 기동대를 꼬나보던 학생 운동가 다니엘 콘벤디트의 눈빛에도 그런 적의가 흐르지 않았을까? 예나 지금이나 기성세대와 대결하는 젊은 세대의 마음속에는 똑같은 생각이 자리하고 있다. 〈비켜라, 고루한 늙은이, 당신의 시대는 갔다. 미래는 나의 것이다.〉

　크리스티안은 그것을 알고 있었다. 그런 싸움이 어떻게 결판나는지 모를 만큼 어리석은 사람이 아니었다. 늙은 쪽에 유리하게 돌아가기는 어려운 싸움이었다. 뤼크레스 역시 그것을 알고 있었다.

　뤼크레스는 생각했다. ……예의와 기업 내부의 위계 제도가 행하는 역할은 단 하나, 젊은이들에게 참고 기다리기를 강요하는 것뿐이야. 젊은이들은 무능력한 늙은이들의 자리를 대신 차지하기에 앞서 늙은이들이 권력을 누릴 만큼 누릴 때까지 기다려야 해.

　크리스티안은 생각에 잠긴 표정으로 되뇌었다.

　「다리우스의 죽음이…… 살인이라고?」

　기자들은 조롱이 섞인 말들을 수군거렸다. 권력을 쥐고 있는 쪽의 비위를 맞추고 싶은 것이었다.

　부장은 자세를 바로 하고 시가를 비벼 껐다.

　「좋아, 뤼크레스. 취재를 허락하겠어. 대신 두 가지를 명심해. 첫째, 나는 진지한 것을 원해. 증거, 신뢰할 만한 증언, 사진, 앞뒤가 딱딱 들어맞는 명백한 사실을 원한다는 거야.」

기자들은 부장의 권위를 존중한다는 뜻으로 고개를 주억거렸다.

「둘째, 나를 깜짝 놀라게 해봐!」

6

사람의 몸이 창조되었을 때, 모든 부위가 저마다 대장이 되려고 했다.

뇌가 말하길, 내가 모든 신경계를 관장하고 있으니 대장 자리는 당연히 내 차지다.

발들이 말하길, 우리가 있기에 몸이 서 있을 수 있으니 우리가 대장이 되어야 한다.

눈들이 말하길, 바깥세상에 관한 주요 정보들을 가져다주는 것이 우리이므로 우리가 대장 노릇을 해야 한다.

입이 말하길, 다들 내 덕분에 먹고 사는 것이니 나야말로 대장감이지.

심장과 귀와 허파도 그런 식으로 대장 자리를 욕심냈다.

마지막으로 똥구멍이 자기가 대장이 되겠다고 나섰다. 다른 신체 부위들은 코웃음을 쳤다. 한낱 똥구멍 주제에 우리를 다스리겠다고?

그러자 똥구멍이 성깔을 부렸다. 잔뜩 오므린 채로 제구실을 안 하기로 한 것이다. 이내 뇌는 열에 들뜨고, 눈은 흐릿해지고, 발은 걷기가 힘들 만큼 약해지고, 손은 힘없이 축 늘어지고, 심장과 허파는 생존하기 위해 버둥거렸다. 결국 모두가 뇌에게 간청했다. 대장 자리를 똥구멍에게 양보하라고.

그렇게 해서 똥구멍이 대장 자리에 올랐다. 신체 부위들은 비로소 각자의 활동을 재개할 수 있었다. 반면에 우두머리 노릇을 자청한 똥구멍은 모든 우두머리가 그렇듯이 주로 똥내 나는 골칫거리들을 해결하기에 여념이 없었다.

교훈: 뇌 같은 존재라야 우두머리가 될 수 있는 것은 아니다. 정작 우두머리 자리에 오르는 자는 한낱 똥구멍 같은 사람인 경우가 훨씬 많다.

다리우스 워즈니악의 스탠드업 코미디

「똥구멍의 미래는 밝다」 중에서

7

뤼크레스는 〈뇌와 똥구멍〉이라는 그 현대판 우화를 읽고 빙그레 웃었다. 그러고는 편집 회의 도중에 플로랑 펠레그리니가 슬쩍 건네준 종이를 손으로 구겼다.

우스갯소리라는 게 대단치 않은 것 같아도 계제에 맞기만 하면 큰 힘을 줄 수 있는 거야, 하고 그녀는 생각했다.

회의가 끝나자 플로랑은 뤼크레스를 따라와서 그녀 맞은편의 책상에 걸터앉았다.

「뤼크레스, 정신이 어떻게 된 거 아냐? 무엇 때문에 〈다리우스 피살〉 운운하는 그런 황당무계한 이야기를 꺼냈느냐고! 그 바람에 고약한 진창에 빠지고 말았어. 테나르디에가 너를 벼르고 있다는 것을 알잖아. 올해가 가기 전에 정규직으로 임용되기를 바란다면서 오히려 실업으로 직행하기 위한 표를 끊은 꼴이라고.」

뤼크레스는 얼굴을 찡그리며 자기 어깨를 주물렀다.

「저는 문이 잠긴 방에서 벌어진 살인 사건의 수수께끼를 좋아해요. 가스통 르루의 추리 소설 『노란 방의 비밀』에서 보듯이 그것은 정말 도전해 보고 싶은 과제잖아요.」

그는 비웃음을 흘렸다.

「상처도 증거도 목격자도 살해 동기도 없어. 설령 그를 죽이고 싶어 하는 사람이 있었다 해도 범죄를 실행에 옮길 수 있는 가능성은 전혀 없었어. 그런데도 살인이라는 거야?」

뤼크레스는 자기 책상에 쌓여 있는 우편물 더미를 흘끗 바라보았다. 그런 것들을 뒤적거리고 있을 기분이 아니었다.

「취재가 그야말로 하나의 도전이 되는 것, 저는 그런 게 좋아요.」

「그러다가 다치는 수가 있다는 건 생각 안 해?」

「저는 다리우스를 무척 좋아했어요.」

그는 정말 안됐다는 듯이 그녀를 바라보았다.

「네 논거가 설득력이 있었다고 생각해? 〈젖소는 우유를 마시지 않는다〉는 식의 얘기로 나를 설득할 수 있겠어?」

늙은 기자는 얼굴을 찡그렸다. 그녀는 그가 간 질환에 시달리고 있다는 것을 알고 있었다. 그는 술을 너무 많이 마셨다. 이미 알코올 의존증 치료도 여러 번 받은 터였다. 그는 고통을 달래기로 하고 자기만의 진통제인 술잔과 위스키병을 꺼냈다. 그러고는 잠깐 망설이다가 아예 병나발을 불었다.

……나는 플로랑처럼 늙고 싶지 않아. 상사를 두려워하고 모든 사람의 비위를 맞추려 하고 내 양심을 속이면서 살다가 늙지는 않을 거야.

그는 위스키를 길게 한 모금 마시고 얼굴을 더 심하게 찡그리며 말을 이었다.

「조심해, 뤼크레스. 아직 잘 모르는 모양인데 너는 『르 게퇴르 모데른』에서 면도날 위에 올라가 있는 것만큼이나 위험한 처지야. 네가 추락하면 아무도 널 도와주지 않을 거야. 나도 널 도와주지 못해. 다리우스의 죽음에 관한 너의 취재

28

아이디어는 내가 보기에 한낱 망상이야.」

그는 술병을 내밀었다. 그녀는 머뭇거리다가 고개를 가로
저었다.

……혹시 플로랑의 생각이 옳은 게 아닐까? 내가 주제 선
택에서 큰 실수를 범한 것이 아닐까? 어쨌거나 이젠 너무 늦
었어. 오리를 죽이기 시작했으면 끝장을 봐야 하는 거야.

뤼크레스는 우스갯소리가 적혀 있는 종이를 구겨서 작은
공으로 만든 다음 알코올 의존증에 빠진 늙은 기자의 휴지통
쪽으로 던졌다. 몇 밀리미터 차이로 슛이 빗나갔다. 그러자
플로랑은 떨리는 손으로 종이 공을 집어서 그녀 대신 골인을
시켰다.

8

높은 하늘에서 놈이 날고 있다. 다른 놈들이 그 주위를 선
회한다. 진회색 날개가 무연탄처럼 번들거리는 까마귀들.
그중 한 마리가 까악까악 울면서 금이 간 묘석에 내려앉는
다. 다른 까마귀들이 뒤따라 내려앉더니 그 소리를 되받아
날카로운 합창을 지어낸다. 오로지 그들만이 좋아하는 합창
이다.

몽마르트르 묘지에서 열린 다리우스의 장례식은 그날의
대사건이었다.

영구차를 앞세운 장례 행렬이 천천히 나아간다. 영구차에
는 작은 분홍색 깃발들이 꽂혀 있고, 이 깃발들에는 눈알에
하트가 들어간 로고가 찍혀 있다.

긴 행렬 속에서 다리우스의 유가족과 친구들, 특히 익살
과 농담과 소극과 말장난의 달인들이 눈에 띈다.

모두가 침통한 표정을 짓고 있다. 더러는 비가 그쳐서 다행이라는 말을 주고받기도 한다.

그들 뒤에는 정치가들이며 영화배우들이며 가수들이 있다.

양쪽 옆으로는 사진 기자들이 따라간다. 그 수가 거의 행렬 속에 있는 사람들만큼이나 많다. 이름 없는 추모객들은 묘지 밖에 모여 있다. 경찰 기동대와 키클롭스 프로덕션 소속의 경호원들이 그들의 진입을 막고 있는 것이다.

이윽고 긴 행렬의 선두가 열려 있는 지하 묘소 앞에 멈춰 섰다. 분홍색 대리석으로 된 묘비에 금빛 글자로 이런 말이 새겨져 있다. 〈나 대신 그대들이 이 관 속에 들어 있다면 좋겠다.〉

한 사제가 연단에 올라서더니 마이크의 성능을 확인하고 나서 말했다.

「대리석에 새겨진 이 묘비명은 세상에 대한 그의 마지막 농담입니다.」

추모객들이 차례차례 사제 주위에 자리를 잡으면서 자연스럽게 커다란 원이 만들어졌다.

「다리우스는 주님께서 언제든 자기를 데려가실 수 있다는 것을 알고 있었습니다. 그래서 자기가 죽거든 이 문장을 묘비에 새겨 달라고 부탁했죠. 〈나 대신 그대들이 이 관 속에 들어 있다면 좋겠다.〉 농담이긴 하지만 아주 진솔한 마음이 담긴 말입니다. 다리우스는 이렇게 고백했습니다. 딱 까놓고 말해서, 어느 망자든 자기 장례식 때 말을 할 수 있다면 그런 말을 하지 않겠느냐고요.」

훌쩍거리는 소리들 사이로 애써 웃음을 참으면서 내는 작은 소리가 섞여 들었다. 한 여자는 검은 레이스 천으로 얼굴을 가린 채 유독 큰 소리로 울고 있었다. 한 노신사는 너무 큰 소리로 웃다가 주위 사람들의 눈총을 받았다.

신부가 그 모습을 보며 말했다.

「거북해하지 마십시오. 웃으셔도 됩니다. 다리우스는 무엇이든 조롱했습니다. 이 자리에 참석할 수만 있었다면 자기 장례식도 조롱했을 겁니다. 그는 무엇이든 선의를 가지고, 너그럽고 겸허한 마음으로 조롱했습니다. 잘 알려지지 않은 사실이지만 그는 신자였습니다. 일요일마다 미사에 참석했지요. 대개는 남몰래 다녀갔습니다. 그가 뭐랬는지 아십니까? 〈코미디언이 독실한 신자라고 하면 사람들은 그의 개그를 재미없어하죠〉라고 하더군요.」

침묵 사이로 다시 약간의 웃음이 끼어들었다.

「다리우스는 저의 친구이기도 했습니다. 자신의 불안과 의심, 더 나은 사람이 되고자 하는 욕망 등을 저한테 솔직하게 털어놓았지요. 그래서 저는 어느 누구보다 자신 있게 이런 말씀을 드릴 수 있습니다. 다리우스는 자기 나름으로 한 사람의 성자였습니다. 그는 주변 사람들과 대중에게 행복을 주었을 뿐만 아니라, 웃음 학교나 자기가 맡은 텔레비전 프로그램이나 사설 극장을 통해 젊은 재주꾼들을 격려했습니다.」

검은 베일을 쓴 여인은 더욱 큰 소리로 흐느꼈다.

「예수님이 말씀하시기를, 〈하느님은 사랑이시다〉라고 하셨지만, 우리는 거기에 덧붙여…… 〈하느님은 유머이시다〉라고 말할 수 있을 것입니다.」

몇몇 추모객이 찬동을 표시하며 소리 없이 웃었다.

「그러니까 우리 모두는 이웃 사랑의 마음가짐을 늘 돌이켜 보아야 할 뿐만 아니라, 우리의 유머 감각도 끊임없이 점검해야 하지 않을까 싶습니다.」

몇 사람이 손수건을 꺼내 들고 훌쩍였다. 커다란 모자를 쓴 추모객 하나가 우는 소리를 냈다. 검은 베일을 쓴 여자를 거들고 싶은 모양이었다.

「다리우스, 우리 모두의 사랑을 받던 키클롭스, 그대는 우리에게 크나큰 상실감과 슬픔을 남긴 채로 우리 곁을 떠났네. 미안한 얘기지만, 자네의 마지막 농담은 우리를 웃기지 못했어…….」

이번에는 웃음소리가 그치고 많은 추모객이 눈물을 흘렸다.

유난히 슬피 울던 여자는 더욱 요란하고 날카로운 오열을 터뜨렸다.

「그대 흙에서 나왔으니 흙으로 돌아가라. 그대 재에서 나왔으니 재로 돌아가라. 이제 다들 앞으로 나오셔서 고인의 명복을 빌어 주십시오. 고인의 어머니이신 안나 마그달레나 위즈니악 여사님부터 나오시죠.」

신부는 울고 있는 여인에게 작은 삽을 내밀었다. 여인은 레이스로 된 베일을 걷어 올리고 관 위에 흙을 뿌렸다. 관 위에는 다리우스의 사진이 놓여 있었다. 안대를 벗고 오른쪽 눈에 박힌 하트를 드러내며 파안대소하는 모습을 담은 유명한 사진이었다.

뤼크레스는 행렬로 다가가서, 추모객들의 면면을 살피고 기억에 담았다.

9

「의사 선생님, 영 마음이 놓이지 않아요. 선생님의 진단이 다른 선생님
의 진단과 일치하지 않으니 말이에요.」

「그러시겠죠. 이건 처음 있는 일이 아닙니다. 의사마다 진단이 다를 수
있죠. 하지만 부검을 해보면 내가 옳았다는 사실이 입증될 겁니다.」

다리우스 워즈니악의 스탠드업 코미디
「의술을 믿으시라, 의술이 그 믿음에 값할지니」 중에서

10

바람이 건듯 불어온다. 나무가 휘고 덤불이 흔들린다. 검
은 모자와 베일이 들썩인다. 이따금 그것들이 허공으로 날아
오르려 할 때마다 장갑 낀 손들이 잽싸게 붙든다.

뤼크레스 넴로드는 긴 행렬에 끼어 오래도록 기다린 끝에
작은 삽을 건네받고 관 위에 흙을 뿌렸다. 그러고는 행렬 속
에 있는 사람들뿐만 아니라 밖에서 기다리고 있는 팬들도 계
속 살펴보았다.

……다리우스는 이제 없다. 나의 진짜 가족뿐만 아니라 정
신적인 가족으로 여기던 사람들마저 모두 떠나간다. 그들마
저 나를 버리는 것이다.

다리우스, 당신은 날 버렸어요.

내 부모가 나를 버렸던 것처럼.

나에게 다가왔던 모든 사람들이 결국 나를 버리고 떠났던
것처럼.

저 위에 짓궂은 장난을 좋아하는 신이 있는 것만 같아. 경
이로운 사람들을 만나게 하는 선물을 주었다가는 우리가 참
담해하는 꼴을 보기 위해서 도로 빼앗아 버리는 신.

33

뤼크레스는 혼자 멀어져 가서 어떤 저주받은 시인의 무덤에 앉았다. 갑자기 오싹 소름이 돋았다.

……내 장례식에는 누가 올까? 가족도 없고 친구도 없을 거야. 내 애인이었던 남자들이 나에게 명복을 빌어 주러 올 리도 없고. 어느 놈이 그런 멍청한 생각을 하겠어?

그녀는 땅바닥에 침을 뱉었다. 멀리에서 신부의 목소리가 들려왔다. 주의 깊은 몇 사람을 상대로 이야기를 계속하고 있었다. 그 말소리가 간간이 그녀의 귀에까지 닿았다.

「……다리우스는 어둠 속의 등대였어요. 익살스러운 말로 슬픈 세상을 비추는 등대.」

어둠 속의 등대…….

……특히 나에겐 등대였지. 언젠가 내가 암흑에 갇혀 있을 때 나를 비춰 주었으니까. 내가 그의 죽음을 둘러싼 정황을 밝히려고 하는 이유가 바로 거기에 있어. 비록 살아생전에 그를 만나서 그의 삶을 조명하는 일은 해내지 못했지만, 그가 어떻게 죽었는지를 규명하는 일은 해내고 싶어.

뤼크레스는 멀리서 사진을 몇 장 찍고 나서, 사이드카가 달린 1,200시시 모토 구치에 올라탔다. 그런 다음 블랙베리 휴대 전화를 오토바이 스피커에 연결하고 음악을 틀었다. 영국 헤비메탈 밴드 〈아이언 메이든〉의 「어둠에 대한 공포」였다. 그녀는 파리 외곽 순환 도로 쪽으로 달렸다. 헬멧 밖으로 나온 붉은 머리털이 바람에 흩날렸다.

그녀는 오토바이 가속 손잡이를 돌려 속도를 시속 130킬로미터로 올렸다.

……죽음을 맞기 전날 나는 병원에 혼자 있게 될 거야.

죽음을 맞는 순간 내 주위에는 아무도 없을 거야.

내가 땅에 묻힐 때 나를 위해서 울어 줄 사람은 아무도 없을 거야.

나는 거지들처럼 공동 무덤구덩이에 던져질 거야. 아무도 내 관값을 치르려 하지 않을 것이고 신부들은 내가 죄를 너무 많이 지어서 성당 묘지에 묻힐 자격이 없다고 생각할 테니까.

아무도 나의 죽음을 애석해하지 않을 것이고, 그 뒤에는 아무도 나를 기억해 주지 않을 거야. 남을 게 있다면 『르 게퇴르 모데른』에 기고한 내 기사들뿐이겠지. 테나르디에가 어쩌다 내 이름을 넣도록 허락한 몇 편의 기사로만 남을 거야.

내가 이승에 다녀간 흔적은 그것밖에 없을 거야.

11

한 미치광이가 정신 병원 담장에 기어올라 가더니, 호기심 어린 눈으로 행인들을 살피다가 한 남자를 불러서 물었다.

「이봐요, 그 안에 사람들이 많아요?」

다리우스 워즈니악의 스탠드업 코미디

「색다른 관점」중에서

12

뤼크레스 넴로드는 집으로 돌아왔다. 자기 침대에서 자고 있는 남자와 의자 위에 얌전하게 개어 놓은 그의 옷가지를 바라보다가 창문을 열었다. 남자는 꾸물꾸물 움직이기 시작하더니, 하얀 시트 밖으로 얼굴을 내밀고 한쪽 눈을 떴다.

「아, 뤼뤼! 돌아왔어?」

뤼크레스는 젊은 남자의 재킷을 집어 창문 너머로 던졌다. 남자는 그 동작에 놀라서 즉시 한쪽 눈을 마저 떴다.

「아니, 뤼뤼, 지금 뭐 하는 거야? 자기 미쳤어? 내가 꿈을 꾸는 게 아니라면 재킷을 창문 너머로 던진 거잖아! 여기는 5층이라고!」

빨간 머리 여성은 아무런 대답도 하지 않았다. 재킷에 이어서 양말이 창문 밖으로 날아갔다. 다음으로 그녀는 의자에 놓인 가죽 가방을 집어 들고 창문 너머의 허공에서 대롱거리게 했다.

「아냐, 그건 안 돼, 뤼뤼! 안에 노트북 컴퓨터가 들어 있어! 떨어뜨리면 박살이 난다고!」

뤼크레스는 가방을 떨어뜨렸다. 플라스틱과 액정이 부서지는 소리가 들렸다.

그녀는 차분하게 일갈했다.

「꺼져!」

「아니, 도대체 뭐 때문에 이러는 거야? 머리가 어떻게 된 거 아냐? 뤼뤼, 왜 이러는 건데?」

「이유는 세 가지야. 첫째, 난 너를 만날 만큼 만났어. 둘째, 난 싫증이 났어. 셋째, 이젠 너를 만나는 게 즐겁지 않아. 다른 이유도 있어. 넷째, 너는 나를 짜증 나게 해. 다섯째, 너는 아침에 망아지 입내를 풍겨. 여섯째, 너는 자면서 이빨을 가는데 난 그게 싫어. 일곱째, 나는 누가 애칭이랍시고 내 이름을 〈뤼뤼〉하는 식으로 줄여서 부르는 게 싫어. 내가 보기에 그건 나를 어리고 약한 존재로 깎아내리는 것이거든.」

그녀는 남자의 셔츠를 집어 창 너머로 던졌다.

「아니, 자기야…….」

「여덟째, 나는 도나캐나 자기 여자 친구를 부를 때 쓰는 그 따위 우스꽝스러운 호칭을 정말 싫어해.」

그녀는 남자의 팬티를 집어 던져 버렸다.

「도대체 왜 이러는 건데? 나의 륄뤼, 난 너를 사랑해.」

「난 널 사랑하지 않아. 사랑한 적도 없고. 게다가 나는 〈너의〉 륄뤼가 아냐. 나는 네 것도 아니고, 륄뤼도 아냐. 나는 그냥 뤼크레스 넴로드야. 나가, 어서.」

그녀는 남자의 바지를 집어서 창 너머로 던질 태세를 취했다. 남자는 펄쩍 뛰어서 바지를 낚아채고는 재빨리 입었다.

「륄…… 아니 자기…… 아니 뤼크레스, 이유를 좀 알아도 될까?」

그녀는 남자의 구두를 문턱에 내놓았다. 남자는 구두를 신었다.

「알아도 되고말고. 너의 연애 감각은 이미 확인했고, 이번엔 네 유머 감각을 알아보고 싶었어. 그런데 너는 나보다 네 소지품에 더 관심이 많은 것 같아. 그러니까 아래 보도로 내려가서 네 물건들을 되찾아. 어서, 남들이 가져가기 전에.」

「맹세코 난 너를 사랑해, 뤼크레스. 넌 나의 전부야!」

「〈전부〉라 해도 충분하지 않아. 아까 말했듯이 난 이제 너랑 만나는 게 재미없어.」

「아냐, 나는 너에게 웃음을 줄 수 있어.」

뤼크레스의 표정이 달라졌다.

「좋아. 마지막 기회를 주겠어. 어디 나를 웃겨 봐. 성공하면 계속 있어도 좋아.」

「으음…….」

그녀는 실망의 뜻으로 눈을 감았다.

「시작이 좋지 않은걸.」

「아, 그래, 재미있는 이야기가 하나 있어. 으음, 로마의 갤리선에서 북재비 전령이 소리쳤어. 〈좋은 소식과 나쁜 소식이 하나씩 있다. 좋은 소식은 너희가 오늘 저녁에 평소보다 곱절이나 많은 음식을 먹게 되리라는 것이다.〉 그러자 갤리선의 노잡이들은 일제히 환호성을 질렀어. 전령은 말을 이었지. 〈나쁜 소식은 대위님이 수상 스키를 즐기고 싶어 하신다는 것이다〉라고.」

뤼크레스는 아무런 반응을 보이지 않았다.

「나도 너에게 알려 줄 좋은 소식과 나쁜 소식이 하나씩 있어. 좋은 소식은 네가 곧 수상 스키를 즐기러 갈 수 있다는 거야. 나쁜 소식은 나 없이 혼자 가야 한다는 것이지. 자, 나가.」

「하지만…….」

그녀는 남자에게 티셔츠를 던져 주고 문을 닫으려고 했다.

「안 돼, 설마 이런 식으로…….」

그녀는 문을 밀었다. 하지만 남자는 문이 닫히지 않도록 구둣발을 들이밀었다. 그녀는 문을 홱 당겼다가 남자의 구둣발을 찧어 버렸다. 남자는 격렬한 고통에 얼굴을 일그러뜨리며 즉시 발을 뺐다. 그녀는 남자를 밖으로 밀어내고 문을 쾅 닫았다.

그는 두 주먹으로 문을 두드리고 초인종을 눌렀다.

「뤼크레스! 나를 이런 식으로 쫓아내기야?」

그녀는 다시 문을 열었다.

「이걸 두고 갔네.」

그녀는 오토바이 헬멧을 던졌다. 헬멧은 데굴데굴 구르다가 계단에 떨어져 통통 튀었다.

그녀는 벌써 하드 록 밴드 〈밴 헤일런〉의 「분출」을 아주 크게 틀어 놓고 책상 위에 걸터앉은 뒤였다. 그녀는 신문을 펼쳐 들고 컴퓨터를 켰다.

다리우스의 사진이 나타났다.

……내가 왜 이러느냐고? 나에겐 지금 맑은 정신이 필요해. 그런데 오후 2시 30분이 되도록 침대에서 뒹굴고 있는 사내, 면도도 안 한 채로 알프스의 야생 염소 냄새를 풍기는 놈팡이가 내 정신을 맑게 하는 데 도움이 되겠느냐고. 나는 까다로운 취재를 해야 해. 내 밥줄이 걸려 있는 취재야. 내가 보기에 저 놈팡이는 내 일과 양립할 수 없어.

한시가 급해. 나에게 필요한 것은 포탄이 아니라 로켓 엔진이야.

어쨌거나 그 작자는 아무리 설명해도 이해를 못 할 거야. 그러니 더 이상 시간을 허비할 필요가 없지.

행동이 먼저고 이것저것 따지는 것은 나중 일이야.

13

왜 하느님은 남자를 먼저 창조하시고 여자를 나중에 만드셨을까? 당신의 걸작을 완성하시기 전에 습작이 필요했기 때문이다.

다리우스 워즈니악의 스탠드업 코미디
「성(性)들의 전쟁, 그 생생한 현장」 중에서

14

남자는 담배를 말아서 입에 물고 성냥을 그었다. 불꽃이 확 일었다. 남자는 성냥불을 담배에 갖다 댔다. 콧수염 몇 가닥이 불에 그슬려 오그라들었다. 남자는 뫼비우스의 띠 같은 연기를 천천히 뱉어 냈다.

올랭피아의 소방 안전 요원 프랑크 템페스티는 크롬을 입힌 낡은 헬멧을 쓰고 두꺼운 검정 가죽 재킷을 입고 있었다. 해질 대로 해진 가죽 재킷에는 금빛 견장이 달려 있었다.

그는 한쪽 눈을 감았다. 담배 연기 때문에 눈이 따끔거리는 모양이었다.

뤼크레스 넴로드는 의사가 자기 병을 못 고치고 제조업자가 자기 상품을 소비하지 않는 직업인의 모순 시리즈에 한 가지를 추가할 수 있겠다고 생각했다. 〈소방 안전 요원은 불장난을 한다.〉

「내가 할 수 있는 이야기는 이미 다른 기자들에게 다 했어요. 신문에 나와 있으니까 읽어 봐요.」

……이봐요, 아저씨, 내가 누군지 모르는 모양인데, 나는 여느 기자랑 다르다고요.

뤼크레스 넴로드의 머릿속에 스무 개쯤 되는 열쇠들이 달려 있는 꾸러미가 나타났다. 그녀는 꼭 맞는 열쇠를 찾아내어 그 음흉한 마음의 문을 열게 되리라 확신했다.

그녀는 10유로짜리 지폐를 내밀었다.

……먼저 1번 열쇠인 돈으로 열어 보자. 우리 사회에서는 이것만 있으면 웬만한 문은 다 열 수 있다.

「날 뭘로 보고 이래요?」

그녀는 지폐 두 장을 내밀었다.

「자꾸 그래 봤자 소용없어요.」

콧수염을 기른 남자는 그녀와 말씨름하느니 담배나 피우겠다는 듯 몸을 돌리면서 말했다. 그녀는 지폐 한 장을 더 꺼냈다.

지폐 세 장이 순식간에 그녀의 손에서 사라졌다. 이게 꿈이 아닌가 하는 생각이 들 정도였다.

「그건 대대적인 컴백 공연이었어요. 4년 동안 무대에 서지 않았던 다리우스가 돌아온 것이었죠. 상류층 인사들이 대거 몰려왔어요. 장관들까지 왔죠. 내가 알기로는 문화부 장관과 국방부 장관과 교통부 장관이 참석했어요. 아무튼 공연은 대성공이었어요. 키클롭스는 관객들에게 인사를 하고 물러났어요. 관객들은 박수갈채를 보내며 그를 다시 무대로 불러내려고 했지만, 그는 응하지 않고 그냥 무대를 빠져나갔죠. 그때 시각이 정확하게 기억나지는 않지만 밤 11시 25분이나 26분쯤이었을 겁니다. 다리우스는 땀을 많이 흘리고 있었어요. 두 시간 동안 원맨쇼를 했으니 녹초가 되었을 법도 하죠. 그는 나를 쳐다보지도 않고 기계적으로 간단한 인사를 건네더군요. 그의 분장실 앞에는 열성팬들이 모여 있었어요. 그는 사인을 해주고 이야기를 조금 나누고 꽃과 선물을 받아 들었어요. 여느 때와 다름없이 행동한 거죠. 그러고는 분장실에 들어가기 전에 경호원에게 말하더군요. 어떤 이유로든 자기를 방해하지 말라고요. 그런 다음 분장실에 들어가서 문을 잠갔죠.」

「그다음엔 어떻게 됐나요?」

그는 담배가 한 번에 반쯤 타들어 갈 만큼 오지게 한 모금을 빨더니 파르스름한 연기를 굴뚝처럼 토해 내면서 대답했다.

「나는 분장실 앞의 통로를 지키고 있었어요. 몰래 담배를 피우거나 다른 안전 규칙을 어기는 자들이 없는지 살펴보기 위해서였죠. 그때 갑자기 분장실에서 웃음소리가 들려오더라고요. 나도 들었고 경호원도 들었어요. 나는 다리우스가 다음 공연을 위한 스탠드업 코미디의 대본을 읽고 있으려니 생각했죠. 그런데 웃음소리가 점점 커지다가 갑자기 뚝 끊겼어요. 그가 쓰러졌는지 쿵 하는 소리가 들리더군요.」

뤼크레스는 그의 얘기를 모두 받아 적고 있었다.

「다리우스가 웃었다고 했는데, 그 웃음이 어떠했나요?」

「아주 큰 소리로 웃었다니까요. 딸꾹질까지 해가면서 정말 큰 소리로 웃었어요.」

「한참 웃던가요?」

「아뇨. 10초에서 15초 정도, 길어야 20초 정도예요.」

「그다음에는요?」

「방금 말했듯이 쿵 소리가 난 다음에는 아무 기척이 없었어요. 완전히 잠잠했어요. 나는 들어가 보려고 했지만, 경호원은 엄격한 지시를 받았다며 들어가지 못하게 하더라고요. 그래서 타데우시 워즈니악을 찾으러 갔죠.」

「다리우스의 형님 말인가요?」

「그래요. 다리우스의 공연 제작자이기도 하죠. 그가 마스터키를 사용해도 좋다고 해서 문을 따고 들어갔어요. 그런데 다리우스가 바닥에 쓰러져 있더군요. 긴급 의료 구조대를 불렀죠. 의사들이 와서 심장 마사지를 시도했지만 소용이 없었어요.」

소방 안전 요원은 끄트머리만 남은 담배를 비벼 끄더니, 버튼을 눌러서 연기 감지기를 다시 작동시켰다.

「분장실에 들어가 봐도 될까요?」

「안 되죠. 수색 영장이 있다면 몰라도.」

「마침 잘됐군요. 제가 영장을 가지고 왔거든요.」

뤼크레스는 다시 10유로짜리 지폐 한 장을 꺼냈다.

그는 지렁이를 쪼아 먹을까 말까 망설이는 닭처럼 경계심 어린 눈으로 지폐를 바라보았다.

「검사가 서명한 영장처럼 보이지 않는걸요.」

「죄송합니다. 사법 당국의 서명을 받아야 하는데 깜빡 잊었어요. 워낙 정신이 없어서 그만.」

젊은 기자는 지폐 한 장을 보탰다.

그러자 소방 안전 요원은 지폐 두 장을 얼른 챙겨 넣고 마스터키를 꺼냈다.

뤼크레스는 분장실 안으로 들어갔다. 바닥에는 시신이 쓰러져 있던 자리가 분필로 표시되어 있었다.

그녀는 다리우스가 어떤 자세로 쓰러져 있었는지 조사하고, 플래시가 내장된 니콘 리플렉스 카메라로 사진을 찍었다.

「다리우스가 공연할 때 입었던 분홍 재킷이 바로 저건가요?」

「맞아요. 아무도 손대지 않고 그대로 두었어요.」

그녀는 재킷의 호주머니를 뒤져 번호가 매겨진 스탠드업 코미디들의 목록을 찾아냈다. 마지막 공연 때 레퍼토리의 차례를 잊지 않기 위해서 작성한 목록 같았다.

그녀는 바닥을 살피다가 두 손과 무릎을 바닥에 대고 화장대 밑을 들여다보았다. 필통처럼 생긴 작은 목갑이 눈에 띄었다. 도톰한 목재에 파란 래커를 칠하고 작은 쇠를 박아서 장식한 목갑이었다. 안경 케이스 같지도 않고 보석함 같지도 않았다. 위쪽에 먼지가 묻어 있지 않은 것으로 보아 최근에 떨어뜨린 것이 분명했다.

뚜껑에는 금색 잉크로 세 개의 대문자가 적혀 있었다.

〈BQT〉

바로 그 아래에는 더 작은 글씨로 짤막한 문장이 씌어 있었다.

〈절대로 읽지 마십시오.〉

소방 안전 요원은 호기심을 드러냈다.

「그게 뭐예요?」

「범행에 사용된 무기이지 싶은데요.」

소방 안전 요원은 그녀가 자기를 놀리는 게 아닐까 하고 생각했지만, 확실치가 않아서 그냥 떨떠름한 표정을 지으며 고개를 가로저었다.

「그걸 목구멍에 쑤셔 넣는다면 모를까, 그딴 것으로 어떻게 사람을 죽일 수 있는지 모르겠네요.」

뤼크레스는 사진을 찍고 목갑을 이리저리 살펴보다가 뚜껑을 열었다. 안쪽 면에 파란 벨벳 천이 덧대어져 있었다. 뚜껑보다 조금 더 연한 빛깔이었다. 그리고 바닥에는 대롱 모양의 홈이 나 있었다.

소방 안전 요원이 의견을 내놓았다.

「만년필 케이스인가?」

「만년필이나 돌돌 말린 종이를 담았던 통 같은데요. 그런데 뚜껑에 〈절대로 읽지 마십시오〉라고 적혀 있는 걸로 봐서는 두 번째일 가능성이 높아요.」

「돌돌 말린 종이가 들어 있었다고요?」

「목갑이 권총이라면 이 안에는 다리우스를 죽인 총알이 들어 있었을 거예요. 이제 그 탄피를 찾아볼까요?」

뤼크레스는 작은 탁자에서 종이 한 장을 집어 한 부분을

44

찢어 냈다. 목갑 내부의 홈에 들어갈 만한 쪽지를 만든 것이었다. 그런 다음 그것을 돌돌 말았다가 펼쳤다.

「이 쪽지가 그것과 거의 비슷하지 않았을까 싶은데…….」

그녀는 바닥에 그려진 다리우스의 자세를 고려하여 그의 두 발이 놓여 있었을 법한 자리를 딛고 섰다. 그런 다음 다리우스가 쪽지를 손에 들고 읽는 상황을 가정하고 그 높이로 손을 들어 올리고 있다가 쪽지를 떨어뜨렸다.

쪽지는 지그재그로 날다가 안락의자의 장식 술 아래로 미끄러져 들어갔다.

그녀는 배를 바닥에 대고 엎드려서 쪽지가 어디로 갔는지 살폈다. 그녀가 떨어뜨린 쪽지 옆에 다른 종이가 있었다. 분명 돌돌 말았다가 펼친 종이였다. 제법 두꺼운 종이였는데 한쪽 면은 검은색이고 다른 면은 흰색이었다.

뤼크레스는 의기양양하게 말했다.

「이게 바로 탄피로군요.」

「그게 뭔데요?」

그녀는 손끝으로 전리품을 잡고 몸을 일으켰다.

「감광지예요.」

소방 안전 요원은 담배를 다시 말기 시작했다.

「와, 대단한데요. 형사들보다 나아요. 기자라면서 그런 걸 어디서 배웠어요?」

「나하고 친한 선임 기자가 범죄 현장을 어떻게 조사하는지 가르쳐 주었죠. 증거를 수집하는 방법도요. 목갑의 크기와 내부에 나 있는 홈의 너비로 보건대, 그 안에 담겨 있었던 것은 돌돌 말린 종이일 수밖에 없다고 생각한 거예요.」

뤼크레스는 파란 목갑과 감광지를 다시 살펴보고 나서 소방 안전 요원 쪽으로 몸을 돌렸다.

「보아하니 아무도 이것에 관심을 갖지 않았어요. 그러니까 이건 내가 가져가도 되겠죠?」

그러면서 그녀는 지폐 한 장을 또 내밀었다. 상대는 그것을 받아 호주머니에 넣었다. 그녀가 물었다.

「혹시 누가 이 목갑을 다리우스에게 주었는지 기억나세요?」

「아뇨. 하지만 그것을 알아낼 방법이 있긴 하죠. 감시 카메라 통제실에 가서 하드 디스크에 저장된 영상을 조사하면 되지 않겠어요?」

「좋아요, 거기로 가요.」

소방 안전 요원은 한 손에 담배를 든 채로 다른 손으로 그녀를 붙잡았다.

「이번엔 수색 영장이 있어도 안 돼요.」

그녀는 10유로짜리 지폐 석 장을 꺼냈다.

「내 말은 만약 이 사실을 남들이 알게 되면 내 일자리가 위태로워진다는 거예요. 그러니까 직업 윤리에 비추어 볼 때 이건 도저히 생각할 수 없는 일이죠.」

뤼크레스는 지갑을 다시 열었다. 지폐가 거의 남아 있지 않았다. 마음이 급했다.

……할 수 없지, 〈2번 열쇠〉를 사용하는 수밖에.

그녀는 소방 안전 요원이 미처 반응을 보일 새도 없이 그의 손목을 잡고 관절이 아프도록 비틀었다. 상대는 담배를 떨어뜨리며 상말을 내뱉었다.

그녀가 속삭였다.

「둘이서 잘 시작해 놓고 이제 와서 왜 이래요? 몇 분 내로 두 가지 중에 하나를 겪게 될 테니 선택하세요. 나의 이 방문에 대해 좋은 추억을 간직하고 싶지 않아요?」

그녀는 마지막 남은 지폐 한 장을 상대의 코밑에 들이댔다.

「그게 싫다면 내가 고약한 추억을 남겨 드리죠. 결정은 아저씨가 하세요.」

그는 얼굴을 살짝 찡그리며 생각하는 시늉을 했다.

「이렇게 의지에 반해서 억지로 하는 거라면, 직업 윤리의 문제는 없어지는 거죠.」

뤼크레스는 손목을 놓아주고 지폐를 아무렇게나 떨어뜨렸다. 소방 안전 요원은 그것을 얼른 호주머니에 쑤셔 넣었다.

그는 어깨를 으쓱 추켜올리고 담배를 주워 들었다. 그러고는 페어플레이어의 면모를 보이며 그녀를 통제실로 데려갔다. 그런 다음 컴퓨터 화면을 마주하고 앉더니 비디오 파일 하나를 레이저 디스크에 복사했다. 그는 콧수염을 문지르면서 디스크를 기자에게 내밀었다.

「당신은 이것을 쓰레기통에서 주운 거예요, 알겠죠?」

15

정치인과 여성의 차이는 무엇일까?

정치인이 예라고 말하면 그건 글쎄요라는 뜻이다.

정치인이 글쎄요라고 말하면 그건 아니요라는 뜻이다.

정치인이 아니요라고 말하면 모두가 그를 개자식으로 취급한다.

반면에 여자가 아니요라고 말하면 그건 글쎄요라는 뜻이다.

여성이 글쎄요라고 말하면 그건 예라는 뜻이다.

여성이 예라고 말하면 모두가 그녀를 잡년으로 취급한다.

다리우스 워즈니악의 스탠드업 코미디

「성들의 전쟁, 그 생생한 현장」중에서

그녀는 컴퓨터에 레이저 디스크를 넣고 비디오 재생 프로그램을 작동시켰다. 파란 목갑의 수수께끼가 풀릴지도 모를 일이었다.

네 칸으로 분할된 화면에 감시 카메라의 영상이 나타났다. 올랭피아의 백스테이지에 설치된 감시 카메라에 잡힌 영상이었다.

그녀는 타임 코드 표시 장치를 이용해서 다리우스가 사망하기 직전의 시간대로 곧장 나아갔다.

23시 23분 15초.

분장실 앞에 빽빽하게 모여 있는 팬들이 보인다. 꽃이며 선물 따위를 들고 있다. 마스크를 쓰거나 어릿광대로 분장한 사람들도 더러 있다.

이웃한 책상에서 일하던 대기자 플로랑 펠레그리니가 궁금증을 느끼며 그녀에게 다가왔다.

「분홍색 옷을 입은 그 어릿광대들은 다 뭐야?」

「다리우스의 〈나는야 한낱 어릿광대〉를 모방해서 분장한 사람들이에요. 그가 공연할 때는 대개 앞줄에 앉은 관객들까지 분장을 했어요. 분홍 정장을 입고 오른쪽 눈에 검은 안대를 차는 식으로요.」

23시 24분 18초.

위쪽에서 본 다리우스의 모습이 통로에 나타난다.

23시 25분 21초.

다리우스가 분장실 쪽으로 간다.

두 기자는 느린 화면으로 영상을 계속 살펴봤다. 몇 사람이 다리우스에게 작은 꾸러미를 내민다. 다리우스는 데면데

면하게 그것들을 받아 든다. 그러다가 문득 걸음을 멈추고 자기에게 작은 물건을 건네는 사람과 이야기를 나눈다.

23시 26분 09초.

뤼크레스는 재생을 정지시키고 그 인물을 확대해 보았다.

화상이 선명하지 않았다. 하지만 어릿광대로 분장한 그 사람이 파란 목갑을 건네는 것은 분명하게 알 수 있었다. 그 인물은 코에 큼지막한 빨간 공을 붙이고 있다. 머리에는 둥근 모자를 눌러썼다.

뤼크레스는 줌을 더 당겼다. 그 인물의 분장이 다른 어릿광대들의 분장과 달라 보였다. 입가에는 웃는 표정 대신 슬픈 표정이 그려져 있고 오른쪽 뺨에는 눈물 자국이 찍혀 있다.

플로랑이 나섰다.

「내게 청각 장애와 언어 장애를 가진 누이가 있었어. 그래서 독순법을 배웠지. 그게 도움이 될 수도 있겠는걸.」

뤼크레스는 입 부분을 클로즈업하고 다시 느린 속도로 영상을 돌렸다. 플로랑은 가까이 다가들어서 문장을 해독했다.

「이렇게 말하는데. 〈자 받아…… 네가…… 줄곧…… 알고…… 싶어 했던…… 거야.」

뤼크레스는 영상을 뒤로 돌려 그 슬픈 어릿광대의 가장 선명한 이미지를 찾아냈다. 그런 다음 그 이미지를 화면의 중심에 배치하고 확대한 뒤에 프린터로 보냈다. 유력한 용의자의 사진을 얻은 셈이었다.

플로랑은 파란 목갑을 눈으로 가져가서 안경을 내리고 자세히 살펴보았다.

「아니, 장갑도 안 끼고 이걸 만지작거린 거야? 네 지문과 다른 지문들이 뒤섞여 있잖아.」

……그걸 미처 생각하지 못했네. 어쩌면 그렇게 멍청했을까!

플로랑은 목갑을 다시 눈앞에 바싹 갖다 댔다.

「〈BQT〉라, 이게 무슨 뜻이지?」

「인터넷에서 검색해 보죠.」

그는 구글을 열어서 맞아떨어지는 게 있는지 찾아보았다.

「빙빙 돌아가는 소Bœuf Qui Tourne? 이건 바비큐 장비 상표야.」

「멋진 꼬부랑자지Belle Queue Tordue? 이건 포르노 사이트고.」

플로랑은 다른 방법을 제안했다.

「영어 약자를 찾아볼까?」

「보스턴 퀄러파잉 타임Boston Qualifying Time.」

「비 콰이엇Be QuieT.」

「빅 퀴즈 싱Big Quiz Thing.」

플로랑은 뚜껑의 금빛 글자들과 〈절대로 읽지 마십시오〉라는 문장을 손가락으로 문질렀다. 「안에는 이게 들어 있었어요.」

그는 한 면은 검고 한 면은 하얀 종이를 조심스럽게 받아들었다.

「코닥 감광지네. 빛에 반응하는 속도가 느린 감광지야. 여기에 글이 적혀 있었던 것 같은데. 다리우스는 그것을 읽었을 것이고…… 그 뒤에 종이가 검게 변했을 거야. 나중에 종이를 발견하는 사람들이 읽을 수 없도록 일부러 그렇게 해놓았던 게 아닐까? 그렇다면 세 가지 의문이 생겨. 첫째, 감광지에 어떤 글이 적혀 있었을까? 둘째, 다리우스는 어떻게 죽었을까? 셋째, 누가 그를 죽이고 싶어 했을까?」

뤼크레스는 생각에 잠긴 표정을 지으며 기다란 빨간 머리를 쓸어 올렸다.

「혹시 그는 웃다가 죽지 않았을까요?」

대기자는 입술을 내밀며 혐오감을 드러냈다.

「웃다가 죽었다고? 그것참 끔찍한 죽음이로군.」

「글쎄요, 기분 좋은 죽음일 수도 있지 않을까요?」

「천만에. 그게 얼마나 고통스러울 수 있는지 몰라서 하는 소리야. 폭소가 걷잡을 수 없이 터져 나오는 것을 경험해 본 적 없어? 너무 심하게 웃으면 가슴과 배가 답답해지고 목구멍이 콱콱 막히지. 머릿속이 불타고 숨이 막힐 것 같은 느낌이 든다고. 웃다가 죽는다고? 그건 정말 끔찍한 거야.」

뤼크레스는 자기가 마지막으로 폭소를 터뜨린 게 언제였는지 기억해 보려고 했다. 대기자가 덧붙였다.

「아무튼 취재가 본격적으로 시작된 셈이네. 테나르디에는 충격적인 것을 원하고 있어. 네 주제가 괜찮아 보이는걸. 〈사람을 죽이는 글〉만 해도 새로운데, 〈웃음을 유발해서 사람을 죽이는 글〉이라니, 이건 특종이야. 처음엔 네 이야기가 황당하다고 생각했는데, 이젠 네가 성과를 내기 시작했다는 것을 인정하지 않을 수 없어. 잘했어, 예쁜이.」

「저를 예쁜이라고 부르지 마세요.」

플로랑은 빙그레 웃더니 정색을 하고 물었다.

「뤼크레스, 왜 이 사건에 관심을 갖는 거지? 사실대로 말해 봐. 그냥 취잿거리로만 생각하고 있는 건 아니지? 너는 이 사건에 너무 많은 에너지를 쏟고 있어. 단순한 호기심과 강박적인 열정은 다르지. 내가 그 차이를 모르겠어?」

뤼크레스는 플로랑의 서랍을 뒤져 위스키병과 잔 두 개를 꺼냈다. 그러고는 자기 잔을 가득 채우고, 눈길을 허공에 던졌다.

「아주 오래전 어느 날이었어요……. 제가…… 뭐랄까, 우울증 비슷한 상태에 빠져 있을 때였죠. 라디오에서 다리우스의 개그가 흘러나오는 것을 들었어요. 아주 적절한 때에 나에게 웃음을 주는 이야기를 들은 거죠. 덕분에 다시 용기를 얻었어요. 그때 다리우스는 내 가족 같은 사람이 되었어요.」

「그랬구먼.」

「지금 저는 〈익살꾸러기 아재〉를 잃은 기분이에요. 식사가 끝나고 화제가 동이 날 때쯤 되면 언제나 재미있는 이야기를 꺼내서 식구들을 웃기는 그런 분 말이에요.」

뤼크레스는 위스키를 단숨에 죽 들이켰다.

「그래서 이제 그 〈익살꾸러기 아재〉의 원수를 갚으려는 거야?」

뤼크레스는 어깨를 으쓱 추켜올렸다.

「남을 웃기는 것은 관대하고 이타적인 행위예요. 어쨌거나 저는 젊은 시절의 어느 날, 어느 중요한 날에 그 선물을 받았고, 덕분에 큰 힘을 얻었어요. 그날을 생각해서 다리우스의 죽음에 빛을 비추고 싶어요. 그가 내 삶에 빛을 비춰 주었던 것처럼 말이에요.」

「조심해, 시인이 되려고 하지 말라고. 그건 알코올 의존증에 빠지는 첫걸음이야.」

플로랑은 자기도 위스키병을 잡고 한 잔 가득 따라서 그녀와 건배를 했다. 그녀는 그가 마시는 것을 말리려고 했다. 하

52

지만 그는 괜찮다는 손짓을 보내고 위스키를 들이켠 다음 얼굴을 찡그렸다.

「뤼크레스, 이 사건은 너한테 너무 벅차. 아무것도 건지지 못하면 테나르디에가 너를 그냥 두지 않을 거야. 그 사람이 왜 너한테 이 르포를 맡겼겠어? 너한테 기쁨을 주기 위해서? 천만에. 네가 스스로 선택한 주제를 감당할 능력이 없다는 것을 입증하기 위해서야. 그건 함정이었어.」

「알아요.」

「그녀는 널 좋아하지 않아.」

「왜 그러죠?」

「테나르디에는 대부분의 여성들을 좋아하지 않아. 여성들을 경쟁자로 여기기 때문이지. 게다가 너는 젊고 예쁜데, 테나르디에는 늙은 못난이야.」

「그런 건『백설공주』에나 나오는 이야기 아닌가요? 〈거울아, 거울아, 누가 세상에서 제일 예쁘지?〉」

「농담하는 게 아냐, 뤼크레스. 테나르디에는 너를 〈상근 객원 기자〉의 명단에서 빼버리기 위해 핑곗거리를 찾고 있어. 너는 사회부의 모든 기자들이 보는 앞에서 부장에게 도전했어. 그러니 이제 이 사건에 네 일자리가 걸려 있는 거야.」

뤼크레스는 생각에 잠겨 있었다. 표정이 점점 골똘해졌다.

그녀는 자기 잔에 다시 위스키를 가득 따랐다.

「플로랑, 저한테 조언을 한다면, 무슨 말을 하시겠어요?」

「다른 사람의 도움을 받도록 해. 혼자서는 해낼 수 없을 거야. 보라고, 지문을 보존하는 것도 잊어버렸잖아.」

……맞는 말이야. 내가 어쩌면 그렇게 되통스러웠을까?

「그럼 저랑 같이 취재할 생각이 있으신 건가요?」

53

「아냐. 알다시피 나는 겨우겨우 버티고 있어. 술은 감춰진 진실을 너무나 많이 본 기자들의 도피처야.『르 게퇴르 모데른』의 기자들에게는 특히 그렇지. 어떤 나이를 넘기면 양심의 가책 때문에 술을 마시지 않고는 잠을 이룰 수가 없어. 나는 이 편집국에서, 그리고 모두의 무관심 속에서 추잡한 것들을 너무나 많이 봤어. 〈단독 취재〉의 허울 속에 감춰진 어리석은 짓거리와 거짓을 너무나 많이 봤지…….」

플로랑은 다시 잔을 채웠다. 손이 너무 떨려서 몇 번이나 시도를 해야 했다. 뤼크레스는 그의 손목을 잡아 주었다.

「취재의 성격을 고려할 때, 너를 도와줄 수 있는 사람은 하나밖에 없어. 네가 아는 사람이야.」

젊은 기자와 백발의 기자는 눈짓을 주고받았다. 서로 마음이 통한 것이었다.

「알겠어요, 플로랑. 저도 대번에 그 사람을 떠올렸어요.」

「그럴 줄 알았어. 사실 너는 다시 그 친구랑 취재하기를 바라고 있어. 네가 이 사건을 선택한 데는 또 다른 이유가 있어. 이것이 그가 관심을 가질 만한 사건이기 때문이야, 안 그래?」

뤼크레스는 대답을 아꼈다.

늙은 기자는 그녀에게 윙크를 보냈다.

「어서, 그의 워터 타워로 가 봐. 그가 동의하리라고 확신해.」

17

한 산악 등반가가 아득하게 높은 산꼭대기로 올라간다.

그러다 아차 하는 순간 발이 미끄러지는 바람에 등반 루트를 벗어나 추락한다.

바위 틈새에 박아 놓은 하켄들이 하나둘 뽑혀 나가더니 마지막 하나 남은 것마저 빠져 버린다. 그 와중에도 그는 가까스로 바위 하나를 잡고 매달린다. 한 손으로 바위를 잡고 있을 뿐 몸은 허공에서 대롱거린다. 극심한 공황 상태에서 등반가가 소리친다.

「사람 살려! 사람 살려! 누구 없어요? 저 좀 구해 주세요!」

그때 하느님이 나타나 말한다.

「자, 내가 여기에 있다. 이제 손을 놓아도 된다. 네가 떨어지면 내가 받아 줄 것이다. 안심해라, 내가 너를 구해 줄 테니.」

그러자 등반가는 잠시 머뭇거리다가 더욱 큰 소리로 부르짖는다.

「사람 살려! 누구 다른 분 없어요?」

다리우스 워즈니악의 스탠드업 코미디
「나 죽은 뒤에 세상이 망하든 말든」 중에서

18

「안 돼요. 꿈도 꾸지 말아요.」

「하지만…….」

「미안해요. 나는 당신의 취재를 도와줄 생각이 없어요. 나는 이제 은퇴한 과학 전문 기자예요. 완전히 손을 뗐고 다시 시작할 생각도 없어요. 남들이 나를 그냥 가만히 두기를 바랄 뿐이죠.」

이지도르 카첸버그는 꽃무늬 하와이언 셔츠에 보라색 줄무늬가 들어간 노란 반바지를 입은 차림이었다. 콧등에는 파리 눈 선글라스를 걸치고 발에는 브라질 샌들을 신고 있었다.

뤼크레스 넴로드는 그가 말을 높이는 바람에 깜짝 놀랐다. 하지만 그들이 마지막으로 취재를 함께 한 뒤로 6개월이라는 긴 시간이 흘렀다는 점을 감안한다면, 그럴 수도 있겠다는 생각이 들었다. 보아하니 그는 그녀가 낯선 사람이 되었다는 사실을 알려 주고 싶어 하는 듯했다.

그녀는 한숨을 내쉬고, 한때 천재 소리를 들었던 명기자에서 은둔자로 변한 남자의 도피처를 살펴보았다. 그것은 타워는 타워인데, 조금 특별한 타워, 즉 워터 타워였다. 파리 변두리, 팡탱 시문 근처의 공터 한복판에 있는 급수탑을 주택으로 개조한 건물이었다.

이 건물에 들어가자면 중앙 계단을 이용해야 한다. 계단을 올라가면 직경 2미터의 둥그런 공간에 다다른다. 한복판에 종려나무 두 그루가 서 있고 하얀 모래가 깔려 있는 이 공간은 일종의 작은 섬이다. 그 주위에는 직경 50미터에 깊이가 5미터에 달하는 원형 풀이 있다.

풀에는 목재와 덩굴 식물의 줄기로 만든 부교가 떠 있다. 이 다리를 건너면 둑에 다다르는데, 여기에는 몇 가지 가구들이 설치되어 있어서 여느 주택과 조금 비슷한 느낌을 준다. 닫집이 달린 나무 침대는 침실 역할을 하고, 컴퓨터들이 들어찬 책상은 서재 구실을 한다. 취사도구가 모여 있는 구석 자리는 주방에 해당하고, 배수구가 있는 구석 자리는 샤워실에 해당한다. 그런가 하면, 나지막한 탁자며 평면 텔레비전과 세트를 이루고 있는 널따란 소파는 거실 역할을 한다.

터키석 빛깔의 물이 둑의 가장자리에 닿아 찰랑거린다.

지붕은 투명하다. 그래서 이 원형 주택의 모든 지점에서 해와 달과 별들을 볼 수 있다.

인도양 한복판의 어딘가가 아니라 도시 한복판에 있는 작은 섬이다.

「왜 나를 도와주지 않겠다는 거죠?」

「나는 다리우스를 좋아하지 않아요.」

「다리우스를 좋아하지 않는다고요? 그는 프랑스인들이 가장 좋아하는 인물이었어요. 모두가 그를 사랑했다고요.」

「그럼 나는 모두에 속하지 않는 모양이네요. 다수가 똑같은 생각을 한다고 해서 그 생각이 옳은 건 아니죠. 다리우스는 나를 웃긴 적이 없어요. 나는 언제나 그의 유머가 무겁고 저속하다고 생각했어요. 그는 여성과 외국인과 병자를 경멸했어요. 모든 것을 조롱할 수 있다고 하면서 아무것도 존중하지 않았죠.」

「유머의 기능이라는 게 바로 그런 거 아닌가요?」

「그렇다면 유머가 왜 필요한지 묻고 싶군요. 어떤 사람이 가엾게도 바나나 껍질을 밟고 죽 미끄러지거나 못된 사람이 버린 한 양동이의 물을 머리에 뒤집어썼다고 칩시다. 그것을 보고 꼭 가로막의 경련을 일으켜야 합니까? 만약 그래야 한다고 느끼는 사람이 있다면 나는 그런 사람들을 경멸할 수밖에 없어요.」

「하지만…….」

「자꾸 그래 봐야 소용없어요. 내가 보기에 불운한 사람들이나 약자나 우리와 다른 사람들을 조롱하는 것은 진화된 존재에 걸맞은 행위가 아니에요. 그런데 요즘의 유머는 주로 누구를 조롱거리로 삼고 있죠? 아내에게 배신당한 남자, 술 주정뱅이, 불구자, 뚱뚱한 사람, 키 작은 사람, 금발 머리 여성, 벨기에 사람, 사제 등을 마구잡이로 놀려 대지 않나요? 그런 집단적이고 차별적인 기분 풀이에 뭔가 존경받을 만한 요소가 조금이라도 있나요? 다리우스 워즈니악의 죽음은

지적이고 고상한 취향을 지닌 사람들에게는 뜻밖의 선물이
에요.」

「아니, 어떻게 그런 말을…….」

「게다가 다리우스는 자기가 공연한 스탠드업 코미디들을
직접 만들지도 않았어요. 남들이 써놓은 것을 훔치거나 무명
씨들이 지어낸 우스갯소리들을 가로채서 자기 것으로 만들
었죠. 그리고 그런 도둑질에 대해서 아무도 뭐라고 하지 못
했어요.」

뤼크레스는 기다란 머리채를 흔들었다.

「하지만…… 아까 말한 단서들을 보면…….」

「뭐라고요? 범행에 사용된 무기가 〈BQT〉와 〈절대로 읽지
마십시오〉라는 말이 적혀 있는 파란 목갑일 거라고요? 감광
지가 검게 변했고, 감시 카메라의 녹화 기록에서 슬픈 표정
의 어릿광대를 봤다고요? 그것들이 〈단서〉라 이겁니까? 넴
로드 씨, 지금 농담하시는 거죠?」

……이 남자 마음에 안 들어, 짜증 나.

뤼크레스는 그를 찬찬히 살폈다. 마지막으로 만난 뒤로
많이 야윈 모습이었다. 하지만 통통한 얼굴하며 도톰한 입
술, 반들반들한 대머리, 가장자리가 예쁘게 말린 둥근 귀,
1미터 80센티미터가 넘는 덩치에 어울리지 않는 고음의 목
소리는 여전히 커다란 아기 같은 느낌이 들게 했다.

「이제 당신에게 시간을 더 내줄 수가 없어요. 미안해요, 친
구들하고 만나기로 한 시간이 됐어요.」

……친구들이라고? 친구가 없는 줄 알았는데.

그는 줄무늬 반바지를 벗었다. 그러자 빨강과 초록의 꽃
무늬가 들어간 수영 팬티가 드러났다. 그는 선글라스를 벗고

작은 물안경을 낀 다음 수영 팬티의 허리끈을 조였다.

그런 다음 풀 쪽으로 가서 물속으로 뛰어들었다. 작은 물결 하나 일지 않을 만큼 완벽한 다이빙이었다.

곧이어 돌고래 두 마리가 그에게 인사라도 하듯 수면 위로 솟아올랐다. 수영장에 담긴 물이 민물이 아니라 바닷물이라는 얘기였다.

뤼크레스는 이 기이한 주택을 처음 방문했을 때 그 돌고래들을 보고 경탄한 바 있었다. 돌고래들을 키우기 위해 그런 풀을 만들었다는 것은 참으로 멋지고 놀랍고 신기한 일이었다.

……저런 남자가 나를 좋아하지 않다니, 정말 유감스러운 일이야.

이지도르가 수영을 하는 동안 뤼크레스는 가만히 앉아서 기다렸다.

그러다가 갑자기 소리쳤다.

「조심해요! 저기, 저기…….」

그녀는 수면 위로 나타나서 아주 빠르게 움직이는 세모꼴 지느러미를 가리켰다. 이지도르는 머리를 내밀고 물을 뱉어냈다. 그 물줄기가 완벽한 곡선을 그렸다.

「조심해요! 상어가 있어요!」

세모꼴 지느러미가 물살을 가르며 이지도르에게 접근했다. 그는 태연했다.

뾰족한 이빨이 난 무시무시한 턱에 부딪히는 순간, 이지도르는 한 손을 내밀어 상어의 옆구리를 쓰다듬었다.

「아, 조지 말이군요? 쿠바의 난바다에서 잡혀 다 죽어 가던 놈을 내가 데려왔죠.」

그는 그녀 쪽으로 헤엄쳐 와서 두 팔꿈치를 풀장 가장자리에 올려놓았다.

「조지는 낚싯바늘을 물었어요. 어부들이 녀석을 끌어 올렸죠. 그들은 녀석의 지느러미를 자를 참이었어요. 샥스핀 수프의 재료인 값비싼 지느러미만 잘라 내고 몸통은 바다에 그냥 버리는 거죠. 그러면 상어들은 깊은 바닷속에서 격심한 고통을 겪으며 썩어 갑니다. 정력에 좋은 음식이라면 사족을 못 쓰는 인간들을 위해 희생당하는 상어들의 고통을 누가 알겠어요? 그래도 조지는 운이 좋았죠. 지느러미를 잘리기 전에 그린피스의 한 친구가 쿠바 어선에 접근해서 구해 주었으니까요. 하지만 이미 여러 군데를 작살에 찔린 뒤였어요. 그래서 그 가엾은 녀석을 치료해 주어야만 했어요. 무엇보다 녀석을 안심시킬 필요가 있었죠.」

……이 남자가 무슨 소리를 하는 거야? 상어를 안심시킨 다고?

「나는 녀석에게 조지라는 이름을 붙였어요. 더 이상 이름 없는 상어로 살지 말라는 뜻이었죠. 조지는 사람들을 몹시 두려워했어요. 인간은 모두 위험하다고 생각했을 겁니다. 녀석은 뭐랄까…… 인간 공포증에 걸려 있었던 셈이죠.」

뤼크레스는 지느러미가 멀어져 가는 것을 지켜보았다.

「뿐만 아니라 조지는 피해망상의 경향을 보였어요. 위험으로 가득 찬 대양에서 멀리 떨어진 조용한 피신처를 마련해 주어야 했죠.」

……이 남자는 미치광이가 되어 버렸어.

「나는 녀석을 입양하기로 마음먹었어요. 처음엔 녀석이 적응을 못 할까 봐 걱정했어요. 그런데 일이 잘 풀리더군요.

조지는 존, 링고, 폴과 아주 사이좋게 지내요. 나의 돌고래 세 마리하고 말입니다. 조지는 백상아리예요. 흔히 〈식인 상어〉라고 부르지만 그건 잘못이에요. 육식 물고기이기는 해도 사람을 잡아먹지는 않으니까요. 백상아리는 머나먼 과거에서 온 동물이에요. 공룡들의 시대에도 이미 존재하고 있었죠. 생리학적으로 보면 전혀 진화를 하지 않았어요. 진화할 필요가 없었던 겁니다. 처음부터 복잡성의 절정에 이른 채로 바다에 출현한 종입니다. 완벽한 종이죠. 스필버그의 〈조스〉라는 영화는 백상아리에게 많은 해를 끼쳤어요. 그래서 나는 백상아리의 명예를 회복시키려고 합니다.」

이지도르는 한참을 헤엄쳐 가서 조지의 지느러미를 잡고 녀석을 끌어 보려고 했다. 하지만 녀석은 쭈뼛쭈뼛하다가 도망쳐 버렸다. 그러자 이지도르는 완벽한 크롤 영법으로 녀석을 쫓아갔다. 조지가 풀의 밑바닥으로 숨어 버리자, 그는 녀석을 찾아내어 쓰다듬어 주려고 잠수를 했다. 하지만 허탕을 치고 수면으로 다시 올라왔다.

「나는 조지를 알아요. 녀석은 두려워하고 있어요. 당신이 있기 때문이에요. 내가 자기에게 해를 끼치지 않는다는 것은 알고 있지만, 당신에 대해서는 경계심을 품고 있어요. 그래서 내가 당신을 밖으로 쫓아내지 않는 한, 나와 접촉하는 것을 받아들이지 않을 겁니다. 당신 뒤에 부교가 있어요. 돌아가는 길은 잘 알죠?」

이지도르는 벌써 자기 친구를 찾아내기 위해 잠수를 해버린 뒤였다.

뤼크레스는 한참이 지나도록 그를 눈으로 좇으면서 가만히 앉아 있었다. 그는 물속에서 아주 우아하게 헤엄을 치고 있었다.

그는 수면 위로 머리를 내밀고 물안경을 벗었다.

「아직 안 갔어요? 가도 된다고 말한 것 같은데요. 이해해줘서 고마워요, 잘 가요.」

어조가 아까보다 딱딱했다.

그의 닫힌 마음을 열 수 있는 열쇠가 필요했다. 그녀는 마음속으로 그 열쇠를 찾았다.

「이지도르, 내가 알기로 당신은 게임과 내기를 좋아해요. 나랑 게임하지 않을래요? 내가 이기면 당신이 내 취재를 도와주는 것으로 하고요. 삼삼놀이[1] 어때요?」

그는 깜짝 놀라는 기색을 보였다.

「우아, 그 게임의 규칙을 아직 기억하고 있어요?」

「그럼요. 아주 간단한걸요. 각자 성냥개비를 세 개씩 가지고 시작하죠. 상대가 보지 못하게 두 손을 등 뒤로 돌려 오른손에 성냥개비를 담아요. 세 개나 두 개나 한 개를 담을 수도 있고, 빈손이 되게 할 수도 있어요. 그런 다음 주먹을 꼭 쥐고 앞으로 내밀어요. 그러고는 각자가 내민 주먹에 들어 있는 성냥개비 개수의 합을 돌아가면서 알아맞히는 거죠.」

돌고래 한 마리가 수면 위로 솟아올랐다. 뤼크레스는 한눈을 팔지 않고 말을 이었다.

「그러니까 첫판에서 나올 수 있는 수는 0에서 6까지예요. 두 사람 가운데 어느 한쪽이 그 수를 알아맞히면, 맞힌 사람

---

1 원문에는 〈세 개의 조약돌 놀이le jeu des trois cailloux〉라고 되어 있지만, 다음 장면에서 보다시피 조약돌 대신 성냥개비를 사용할 수도 있고 두 사람이 각자 세 개씩 가지고 게임을 한다는 점을 감안하여 〈삼삼놀이〉라는 번역어를 선택했다. 이하 모든 주는 옮긴이의 주이다.

은 성냥개비 한 개를 덜어 내요. 그런 식으로 계속하다가 어느 한쪽이 세 판을 먼저 이겨서 성냥개비 세 개를 다 없애면 게임이 끝나는 거죠.」

이지도르는 잠시 머뭇거렸다. 그러다가 거대한 풀장 밖으로 나와서 수건으로 몸을 닦고 그것을 허리에 둘렀다.

그러고는 에메랄드처럼 반짝이는 그녀의 초록색 눈을 빤히 바라보았다.

「마다할 이유가 있나요? 좋아요, 삼삼놀이 한판 합시다. 내가 지면 당신의 취재를 도와주겠어요. 하지만 당신이 지면 어떤 핑계로든 다시는 여기에 와서 나를 성가시게 하지 말아요.」

그들은 저마다 성냥개비 세 개를 집었다. 그러고는 두 손을 등 뒤로 감추었다가 오른쪽 주먹을 내밀었다.

「먼저 하시지요, 마드모와젤 넴로드.」

「우리의 두 주먹에 들어 있는 성냥개비들을 합하면, 으음…… 네 개예요.」

「내 생각엔 세 개입니다.」

그들은 주먹을 폈다. 뤼크레스의 손에 든 성냥개비는 두 개, 이지도르의 손에 든 것은 한 개였다.

이지도르는 성냥개비 하나를 자기 앞에 살그머니 내려놓았다.

둘째 판. 이번에 알아맞혀야 할 수는 0에서 5까지였다. 첫 판을 이긴 쪽이 먼저 말하는 게 규칙이다. 이지도르가 말했다.

「다섯 개.」

「네 개.」

그들은 주먹을 폈다. 합은 다섯 개였다.

이지도르는 다시 성냥개비 한 개를 내려놓았다.

셋째 판. 이지도르가 말했다.

「이번에는 0이로군요.」

「1인 것 같은데요.」

그들은 주먹을 폈다. 두 손이 모두 비어 있었다.

뤼크레스는 망연히 빈손들을 내려다보았다.

「나는 한 번도 이기지 못하는 사이에 세 판을 내리 이겼네요. 어떻게 한 거죠?」

「마지막 판에서는 이렇게 생각했죠. 앞 판에서 당신이 성냥개비를 최대로 쥐었으니까 이번에는 최소를 선택할 거라고 말이에요. 간단하고 초보적인 심리 문제죠.」

「마지막 판은 그렇다 치고, 이전의 두 판은요?」

「당신은 질까 봐 걱정하고 있었어요. 그래서 속내를 들킨 거죠.」

……이 남자 마음에 안 들어, 짜증 나.

그는 어느새 자기 앞에 유리잔을 갖다 놓고 야채주스를 섞은 칵테일을 따르더니 술잔에 작은 우산 모양의 장식물을 꽂았다.

「아디외, 뤼크레스.」

그녀는 부교를 마주하고 그대로 서 있었다.

「이지도르, 나에겐 당신이 필요해요.」

「난 당신 아버지가 아니에요. 그리고 당신은 아무의 도움을 받지 않아도 잘해 나갈 거예요.」

그녀는 그에게 다가간 다음 주머니에서 파란 목갑을 꺼내어 그의 얼굴 앞에 갖다 댔다.

「아무리 그래도 조언 한마디쯤은 해줄 수 있겠죠? 조사를 어떤 방향으로 시작하는 게 좋을까요? 말해 줘요.」

그는 골똘히 생각하다가 〈BQT〉와 〈절대로 읽지 마십시오〉라는 말이 적힌 목갑을 찬찬히 살펴보았다.

「으음…… 먼저 이 문장 말인데요. 이건 미국의 심리학자 밀턴 에릭슨이 말한 〈역행 조건 형성〉의 원리를 따른 것이에요. 그는 어린 시절의 일화를 하나의 전설로 만들었죠. 농부였던 그의 아버지가 어느 날 소 한 마리를 외양간에 들여보내려고 했어요. 아버지는 소의 고삐를 잡아당겼지만 소는 말을 듣지 않았어요. 당시 아홉 살이었던 에릭슨은 아버지의 그런 모습을 우스꽝스럽게 여겼죠. 아버지가 말하기를, 〈너는 아주 영리하니까 네가 한번 해봐라〉 하더랍니다. 그러자 아이는 묘안을 생각해 냈어요. 앞에서 고삐를 잡아당기는 대신 뒤에서 꼬리를 잡아당긴 것이죠. 소는 즉시 그것의 반작용으로 앞으로 움직였고 결국 외양간 안으로 들어가더랍니다.」

「그게 다리우스 사건과 무슨 상관이 있죠?」

「이 문장을 목갑 뚜껑에 써놓은 사람은 다리우스가 이것을 꼭 읽도록 꾀를 썼어요. 보통의 방법으로는 뜻을 이루지 못할 수도 있다고 생각했겠죠. 만약 〈꼭 읽어 주십시오〉라고 써놓았다면, 다리우스는 오히려 별것 아닌 것으로 생각하고 읽지 않았을 수도 있다는 겁니다.」

「지식 자랑은 그만하고 날 도와줘요. 난 당신이 필요해요, 이지도르.」

그는 그녀를 아래위로 훑어보고 빙긋 웃더니, 잠시 망설이다가 심드렁하게 말했다.

「이건 내 직감인데요, 당신이 말해 준 약간의 정보를 놓고 볼 때, 이 기이한 사망 사건의 뿌리는 아주 깊은 곳에 있어요. 이 사건의 당사자들 너머에서 그 원인을 찾아야 한다는 거예요.」

「그게 무슨 뜻이죠? 수수께끼 같은 말은 그만하고 알아듣게 얘기해 봐요.」

그는 대답에 뜸을 들였다.

「내가 보기에 이 사건을 해결하기 위해서 가장 먼저 던져야 할 질문은 이거예요. 유머는 어떻게 세상에 출현했을까?」

19

기원전 321255년.

오늘날의 케냐에 해당하는 동부 아프리카의 어느 곳.

원시 인류의 두 부족이 멀리서 서로를 발견했다. 그들은 작은 무리를 지어 돌아다니다가 다른 무리와 마주치면 보통은 서로 피해 간다. 하지만 이번에는 날씨가 너무 좋아서 그랬는지 맞붙어 싸워서 상대편 여자들을 빼앗기로 결심한다.

그리하여 일대 혼전이 벌어진다. 상대편에게 최대의 피해를 안기기 위해 저마다 몽둥이와 돌멩이를 들고 되도록 강하고 빠르게 공격한다.

싸움터 한복판에서는 양쪽의 우두머리가 서로를 알아보고 날카로운 눈빛을 주고받는다.

남쪽 부족의 우두머리는 키가 작고 발이 큼직하다. 북쪽 부족의 우두머리는 키가 크고 어깨가 넓다.

그들은 결연하게 서로 다가든다. 즉시 모두의 눈길이 그들에게 쏠린다.

양쪽 무리는 싸움을 멈추고, 우두머리들의 대결을 지켜보기 위해 뒤로 물러나서 둥그렇게 늘어선다.

양쪽에서 응원의 외침이 터져 나온다. 두 우두머리는 서로 노려보면서 으르렁거리는 소리와 거친 몸짓으로 상대를 위협한다. 발로 땅바닥을 세차게 치기도 하고 노기가 등등한 눈을 부라리기도 한다. 부족의 생존이 이 대결에 달려 있다는 것을 모두가 예감하고 있다.

그때 남쪽 부족의 우두머리가 쉰 목소리로 고함을 내지르며 흙 한 줌을 상대의 눈에 뿌리고, 상대가 눈을 비비는 사이에 발길질로 상대를 쓰러뜨린다. 그러고는 커다란 돌덩이를 주워 들고 상대의 머리통을 호두처럼 으깨어 버릴 기세로 아주 높이 치켜든다.

뒤에 있는 그의 부족은 무아지경에 빠진 채로 〈죽여라! 죽여라!〉에 해당하는 소리를 박자에 맞춰 질러 댄다. 반면에 상대편 부족 사람들은 〈일어나! 일어나!〉에 해당하는 소리를 외쳐 댄다.

남쪽 우두머리는 돌덩이를 치켜든 채로 상대의 머리통을 박살 내기에 가장 좋은 각도를 가늠한다.

한순간, 모두가 숨을 죽이고 사위가 정적에 휩싸인다.

바로 그때, 하늘을 날던 독수리가 똥을 싼다. 흐벅지고 끈적끈적한 똥이 돌덩이를 치켜든 우두머리의 눈에 정통으로 떨어진다.

남쪽 우두머리는 눈앞이 갑자기 캄캄해지자 깜짝 놀라며 돌덩이를 놓친다. 돌덩이는 그의 발가락으로 곧장 떨어진다.

그는 〈아야!〉를 뜻하는 날카로운 비명을 내지르고 두 손으로 발을 움켜쥐며 제자리에서 팔짝거리기 시작한다.

땅바닥에 쓰러진 우두머리의 눈에는 그 모든 광경이 느린 화면처럼 펼쳐진다. 먼저 그의 머릿속에서 무언가 딱딱하게 굳어 있던 것이 확 풀리는 느낌이 든다. 공포심이 갑자기 사라진 것이다. 이어서 무언가 새로운 것이 느껴진다. 목구멍이 간질간질하고 뜨거운 기운 같은 것이 올라온다. 그 기운은 머릿속과 목구멍에 이어서 입과 배로 동시에 퍼져나간다. 가로막이 수축하고 딸꾹질과 함께 입술 사이로 공기가 빠져나간다.

처음에 머릿속에서 어떤 신호가 떨어지고 입에서 공기가 빠져나가는 데까지 걸린 시간은 수십 분의 1초밖에 되지 않는다. 하지만 생리적인 과정이 한번 시작되고 나니 더 이상 그것을 멎게 할 수가 없다.

북쪽 우두머리는 끊어졌다 이어지기를 반복하는 요란한 소리를 내면서 공기를 계속 뱉어 낸다. 폭소가 터진 것이다.

북쪽 부족의 다른 구성원들은 모두 그것에 전염된 것처럼, 하늘에서 내려 준 그 엉뚱한 결말 앞에서 안도감과 놀라움을 느끼며 딸꾹거리기 시작한다.

남쪽 부족의 구성원들은 잠시 머뭇거리다가 그와 똑같은 경련을 일으키기 시작한다. 모두가 얼굴을 활짝 펴고 요란한 소리를 낸다.

이런 일이 벌어진 게 처음은 아니다. 하지만 이때까지 웃음은 주로 개인적인 경험이거나 기껏해야 식구들 간의 경험이었다. 이번에는 수십 명이 한자리에 모여 똑같은 사건을 마주하고 함께 웃는 것이다.

남쪽 우두머리는 독수리 똥을 닦아 내고 나서 다시 싸울 태세를 취한다. 이왕 시작한 일을 끝내려는 것이다. 그러나 자기 부족의 구성원들이 큰 소리로 웃고 있는 것을 보고는 그런 행동을 할 때가 아님을 깨닫는다. 그래서 그는 남들을 따라 웃기 시작한다. 이제는 양 진영의 어느 누구도 적을 죽이겠다는 생각을 하지 않는다. 무언가가 그들의 마음을 변화시킨 것이다.

결국 두 부족은 서로 결합해서 하나의 부족을 이루기로 결정한다.

운명적인 순간에 하늘에서 떨어진 독수리 똥 이야기는 세대에서 세대로 전해진다. 후대인들은 그 사건을 찬양하고 흉내 내고 연기하고 세세한 대목을 보태어 풍부하게 만든다. 하지만 어떤 식으로 이야기하든 듣는 사람들은 마치 그 놀라운 장면이 실제로 눈앞에서 펼쳐지고 있는 것처럼 웃음을 터뜨린다.

유머의 역사를 보면 예로부터 입에서 입으로 전해져 온 재미난 이야기들이 아주 많지만, 최초의 이야기는 그렇게 생겨났다. 기나긴 세월이 흐른 뒤에 역사가들은 바로 그 시기에 인류가 진화의 새로운 단계로 도약했음을 밝혀낸다.

유머 기사단 총본부 편(編), 『유머 역사 대전(大全)』 중에서

20

까마귀들이 작은 생쥐의 시체를 놓고 다툰다. 생쥐의 내장에서 김이 모락거린다.

뤼크레스 넴로드는 다시 몽마르트르 묘지로 갔다. 가수 달리다의 무덤을 지나자 코미디언 다리우스의 무덤과 묘비가 눈에 들어온다.

〈나 대신 그대들이 이 관 속에 들어 있다면 좋겠다.〉

……묘비 앞에 그의 사진 대신 거울을 갖다 놓았으면 어땠을까? 〈그대들 자신을 잘 보라. 그대들도 내 뒤를 따라서 벌레들에게 먹히게 되리니〉하는 뜻으로. 죽기 전에 그런 아이디어를 들었다면 그는 틀림없이 재미있어했을 거야.

뤼크레스는 다리우스의 무덤을 마주하고 생각에 잠긴다.

……다리우스, 나는 취재를 중단하지 않을 거예요. 당신을 살해한 자를 꼭 찾아내겠어요. 이지도르가 뭐라고 조언했는지 알아요? 역사를 거슬러 올라가서 유머의 기원을 찾아내라는군요. 우리 조상님들을 가장 먼저 웃게 한 것은 무엇이었을까요?

다시 바람이 건듯 일고 나뭇잎들이 흔들린다.

……그런 정보가 무엇에 도움이 되는지 모르겠어. 그런 것을 어디에서 알아내야 할지는 더더욱 모르겠어. 어쨌거나 유머가 최초로 나타난 현장에 있었다고 주장할 수 있는 사람이

누가 있었겠어? 도대체 누가 보고 누가 듣고 누가 다른 사람들에게 그 이야기를 들려주었단 말인가? 정말이지 아무도 없었을 거야.

바람에 밀린 구름들이 마치 무슨 급한 일이라도 있는 것처럼 빠르게 흘러간다.

……그런데 나는 언제 처음 웃었을까? 나를 처음으로 웃게한 것은 무엇이었을까?

뤼크레스는 문득 자기의 출생에 얽힌 이야기를 떠올린다.

나중에 철이 조금 들어서야 알게 된 사실이지만, 뤼크레스는 태어나자마자 성당 묘지에 버려졌다.

……그것 자체가 이미 아주 짓궂은 조롱이었어.

그녀는 가방에 손을 넣어 담뱃갑을 꺼낸다. 담배에 불을 붙이려고 하는데 바람이 심하게 불어서 라이터 불꽃이 자꾸 꺼진다. 몸을 숙이고 한 손으로 라이터를 가려야만 한다. 그녀는 마침내 불을 붙이고 눈을 감은 채 담배 한 모금을 길게 빨아들인다.

그녀의 부모는 갓 태어난 그녀를 요람에 담아 어떤 무덤 앞에 놓아두었다. 무덤 파는 인부들이 아기를 발견하고 병원으로 데려갔다.

……인생의 종착역에서 인생을 시작하는 것, 운명의 장난이 얄궂다지만 그보다 얄궂은 것이 있을까?

그 뒤로 뤼크레스는 여자아이들만을 수용하는〈구원의 성모〉고아원에서 자랐다.

그 고아원은 종교적인 규율이 엄한 곳이었다. 어른들은 윤리와 도덕을 내세우며 아이들을 억압했다. 그런 억압은 그녀와 다른 원아들에게 역효과를 냈다. 이지도르가 말한 에릭슨의 〈역행 조건 형성〉을 야기한 것이었다.

어른들은 성과 쾌락을 금기시하고 아이들에게 덕목을 주입하려고 애썼지만, 그러면 그럴수록 아이들은 죄를 짓는다는 것이 어떤 것인지 알고 싶어 했다.

뤼크레스가 보기에는 고아원 건물 자체가 정결함이나 미덕과는 거리가 멀어 보였다. 〈구원의 성모〉 고아원은 어느 모로 보나 그녀가 상상하던 〈푸른 수염〉의 성관과 비슷했다. 돌로 쌓은 벽에서는 오래된 석조 건물에서 흔히 맡을 수 있는 싸한 냄새가 났고, 지하실은 축축했으며, 참나무로 된 현관문은 음산하게 삐걱거렸고, 복도는 좁고 어두컴컴했다.

열다섯 살 때, 한 남자가 고아원을 찾아왔다. 원장 어머니의 친동생이라는 그 남자는 다른 곳에서 남자아이들을 위한 고아원을 운영하고 있다고 했다. 그는 뤼크레스가 성장이 더딘 것 같으니 진찰을 해보겠다는 핑계를 대고 그녀의 몸을 마구 더듬었다.

그 치욕스러운 사건을 겪은 뒤로 그녀는 남자들에 대해서, 그리고 자기 몸에 대해서 깊은 혐오감을 갖게 되었다.

당시에 그녀의 머릿속에서는 그 두 가지 혐오감이 서로 연결되어 되었다.

그녀는 남자들을 좋아하지 않았다. 그래서 자연스럽게 여자들에게 끌렸다.

그녀는 자기 몸을 좋아하지 않았다. 그래서 자연스럽게 마조히즘에 끌렸다.

이듬해에 뤼크레스는 아주 특별한 여자 친구를 만났다.

마리앙주 자코메티. 검은 머리를 허리까지 늘어뜨리고 매혹적인 향수 냄새를 풍기는 아주 늘씬한 여자였다.

뤼크레스는 그녀를 보자마자 사랑에 빠졌다.

······〈사랑에 빠지다〉, 이는 이상한 표현이다. 사람들은 왜 〈사랑에 오르다〉라는 식으로 말하지 않는가? 아마도 사랑이 일종의 추락이자 상실이라는 것을 의식하기 때문일 것이다. 〈깊은〉 사랑이란 한번 빠지면 헤어나지 못하는 사랑이다.

그녀의 머리 위에서 구름들이 부서져 수정 같은 조각들로 변해 가고 있다.

한때 사랑했던 여자의 얼굴이 더욱 선명하게 떠오른다.

마리앙주는 무엇이든 조롱하고 무엇에 대해서든 농담을 했다. 슬픔이나 침울함 같은 것에는 도통 무감한 여자였다. 검은 눈동자가 우물처럼 깊었던 마리앙주, 아편이 들어간 특이한 향수 냄새를 풍기던 여자······.

원장 남동생에게 고약한 일을 당한 뒤로 뤼크레스는 제 몸에 상처를 내는 짓을 일삼았다. 그놈의 몸뚱이가 고통의 원인이라고 생각하며 벌을 준 것이었다. 그녀는 제 몸을 바늘로 찌르거나 칼로 베었다. 고통을 자기 마음대로 조절할 수 있다는 것을 느끼기 위해서였다.

어느 날 그녀는 컴퍼스의 뾰족한 침으로 자기 몸을 찌르고 있다가 마리앙주에게 들켰다. 마리앙주는 은근하고 다정하게 속삭였다. 〈원한다면, 내가 널 도와줄 수 있어.〉

마리앙주는 그녀를 자기 방으로 데려가서 문을 닫고 빗장을 걸었다. 그런 다음 그녀의 옷을 벗겼다. 이어서 그녀를 묶어 놓고는 어루만지고 핥아 주다가 가볍게 깨물기 시작했다.

나중에는 피가 맺히도록 목을 물어뜯었다.

처음으로 경험한 그 물어뜯기의 의식은 뤼크레스에게 〈유쾌한 위반〉의 인상을 남겼다.

그 뒤로 두 여학생은 종종 그 방에서 다시 만났다. 뤼크레스는 마리앙주의 변태적인 놀이에 몸을 내맡겼다. 그렇게 의지하면 할수록 자신과 자기 인생에 대한 믿음이 차츰차츰 되살아났다. 자기 살을 찌르거나 베고 싶은 충동도 사라졌다. 그녀는 마침내 자기 몸에 대한 결정을 자기 스스로 할 수 있게 되었다고 느꼈다. 자기 몸에 고통을 가하는 사람을 선택한 것도 자기이고, 고통의 종류를 선택하는 것도 자기라고 생각했다. 애인 마리앙주 말고는 아무도 자기에게 해를 끼칠 수 없으리라고 믿었다.

뤼크레스는 점점 씩씩해지고 강해졌다. 학업 성적도 갈수록 좋아졌다. 우울증과 불안증은 자취를 감추었다. 뤼크레스는 운동을 하고 살을 빼기 시작했다. 자기 몸을 완벽하게 만들고 싶었다. 군살이 없고 근육이 잘 발달된 몸, 조각된 것처럼 아름다운 몸을 만들고 싶었다.

그녀들이 의식을 벌이는 동안, 마리앙주는 방문을 잠그고 촛불을 켠 다음 신음 소리가 묻히도록 음악을 틀어 놓았다. 대개는 모차르트의 레퀴엠 가운데 「라크리모사」를 틀어 놓고 의식을 시작했다.

물어뜯기에 이어 채찍과 회초리를 사용하는 단계가 왔다. 모든 게 점진적으로 이루어졌지만, 각각의 단계를 통과할 때마다 뤼크레스는 자랑스러움 같은 것을 느꼈다. 괴물과 정면으로 맞서 싸운 느낌, 비록 상처를 입기는 했지만 그 싸움의 승자가 된 기분, 자기에게 고통을 가하는 사람을 신뢰하고 공포를 이겨 냈다는 자긍심, 도덕을 위반하고 사람들이 안다면 충격을 받을 만한 일을 해냈다는 묘한 쾌감이 들었다.

마침내 그녀의 몸을 사랑하고 그녀에게 관심을 갖는 사람이 생긴 것이었다. 두 사람의 놀이에서 그녀는 〈피지배자〉역할을 하고 있었지만, 실제로 모든 것을 결정하는 쪽은 그녀였다. 채찍이나 회초리의 세기를 결정하는 것도 그녀였고 사랑의 강도를 결정하는 것도 그녀였다. 그녀가 보기에 〈지배하기 위해 복종하기〉라는 말은 자기들의 놀이를 두고 하는 말 같았다.

그러다가 그 〈사건〉이 터졌다.

태어나자마자 성당 묘지에 버려진 것에 이어 두 번째로 겪은 운명의 장난이었다.

뤼크레스는 회상을 잠깐 중단한다. 하늘이 어두워지고 있다. 멀리서 번개가 번쩍이고 뒤이어 천둥소리가 들린다. 하지만 비는 아직 내리지 않는다.

그녀는 미지근한 공기를 깊이 들이마셨다가 천천히 내쉰다. 그러고는 다시 눈을 감는다.

어느 토요일 밤 10시쯤의 일이었다.

두 원생은 여느 때처럼 마리앙주의 방에서 만났다. 그리고 늘 하던 대로 서로의 옷을 벗겼다.

그런데 다른 때와 달리 마리앙주는 뤼크레스의 손발을 침대의 네 귀퉁이에 결박했다. 뤼크레스는 완전히 벌거벗은 몸으로 등을 대고 누워 있었다. 마리앙주는 그녀의 눈을 띠로 가리고 입에 재갈을 물렸다.

그러고 나서 애무, 입맞춤, 물어뜯기, 채찍질이 차례로 이어졌다.

뤼크레스는 금지된 쾌감이 모든 신경을 타고 올라오는 것을 느꼈다. 모차르트의 「라크리모사」가 방 안에 울려 퍼지는 가운데 그녀는 재갈을 문 채로 신음을 토했다.

그때 마리앙주가 갑자기 동작을 멈췄다.

뤼크레스는 불안감과 조바심을 느끼며 기다렸다. 뭔가 이상하다는 느낌이 들었다. 먼저 시원한 바람이 배를 스치고 있다는 게 이상했다. 그녀는 마리앙주가 문 닫는 것을 잊었으려니 생각했다.

그런데 이내 이상한 소리가 들리고 살금살금 움직이는 기척이 느껴졌다. 곧이어 수런거리는 소리와 함께 〈쉿〉 하는 소리가 들렸다.

마침내 마리앙주는 그녀의 눈을 가리고 있던 띠를 풀어 주었다. 그녀는 그제야 상황을 알아차렸다.

서른 명쯤 되는 여학생들이 주위에 모여 있었다. 일부는 카메라까지 들고 있었다.

뤼크레스는 너무나 창피해서 죽을 것만 같았다. 그때 마리앙주의 입에서 잔인하기 짝이 없는 말이 튀어나왔다.

「4월의 물고기!」[2]

그날은 토요일이었고 4월 1일이었다.

마리앙주는 펠트펜으로 그녀의 유방 사이에 물고기를 그렸다. 그러면서 계속 깔깔거렸다. 뤼크레스는 일찍이 그토

---

2 프랑스에서는 만우절에 하는 장난을 〈4월의 물고기〉라 부르고, 그것이 장난임을 밝힐 때도 〈4월의 물고기!〉 하고 소리친다. 놀려 주고 싶은 사람의 등에 종이 물고기를 붙이는 풍속도 있다.

록 밉살스러운 웃음소리를 들어 본 적이 없었다.

마리앙주는 그녀를 배신했을 뿐만 아니라 만우절을 핑계로 그녀를 같은 층의 모든 여학생들에게 웃음거리로 던져 준 셈이었다.

마리앙주는 펠트펜을 다른 여학생들에게 넘겨주었다. 원하는 여학생들은 모두가 돌아가면서 피해자의 맨살에 물고기를 그려 넣었다.

그리하여 첫 번째 물고기에 스무 마리쯤 되는 물고기 떼가 더해졌다.

그녀들은 그 고약한 장난을 재미있어하며 깔깔거렸다.

여자애들이 나가자 마리앙주는 그녀를 풀어 주고 머리털을 어루만지면서 말했다.

「그냥 웃자고 한 일이야. 이해하지?」

뤼크레스는 말없이 옷을 입었다. 마리앙주가 덧붙였다.

「네가 좋게 생각해 줘서 기뻐. 사실 네가 화낼까 봐 걱정했어. 유머를 이해하지 못하는 사람들도 많잖아. 유머의 열쇠는 깜짝 놀라게 하는 것 아니겠어? 뤼크레스, 만우절 즐겁게 보내.」

마리앙주는 다정한 손길로 그녀의 뺨을 꼬집고는 코에 살짝 입을 맞추었다.

다시 하늘이 섬광을 번쩍이며 부서진다. 뤼크레스는 그 사건 직후의 한 순간 한 순간을 생생히 기억하고 있다. 그 만우절을 어떻게 잊겠는가?

뤼크레스는 눈물을 삼키고 자기 방으로 돌아갔다. 그런

다음 세면도구를 챙겨 샤워실로 달려갔다. 거기에서 그녀는 때밀이 수건으로 살갗을 문질렀다. 피가 맺히는 것도 아랑곳하지 않고 자꾸자꾸 문질렀다. 가슴과 배와 팔다리를 더럽히고 있는 물고기들을 지워 버리기 위해서였다. 하지만 어떤 부위의 잉크 자국은 아무리 문질러도 지워지지 않았다. 뤼크레스는 단념하지 않을 수 없었다. 당장 깨끗이 지우고 싶지만 시간의 더딘 흐름에 그 일을 맡겨야 하는 상황이었다. 몇 주가 지나고 몇 달이 지나면 자연스럽게 박리가 일어나서 피부가 온전한 상태로 돌아올 것이었다.

뤼크레스는 살갗도 마음도 알알해진 채로 수건으로 몸을 감싸고 자기 방으로 돌아와서 침대에 몸을 던졌다. 고통이 눈물로 변하여 철철 흘러내렸다. 그녀는 이제 오열을 억누르려고 하지 않았다.

그녀는 기계적으로 손을 놀려 침대 머리맡 탁자에 놓여 있던 작은 라디오를 켰다. 어떤 목소리가 잡음과 함께 흘러나왔지만, 그녀는 그 목소리에 전혀 주의를 기울이지 않았다. 그저 벌겋게 변했던 살갗이 다시 하얘지는 것을 홀린 듯이 바라보고 있을 뿐이었다. 잉크 자국과 하얀 살결의 대비가 두드러지면서 물고기들이 다시 살아나는 것만 같았다. 그것을 보는 순간 그녀는 자제력을 잃고 말았다.

뤼크레스는 면도칼을 꺼내어 물고기들이 꿈틀거리는 손목에 칼날을 대었다. 머릿속에서는 〈4월의 물고기〉, 〈그냥 웃자고 한 일이야〉 하는 소리들이 자꾸자꾸 메아리쳤다.

차가운 칼날이 닿아 있는 손목에 벌써 핏방울이 맺히고 있었다.

「잠깐, 그러지 마!」

그녀는 동작을 멈추고 다음 말에 귀를 기울였다.

「〈……그러지 말라니까! 그래 봤자 소용없어. 여기엔 물고기가 없다고.〉 그러자 이누이트족은 불안한 표정으로 자리를 떠나 조금 떨어진 곳으로 갔어요. 그러고는 다시 얼음을 톱으로 잘라 내고 낚싯줄을 드리웠죠. 그렇게 얼음 구멍 앞에 우두커니 앉아서 기다리고 있는데, 다시 그 목소리가 울리는 거예요. 〈그런다고 없는 물고기가 잡히겠어?〉 이누이트인은 누가 말하는 건지 알아보려고 주위를 두리번거렸지만 아무도 보이지 않았어요. 그래서 자기에게 환청 증상이 왔나 하면서 다시 자리를 옮겨 얼음에 구멍을 냈죠. 낚싯줄을 던져 놓고 기다리는데 또다시 성난 목소리가 우렁우렁 울렸어요. 〈여기에는 물고기가 없다니까!〉 그 말에 이누이트족은 벌떡 일어나서 하늘을 향해 종주먹을 들이대며 소리쳤어요. 〈도대체 당신 누구요? 신이오?〉 그러자 우렁우렁한 목소리가 대답했죠. 〈이 스케이트장 주인이다, 왜!〉」

라디오에서 웃음소리가 터져 나왔다.

뤼크레스의 입에서도 쿡 하는 소리가 새어 나왔다. 한 줄기 생명의 기운이 죽음의 충동과 뒤섞인 것이었다.

웃으면서 자살하기란 어려운 법. 그녀는 근육의 긴장을 풀고 자기도 모르게 면도칼을 내려놓았다. 그러고는 라디오 소리를 키우고 몸을 웅크린 채로 자리에 누웠다. 라디오에서 흘러나오는 목소리가 마치 자기에게 말하는 것 같았다. 그녀는 그 목소리에 매달렸다. 다리우스라는 사람 때문에 웃음이 터질 때마다 생기가 조금씩 되살아났다. 그녀는 마침내 눈물을 거두고 잠이 들었다. 그로써 그녀에게 새 친구가 생겼다. 얼굴도 모르고 그저 목소리만 들었을 뿐이지만, 하늘이 때와 장소를 잘 골라서 인연을 맺어 준 친구였다.

이제는 저세상 사람이 되어 버린 다리우스 워즈니악이 바로 그 코미디언이었다. 당시에 그는 아직 유명하지 않았고 그저 무명 시절을 갓 벗어났을 뿐이었다.

그는 자기도 알지 못하는 사이에 일면식도 없는 그녀를 웃김으로써 그녀의 목숨을 구한 것이었다.

그 뒤로 몇 해 동안 뤼크레스는 다리우스에 관한 것이라면 무엇이든 알아내려고 애썼다. 여건이 허락할 때마다 그의 공연에 참석하기도 했다. 무대에 서 있는 그를 두 눈으로 직접 보고 그와 똑같은 공기를 마시고 그가 관객들에게 보내는 유머의 숨결을 온전히 느끼며 웃노라면 그의 개그를 처음으로 들었을 때의 기분이 되살아나면서 안도감과 행복감이 밀려들곤 했다. 다리우스는 그녀를 몰랐지만, 그녀는 그를 자기 가족의 한 구성원으로 여겼다. 그녀는 가족이 없었지만, 그래서 자기 마음대로 정신적인 가족을 구성할 수 있었던 것이다.

「다리우스, 나는 당신에게 빚을 졌어요.」

그녀는 묘석 쪽을 바라보며 혼잣말을 했다.

「당신 대신 내가 그 관 속에 들어 있다면 좋겠어요.」

뤼크레스는 묘지를 나섰다. 그런 다음 몽마르트르의 거리들을 거닐다가 생뱅상 거리를 따라 올라갔다.

이 동네에는 고풍스러운 매력이 있다. 지나간 시대를 증언하는 시골 마을 같다.

습기를 머금은 돌풍에 벽돌집의 덧창들이 덜그럭거렸다.

그녀는 사크레쾨르 성당 앞에 다다라 돌계단에 앉았다.

그러고는 눈앞에 펼쳐진 파노라마를 바라보았다. 무수한 빛과 매연이 씨름을 벌이는 파리의 하늘 아래에서 자동차들의 빨간 불빛과 하얀 불빛이 쉴 새 없이 움직이고 있었다.

하늘에서 섬광이 번쩍이고 멀리에서 천둥소리가 들리더니, 갑자기 먹장구름이 열리고 빗방울이 떨어지기 시작했다. 그녀 주위에 있던 관광객들은 비를 피할 수 있는 곳을 찾아 내달렸다.

그녀는 오싹 한기를 느끼며 목을 잔뜩 움츠리고 새 담배에 어렵사리 불을 붙인 다음 눈을 감았다.

사위가 점점 어두워져 가고 있었다. 관광객들의 발길이 끊어진 뒤에도 그녀는 사크레쾨르 성당의 돌계단을 떠나지 않았다. 은은한 가로등 불빛만이 비에 젖은 채 달달 떨고 있는 그녀를 비춰 주고 있었다.

21

질베르는 이웃집에 사는 일본 사람이 교통사고를 크게 당했다고 해서 병원으로 면회를 하러 갔다.

병실에 들어가 보니 이웃 사람은 몸에 튜브를 잔뜩 꽂은 채 여기저기에 깁스를 하고 있다. 영락없는 미라의 몰골이다. 꼼짝달싹 못 하고 누워 있는 그의 몸에서 보이는 것이라곤 두 눈뿐이다. 그는 자고 있는 듯하다. 질베르는 침대 옆에 가만히 서서 환자의 상태를 관찰한다. 그때 갑자기 일본 사람이 눈을 휘둥그렇게 뜨며 소리친다.

「바카야로, 오레노산소추브오훈데룬다요!!!」

그러고는 마지막 숨을 내쉬고 죽어 버린다.

장례식 날, 질베르는 죽은 일본 사람의 미망인과 어머니에게 다가간다.

「진심으로 애도의 뜻을 표합니다.」

그는 두 여인에게 차례로 조문 인사를 건넨 뒤에 덧붙인다.

「사실은 고인이 숨을 거두기 직전에 저에게 마지막으로 이런 말을 남겼습니다. 〈바카야로, 오레노산소추브오훈데룬다요.〉 그 말이 무슨 뜻인지 아십니까?」

어머니는 기절해 버리고 미망인은 눈에 칼을 세우고 그를 노려본다.

질베르는 고집스럽게 다시 묻는다.

「아니…… 그 말이 무슨 뜻인데 이러십니까?」

그러자 미망인이 그 말을 옮겨 준다.

「바보 자식, 내 산소 튜브를 밟고 있잖아!!!」

다리우스 워즈니악의 스탠드업 코미디

「첫째가 꼴찌 되리라」 중에서

22

해가 뜬다. 처음엔 황갈색을 거쳐 주황색을 띠더니 지평선 위로 둥실 떠오르면서 황금빛의 완벽한 동그라미가 된다.

뤼크레스는 밤새 자지 않았다. 사크레쾨르 성당 앞에서 간간이 담배를 피워 가며 하염없이 생각에 빠져 있다가 잠깐 졸았을 뿐이었다.

그녀는 기침을 했다.

……담배를 끊어야 할까 봐. 안 그러면 테나르디에 부장이나 올랭피아의 소방 안전 요원 같은 신세가 되고 말 거야. 피부가 쪼글쪼글하고 허파가 시커메진 노땅이 되고 싶진 않아.

그녀는 구두 뒤축으로 담배를 짓이겼다.

오전 9시. 파리 법의학 연구소가 문을 열었을 것이었다. 그녀는 거기에 가서 법의관을 만나기로 했다.

건물 안에서는 포르말린 냄새와 산패한 기름 냄새가 났다.

그녀는 미로와도 같은 복도로 들어갔다.

……길거리를 떠돌던 이름 없는 사람이든 세상이 다 아는 유명 인사든 죽으니까 같은 곳에서 만나는군.

그녀를 맞아 준 법의관은 후리후리하고 서글서글한 미남 자였다. 명찰에 파트리크 보벤 박사라고 적혀 있었다.

「미안합니다. 유가족이 아니라면 고인에 관한 정보를 알려 드릴 수가 없습니다.」

마음의 문을 여는 열쇠가 필요했다. 그녀는 상대에게 가장 알맞은 열쇠를 찾기 위해 머릿속을 뒤졌다. 올랭피아의 소방 안전 요원에게 사용했던 열쇠는 통하지 않을 게 분명했다. 뭔가 다른 것을 찾아내야 했다. 그녀는 문득 지난번 이지도르와 함께 뇌의 비밀에 관한 조사를 벌일 때 작성했던 동기들의 목록을 떠올렸다. 인간을 어떤 행동으로 이끄는 계기는 무엇인가? 1) 고통, 2) 공포, 3) 물질적인 안락함, 4) 성적인 욕구.

뤼크레스는 상대가 남자이니만큼 네 번째 동기가 열쇠로 작용할 수도 있으리라 생각했다. 그래서 마치 더워서 그러는 것처럼 짐짓 무심한 태도로 치파오 상의의 단추 두 개를 끌렀다. 칼에 찔린 붉은 용을 수놓은 검은 비단 치파오의 깃 사이로 브래지어를 차지 않은 젖가슴의 골이 드러났다.

「그냥 몇 가지 여쭤볼 게 있어서 그래요.」

법의관은 그녀의 가슴을 흘깃거리며 머뭇거렸다. 그러다가 어깨를 한번 들먹이고는 서류장 쪽으로 걸어갔다.

「다리우스 워즈니악에 대해서 정확히 무얼 알고 싶은 거죠?」

「그가 어떻게 죽었나요?」

「심장이 멎어서 죽었죠.」

뤼크레스는 블랙베리의 녹음 기능을 작동시켰지만, 만전을 기하기 위해 수첩을 꺼내 들고 메모를 해나갔다.

「심장 마비란 사인이 아니라 모든 죽음에 공통으로 나타나는 현상 아닌가요? 뱀에 물려 죽거나 목을 매고 죽어도 심장이 멎기는 마찬가지잖아요. 제 질문을 정정할게요. 그 심장 마비가 무엇 때문에 일어난 것이죠?」

「내가 보기엔 과로가 원인이에요. 공연을 끝내고 나서 그는 녹초가 되었을 겁니다. 우리가 몰라서 그렇지, 두 시간 동안 사람들을 웃긴다는 것은 여간 어려운 일이 아니죠. 신경이 엄청나게 긴장될 수밖에 없었을 거예요.」

「혹시 〈BQT〉라는 세 글자가 무슨 뜻인지 아십니까?」

법의관은 스테인리스 도구들을 가리켰다.

「이 도구들을 가리키는 이니셜이에요. 베이직 퀄리티 툴스Basic Quality Tools. 흔히 영어식으로 〈비큐티〉라고 발음해요. 열 개씩 묶어서 싸게 파는 메스입니다. 시신을 부검하기 위해 순은으로 된 메스를 사지는 않죠.」

……그쪽은 아니야. 뭔가를 더 알아내려면 이 남자가 계속 나한테 관심을 갖도록 만들어야 해. 그러지 않으면 작은 핑곗거리만 있어도 가버릴 거야. 먼저 사랑의 시름을 담은 나의 24-2번 눈빛을 보내고 18-3번 미소를 짓는 거야. 자, 어서. 이 남자의 마음을 붙들어 두어야 해.

「다리우스의 사망 원인이…… 웃음일 수도 있을까요?」

법의관은 깜짝 놀란 표정을 지었다.

「아뇨. 웃음 때문에 죽을 수는 없어요. 웃음은 병을 낫게 하고 우리에게 유익한 것만을 줍니다. 웃음 요가라는 것도 있는걸요. 억지로라도 웃다 보면 면역 체계가 활성화되고 잠도 잘 자게 되죠.」

「그렇다면 그의 사망 원인이 대체 뭘까요? 문을 안에서 걸어 잠그고 있다가 죽기 직전에 폭소를 터뜨렸다는데 말입니다.」

법의관은 서류철을 조심스럽게 닫아 제자리에 끼워 넣었다.

「틀림없이 건강에 문제가 있었을 거예요. 죽기 전에 웃었다는 것은 순전히 우연의 일치일 뿐이에요. 그는 피아노를 치거나 자전거를 타다가 죽을 수도 있었을 겁니다. 그렇다고 해서 피아노 때문에 죽었다거나 자전거 때문에 죽었다고 말할 수는 없죠. 말하자면 그는 심장이 멎던 순간에 그냥 웃고 있었던 거예요. 그뿐이죠.」

그는 사람의 심장이 들어 있는 포르말린병을 집어 들었다.

「유가족을 만나서 물어보세요. 예전에 이미 심장 발작을 예고하는 이상 징후가 있었다는 것을 확인해 줄 겁니다.」

23

기원전 45000년.

오늘날의 에티오피아에 해당하는 동부 아프리카의 어느 곳.

비가 억수같이 쏟아진다.

인간들이 무리를 짓고 있다. 훗날 〈크로마뇽인〉이라고 불리게 될 인간들이다. 그들은 동굴 하나를 발견하고 거기에서 비를 피하려고 한다.

그러나 동굴 안은 이미 성미가 고약한 사자 가족이 차지하고 있다. 먼저 들어간 사람들은 즉시 사자들에게 잡아먹히고 만다.

다른 사람들은 머뭇거릴 수밖에 없다.

그때 하늘에서 번개가 떨어져 가까이 있던 나무에 불이 붙는다. 해결책이 나타난 것이다.

한 사람이 불붙은 나뭇가지를 집어 든다.

그들은 그 불을 이용해서 사자 가족을 쫓아낸다. 사자들의 저항은 완강했지만, 부족이 추가로 잃은 사람은 두 명밖에 되지 않는다.

그들은 동굴 안에 자리를 잡자마자 잎나무와 삭정이를 모아 불을 피운다. 그러고는 모두가 불가에 둘러앉아 그 빛과 열기를 몸에 받는다.

그때 사람들로 보이는 한 무리의 검은 형체가 동굴 입구에 나타난다.

그들과 거의 비슷하지만 아주 똑같지는 않은 사람들이다. 그들보다 조금 작지만 더 다부져 보인다. 얼굴은 더 넓고 이마는 더 좁으며 눈두덩은 더 불거져 있다. 그들처럼 짐승의 가죽을 걸치고 있는데 가죽을 꿰맨 자국이 더 많다.

크로마뇽인들은 몰랐지만 그 방문객들은 머나먼 후대에 〈네안데르탈인〉이라는 이름을 얻게 된다.

빗줄기가 더욱 거세어지는 가운데 두 부족은 서로를 꼬나본다. 어느 쪽이나 너무 지쳐 있어서 싸움을 걸지는 않는다.

그들은 대부분 비슷한 생각을 하고 있다. 〈하늘의 변덕을 견뎌 내는 것만으로도 벅차. 인간들끼리 싸우는 짓은 안 했으면 좋겠어.〉

그래서 새로 온 부족은 제지를 받지 않고 원기를 회복시키는 불가에 자리를 잡는다.

두 부족 사람들은 가족별로 웅크리고 앉아, 짐짓 태연하게 서로 긁어 주기도 하고 이를 잡아 주기도 한다.

번갯불이 이따금 동굴 안을 환히 비출 때마다 어머니들은 어린 자식들을 안심시키기 위해 꼭 껴안아 준다.

유달리 호기심이 많은 크로마뇽인 하나가 자리에서 일어나더니 낯선 부족 쪽으로 가서 무어라고 으르렁거린다. 대략 이런 뜻의 말이다.

「날씨가 좋지 않구려. 안 그렇소?」

그러자 네안데르탈인 하나가 이런 식으로 번역될 수 있는 으르렁거림으로 대답한다.

「당신 뭐라는 거요?」

그렇게 대화가 시작된다.

「다시 말해 주겠소? 당신이 뭐라고 하는지 모르겠구려.」

상대는 얼굴을 찡그리다가 고개를 끄덕이기 시작한다.

「당신이 무슨 얘기를 하는지 여전히 모르겠소. 하지만 우리가 완전히 다른 말을 쓰고 있는 것으로 보아 서로를 이해하기 어려우리라는 것은 알겠구려.」

그때 다른 크로마뇽인이 다가와서 묻는다.

「이 사람이 자네한테 뭐라는 거야?」

「난들 아나. 내가 한 말을 알아들었는지조차 모르겠어. 우리가 서로 다른 언어를 쓰고 있어서 의사소통하기가 어렵겠다고 했거든.」

결국 네안데르탈인은 화를 내며 벌떡 일어나더니 검게 탄 나뭇조각을 주워 들고 동굴 벽에 지그재그 모양의 선을 그린다. 자기 나름대로 번개를 나타낸 것이다.

크로마뇽인은 그림에 담긴 뜻을 해독하느라고 고개를 숙인 채로 들여다보다가 자기도 작은 숯덩이를 주워 들고 그림으로 대답한다. 지그재그로 뻗은 선 옆에 놀란 듯이 입을 벌리고 있는 사람을 그려 넣은 것이다. 그가 말하고자 한 바는 〈무슨 말인지 도통 모르겠다〉는 것이다.

네안데르탈인은 알아들을 수 없는 소리 대신 그림으로 대화를 시작하게 된 것을 기뻐하며 지그재그 위쪽에 동그라미를 그린다. 번갯불을 내보내는 커다란 구름을 나타낸 것이다.

크로마뇽인은 상대가 나무에 달린 열매를 그린 게 아닐까 하고 생각한다. 그래서 〈배가 고파요? 그래서 먹을 것을 그린 거군요, 그렇죠?〉 하는 뜻으로 자기 입을 가리킨다.

상대가 말귀를 못 알아들은 것처럼 보이자, 크로마뇽인은 열매를 먹기 위해서 입을 벌리고 있는 더 큰 사람을 그린다.

그렇게 대화가 오고 갈 때마다 다른 사람들은 이러저러한 평을 하기도 하고 고개를 끄덕이기도 한다.

네안데르탈인은 결국 상대가 자기 그림을 이해하지 못하고 있음을 알아차린다. 그래서 씩씩거리며 동굴 밖으로 나가더니 손가락을 쭉 내밀어 검은 구름을 가리킨다.

바로 그 순간, 구름에서 번개가 지그재그로 뻗어 나오더니 피뢰침으로 변한 젖은 손가락을 때린다. 네안데르탈인은 그대로 쓰러져 버린다.

너무나 느닷없이 벌어진 일이라서 네안데르탈인들은 완전히 얼이 빠져 버린다.

크로마뇽인은 그제야 깨닫는다. 〈아! 저 사람이 그린 게 열매가 아니라 먹구름이었구먼.〉

그 착오를 확인하자 그에게 이상한 반응이 일어난다. 그는 배가 켕기면서 간질거리는 것을 느끼다가 웃음을 터뜨린다.

그 반응은 즉시 다른 사람들에게로 옮겨 간다.

크로마뇽인들은 모두 큰 소리로 웃기 시작한다. 한편 네안데르탈인들은 자기들 가운데 가장 똑똑한 사람을 잃은 충격에서 한동안 벗어나지 못한다. 그들은 그의 시신을 동굴 안쪽에 묻어 주기로 결정한다. 예전처럼 시신을 먹지도 않고 그냥 내다 버리지도 않기로 한 것이다.

이로써 인류는 유머 덕분에 또다시 진화의 중요한 고비를 넘긴 것이다. 이때부터 네안데르탈인들은 시신을 매장하고 크로마뇽인들은 동굴 벽에 그림을 그리기 시작한다. 그들의 그림에는 동그라미와 거기에서 나오는 지그재그 모양의 선이 자주 나온다. 그리고 입을 벌리고 있는 사람은 그 옆이 아니라 아래쪽에 그려지게 된다. 역사의 진실이 그렇게 반영된 셈이다.

한 크로마뇽인이 둥근 구름과 지그재그 모양의 번개와 입을 벌리고 서 있는 사람을 그릴 때마다 부족의 구성원들은 폭소를 터뜨린다.

그 크로마뇽인은 그래픽 개그를 발명한 셈이다. 그가 그린 동그라미는 아득한 후대에 나타날 만화의 말풍선을 예고한 것이라고 볼 수 있다.

오늘날의 연구에 따르면, 호모 사피엔스는 바로 그 시기에 호모 사피엔스 사피엔스로 진화했다고 한다.

한편 네안데르탈인들은 암시적인 유머를 발견하지 못하고 지상에서 사라졌다.

유머 기사단 총본부 편, 『유머 역사 대전』 중에서

24

뒤로 젖혀진 이마, 떡 벌어진 어깨, 네모난 턱. 알아들을 수 없는 소리를 웅얼거리는 것 말고는 자신의 생각을 표현할 줄 모르는 것 같은 남자였다. 그나마 직각으로 재단한 분홍 정장을 입고 있어서 고릴라 같은 모습이 조금 덜해 보였다.

뤼크레스는 프레스 카드를 내보였다. 분홍 정장 차림의 경호원은 직속상관에게 전화를 걸고, 직속상관은 책임자에게 전화를 걸었다. 그러고 나서야 경호원은 그녀를 대저택의 정원으로 들여보냈다.

뤼크레스는 사이드카가 달린 오토바이를 타고 나아가면서 그곳이 얼마나 호화로운 곳인지 알게 되었다.

다리우스 워즈니악은 단지 저택을 지은 것이 아니라 베르사유 궁전의 축소판을 건설한 것이었다. 자갈이 깔린 진입로며 프랑스식 정원, 분수, 조각 등이 크기만 다를 뿐 베르사유 궁전에서 그대로 옮겨다 놓은 것처럼 보였다.

건물은 디귿 자 형태를 이루고 있었고 그 안마당에는 고급 승용차들이 줄지어 서 있었다.

베르사유 궁전의 루이 14세 조각상 자리에 해당하는 안마당 한복판에는 다리우스의 조각상이 떡 버티고 서서 인사를 보내고 있었다.

높다란 깃대에서는 다리우스의 로고가 찍힌 분홍색 깃발이 펄럭였다.

뤼크레스가 모토 구치를 컴퓨터 서비스 회사에서 나온 자동차 옆에 세우자마자, 옛날식 제복을 입은 하인이 우산을 들고 그녀 쪽으로 급히 달려왔다.

다리우스의 어머니 안나 마그달레나 워즈니악은 허리가 조금 굽은 78세의 노파였는데, 가슴이 깊게 파이고 소매에 레이스 장식이 달린 검은 드레스를 입고 있었다. 게다가 두 줄짜리 진주 목걸이로 목을 가리고 진한 화장으로 얼굴의 주름을 감춰서 나이보다 젊어 보였다. 하지만 분홍빛이 도는 희끗희끗한 머리를 너무 고불고불하게 말아 놓아서 약간 시대에 뒤떨어진 느낌을 주었다.

「다리우스가 심장이 안 좋았다고? 천만에! 어디서 무슨 소리를 들었는지 모르지만, 그건 분명 아니야. 내가 말해 줄까? 그건 완전히 거꾸로 된 얘기야. 우리 다리우스는 무쇠처럼 튼튼했거든. 그 애는 운동을 많이 했어. 장거리 달리기 같은 운동도 거뜬하게 해냈지. 심장이 튼튼한 건 우리 집안의 내력이기도 해. 내 친정 쪽에는 마라톤 선수가 있고, 애들 친할아버지는 올림픽 수영 선수였어.」

「다리우스의 어린 시절에 관한 얘기 좀 해주세요.」

노부인은 자수천을 씌운 커다란 안락의자에 앉더니 털실

꾸러미를 집어 들고 뜨개질을 하기 시작했다. 난쟁이를 위한 목도리 아니면 거인을 위한 양말을 뜨고 있는 듯했다.

「내가 사실대로 말해 주기를 바라겠지? 좋아, 솔직하게 말할게. 우리는 찢어지게 가난했어. 내 부모는 제1차 세계 대전 직후에 프랑스에 온 폴란드 이민자들이었어. 북부 지방의 광산에서 일하셨지. 그런데 광산이 폐업하는 바람에 실업자가 되었어. 우리는 1970년대에 파리 북쪽 교외로 이사했어. 거기에서 내 남편을 만났지. 남편도 폴란드 사람이었어. 자동차 정비소에서 정비공으로 일했지. 그런데 그 사람은 알코올 의존증이 있었어. 어느 날 자동차를 몰고 가다가 플라타너스를 들이박는 사고를 내고 그 자리에서 죽고 말았어. 그 바람에 내가 더욱 힘들어졌지. 가진 것도 없는데 자식은 넷이나 딸려 있었으니 말이야.」

「다리우스에게 형제자매가 있었나요?」

「나에겐 아들 셋에 딸이 하나 있었어. 타데우시가 맏이고, 레오카디아가 둘째, 다리우스가 셋째, 파벨이 막내지.」

뤼크레스는 고개를 숙인 채로 수첩에 받아 적었다.

「다리우스하고 파벨은 놀라울 만큼 서로 꼭 닮았어. 하지만 성격은 정반대였지. 다리우스는 기가 세고 대담했는데 파벨은 소심했거든. 진짜 다루기 힘든 애는 타데우시였어. 그래도 제 동생 다리우스는 끔찍하게 생각했지. 딸아이 레오카디아는 의지가 강했어.」

뤼크레스는 노부인을 편안하게 해주려고 애썼다. 그녀가 생각하기엔 공손한 태도와 미소 역시 정보를 얻기 위한 기술이었다.

「다리우스는 어린 시절에 어땠나요?」

「아주 일찍부터 코미디언의 재능을 보였지. 아가씨, 내 얘기 들어 볼 테야? 다리우스는 불행을 웃음으로 다스릴 줄 아는 애였어. 애들 아버지가 세상을 떠났을 때, 다리우스는 〈아빠가 오는 것을 보지 못한 플라타너스〉라는 스탠드업 코미디를 생각해 냈어. 아버지의 교통사고를 나무의 관점에서 이야기했지. 보통 사람들의 사고방식을 뒤집어엎는 것이라서 걱정스럽기도 했지만, 솔직히 말해서…… 아주 재미있더라고.」

그러면서 안나 마그달레나는 초점 없는 눈을 허공에 두고 설핏 미소를 지었다.

「진실은 때로 끔찍하고 잔인하지. 다리우스는 그런 진실을 받아들이기 위해 그것을 뒤집어 보거나 다른 각도에서 바라보았어. 그게 바로 그의 비결이었지. 그 애는 잔인한 진실을 가지고 개그를 만들어서 우리의 숨통을 틔워 주었어.」

「아닌 게 아니라, 아버지의 죽음을 아버지가 들이박은 플라타너스의 관점에서 바라보며 우스갯소리를 한다는 게 쉬운 일은 아니죠. 엄청난 용기가 필요했겠어요.」

뤼크레스는 응접실의 실내 장식을 주의 깊게 살펴보았다. 역시 베르사유 궁전의 판박이였다. 천장은 금박 쇠시리로 장식되어 있었고, 육중한 가구며 거울이며 옛날 조각상이 곳곳에 놓여 있었다. 바닥에는 화사하고 복잡한 무늬가 들어간 카펫이 깔려 있었다. 시대를 달리하는 것이 있다면 금박 액자에 끼워 죽 걸어 놓은 사진들뿐이었다. 독재자들, 핵폭발, 비극적인 사건 등을 찍은 사진들 아래에 다리우스의 사인과 함께 〈이게 재미있어 보입니까?〉라는 말이 적혀 있었다. 역사의 비극들을 자기 나름의 시선으로 다시 보려고 한 게 아닌가 싶었다.

　노부인은 새끼손가락을 세운 채로 차를 따랐다.

　「딸아이 레오카디아가 이자암으로 죽었을 때도 다리우스
는 그것을 소재로 스탠드업 코미디를 만들었어. 〈누나는 급
했어요〉라는 제목이었지.」

　「부군이 돌아가시고 따님까지 잃으셨으니 정말 상심이 컸
겠어요. 그 뒤로는 어떻게 사셨나요?」

　「세 아이를 데리고 비참하게 살았지. 나랑 처지가 비슷한
여자 친구가 〈먹고살려면 별수 없지 않느냐〉 하면서 일자리
를 하나 권하더군. 밤에 술집에서 시중을 드는 일이었어. 처
음엔 싫다고 했다가 나중에는 받아들였지. 그러고 나자 그
친구가 더 많이 버는 데로 가자고 하더군. 그녀는 옷을 벗어
야 하는 술집으로 나를 데리고 갔어. 처음엔 싫다고 했다가
나중엔 받아들였지. 얼마 안 가서 그 친구가 다른 일을 권했
어. 쇼트타임으로 성매매를 하는 집에서 일해 보라더군.」

　「당연히 거절하셨겠죠?」

　「나는 거기에서 더 많이 벌었어.」

　「저기요, 여사님, 제가 무슨 얘기든 다 해달라고 부탁드린
것은 아니에요.」

　노부인은 스프레이를 뿌려서 고정시킨 머리를 매만졌다.
그녀의 장신구들이 흔들렸다.

　「내 얘기 들어 볼 테야? 나는 내 과거가 알려지는 것을 두
려워하지 않아. 좋든 싫든 그냥 있었던 그대로 받아들이고
있지. 다리우스가 어떤 사람이었는지 알고 싶다면, 다리우
스의 어머니인 내가 어떤 사람이었는지를 알아야 해.」

　「물론이죠. 죄송합니다. 말씀하세요.」

노부인은 그 말에 다시 힘을 얻은 눈치였다.

「나는 파리 변두리에 있던 홍등가에서 일했어. 그래, 정말이야.」

뤼크레스는 짐짓 메모를 하는 척했다.

「생각했던 것보다 어렵지는 않더라고. 사내들이란 아이들 같아. 손님들은 대개 이야기를 하고 싶어 했어. 자기들 이야기에 귀를 기울여 주는 여자를 원했던 거야. 자기들 아내와는 달리 바가지를 긁거나 책망하지 않고 자기들 이야기를 들어 주는 여자 말이야.」

「그렇군요.」

……빌어먹을, 자기가 만났던 손님들을 하나하나 들먹이면서 그 특징들을 시시콜콜 얘기할 작정이로군. 사람 살려. 그래도 참아야 해. 미소를 잃지 말자고.

「나는 그들을 갖가지 모습으로 분장시켰어. 여자처럼 분장하기를 원하는 손님들도 있었고, 기사나 깡패나 아기로 분장해 달라는 남자들도 있었어. 때로는 그들에게 기저귀를 채우거나 허벅지에 분을 발라 주거나 엉덩이를 찰싹찰싹 때려 주기도 했지. 지금 생각해 보면 너무 우스꽝스러운 일이지만 그게 의외로 잘 통하더라고. 사실 우리는 정신 분석가 노릇을 했던 거야. 덜 비싸고 더 세심하고 무엇보다 살을 맞대는 것을 두려워하지 않는 정신 분석가들이었지. 손님들은 신체 접촉을 간절히 원했어. 우리가 살고 있는 현대 사회를 황폐하게 만드는 게 바로 그거야. 살과 살을 맞대는 기회가 적어지고 있다는 것 말이야.」

그 말과 동시에 노부인은 기자의 손을 끌어당겨 꼭 쥐었다.

「일리가 있는 말씀이에요.」

「내 손님들 중에 희극 배우가 한 사람 있었어. 예명이 모모 였지. 몸은 비쩍 마르고 가발을 쓰고 다니는 데다 담비같이 생긴 사람이었지만 아주 재미있었어. 그래서 내가 제안했지. 나를 웃길 때마다 공짜로 해주겠다고. 나 나름대로는 그가 재능을 더 잘 발휘하도록 자극을 준 셈이야.」

「물론 그러셨겠지요.」

뤼크레스는 계속 맞장구를 치고 싶어도 자기가 알고 있는 추임새들이 바닥나서 더 못 하리라고 생각했다.

「모모는 내 마음을 알아주었어. 덕분에 나는 힘겨운 하루 하루를 견딜 수 있었지. 홍등가의 일 말고도 나를 힘들게 하 는 게 많았어. 딸이 죽은 뒤로 아들 세 놈이 번갈아 가며 내 속 을 썩였거든. 다리우스는 학교에서 쫓겨났어. 선생님 의자 에 본드를 발랐다더라고. 장난이 너무 심했던 거지. 그 뒤로 는 집에서 빈둥거리거나 거리에서 어슬렁거렸어.」

「여사님 심정이 어떠셨을지 짐작이 가요.」

「그뿐만 아니라 한번은 커다란 폭죽을 던져서 가게 진열 창을 깨뜨리고 행인에게 중상을 입혔어. 그 때문에 사흘 동 안 구류를 살았지. 상황이 더 나빠지기 전에 어미로서 뭔가 를 해야겠다는 생각이 들었어. 정직하게 일을 하면서 살아가 도록 이끌어 주어야 한다고 생각했지. 그때 내 어머니 말씀 이 기억나더라고.〈약점을 메우려고 애쓰기보다 강점을 더 욱 강하게 만드는 편이 낫다〉라는 말이었어. 다리우스가 더 컸다면 어떻게 해서든 마트 같은 곳에 취직을 시켰을 거야. 하지만 열일곱 살밖에 안 되었으니 다른 것을 찾아내야만 했 어. 그때 내가 가장 좋아하는 고객인 희극 배우 모모에게 도 움을 청하자는 생각이 떠올랐어. 남들을 웃기며 사는 사람이니까 틀림없이 착할 거라고 생각한 거야. 내 말이 무슨 뜻인지 알지?」

「그럼요, 알다마다요.」

「어느 날 모모에게 말했어. 〈내 아들은 유머의 천재예요. 마치 우스갯소리를 하듯이 진실을 말하는 재주가 비상해요. 하지만 그런 익살꾼의 에너지가 엉뚱한 곳으로 흘러가고 있어요〉 하고.」

「그러셨군요.」

「모모는 그다지 유명한 희극 배우는 아니었어. 그래도 그의 공연을 보러 오는 관객들이 제법 있어서 그 일로 먹고살 만했지. 나는 그에게 다리우스를 소개했어. 그 애는 모모 앞에서 〈엄마가 드디어 직업을 구했어요〉라는 스탠드업 코미디를 연기했지. 내가 술집 종업원을 하다가 매춘부가 된 것을 조롱하는 내용이었어. 정말이지 그 애는 남의 아픈 곳을 찌르는 재주가 비상했어. 모모는 즉시 매혹되었지.」

「당연히 그랬겠지요.」

뤼크레스는 이제 모든 정보를 메모하고 있었다.

「모모가 그러더군. 〈이 애는 재능을 타고났어요. 하지만 그것만으로는 안 돼요. 내가 교육을 시킬게요. 남을 웃기는 데에도 법도가 있어요. 다리우스가 진정으로 존중해야 할 것이 있다면, 그건 바로 유머예요.〉 글쎄, 그런 역설이 있더라고. 유머란 진지한 거라는 얘기지.」

「정말 대단한 역설이네요.」

「유머를 진지하게 대하도록 가르치는 일은 성과가 좋았어. 모모의 요구에 따라 다리우스는 그를 〈선생님〉이라 불렀고, 그는 다리우스를 〈내 제자〉라고 불렀어. 수업은 한때 공장으로 쓰이던 건물에서 이루어졌어. 모모는 아무도 보지 않는 곳에서 그 애를 훈련시키고 싶어 했지. 그는 어릿광대가 되기 위한 중요한 기예를 가르쳤어. 저글링, 트럼펫 연주, 불을 토하는 묘기는 물론이고, 우스꽝스럽게 트림하는 법과 방귀 뀌는 법까지 가르쳤지. 그는 다른 게 통하지 않을 때는 그런 재주도 희극 배우의 도구가 될 수 있다고 말했어.」

「정말 그런 것까지 가르쳤어요?」

「어느 날, 모모와 다리우스가 그 오래된 공장 건물에서 연습을 하고 있었는데, 철제 난간 하나가 그들 위로 쓰러졌어. 모모는 죽었고 내 아들은 중상을 입었지.」

「바로 거기에서 다리우스가 한쪽 눈을 잃은 건가요?」

「난간이 쓰러질 때 뾰족한 쇠에 눈을 찔린 거야. 매우 혹독한 시련이었지. 하지만 다리우스는 정말 대단했어. 스탠드업 코미디를 창작해서 그 재앙을 이겨 냈거든. 그때 만든 게 〈두 눈이 멀쩡한 사람들의 나라에서는 외눈박이가 왕이다〉야. 유명한 거니까 아가씨도 기억할 거야. 〈외눈으로 충분하죠. 두 개는 너무 많아요. 꽃가루 알레르기 때문에 고생하는 계절에는 더더욱 그렇죠…….〉」

노부인은 그 불행한 사고를 떠올리며 긴 한숨을 지었다.

「모모는 세상을 떠났지만 그의 가르침은 남았어. 다리우스는 본격적으로 활동하기 시작했지. 나는 그때 벌써 그 애가 최고의 코미디언이 되리라는 것을 알고 있었어. 다리우스는 모모의 공연 제작자를 만났어. 아가씨도 알 거야. 스테판 크로츠라고 알 만한 사람은 다 아는 제작자지. 다리우스는 그에게 자기를 써달라고 부탁했어.」

「아, 그랬군요.」

뤼크레스는 피로를 느끼기 시작했다.

「스테판 크로츠는 다리우스를 만나자마자 대뜸 자기를 웃겨 보라고 하더니, 모래시계를 엎어 놓으면서 3분을 주겠다고 하더래.」

「처음 만나는 사람을 3분 안에 웃기라고 했다고요?」

「어려운 일이지. 하지만 다리우스가 누구야? 그런 시험을 통과하지 못할 애가 아니었지. 스테판은 그 자리에서 다리우스를 받아 주었고 스타가 되는 길을 열어 주었어.」

노부인은 미간에 일자 주름을 잡으며 갑자기 입을 다물었다. 뤼크레스는 등 뒤에서 뭔가 불안한 기척을 느꼈다.

뤼크레스는 몸을 돌렸다. 창문 너머로 안마당에 멈춰 서는 분홍색 롤스로이스가 보였다. 한 남자가 분홍색 할리데이 비드슨을 타고 뒤따라 들어왔다.

작달막한 두 실루엣이 롤스로이스에서 나오자, 떡 바라진 거구의 실루엣이 그들을 따라붙었다.

세 실루엣은 계단을 올라와 거실에 모습을 드러냈다.

「아, 타데우시, 파벨. 마침 너희 얘기를 하려던 참이었어.」

가장 나이 많은 남자가 거만한 턱짓으로 뤼크레스를 가리켰다.

「저건 뭐야?」

노부인은 차를 따랐다.

「진정해, 타데우시. 유력 주간지『르 게퇴르 모데른』에서 나온 기자야. 다리우스에 관련해서 나를 인터뷰하러 왔어.」

뤼크레스는 가장 젊어 보이는 남자가 막내 파벨일 거라고 짐작했다. 노부인 말대로 다리우스와 많이 닮았지만 더 허약하고 소심해 보였다. 두 형제 옆에 선 분홍 정장 차림의 남자는 얼굴 생김새가 핏불테리어를 생각나게 했다.

「엄마! 우리는 이미 세계의 모든 기자들에게 할 얘기를 다 했어요. 그런 정신 사나운 짓거리를 언제까지 계속하려고 그래요? 당장 그만둬요! 말할 때가 있고 입을 다물어야 할 때가 있는 법이에요. 엄마는 말이 너무 많아요. 그걸 아직도 모르겠어요?」

「이 아가씨한테는 중요한 것만 골라서 얘기했어.」

「엄마는 말이 많을 뿐만 아니라 수치심도 없어요. 설마 엄마 과거 얘기를 하지는 않았겠죠?」

노부인은 찻잔을 내려놓았다.

「가만히 보면 너는 나를 창피스럽게 생각하는 것 같더라.」

「그게 아니라…… 기자라는 작자들이 시체를 먹고 사는 하이에나들이라서 하는 소리예요. 그들이 왜 오는지 모르세요? 다리우스의 시체에서 뭔가 빨아먹을 게 없나 하고 무덤 주위를 어슬렁거리며 냄새를 맡는 거라고요. 이 여자는 한낱 용병이에요. 돈을 벌기 위해서 이러는 거라고요. 이 여자가 돈을 어떻게 버는지 아세요? 우리를 난처하게 하는 뭔가 선정적인 것을 물어다가 온 세상 사람들에게 내보이는 방법으로 돈을 벌어요. 엄마는 과거 얘기를 들려줌으로써 이 여자에게 선물을 주지만, 이 여자는 그 대가로 엄마에게 침을 뱉을걸요.」

「사실이야, 아가씨? 정말 그런 사람이야?」

노부인은 난처한 표정을 지었다.

타데우시는 핏불테리어처럼 생긴 남자에게 명령했다.

「이거 끌어내.」

뤼크레스는 분홍 정장을 입은 거인에게 잡히지 않으려고

98

자리에서 일어나 뒤로 물러났다.

「저는 다리우스의 삶에 관한 취재만 하고 있는 게 아니에요. 그의 죽음에 관해서도 조사하는 중이에요. 저는 이 사건에 대해서 한 가지 분명한 견해를 가지고 있어요. 어느 신문이나 방송에서도 말한 적이 없는 가정이죠.」

타데우시는 손짓으로 경호원을 제지했다.

「어디 얘기나 들어 볼까?」

「제가 보기에, 다리우스는 심장 발작으로 죽은 게 아니라…… 살해당했어요.」

갑자기 정적이 감돌았다. 유가족은 놀란 표정으로 의문이 담긴 눈짓을 주고받았다.

타데우시가 먼저 말문을 열었다.

「우리보고 그 말을 믿으라는 거요?」

「올랭피아의 소방 안전 요원 말에 따르면, 그는 쓰러지기 몇 초 전에 아주 큰 소리로 웃었대요.」

다리우스의 형은 심드렁하게 입술을 내밀었다. 뤼크레스가 말을 이었다.

「나중에 제가 이것을 찾아냈어요.」

그녀는 〈BQT〉와 〈절대로 읽지 마십시오〉라는 말이 적힌 파란 목갑을 보여 주었다.

이번에는 타데우시의 반응이 달랐다. 자기도 모르게 눈썹을 추켜올린 것이다.

「분장실의 화장대 밑에 떨어져 있었어요.」

타데우시는 그 물건을 받아서 주의 깊게 살펴보다가 그녀에게 돌려주었다.

그녀는 사진 한 장을 내밀면서 덧붙였다.

「이것도 있어요.」

코에 빨간 공을 붙이고 뺨에 눈물 자국을 그린 어릿광대의 흐릿한 사진이었다. 타데우시는 그것을 한참 살펴보다가 머리를 가로저으며 그녀에게 돌려주었다.

「어쨌거나 만약 당신이 〈이 범죄로 이익을 보는 자가 누구냐?〉로 묻는다면, 내가 한 사람의 이름을 말해 줄 수는 있소. 내 동생이 죽음으로써 큰 이익을 볼 자가 있다면, 그건 바로 그 작자요.」

25

캐나다의 오지에 있는 어느 숲에서 모피 사냥꾼이 겨울에 땔 장작을 마련하기 위해 통나무를 자르기 시작한다.

한 시간쯤 지나서 그는 일손을 놓고 혼잣말을 한다.

「땔나무가 이만큼 있으면 겨울을 거뜬히 날 수 있으려나?」

그때 이로쿼이족의 늙은 주술사가 지나간다. 사냥꾼은 그를 불러 세운다.

「이보쇼, 당신은 앞날을 내다볼 줄 안다니 잘 알겠구려. 올겨울이 매우 춥겠소?」

이로쿼이족 주술사는 사냥꾼을 빤히 바라보더니 잠시 생각하고 나서 대답한다.

「그래요, 백인 친구, 올겨울은 매우 추울 거요.」

사냥꾼은 통나무를 더 잘라야겠다 싶어 다시 작업에 들어간다.

한 시간쯤 지나서, 그는 땔나무가 이 정도 있으면 되려나 하고 다시 자문한다.

때마침 이로쿼이족 주술사가 다시 지나가는 것을 보고 사냥꾼이 묻는다.

「당신은 오래전부터 여기에 살았으니 잘 알겠구려. 정말 올겨울이 매우 춥겠소?」

이로쿼이족은 그를 빤히 바라보다가 대답한다.

「그래요, 올겨울은 정말이지 매우 춥겠소.」

사냥꾼은 불안을 느끼며 통나무를 한 무더기 더 잘라 낸다.

이로쿼이족은 한 시간 뒤에 다시 그리로 지나가다 똑같은 질문을 받고 예언한다.

「올겨울은 지독하게 춥겠소.」

사냥꾼은 이거 큰일이군 하는 생각에 일손을 멈추고 되묻는다.

「근데 당신은 어떻게 날씨를 미리 내다볼 수 있는 거요?」

그러자 늙은 주술사가 대답한다.

「우리 속담에 이런 말이 있소. 백인이 땔나무를 많이 쟁여 놓으면 다가 오는 겨울이 매우 춥다는 뜻이다.」

다리우스 워즈니악의 스탠드업 코미디

「이상한 이방인들」 중에서

26

찬 바람이 구불구불한 길로 집요하게 파고든다. 3월인데 도 한겨울처럼 춥다.

뤼크레스는 돌아오는 길에 반려동물 가게에 들러서 자이 언트 바브 잉어 한 마리를 샀다. 내친김에 어항과 자갈, 물벼 룩 한 통, 형광 램프, 공기 펌프, 플라스틱으로 된 수초 장식 도 샀다.

집에 돌아오자 그녀는 그것들을 책상 위의 컴퓨터 옆에 내 려놓았다. 그런 다음 어항에 붉은빛이 도는 자갈들을 깔고 펌프와 플라스틱 장식을 설치하고 물을 채운 다음, 형광등과

펌프를 전원에 연결했다. 즉시 공기 방울이 보글보글 일었다.

뤼크레스는 잉어를 어항에 살며시 넣었다.

……됐어, 내가 이지도르만큼 취재에 재능이 있는 것은 아니지만 나에게도 물고기가 있어. 먼저 이 녀석의 이름을 지어 줘야겠어. 존이나 폴이나 링고나 조지보다 씩씩하고 멋진 이름을 지어야겠는데. 옳지, 성경에 나오는 무시무시한 바다 괴물, 레비아단이 좋겠어. 전설적인 느낌이 들잖아.

뤼크레스는 작은 물고기를 바라보다가 어항의 유리에 닿도록 손가락을 내밀었다.

「레비아단, 네가 나에게 영감을 주리라는 느낌이 들어.」

그녀는 물벼룩을 손가락 끝으로 집어 어항에 넣어 주었다.

「많이 먹고 빨리 자라야 해. 네가 많이 자라면 더 큰 어항으로 옮겨 줄게. 언젠가는 이지도르네 풀장으로 데려갈지도 몰라. 거기에 가면 돌고래들과 상어를 만나게 될 거야. 개네들, 덩치가 커서 무서워 보여도 성격은 그런대로 괜찮아. 다만 상어란 놈이 신경증에 걸려 있기는 해. 그래도 너에겐 그 편이 나아.」

잉어는 유리 벽 너머에 나타난 무시무시한 형체가 무엇일까 하고 묻는 것처럼 공기 방울 몇 개를 뱉어 냈다. 그러더니 주황색이 도는 꼬리지느러미를 아주 우아하게 흔들며 어항 내부를 한 바퀴 돌았다. 자갈과 물방울을 뿜어 대는 미니어처 해적선과 해초 장식을 보면서 자기가 유리 감옥에 갇혀 있음을 깨달았으리라. 잉어는 50일 동안 살아온 삶을 결산하기라도 하듯 자갈 뒤에 가만히 숨어 있었다.

「작은 물고기가 자라면 큰 물고기가 되는 거야. 그리고 남들보다 덩치가 작다고 해서 기죽을 것 없어. 덩치가 작아도 큰 놈들을 혼내 줄 수 있거든. 레비아단, 알았지?」

그녀는 얼굴을 찡그렸다. 잉어는 적대적인 존재가 가까이에 있다고 생각하면서 자갈 뒤에 숨어 있기로 한 모양이었다. 아마도 그녀가 집에서 나가야 공기 방울 마사지를 즐기러 나올 것이었다. 녀석은 이런 생각을 하며 기다리고 있는지도 모를 일이었다. 〈겁낼 것 없어. 모든 게 위험하고 불안해 보여도 내가 이런 처지에 놓인 데는 무슨 의미가 있을 거야. 내 어머니, 내 형제들, 내 친구들은 어디에 있을까? 내가 살던 세상은 어디로 갔을까? 나는 자유로운 물고기이지 한낱 구경거리가 아냐! 저기 먹이가 있네. 먹는 게 불안을 이겨내는 가장 좋은 방법인 것 같아. 그런데 저건 말라비틀어진 시체잖아!〉

잉어는 동결 건조 물벼룩들을 삼키고 있었다. 뤼크레스는 기쁜 마음으로 그 모습을 지켜보았다.

「레비아단, 우리는 굉장한 일을 함께 하게 될 거야. 틀림없어.」

뤼크레스는 샤워를 하기로 했다. 머리를 감으면서 뜨거운 물로 몸을 덥히고 싶었다.

그녀는 한참 뒤에 머리가 젖은 채로 샤워실을 나섰다. 문득 미용실에 가고 싶은 생각이 들었다. 그녀의 정신 건강에 가장 좋은 치료법은 미용실에 가는 것이었다. 그녀가 보기에 불행한 사람들의 이야기를 잘 들어 주는 사람들의 순위를 매기자면, 첫째는 미용사, 둘째는 카드 점쟁이, 셋째는 정신 분석가였다.

그녀가 미용사를 단연 선호하는 까닭은 이야기를 들어 주면서 두피 마사지까지 해주기 때문이었다.

하지만 주머니 사정이 좋지 않은 터라 미용사의 단점을 인정하지 않을 수가 없었다. 고객의 이야기를 잘 들어 주는 직업인들 가운데 가장 많은 비용을 요구한다는 것이 바로 그 단점이었다. 게다가 그녀의 단골 미용사는 〈미용 분야의 조경 설계가〉를 자처하는 남자였다. 그러다 보니 상담 비용이 아주 높아질 수밖에 없었다.

「할 수 없잖아. 이번엔 참아야지.」

그녀는 돈이 궁할 때면 어쩔 수 없이 해야 하는 일에 시간을 바치기로 결심했다. 비를 맞은 탓에 귀 주위의 가는 머리털이 고불고불하게 말리기 시작했다. 그녀는 그것을 싫어했다. 로열 젤리가 포함된 헤어 에센스로 손상된 모발에 영양을 공급하는 데에 5분, 머리를 말리면서 고불고불한 것을 곧게 펴는 데 15분이 필요했다. 그녀는 삼성에서 나온 2천 와트짜리 전문가용 헤어드라이어를 가지고 있었다. 그것은 한창 인기가 많은 헤어드라이어였고 그녀가 아끼는 물건들 가운데 하나였다.

그녀는 머리를 말리면서 자기가 정신적으로 얼마나 허약한가 하고 생각했다. 또다시 자살 충동에 휩쓸리지 않으려면 체계적인 대책이 필요했다. 그녀가 마련해 놓은 생존 대책은 이러했다.

첫째, 누텔라를 빵에 듬뿍듬뿍 발라 먹기(그녀는 지방 성분이 0퍼센트인 누텔라가 나오기를 은근히 기대하고 있었다. 하지만 기적이 일어나지 않는 한, 그럴 가능성은 거의 없다는 것도 알고 있었다).

둘째, 손톱 물어뜯기(그녀는 5주 전부터 그 행위에 도취하는 것을 중단했다. 하지만 사기가 조금이라도 저하되면 다시 그것에 빠져들 수 있다는 것을 알고 있었다).

셋째, 미용사 알레산드로(그는 덤으로 어떤 사람이나 사물에 대한 열광을 그녀에게 옮겨 주었다. 그 열광의 대상을 순서대로 나열하자면, 엘턴 존, 다이애나 왕세자비, 영화「사막의 왕 프리실라」, 영국제 롤리 자전거, 올리브기름을 많이 넣은 그리스 요리 등이었다. 하지만 그는 요즘 실연을 당해서 말수가 적어졌다).

넷째, 항불안제를 15년 숙성 퓨어몰트위스키에 타서 마시기(마시고 나면 신물이 오른다는 두드러진 단점이 있었다).

다섯째, 사귀던 남자 친구를 집 밖으로 쫓아내기(하지만 최근에 사귀던 남자는 이미 쫓아 버린 뒤였다. 그리고 이것은 억압된 무의식을 진정으로 해방시키는 방법이 아니었다).

……여섯째로는 이것을 추가할 수 있지 않을까? 진정한 친구를 사귀기.

뤼크레스는 드라이를 끝내고 다시 물고기를 보러 갔다.

「레비아단, 내 친구가 되어 주겠니? 여기에 머물다 간 인간의 수컷들은 모두 나를 실망시켰어. 하지만 너는 그러지 않을 것 같은 느낌이 들어.」

그녀는 어항에 입을 맞췄다. 그리고 돌아서다가 물벼룩 통을 방바닥에 떨어뜨렸다. 그녀는 찻숟가락으로 그것을 주워 담아야만 했다.

그런 다음 자기 마음이 너무 어수선하다 싶어서 마음을 진정시키는 일곱 번째 방법을 실시했다. 그것은 〈붉은 잡초 제거〉, 다시 말해서 자기 몸에 난 털을 뽑는 일이었다. 결코 즐거운 일은 아니지만 불안을 가라앉히는 데는 그런대로 효과가 있었다.

그녀는 무슨 옷을 입을까 하고 한참 망설였다. 입을 만한 옷이 별로 없다는 생각이 들었다.

……그러고 보니 스트레스를 푸는 중요한 방법을 빠뜨렸네. 여덟째, 쇼핑. 어느 여자도 차마 남자에게 이 사실을 고백하지는 않겠지만, 여성을 가장 짜릿하게 만드는 성감대, 이른바〈G 스폿〉은 질 벽이나 음핵에 있는 것이 아니라 쇼핑이라는 단어의 마지막 글자 G에 있지.[3]

뤼크레스는 빙그레 웃었다. 그 우스갯소리는 다리우스의 스탠드업 코미디에 나오는 것이었다. 그녀는 즉시 다리우스의 작품들을 다시 살펴보기로 했다. 그것 역시 취재의 기본적인 요소였다.

그녀는 다리우스의 스탠드업 코미디들 가운데 가장 유명한 것들을 골라서 편집한〈동물은 우리의 친구〉라는 비디오를 다시 틀었다.

이지도르는 다리우스가 남의 아이디어를 훔치거나 무명씨들의 우스갯소리를 자기 것으로 만들었다고 했다. 어쩌면 그게 사실일 수도 있었다. 하지만 그것들을 제대로 무대에 올려서 세상에 널리 알린 것은 분명 다리우스의 공로였다.

화면에 다리우스가 나타났다. 자그마한 금발 머리 남자. 분홍 정장, 검은 안대, 빨간 코.

활력과 카리스마가 넘치는 모습이었다. 마임과 연출의 재능도 남달랐다. 그의 연기에서는 모든 것이 물 흐르듯 자연스러워 보였다.

3 원래〈G 스폿〉의 G는 이 성감대를 최초로 발견했다는 독일의 산부인과 의사 그레펜베르크의 이니셜이다.

그의 과거를 조금 알고 나니 예전에 보았던 스탠드업 코미디들이 다른 의미로 다가왔다. 아버지의 교통사고나 누나 레오카디아의 죽음이나 어머니의 매춘을 다룬 작품들에서 정직성과 남다른 용기가 느껴졌다.

어찌 보면 그는 수백만 명의 사람들을 자기 고통의 증인으로 삼으면서 자신을 상대로 정신 분석을 한 것일 수도 있었다. 말하자면 유머가 불행을 소화하기 위한 수단이었던 셈이다.

뤼크레스는 비디오를 정지시키고 담배에 불을 붙였다.

마리앙주 때문에 엄청난 굴욕을 겪은 뒤로 벌어졌던 일들이 생각났다.

처음 일주일 동안 뤼크레스는 자기 방에 웅크리고 있었다. 그때는 미용사도 누텔라도 없었다. 위스키에 탄 항불안제도 어항의 물고기도 쫓아 버릴 남자친구도 없었다. 그저 피가 맺히도록 물어뜯을 손톱이 있을 뿐이었다.

당연한 얘기지만 〈구원의 성모〉 고아원에서는 그 만우절 사건을 모르는 사람이 없었다. 그래서 다들 그녀에게 말을 걸지 않았다. 그건 마치 심한 화상을 입은 사람에게 다가가는 것을 꺼리는 것과 비슷했다. 그녀의 불행이 자기들에게 옮겨질까 두려워하는 것이었다.

뤼크레스는 학교에도 가지 않았다. 하지만 그것을 두고 잔소리를 하는 사람조차 없었다.

아무도 그녀를 방해하지 않았다. 구내식당의 아주머니는 음식을 쟁반에 담아 그녀에게 가져다주었다.

그녀는 뚱보가 되어 가기 시작했다. 먹을 때만 빼고는 그저 잠을 자는 게 일이었다. 다른 여자애들을 만나고 싶은 생각이 없었다.

그래도 어느 날 한 여자애가 고집스럽게 문을 열어 달라고 하더니 그녀에게 말했다. 마리앙주가 한 짓은 옳지 않으며, 원생들끼리 상의해서 그때 찍은 사진들을 모두 없애 버렸다는 것이었다.

뤼크레스는 오기를 부리며 대답했다.

「아깝네. 아주 잘 나온 사진들도 더러 있었을 텐데.」

그녀는 다리우스의 스탠드업 코미디 〈이누이트족과 물고기〉를 녹음한 테이프를 구해다가 다시 들었다. 그 이야기에 감춰진 의미가 있기라도 한 것처럼 듣고 또 들었다.

그러고 나서 그녀는 자기 역시 이야기 속의 이누이트족처럼 문제를 잘못 파악하고 있다는 결론을 내렸다. 목표를 잘못 설정한 탓에 엉뚱하게 화를 낸 꼴이었다. 스케이트장에 와 있는 거라면 낚시를 포기하고 스케이트를 타야 했다.

웃자고 한 짓거리가 그녀를 죽일 뻔했다.

웃자고 한 소리가 그녀의 목숨을 구했다.

웃자고 하는 행위가 그녀를 다시 태어나게 할 것이었다.

하지만 다시 태어나기 위해서는 먼저 고통스러운 결단이 필요했다. 변화하기 위해서는 두 눈을 딱 감아야 할 때가 있는 것이다. 뱀도 허물을 벗는 동안에는 앞을 보지 못한다지 않는가.

그녀는 고아원 주방에 가서 고기를 써는 데 쓰는 커다란 칼을 손에 넣었다. 그런 다음 마리앙주의 방으로 올라갔다. 배신자를 응징하기 위해서였다.

그녀는 칼의 손잡이를 꼭 쥐면서 〈이것으로 고약한 장난이 마무리되는 거야〉 하고 생각했다. 칼을 보고 사색이 되어 버린 마리앙주에게 〈4월의 물고기!〉라고 외치는 자기의 목소리가 벌써부터 귀에 쟁쟁했다.

그녀는 발길질 한 번으로 방의 자물쇠를 부숴 버렸다. 하지만 마리앙주는 방 안에 없었다. 벌써 소식을 듣고 도망친 것이었다. 하지만 그 와중에도 뤼크레스에게 메모를 남겨 놓았다. 〈뤼크레스, 지난 일은 잊어버려. 그건 한낱 장난이었어. 나는 너를 사랑하고 앞으로도 영원히 사랑할 거야. 너의 천사, 마리.〉

메모지 바로 옆에는 만우절에 찍은 사진이 놓여 있었다.

〈도망을 치는 것도 모자라서 나를 조롱해?〉 하면서 뤼크레스는 사진을 박박 찢어 버렸다. 사람들의 방해로 복수의 기회를 영영 놓쳤다는 생각에 기분이 참담했다.

그 순간 뤼크레스는 한 문장을 가슴에 새겼다. 〈앞으로는 절대로 남에게 당하지 않을 거야.〉

이튿날부터 그녀는 열심히 무예를 익히기 시작했다. 무엇보다 태권도가 마음에 들었다. 공격의 강도와 실효성이라는 측면에서 자기에게 딱 맞는 것 같았다. 중국의 쿵후는 무용에 너무 가까워진 듯했고, 일본의 가라테는 너무 단순해 보였다. 그녀는 태권도와 이스라엘의 근접 격투기 크라브 마가를 혼합하여 자기만의 무술을 개발했다. 그녀가 보기에 이것은 갖가지 위험한 상황에서 벗어나기 위한 훌륭한 수단이었다. 그녀는 이 혼합 무술을 〈고아원권도〉라고, 나중에는 〈뤼크레스권도〉라고 불렀다. 이 무술에서는 모든 기술이 허용되고 가장 험악한 기술도 권장되고 있었다.

그녀는 자기가 익힌 무술의 효과를 실전에서 확인했다. 그러다가 아예 〈싸움닭〉이 되어 버렸다. 그녀는 싸움을 매우 좋아했고 아무에게나 싸움을 걸기가 일쑤였다. 조금이라도 수틀리는 일이 생기면 말보다 주먹이 먼저 나갔다.

강자들의 폭력에 대한 약자들의 태도에는 묘한 이중성이 있다. 폭력을 두려워하면서도 그것에 매혹되는 경향이 있는 것이다. 폭력이 정당하지 않다 해도 사정은 마찬가지다. 그래서 뤼크레스를 따르는 친구들은 갈수록 많아졌고, 급기야는 패거리의 우두머리가 되었다.

그때부터 뤼크레스는 〈구원의 성모〉 고아원 기숙사를 지배했다.

문을 두드리는 소리가 들려왔다. 뤼크레스는 회상에서 벗어나 현실로 돌아왔다.

문구멍으로 내다보니 전날 쫓아 버렸던 남자 친구의 얼굴이 보였다.

「뤼크레스, 미안해. 내가 잘못했어. 후회하고 있어.」

그녀는 남자가 초인종을 세 번까지 울리도록 내버려 두었다. 그런 다음 문을 홱 열고 다짜고짜 박치기를 했다. 코코넛을 망치로 때린 격이었다. 남자는 뒷걸음을 치면서 비틀거렸다. 눈두덩이 째져서 피가 흘렀다.

그녀가 말했다.

「알아. 내가 아무 이유 없이 이러는 것처럼 보이지? 그래, 그럴 거야. 하지만 이유가 없는 것은 아냐. 나는 곧 담배를 끊을 생각이거든. 그래서 벌써부터 신경이 곤두서는 거야.」

그녀는 문을 쾅 닫고 다시 담배에 불을 붙였다.

그런 다음 문 앞에서 기척이 들리기를 기다렸다. 그는 다시 돌아오지 않았다.

그녀는 앉아 있던 자리로 돌아와서 다리우스의 스탠드업 코미디를 다시 틀었다. 〈그래서 그는 문장을 읽고 웃음을 터뜨리더니, 그대로 죽고 말았습니다〉라는 말로 끝나는 마지막 작품이었다.

그 말이 마음에 걸렸다. 마치 다리우스가 자기에게 벌어질 일을 알고 있었던 것 같았다. 어찌 보면 그 일이 벌어지기를 원했던 것 같기도 했다. 만약 그렇다면 이건 단순히 앞일을 예고하는 스탠드업 코미디가 아니라 살인자를 부르는 신호였을지도 모르는 일이었다.

뤼크레스는 호기심 어린 눈으로 레비아단을 바라보았다.

「너도 웃을 때가 있니? 너는 어떤 게 재미있어?」

잉어는 유리 벽으로 다가오더니, 자기를 불안하게 하는 커다란 형체를 마주하고 공기 방울 하나를 뱉어 냈다.

27

한 세입자가 집주인과 입씨름을 벌인다.

「확실해요. 집 안에 생쥐가 돌아다닌다니까요.」

집주인 왈,

「그럴 리가 없어요. 이 아파트에는 전혀 하자가 없다고요.」

세입자는 작은 치즈 조각을 방바닥에 놓는다. 그러자 생쥐 한 마리가 치즈 조각을 낚아채어 쌩하고 달아난다. 동작이 너무 잽싸서 지나가는 게 보일 듯 말 듯 하다.

집주인이 얼버무린다.

「이거로는 확실하다고 말할 수가 없어요.」

세입자는 작은 치즈 조각을 여러 개 떨어뜨린다. 그러자 생쥐가 하나, 둘, 세 마리 스쳐 가고, 금붕어 한 마리, 이어서 생쥐 한 마리가 다시 지나간다.

「이제 됐나요? 분명히 보셨죠?」

「네, 봤어요. 그런데 금붕어도 있던걸요. 그건 어찌 된 영문인가요?」

그러자 세입자는 적잖이 짜증을 내며 내뱉는다.

「먼저 생쥐 문제부터 해결하시죠. 그러고 나서 습기 문제를 얘기하자고요.」

다리우스 워즈니악의 스탠드업 코미디

「동물은 우리의 친구」 중에서

28

사이드카 달린 모토 구치가 연기를 내뿜으며 요란하게 달리다가 한 건물의 현관 앞에 멈춰 섰다. 현관의 동판에 〈스테판 크로츠 프로덕션〉이라는 상호가 새겨져 있다.

건물은 파리 16구의 부자 동네에 걸맞게 웅장하다. 현관홀에는 두툼한 초록색 카펫이 깔려 있다.

안내 직원이 그녀에게 대기실을 가리켜 주었다. 벌써 몇 사람이 와서 기다리고 있었다. 모두가 불안한 표정이다. 마치 치료를 난폭하게 할 것처럼 생긴 치과 의사의 클리닉에 와 있는 사람들 같다.

아무도 말을 걸지 않고 아무도 눈을 들지 않는다. 한 여자는 손톱에 줄질을 하고, 한 남자는 대본을 외느라 여념이 없다. 나이가 더 들어 보이는 다른 남자는 몇 달 전에 나온 연예 잡지를 읽고 있다. 잡지 표지에는 어느 왕자 내외의 사진이 실려 있다.

뤼크레스는 벽에 붙어 있는 포스터로 눈길을 돌린다. 다리우스뿐만 아니라 그보다 덜 유명한 코미디언들의 공연을 알리는 포스터들이다.

사무실 문이 열리고 한 남자가 나타났다. 표정이 완전히 일그러져 있다.

안에서 누가 소리쳤다.

「다시는 오지 말아요. 그따위 구닥다리 유머 때문에 시간을 낭비할 수는 없어요. 앞서 가지는 못할망정…… 10년 전의 유머를 들고 와서…….」

남자는 고개를 숙인 채 멀어져 갔다. 그사이에 다른 남자가 사무실로 들어갔다. 그러더니 앞 사람만큼이나 낙담한 표정으로 다시 나왔다.

안에서 조금 전과 똑같은 목소리가 들려왔다.

「다시 연락할게요. 수고하셨어요. 다음 분!」

사무실에서 막 쫓겨 나온 남자는 대기실을 나서며 다른 사람들에게 손짓을 보냈다. 〈잘들 해보시구려〉 하는 뜻이었다.

이윽고 뤼크레스 넴로드의 차례가 되었다.

그녀는 사무실로 들어갔다. 스테판 크로츠의 대형 사진들이 여기저기에 붙어 있었다. 음악계와 영화계의 스타들이며 정계의 유명 인사들과 악수를 하거나 어깨동무를 하고 찍은 사진들이었다.

그녀는 재빨리 면담 상대의 인상착의를 살폈다. 기다란 얼굴, 작은 안경, 이틀쯤 깎지 않은 수염, 검은 가죽 재킷에 고급 청바지. 스테판 크로츠는 얼룩말 가죽으로 된 안락의자에 몸을 묻은 채로 노트북 컴퓨터의 자판을 두드리고 있었다. 책상 밑으로 카우보이 부츠가 보였다.

그녀는 그의 손놀림이 멎기를 기다렸다. 처음엔 그가 누구와 만나기로 한 시간과 장소 따위를 메모하는 것이려니 생각했다. 그런데 알고 보니 그는 인터넷 소셜 네트워크에 접속해서 몇 사람과 동시에 대화를 나누는 중이었다.

마침내 그가 말문을 열었다.

「자, 날 웃겨 봐요.」

그녀를 쳐다보지도 않고 인사말도 없이 대뜸 한다는 말이 그랬다. 그러고는 기계적인 동작으로 모래시계를 엎어 놓았다.

「3분을 주겠어요.」

뤼크레스는 입을 다물고 있었다.

그는 그녀에게 잠깐 눈길을 주었다.

「당신, 지금 시간을 허비하고 있어요.」

마지막 모래알이 떨어지자 그는 컴퓨터로 눈길을 돌렸다.

「아웃.」

그는 인터폰 버튼을 누르고 직원에게 말했다.

「카린, 도대체 몇 번을 말해야 되는 거야? 여기에 괜히 와서 내 시간만 빼앗아 가는 사람들은 들여보내지 말라니까. 다음 사람!」

하지만 뤼크레스는 자리를 뜨지 않았다.

「저는 사장님을 웃기려고 온 게 아닙니다.」

그는 피곤한 기색으로 얼굴을 문질렀다.

「영화배우인가요?」

「영화배우도 아닙니다.」

「하긴 배우들처럼 히스테리가 있어 보이지는 않는군요. 그럼 내가 맞혀 볼까요? 세무서에서 나왔군요. 세무 조사는 올해 들어 벌써 두 번이나 받았어요. 이거 너무하는 거 아닌가요?」

「그것도 아닙니다.」

뤼크레스 다음 사람이 벌써 열린 문 사이로 얼굴을 디밀고 있었다.

「누가 들어오라고 했어요? 이 사람이랑 아직 얘기가 끝나지 않았는데, 보면 몰라요?」

사무실에 들어오려던 남자는 오디션의 시련이 조금 늦춰진 것에 안도한 표정을 짓더니 죄송하다고 하면서 살며시 문을 닫았다.

「자, 수수께끼 놀이를 계속할까요? 희극 배우 지망생도 아니고 영화배우도 아니고 세무서 직원도 아니다 이거죠? 설마 내 애인들 가운데 하나가 나 모르게 낳아서 키운 아이는 아니겠죠? 만약 그런 거라면 이걸 알아야 해요. 나는 어떤 협박에도 굴복하지 않을 것이고, 내가 선택한 병원에서 검사를 받지 않고는 당신을 상속자로 인정하지 않을 거예요.」

「그것도 아닙니다.」

「그럼 보험 상품을 팔러 왔어요? 아니면 주방 설비나 창호를 새것으로 바꾸라고?」

「아뇨.」

그는 바지 멜빵에 두 손을 얹었다.

「두 손 들었어요.」

그녀는 명함을 내밀었다.

「뤼크레스 넴로드 기자입니다. 『르 게퇴르 모데른』에서 일하고 있습니다.」

「설마 다리우스에 관해서 얘기해 달라고 온 건 아니겠죠?」

그는 눈썹을 찡그렸다. 뤼크레스는 마음의 문을 여는 열쇠들을 머릿속에 늘어놓았다.

……이 사람에게는 어떤 열쇠가 맞을까?

자아라는 열쇠가 적당하겠는걸. 남의 재주를 팔아서 살아가는 사람들이 모두 그렇듯, 이 사람은 자기의 재능에 관해서 이야기해 주기를 바라고 있다.

「사람들이 다리우스에게 관심이 많은 건 사실이에요. 하지만 모두가 간과하고 있는 게 있어요. 사장님이 밀어주시지 않았다면 다리우스가 그렇게 성공할 수 없었으리라는 것이죠. 우리 주간지는 바로 그런 관점에서 이번 사건을 다뤄 보려고 해요. 〈코미디의 귀재 다리우스의 진정한 창조자〉라는 제목으로 장문의 기사를 쓸 생각이에요.」

뤼크레스는 그처럼 거창한 열쇠로 정말 상대의 마음을 열수 있을까 하고 생각했다.

그는 인터폰 쪽으로 몸을 기울이며 말했다.

「카린, 앞으로 5분 동안 아무도 들여보내지 마. 나한테 전화가 오더라도 바꿔 주지 말고.」

그러고는 기자 쪽으로 몸을 돌렸다.

「발행 전에 나한테 기사를 보여 준다는 조건으로 인터뷰에 응하겠어요. 동의하죠? 자, 그럼 시작할까요? 다섯 가지 질문만 받겠어요.」

「왜 꼭 다섯 가지인가요?」

「그냥요. 이제 네 가지 남았어요.」

뤼크레스는 당황하지 않았다.

「타데우시 워즈니악 말로는 사장님이 다리우스와 소송을 벌이고 있었다더군요. 다리우스가 초기 앨범들에 대한 저작권을 회수하려고 했다던데, 그게 사실인가요?」

「대답은 〈예〉입니다. 이제 세 가지 질문이 남았어요.」

116

「사장님은 그 소송에서 패배할 가능성이 많았어요. 우리나라에서는 예술가의 지적 재산권이 엄격하게 보호되고 있으니까요. 결심 공판은 다음 주에 열릴 예정이었어요. 다리우스가 사망함으로써 공판은 당연히 연기되었고 사장님은 당분간 저작권을 그대로 보유할 수 있게 되었죠. 그것 역시 타데우시에게서 들은 얘기입니다. 사실인가요?」

「대답은 〈예〉입니다. 이제 질문은 두 가지밖에 안 남았어요. 그런데 말이죠, 나에 대해서 좋게 말하는 기사를 쓰려는 거 맞아요?」

「그러니까 법원의 판결을 며칠 앞두고 그가 사망함으로써 사장님은 상당한 이익을 보게 된 셈입니다. 사장님은 기존의 권리를 상실하지 않았을 뿐만 아니라 다리우스의 사망에 따른 특수를 누리고 있습니다. 대중이 아주 좋아했던 초기 앨범들을 다시 팔고, 베스트 선집을 제작하고 있으니까요. 게다가 올랭피아에서는 추모 갈라 공연이 열릴 것이고, 사장님은 그것을 DVD로 제작해서 팔게 될 것입니다. 사장님 입장에서 보면 모든 것을 잃으려던 순간에 잭팟이 터진 거나 진배없습니다. 정말 그런가요?」

「그래요. 이제 한 가지 질문만 남았어요.」

「다리우스를 살해하셨나요?」

「아뇨.」

제작자는 헤벌쭉한 미소를 지었다.

「나를 멋지게 속여 넘겼군요. 하지만 이제 더 허비할 시간이 없어요. 고맙습니다, 여성분, 나중에 또 보죠. 참, 발행하기 전에 내가 기사를 검토할 수 있게 해주는 거 잊지 말아요. 안 그러면 내 변호사를 보낼 거예요. 그 친구는 성과급을 받기 때문에 의욕이 대단해요. 게다가 개인적인 이유로 언론을 혐오하죠.」

뤼크레스는 그의 눈을 정면으로 바라보다가 큰 도박을 감행하는 심정으로 내뱉었다.

「제가 보기에 사장님은 거짓말을 하고 있어요. 다리우스를 죽이셨죠?」

스테판 크로츠는 말없이 자기의 열쇠고리 수집품들을 살피고 있었다. 고무 인형이 달린 열쇠고리들이었다. 가만히 보니 고무 인형들의 배에 누름단추가 달려 있었다. 그는 열쇠고리 하나를 집어 고무 인형의 배를 눌렀다. 즉시 웃음소리가 새어 나왔다. 인형에 내장된 스피커에서 나오는 소리였다.

「이런 거 본 적 있어요?〈웃음 기계〉들이에요. 억지로 웃고 싶은 기분조차 들지 않을 때는 이 장난감을 사용하죠. 나처럼 공연 제작자로 일하는 사람들에게는 아주 실용적이에요. 이걸 사용하면 억지로 웃느라고 광대근을 움직일 필요가 없어요. 덕분에 주름도 덜 생기죠. 자, 하나 골라 봐요. 나한테 호감을 가지고 있는 것 같으니 선물로 주겠어요. 이건 어때요?〈농부의 웃음〉이죠.」

그는 열쇠고리 하나를 골라 고무 인형의 배를 눌렀다. 걸걸한 웃음소리가 들렸다.

「크로츠 사장님, 제 질문에 대답하지 않으셨어요.」

그는 열쇠고리를 내려놓고 어깨를 으쓱 추켜올렸다. 그러고는 관능적인 미녀의 모습을 한 인형을 집어 들면서 말했다.

「어쩌면 이걸 더 좋아할지도 모르겠군요.〈겁에 질린 여성의 웃음〉입니다.」

그가 인형의 배를 누르자 날카로운 웃음소리가 들리고 그 사이로 헐떡거리는 소리가 섞여들었다. 헐떡거리는 소리는 점점 높아지다가 마치 오르가슴과 같은 상태에 도달했다.

「이걸 주겠어요. 고마워할 건 없어요. 우리 회사 판촉물이 거든요. 우리의 주문에 따라 중국에서 제작한 거예요.」

아닌 게 아니라 고무 인형에 스테판 크로츠 프로덕션을 줄인 〈SKP〉라는 이니셜이 적혀 있었다. 뤼크레스는 그 이상한 장난감을 받아 들었다. 그러고는 태연하게 물었다.

「자, 뭐라고 대답하시겠어요?」

「너무나 터무니없는 중상이라서 웃음조차 안 나와요. 이런 기계로 조롱을 받아 마땅한 주장이죠. 도대체 무슨 생각을 하는 거예요? 내가 벽을 뚫고 들어갔겠어요? 아니면 비밀 통로를 이용해서 다리우스의 분장실에 들어갔겠어요?」

그는 〈강박증에 걸린 노인의 웃음〉이라는 말이 적힌 인형의 배를 눌렀다.

그러고는 미소를 거두고 말을 이었다.

「당신은 이걸 알아야 해요. 화를 내는 건 프로가 아니에요. 이 바닥에서는 모든 게 돌고 돌아요. 어제의 친구가 오늘의 적이 되고 내일이면 다시 친구가 될 수 있어요. 서로 소송을 제기하거나 고함을 지르고 으름장을 놓으며 싸우기도 하지만 곧 화해하죠. 쇼 비즈니스 업계는 뭐니 뭐니 해도 하나의 거대한 가족이에요. 말도 많고 탈도 많지만, 외부 사람들이 생각하는 것과는 달리 한배를 탄 가족이죠. 광대들, 대중을 즐겁게 하는 사람들, 사회의 긴장을 풀어 주는 예인들의 공동체입니다. 우리가 행하는 사회적 역할은 의사들의 역할과 크게 다르지 않습니다. 어떤 의미에서는 우리가 의사들보다 중요한 역할을 한다고 볼 수도 있습니다. 우리가 하는 일이 뭡니까? 사람들에게 현실을 견디며 살아갈 수 있는 힘을 줍니다. 직장 상사와 동료와 아랫사람, 남편과 아내와 정부와 자식이 주는 스트레스를 견디고 세금이나 질병 따위를 참아낼 수 있게 해준다는 것이죠.」

「여전히 제 질문에는 대답하지 않으시네요.」

「아직도 내 대답이 부족한가요?」

그는 한숨을 내쉬었다.

「사실 나는 다리우스에게 실망했어요. 나를 저버렸다고, 아니 나를 배신했다고 그를 원망했어요. 저작권을 놓고 그와 소송을 벌이기도 했죠. 내가 패할 것으로 예상되던 상황이었어요. 그래요, 그건 사실이에요. 하지만 올랭피아에서 열릴 추모 공연은 그에 대한 추억을 오래도록 간직하자는 뜻에서 기획한 것이지 돈을 벌자고 하는 일이 아니에요. 남이야 어떻게 생각하든 내 의도는 순수해요. 지금 이 순간 그가 천국에서 나를 보고 있다면, 〈고맙네, 스테판〉 하고 말하고 싶을걸요.」

그는 왼쪽 가슴에 한 손을 얹고 창문 너머로 눈길을 돌려 먼산바라기를 했다. 그러더니 열쇠고리의 고무 인형을 눌러 날카로운 웃음소리를 냈다.

뤼크레스가 물었다.

「다리우스가 죽던 순간에 어디에 계셨죠?」

「객석에 앉아서 박수를 치고 있었죠. 내 덕분에 무명 시절을 벗어난 뒤로 기예의 절정에 도달한 다리우스라는 코미디언에게 박수를 보냈어요. 내 옆에 문화부 장관이 계셨으니, 그분이 증언을 해주실 수 있겠네요. 그 정도면 알리바이로 충분하지 않나요?」

뤼크레스는 선물로 받은 열쇠고리의 핀업 걸 인형을 눌렀다. 기계적인 웃음소리가 울렸다.

「솔직하게 말씀해 주세요. 다리우스의 사망으로 이익을 보는 사람이 있다면 사장님 말고 누가 있을까요?」

「다리우스의 형 타데우시가 있죠. 막대한 재산을 상속받을 사람이에요. 이제부터는 그가 키클롭스 프로덕션을 이끌어 나갈 겁니다.」

「타데우시 말고는 다리우스를 제거하고 싶어 했을 만한 사람이 없을까요?」

「동기가 돈이 아니라 명예일 수도 있겠죠. 그렇다면 다리우스를 죽임으로써 이익을 볼 수 있는 사람은 당연히 주된 경쟁자이겠네요. 다리우스의 뒤를 이어서 유머의 일인자가 된 사람 말이에요.」

그는 어릿광대 모양의 인형을 손가락으로 토닥거렸다.

「그는 키클롭스 프로덕션과 전속 계약을 맺고 있습니다. 우연치고는 좀 묘하군요.」

29

기원전 4803년.

오늘날의 이라크에 해당하는, 티그리스강과 유프라테스강 사이의 어느 지방.

인간 부족들은 오랜 세월을 떠돌아다닌 끝에 정착 생활을 하고 싶은 마음이 들 만큼 비옥한 땅을 찾아낸다.

사냥과 채집으로 살아가던 사람들은 차츰차츰 농민이 되어 간다.

인간 공동체들은 흙벽돌로 오래 버틸 수 있는 집을 짓고 최초의 마을들을 건설한다. 먹을 것을 얻기 위해 기장이나 밀과 같은 곡식의 씨를 뿌리고 나중에 거두는 농경이 시작된다. 염소나 양이나 소 같은 동물들은 먹이를 구하기 위해 위험을 무릅쓰고 마을에 접근한다. 사람들은 그 동물들을 길들여 울타리 안에 가둔다. 그리하여 목축이 생겨난다.

몇 세기가 지나는 동안 농경과 목축이 발전하고, 마을들은 점점 커져서 고을이 된다. 이 고을들 역시 점점 커져서 수천 명의 주민을 거느린 도시로 변한다.

그리하여 기원전 5천 년 무렵에는 우루크, 에리두, 라가시, 우르 같은 최초의 대도시들이 출현한다.

이 도시들은 엄밀한 의미로 말하는 최초의 문명, 즉 수메르 문명을 형성한다.

기원전 4803년, 가장 강력하고 가장 선진적인 수메르 도시들 가운데 하나인 우르가 키시라는 도시에 맞서 전쟁을 벌이기 시작한다. 키시는 경쟁 문명인 아카드 문명에 속하는 도시이다.

이 전쟁은 오래도록 지속된다. 수메르인 진영도 아카드인 진영도 점점 지쳐 갈 수밖에 없다.

그러던 어느 날 키시 왕국이 중요한 전투에서 승리를 거둔다. 하지만 아주 결정적인 승리는 아니다. 아카드의 왕 엔비이슈타르는 수메르의 왕 엔샤쿠샤나에게 평화 조약을 맺자고 제안한다. 그 제안에 따라 양쪽 군대가 중립 지대에 있는 골짜기에 집결한다.

두 나라 왕이 마주 앉고 역관들이 그들 사이에 자리를 잡는다.

엔샤쿠샤나왕이 수메르어로 말문을 연다.

「그래, 저쪽에서 제안하는 게 무엇인고?」

역관이 왕의 질문을 전달한다.

주위에서는 대신들이 그 장면을 지켜보고 있다.

이윽고 역관이 엔비이슈타르왕의 대답을 옮겨 준다.

「평화를 원한다고 하십니다.」

「좋아. 우리 역시 평화를 원하며 이 전쟁에 지쳐 있다고 대답해라.」

역관이 말을 전한다. 아카드 왕 엔비이슈타르는 대신들과 이야기를 나눈 다음 역관에게 말한다. 그 메시지는 다시 반대쪽으로 전해진다.

수메르 왕이 묻는다.

「뭐라 하는고?」

「지난번 전투를 이겼으니 자기네가 전쟁에 승리한 거라고 합니다. 그래서 우르시를 파괴하지 않는 대가로 5년 동안 비축 식량 전체를 조세로 바치기를 원한답니다. 또한 남자 5천 명과 여자 3천 명을 노예로 데려갈 것인데, 그들은 아카드 왕과 수하의 장군들이 직접 고르겠답니다.」

수메르 왕 엔샤쿠샤나는 한참 침묵을 지킨다.

역관은 조바심을 낸다.

「전하, 소신이 뭐라고 말해야 하올지요? 저들이 대답을 기다리고 있사옵니다.」

그러자 수메르 왕은 아카드 왕 쪽으로 나아가더니, 기이하게 얼굴을 찡그린다. 그러면서 무슨 말을 할 것처럼 입을 벌린다. 그러나 그는 입으로 말을 하는 대신 항문으로 드르렁 소리를 낸다.

그 장중한 방귀 소리는 나팔 소리처럼 울렸다. 그게 엔비이슈타르왕에 대한 엔샤쿠샤나왕의 대답인 셈이다.

효과는 대번에 나타난다. 수메르의 모든 대신이 웃음을 터뜨린다.

아카드 왕은 웃지 않는다. 웃기는커녕 화가 나서 얼굴을 붉히고 눈을 부라린다. 그러고는 대신들에게 명령을 내린다. 통역이 되지 않아서 무슨 말인지는 알 수 없다. 그의 대신들은 막사를 떠난다.

수메르 왕 엔샤쿠샤나의 군대는 자기들끼리만 남게 되자 모두가 웃음을 터뜨린다.

그때 왕이 서사에게 이른다.

「아무도 이 사건을 잊지 않게 해야 한다. 방금 우리가 웃은 것처럼 모든 백성이 웃도록 만들어야 하느니라.」

서사의 이름은 신 레제 우닌니. 그는 분부대로 하겠다며 고개를 끄덕인다. 하지만 속으로는 걱정이 태산이다. 방귀를 어떻게 그림으로 나타낸단 말인가? 그 우스꽝스러운 상황을 어떻게 점토 판에 새긴단 말인가? 그는 그 방법을 놓고 밤새도록 고민을 한다. 이튿날이 지나고, 그 뒤로 며칠이 지나도록 그의 고민은 계속된다.

두 달 뒤, 수메르 왕 엔샤쿠샤나는 엔비이슈타르왕의 군대와 다시 전투를 벌여 승리를 거둔다. 이 승리는 결정적이다. 수메르인들은 키시를 함락시킨다. 이로써 아카드인의 도시 키시에 대한 우르의 지배가 시작된다.

엔샤쿠샤나왕은 군대를 이끌고 의기양양하게 키시 거리를 나아가다가 문득 평화 회담이 결렬된 사건을 떠올리고 서사에게 그 사건을 기록했는지 묻는다. 서사는 대답을 얼버무린다.

그런데 얼마 뒤에 신 레제 우닌니는 아주 대담한 생각을 해낸다. 그림으로 눈에 보이는 것을 나타내는 대신 부호를 사용해서 말소리를 적으면 어떨까? 부호들을 결합하면 낱말들이 이루어질 것이고, 그 낱말들을 사용하면 눈에 보이는 것뿐만 아니라 눈에 보이지 않는 것도 나타낼 수 있지 않을까? 어쩌면 우리의 생각이나 감정까지 나타낼 수 있을지도 몰라.

그는 축축한 점토 판에 송곳으로 그림을 새기는 대신, 쐐기 모양의 선을 그린다. 그런 다음 가로나 세로로 그린 선들의 각 조합에 음절을 대응시킨다.

후대의 학자들이 설형 문자라고 이름 붙인 문자가 탄생하는 순간이다. 신 레제 우닌니는 두 나라 왕의 평화 회담이 뜻밖의 결말에 이르게 된 과정을 꼼꼼하게 기록한다.

그는 그림으로 뜻을 나타내지 않는 새로운 문자를 발명했을 뿐만 아니라, 인류 역사에서 처음으로 유머를 문자로 기록한 것이다.

유머 기사단 총본부 편, 『유머 역사 대전』 중에서

30

「색깔을 바꿔 줄까?」

미용사 알레산드로는 뤼크레스의 두피에 약간 묽고 푸르스름하고 끈끈한 제품을 발랐다.

「마호가니색에 가깝게 하지 뭐.」

「당근색을 버리라고?」

「마호가니색과 당근색 사이로 할게. 그리고 길이를 조금 가지런하게 맞추는 게 좋겠어. 가위를 대는 게 싫어? 그냥 너무 비어져 나온 것만 자를게. 나를 믿어, 뤼크레스, 자르는 게 낫다니까.」

「고맙지만 됐어. 나는 긴 게 좋아.」

남자는 경쾌한 동작으로 두피 마사지를 시작했다. 그가 작은 유리병들을 열어서 냄새를 맡을 때마다 이상한 향기가 감돌았다.

「내가 진짜 재미난 얘기 해줄까?」

「아니, 고맙지만 사양하겠어, 알레산드로. 요즘엔 좀 그래…… 유머 소화 불량에 걸렸다고나 할까?」

알레산드로는 입을 다물었다. 뤼크레스는 상념에 빠져들었다.

……이번에 미용실을 찾은 것은 터무니없는 짓이라는 것을 알아. 하지만 너무나 오고 싶었어. 취재 때문에 신경이 너

무 흥분되어 있어. 뭔가 중요한 것을 놓치고 있다는 느낌이 드는데 그게 뭔지 모르겠어.

사람을 웃기면서 살해한다는 게 가능할까?

프랑스인들이 가장 좋아하는 인물을 미워했을 법한 사람이 누가 있을까?

BQT가 뭐지? 〈침묵하는 자는 복이 있나니Bienheureux celui Qui se Tait〉라는 뜻일까?

스테판 크로츠에 대해서는 어떻게 생각해야 할까? 타데우시 말마따나 그는 다리우스가 죽음으로써 가장 많은 이득을 본 사람이다. 크로츠의 생각은 물론 다르다. 진짜 이득을 많이 보는 사람은 타데우시라는 것이다.

「알레산드로, 그 사람에 대해서 어떻게 생각했어? 코미디언 다리우스 말이야.」

「엄청나게 좋아했지. 그 사람, 천재였어. 그가 세상을 떠났다는 소식을 듣고 큰 충격을 받았어. 그냥 입맛이 싹 가시더라고. 세 시간 동안 말이야. 오죽했으면 감자칩으로 저녁을 때웠을까.」

「그의 어떤 점이 마음에 들었는데?」

「뭐든지 다! 그는 정말 재미있었어. 게다가 착하고 너그럽다는 느낌이 들었어. 무게를 잡지 않고 사람들을 사랑하는 연예인이었지. 뤼크레스, 그거 알아? 그가 죽던 날, 여기에서 손님들이 얘기를 많이 했어. 내가 보기엔 말이야, 정보기관 사람들이 그를 살해한 것 같기도 해.」

「정보기관 사람들이 왜?」

「그가 중요한 정치인들에 관해서 너무 많은 것을 알고 있었기 때문이지. 사실 그는 모든 정치인과 친분을 쌓았어. 그들은 다리우스와 재미난 이야기를 나누다가 간간이 자기들 얘기를 털어놓았을 거야. 그러고는 나중에 가서 후회를 한 거지. 매릴린 먼로와 콜뤼슈[4]의 경우도 비슷했어. 정치인들이 킬러를 보내서 살해하고 사고로 위장한 거라고. 사고라니, 우리가 속을 줄 알고?」

「정보기관의 소행이라고? 알레산드로, 어디서 그런 얘기를 들었어?」

「사실은 인터넷에서 봤어. 사건 당일 밤에 누가 그런 글을 올렸더라고. 군 정보기관에서 비밀 정보를 다루는 사람이라고 하던데. 그래서 실명을 감추고 정보를 폭로한 거래. 모근도 같은 색으로 하는 거지? 원한다면 일부분은 금발로 염색할 수도 있어, 그게 좋겠어?」

「정말 그들이 범인이라면 어떻게 다리우스를 살해했을까?」

「〈고르주 프로퐁드〉[5]라는 아이디를 사용하는 그 사람의 주장에 따르면, 그건 CIA의 소행이래. 그들이 파리나 모기나 개미 같은 작은 곤충을 무기로 개발해서 분장실로 보냈다는 거야. 그 곤충이 환기 장치를 통해 침투해서 아주 작은 독침을 찔러 넣었기 때문에 흔적조차 남지 않았다는 거지.」

---

4 프랑스의 유머 작가이자 코미디언(1944~1986). 본명 미셸 콜루치. 뮤직홀 무대에서 현대 사회의 금기와 정치 질서를 공격하는 새로운 형태의 풍자적인 스탠드업 코미디로 명성을 쌓은 뒤에 방송과 영화로 진출하여 대중의 큰 사랑을 받았다. 그런 인기를 바탕으로 1981년에는 대통령 선거에 출마했다가 사퇴하기도 했고, 1985년에는 〈마음의 식당〉이라는 빈민 구호 단체를 만들어 대중의 열렬한 호응을 얻기도 했다. 1986년 오토바이 사고로 사망했다.
5 〈깊은 협곡〉이라는 뜻. 프랑스의 SF 작가 스테판 부아요쿠쟁의 필명 〈조르주 프로퐁George Profond〉의 패러디인 듯.

「쳇, 그런 이야기는 이미 어떤 과학 소설에서 읽었어. 『개미』2부에 나오던가?」

「이건 소설이 아니라 사실이야. 범행 동기도 분명하잖아.」

「아, 그래? 범행 동기가 뭔데?」

……내가 미용실이 어떤 곳인지를 잊고 있었어. 심리 치료를 받는 것은 물론이고 다른 곳에서 접하기 어려운 정보를 얻을 수도 있는 곳인데 말이야.

「정말 이해를 못 한 거야?」

그는 그녀의 귀에 대고 속삭였다.

「다리우스는 콜뤼슈처럼 대통령 선거에 출마할 생각을 가지고 있었어. 그건 분명해. 그는 당선될 가능성이 있었어. 그렇고말고! 프랑스인들이 가장 좋아하는 인물이었잖아.」

「그렇다 치고, 그게 CIA와 무슨 상관이야?」

그는 다시 고개를 숙이며 말했다.

「우리 나라의 현직 대통령이 CIA 요원이야. 그래서 그들이 대통령의 정적을 제거한 거라고.」

알레산드로는 음모자 같은 표정을 지으면서 집게손가락을 자기 입에 갖다 댔다. 그러고는 자기들이 속닥거리는 것을 주위 사람들이 이상하게 생각하지 않도록 짐짓 존댓말을 쓰면서 모두에게 들리도록 큰 소리로 말했다.

「어때요, 마드므와젤 넴로드, 모근도 같이 해드릴까요? 아니면 그건 남겨 두었다가 다음에 할까요?」

「모근까지 염색하는 데는 얼마야?」

알레산드로는 다시 목소리를 낮추며 말했다.

「자기 같은 단골손님한테는 싸게 해줘야지. 오늘은 반값에 해줄게. 그리고 자기가 원한다면 루이즈한테 부탁해서 네

일 팁도 붙여 줄게. 방금 신상품을 받았거든. 미국에서 만든 네일 팁이야. 강화 플라스틱으로 된 것인데 암사슴 무늬가 들어가 있어. 해거름에 숲에서 놀고 있는 암사슴의 모습을 예쁘게 그려 넣었더라고. 손톱 하나하나에 암사슴과 석양이 들어 있다고 생각해 봐. 원한다면 발톱에도 붙여 줄게.」

그녀의 대답은 난데없는 트럼펫 소리에 묻혀 버렸다. 거리가 시끌시끌했다.

……카니발 행렬인가? 만우절이 되려면 며칠 더 있어야 하는데? 이것 역시 이상 고온 현상의 악영향이야. 이제는 시도 때도 없이 카니발을 벌인다니까.

갖가지 모습으로 분장한 사람들 한 무리가 트럼펫과 클라리넷과 색소폰을 불면서 행진하고 있었다.

길을 막고 있는 행렬이 미용실 거울에 비쳤다. 뤼크레스는 어쩔 수 없이 그것을 살펴보고 있었다. 그러다가 행렬 속에서 무언가를 발견하고 소스라치게 놀랐다.

장식 수레에 실린 거대한 인형 위에 빨간 공을 코에 붙인 어릿광대가 앉아 있었다. 입꼬리가 아래로 처지고 뺨에 눈물 자국이 난 모습으로 분장한 어릿광대였다.

……세상에, 슬픈 표정의 어릿광대잖아!

그녀는 즉시 거리로 뛰어나갔다.

「어이! 당신!」

어릿광대는 그녀를 보더니 수레에서 뛰어내려 냅다 줄행랑을 놓았다. 뤼크레스는 머리카락에 케어 제품을 바른 채로 추격에 나섰다. 도망자는 군중을 이용해서 거리를 벌리려고 했다.

뤼크레스는 수레에 올라서서 그가 달아나는 방향을 알아

낸 다음, 그를 뒤따라가지 않고 행렬을 에돌아 그의 앞길을 막아섰다. 그러고는 그를 땅바닥에 쓰러뜨리고 팔꿈치로 목울대를 눌렀다. 그렇게 몇 초 동안 숨통을 죄다가 풀어 주고 나서, 미용실 가운으로 상대의 뺨을 문질렀다. 분장이 지워지자 열여섯 살쯤 되어 보이는 젊은이의 얼굴이 나타났다.

「왜 도망쳤지?」

「휴대 전화 때문에 그러시는 모양인데, 제가 훔친 게 아니에요. 정말이에요. 다른 애들이 그랬다고요.」

뤼크레스는 젊은이를 놓아주었다. 그는 걸음아 날 살려라 하고 달아났다. 행인들은 그녀를 바라보다가 깜짝깜짝 놀랐다. 머리에 바른 끈끈한 액체가 그녀의 눈으로 흘러들 참이었다.

……내가 무슨 생각을 했던 거지? 살인자와 우연히 맞닥뜨린 줄 알았던 거야? 알레산드로한테 황당무계한 이야기를 듣고 나더니, 내 생각도 황당해졌나 봐.

그녀는 미용실로 돌아왔다.

알레산드로가 놀림조로 물었다.

「이런, 이런, 뤼크레스, 네 인생에 하나뿐인 남자가 지나가는 것을 본 거야?」

「그런 줄 알았는데 내가 잘못 봤어. 그 남자가 아니더라고.」

그녀는 다시 자리에 앉으면서 진지한 표정으로 대답했다.

한 남자가 미용실 안쪽에서 신문을 보는 척하며 그녀를 주의 깊게 살피고 있었다. 하지만 뤼크레스는 그것을 알아차리지 못했다.

31

2세 때는 똥오줌을 가리는 게 자랑거리.

3세 때는 이가 나는 게 자랑거리.

12세 때는 친구들이 있다는 게 자랑거리.

18세 때는 자동차를 운전할 수 있다는 게 자랑거리.

20세 때는 섹스를 하는 게 자랑거리.

35세 때는 돈이 많은 게 자랑거리.

50세 때는 돈이 많은 게 자랑거리.

60세 때는 섹스를 하는 게 자랑거리.

70세 때는 자동차를 운전할 수 있다는 게 자랑거리.

75세 때는 친구들이 있다는 게 자랑거리.

80세 때는 이가 남아 있는 게 자랑거리.

85세 때는 똥오줌을 가리는 게 자랑거리.

다리우스 워즈니악의 스탠드업 코미디

「사랑할 땐 언제나 청춘」 중에서

32

불안이 최고조에 달했다. 코미디언 펠릭스 샤탐[6]은 수건

6 이 소설에서 베르베르는 자신이 주도하는 프랑스 작가들의 모임 〈상상 세계 리그〉 회원들의 이름을 대거 차용하고 있다. 〈상상 세계 리그〉는 과학 소설, 스릴러, 판타지 분야에서 독특한 작품 세계를 구축해 온 중견 작가들 열 명이 모여 2008년에 결성한 모임이다. 그들 가운데 이 소설에 이름이 차용된 작가는 일곱 명. 막심 샤탐은 코미디언 펠릭스 샤탐으로, 에리크 자코메티는 뤼크레스의 앙숙 마리앙주 자코메티로, 파트리크 보벤은 동명의 법의관으로, 앙리 뢰벤브뤼크는 동명의 유머 역사 연구가로, 로랑 스칼레즈는 정신과 의사 카트린 스칼레즈 박사로, 에리크 비첼은 동명의 컴퓨터 전문가로 나오고, 프랑크 틸리에는 카르나크에서 유머를 수집하는 프랑수아 틸리에로 나온다. 또한 소설 속의 공연 제작자 스테판 크로츠는 베르베르의 공연 제작자와 동명이고, 카르나크

으로 닦아 내야 할 만큼 땀을 많이 흘리고 있었다. 손까지 부들부들 떠는 상황이었다.

뤼크레스는 올랭피아의 백스테이지에서 멀찌감치 떨어진 채로 그를 살펴보고 있었다. 공연 시작을 앞두고 긴급하게 실시하는 최종 리허설 시간이었다.

펠릭스 샤탐은 조연출과 함께 공연의 세부 사항을 마지막으로 점검하는 중이었다.

조연출은 초시계를 찰카닥 눌러서 대사의 지속 시간을 재곤 했다.

「여기, 〈매력적인 사람과 함께〉라는 대목에서 웃음을 이끌어 내고, 4초를 기다려. 더는 안 돼. 그사이에 숨을 가다듬고 박수가 잦아들기 전에 다시 시작하는 거야. 자, 다음 대사.」

펠릭스는 대사를 암송했다.

「〈……그럴지도 모르죠. 하지만 상황을 보아하니 너무 쉬울 것 같은데요.〉」

「좋아. 눈알을 굴리고 턱을 35도로 치켜들어. 오른쪽으로 세 걸음 가서 반쯤 돌아서. 그러면 황색 조명이 45도 포즈로 너를 비춰 줄 거야. 그때 약간 찡그린 표정으로 다음 대사를 날리는 거야. 미소는 32-2번이야. 자, 해봐.」

스피커에서 음성이 흘러나왔다.

성당의 신부 파스칼 르 게른과 경감 질 말랑송은 베르베르의 친구들과 이름이 같다. 그런가 하면 뤼크레스의 성 넴로드는 『구약 성서』「창세기」에 힘센 사냥꾼으로 묘사되어 있는 니므롯왕의 프랑스어 이름이고, 이지도르의 성 카첸버그는 애니메이션 「개미」를 만든 미국의 영화 제작자 이름을 딴 것이다. 끝으로, 소설의 중심인물 다리우스의 성은 스티브 잡스와 공동으로 애플 컴퓨터를 창립한 폴란드계 미국인 스티브 워즈니악을 염두에 두고 착상된 것이다(이 번역에서 〈보즈냐크〉라는 프랑스어식 발음 대신 영어식 발음을 선택한 이유이다).

「더 기다릴 수가 없어. 관객들이 아우성이야. 이제 올라가야 해.」

아닌 게 아니라 관객들의 외침이 들려왔다.

「펠릭스! 펠릭스!」

코미디언은 공황의 징후를 보이기 시작했다.

조연출은 그의 어깨를 잡고 말했다.

「안 돼. 주의를 흩트리지 마. 다음 대사.」

「알았어. 할게. 〈아무튼 그들도 알 건 알아야죠. 내가 잘못 생각하는 게 아니라면, 여러분 모두가 같은 처지에 놓인 것은 아니니까요.〉」

「더 또박또박하게. 〈알 건 알아야죠〉를 야무지게 발음해야 해. 다시 해봐.」

「〈알 껀 알아야죠.〉 됐어?」

「한결 낫다. 좋아, 그 정도면 될 거야. 아차, 여기에서도 웃음을 이끌어 내고 조금 뜸을 들여야 해. 만약 관객 중에 유난히 크게 웃는 사람이 있으면, 곧바로 응수를 해. 〈저기 앉으신 여사님, 이게 남의 일 같지 않으신가 보죠?〉 하는 식으로. 알겠지? 그런 관객이 없으면 속으로 다섯을 세. 그런 다음 화난 표정을 짓고 다음 대사로 넘어가.」

「〈좋아요, 하지만 뭘 알아야 그들에게 알려 주죠.〉」

「정상적으로 진행이 된다면 여기까지 1분 20초가 걸릴 거야. 명심해, 리듬을 잃으면 안 돼. 여기에서는 63-3번 미소를 짓는 거야. 네 얼굴에 보조개가 생기게 하는 미소야. 평소에 하던 대로 자연스럽게 하면 돼. 그다음에는 자리에 앉아서 숨을 길게 들이마시고 한바탕 길게 쏟아 내는 거야. 또박또박 발음하도록 주의해. 단어를 씹지 말고 특히 네가 평

133

소에 잘 틀리는 두 단어, 〈물난리〉와 〈안간힘〉에서 실수하지 않도록 해.」

뤼크레스는 리허설이 자동차 랠리와 비슷하다고 생각했다. 배우가 드라이버라면 조연출은 진행 방향과 커브와 장애물과 속도를 알려 주는 코드라이버였다.

그녀가 앞으로 막 나아가려는데 누가 그녀의 아래팔을 잡았다.

「저 사람들을 방해하지 말아요. 특히 지금은 안 돼요.」

용고뚜리 소방 안전 요원 프랑크 템페스티였다.

「자칫하면 모든 것을 망칠 수도 있어요. 코미디 공연의 이면에 얼마나 많은 긴장과 노력이 있는지 당신은 모를 거예요. 공연 전체가 초 단위로 치밀하게 짜여 있죠.」

관객들의 외침이 더욱 크게 들려왔다.

「펠릭스! 펠릭스!」

스피커 소리가 다시 울려 퍼졌다.

「20분이나 지연됐어. 계속 이러면 저 친구들이 모든 걸 부숴 버릴 거야. 이제 올라가야 해!」

펠릭스는 다시 공황의 징후를 보였다.

조연출은 그의 어깨를 감쌌다.

「진정해. 연습을 마저 끝내자고.」

그때 검은 옷을 입은 남자가 그들 쪽으로 걸어갔다.

「저 사람은 누구예요?」

「보브예요. 펠릭스의 펀처죠.」

「펀처라고요? 펀처가 뭔데요?」

「유머 분야의 전문 기술자라고나 할까요? 공연을 최종적으로 점검하는 자리에 참여해서 군더더기를 없애고 나사를 죄고 효과를 조절하고 억양의 포인트를 정확히 짚어 주고 시선 처리를 돋보이게 해주죠. 유머란 정교한 시계 장치와 같아요. 정교한 만큼 부서지기도 쉽고 다루기도 까다롭죠.」

두 남자는 리허설에 열중한 나머지 보브가 온 것을 알아차리지 못했다. 그때 갑자기 펠릭스가 눈을 휘둥그렇게 떴다.

「이런, 목이 잠겨 버렸어. 또 시작이야. 말이 잘 안 나와. 망했어. 어서 의사를 불러 줘.」

스피커가 또다시 지지직거렸다.

「관객들을 더 붙잡아 둘 수가 없어. 벌써 25분이나 지났다고.」

관객들은 이제 발을 구르면서 연호하고 있었다.

「펠릭스! 펠릭스!」

코미디언은 식은땀을 흘리고 있었다.

「안 되겠어. 탈이 나버렸어. 목이 콱 잠겼다고. 포기해야겠어. 모두에게 환불해 줘.」

보브가 끼어들었다.

「꿀을 갖다줘!」

소방 안전 요원 템페스티는 어딘가로 달려가서 커다란 베이지색 단지를 들고 왔다. 펠릭스는 꿀을 연거푸 세 숟가락이나 퍼 먹었다. 그러고는 아아 하고 소리를 내보았다. 그저 쉰 목소리가 나올 뿐이었다.

그는 꿀을 더 퍼 먹고 잠시 기다렸다가 목을 가다듬었다. 기침이 터져 나왔다.

그는 얼굴이 벌겋게 상기된 채로 다시 말했다.

「환불해야겠어.」

보브가 말했다.

「할 수 없지. 비상수단을 사용할 수밖에. 의사를 부를게.」

뤼크레스는 놀란 표정으로 그 난처한 상황을 지켜보고 있었다.

펠릭스는 어찌할 바를 몰라 하며 다시 말했다.

「관객들에게 환불해 줘. 공연을 취소하겠어. 말을 할 수가 없어. 목이 완전히 잠겨 버렸다고!」

보브는 의사가 곧 올 거라면서 그를 달랬다.

소방 안전 요원은 뤼크레스의 귀에 대고 속삭였다.

「걱정하지 말아요. 매일같이 이래요. 무대 공포증 때문에 성대가 마비된 거예요.」

「정말 공연을 취소하고 환불하나요?」

「천만에요. 이건 심리적인 거예요. 코미디언들보다 불안감을 더 심하게 느끼는 사람들은 아마 없을걸요. 대다수가 신경이 예민해요. 늘 불안에 시달리고 불평을 입에 달고 살아요. 의사를 부르는 것도 무슨 병을 고치기 위해서가 아니라 심리적으로 안정을 시키기 위한 것이죠. 어쨌든 효과는 있어요.」

보브가 호통을 쳤다.

「의사는 뭐 하고 있는 거야!」

이윽고 늙수그레한 남자 하나가 커다란 왕진 가방을 들고 나타났다.

「어제처럼 해주세요, 어제처럼.」

의사는 난처한 표정을 지었다.

「아시다시피 이건 금지되어 있습니다. 매일 이걸 맞으면 위험할 수도 있어요. 중독될 염려도 있고요. 코르티손을 우습게 보시면 안 돼요.」

관객들은 아우성을 치고 있었다.

「펠릭스! 펠릭스!」

「선생님, 이제 선택의 여지가 없어요. 어서요.」

그러자 의사는 주사기를 꺼내 앰풀에 꽂고 천천히 채웠다. 그런 다음 펠릭스의 성대 부위에 바늘을 찔러 넣었다.

의사는 목에 난 빨간 주사 자국을 솜으로 문질렀다.

펠릭스는 평온을 되찾고 목청을 가다듬었다.

「아 에 이 오 우. 레쇼세뜨 들라르시뒤셰스 송세슈에아르시세슈. 바 베 비 보 부. 르빠빠빠뿌 엘레뿌 뒤빠쁘아뿌.」[7]

관객들은 그의 이름을 계속 연호하고 있었다. 스피커 소리가 울렸다.

「객석 조명을 꺼도 되겠지? 이제 시작할까?」

뤼크레스는 백스테이지를 떠나지 않고 멀리서 무대를 지켜보고 있었다.

무대에 조명이 들어오고 관객들의 환호 속에서 자주색 벨벳 커튼이 스르르 열렸다. 펠릭스 샤탐의 첫 번째 스탠드업 코미디가 시작되었다.

「아니, 여러분, 왜 그렇게 늑장을 부리셨어요? 하마터면 제 목이 빠질 뻔했잖아요!」

그는 대통령의 목소리를 흉내 냈다. 완벽한 성대모사였다. 객석에서 웃음이 터져 나왔다.

「자, 여러분 잘 들으세요. 좋은 소식과 나쁜 소식이 하나씩

---

7 원문의 발음 연습용 문장을 소리 나는 대로 표기한 것. 두 문장의 뜻은 각각 이러하다. 〈대공비의 양말은 마르고 바짝 말라 있다〉, 〈파푸아인 아빠는 이꾸러기 교황의 남편이다〉. 소리가 비슷한 단어들을 억지로 짜 맞추다 보니 뜻은 뒷전으로 밀렸다.

있습니다. 좋은 소식은 방금 공연이 시작되었다는 것입니다. 나쁜 소식은 여러분이 앞으로 한 시간 반 동안 저의 코미디를 견뎌 내야 한다는 것입니다. 그래도 한 시간 반은 약과죠. 대통령의 임기는 5년 아닙니까?」

관객들은 다시 웃음을 터뜨렸다.

펀처 보브는 안도의 한숨을 내쉬었다. 처음 두 대목에서 웃음의 물결을 일으켰으니 가장 어려운 고비를 넘긴 셈이었다. 이제부터 교향곡은 악보에 따라 진행될 것이었다.

그는 초시계를 손에 든 채 대본을 넘겨 가고 있었다.

소방 안전 요원이 뤼크레스에게 다가왔다.

「나는 개인적으로 흉내를 전문으로 하는 배우들을 좋아하지 않아요. 그들은 대개 삶 자체에 개성이 전혀 없어요. 그래서 남의 목소리를 자기 것으로 삼는 거죠.」

그는 자기 경험을 들려주고 싶어 하는 눈치였다.

「나는 예전의 희극 배우들을 가까이에서 봤어요. 그들도 여기에서 공연을 했으니까요. 다리우스는 콜뤼슈와 비슷했고, 펠릭스는 티에리 르 뤼롱과 비슷해요.」

뤼크레스는 공연에 귀를 기울이고 있었다. 소방 안전 요원은 그러거나 말거나 이야기를 계속했다.

「흉내 내기를 전문으로 하는 것은 일종의 질병이에요. 다중 인격을 가진 사람들이 그런 것을 하죠. 그들은 병원에 가서 치료를 받는 대신 자기들의 병을 드러내서 돈을 버는 겁니다.」

뤼크레스는 피식 웃었다. 별난 견해였다. 어쩌면 전혀 틀린 말은 아니라는 생각이 들기도 했다.

객석에서는 웃음이 한소끔 일었다가 잦아들기를 되풀이

했다. 쏴 하고 밀려왔다가 해안 절벽에 부딪혀 되돌아 나가는 파도 같았다. 웃음의 파고는 갈수록 높아지고 있었다.

이윽고 마지막 물결이 모든 것을 삼켜 버렸다. 올랭피아의 객석이 떠나갈 듯했다. 관객들은 기립 박수를 보냈다.

「하나 더! 하나 더! 펠릭스! 펠릭스!」

펠릭스는 보브 쪽을 흘낏 바라보았다. 보브는 아직 시간이 남아 있다고 신호를 보냈다. 펠릭스는 관객들의 요구에 선선히 응했다. 각각 교황과 미국 대통령을 흉내 내는 두 편의 스탠드업 코미디가 이어졌다.

관중은 더욱 열렬한 박수갈채를 보냈다.

공연을 마무리할 때가 되었다. 펠릭스는 몸을 굽혀 인사를 했다.

「이 공연을 다리우스에게 바칩니다. 그리고 바로 여기 올랭피아에서 열리는 추모 공연에 저 역시 참가할 것입니다. 감사합니다.」

자주색 커튼이 닫혔다. 펠릭스는 백스테이지로 물러났다. 벌써 팬들이 몰려와서 사인을 요구하고 있었다. 그는 어렵사리 그들을 헤치고 마침내 분장실로 들어갔다.

경비원들은 펠릭스가 뮤직홀 입구로 나갈 거라고 장담하면서 팬들을 그쪽으로 밀어냈다.

관객들이 모두 나간 듯했다. 뤼크레스는 분장실 문 앞에 서 있는 보브에게 다가왔다.

「『르 게퇴르 모데른』에서 나왔습니다. 펠릭스를 인터뷰하고 싶은데요.」

「펠릭스는 피곤해요. 쉬어야 하니까 방해하지 마세요. 인터뷰는 내일 홍보 담당자랑 상의하시고요.」

뤼크레스는 아랑곳하지 않고 분장실 문을 잽싸게 열었다.

펠릭스는 분장을 지우다 말고 소리쳤다.

「무슨 일이죠?」

「저는 기잡니다. 몇 가지 여쭤보고 싶은 게 있습니다.」

「시간이 없습니다. 정말 짬을 낼 수가 없어요.」

보브가 뒤따라 들어왔다. 당장이라도 경비원을 부를 태세였다.

뤼크레스는 마음의 문을 열어 주는 열쇠들을 빛의 속도로 머릿속에 죽 늘어놓았다.

……이 남자에게는 어떤 열쇠가 맞을까?

돈은 아니다. 유혹도 안 통할 것이다. 명예나 자존심도 아니다.

이 남자는 공연을 앞두고 공황 상태에 빠져 있었다. 겁이 많은 사람이다. 공포가 딱 맞는 열쇠다.

뤼크레스는 펠릭스 쪽으로 몸을 돌렸다.

「당신의 생명을 구하기 위해 왔습니다. 다리우스는 여기에서 살해당했어요. 그건 사고가 아니라 분명 살인이었어요. 저를 도와주시지 않으면 당신도 죽게 될 거예요.」

그는 그녀를 뚫어지게 바라보았다. 그러다가 웃음을 터뜨리며 여전히 험한 표정을 짓고 있는 보브 쪽을 돌아보았다.

「아주 훌륭한 농담이야!」

……알았어, 이 남자에게 맞는 열쇠는 유머야. 내가 잘못 생각했던 거야. 웃는 것을 좋아하는 코미디언들도 있어.

「좋아요, 당신이 재미있어 보이니까 인터뷰를 허락하죠. 다만 한 가지 조건이 있어요. 다시 한번 나를 웃겨 봐요.」

……남자들은 영원한 철부지야. 남자들을 조종하고 싶으면 놀이에 끌어들이면 돼. 이지도르는 삼삼놀이에 무너졌고 이 남자는 유머 게임에 굴복했잖아.

하지만 그녀에게 주어진 기회는 한 번뿐이었다. 진짜 재미있는 이야기를 골라야 했다.

「눈먼 스카이다이버가 있어요. 앞을 보지 못하는데도 자기가 곧 땅에 닿으리라는 것을 기막히게 안대요. 어떻게 알까요?」

펠릭스는 턱짓으로 계속하라는 신호를 보냈다.

「맹인 안내견의 목줄이 느슨해지는 느낌으로 알게 된답니다.」

펠릭스는 웃지 않았다.

「그건 다리우스의 코미디에 나오는 얘기예요. 예전에 들었는데 내가 잊었어요. 이런 말을 하면 놀라시겠지만, 나는 내가 직접 지은 스탠드업 코미디가 아니면 재미난 얘기들을 잘 기억하지 못하죠. 아무튼 좋아요. 내가 분장을 지우는 동안 질문을 하세요.」

「다리우스와 관련된 질문인데요, 두 분의 관계가 어떠했나요?」

「다리우스는 내 스승이자 친구이고 마음을 나누는 형제였어요. 그는 나한테 모든 것을 가르쳐 주었어요. 자기 제작사와 전속 계약을 맺게 해주고 나를 유명하게 만들어 주기도 했죠. 모든 게 그의 덕이죠.」

「그의 사망으로 큰 충격을 받으셨나요?」

「당신은 그 충격이 어느 정도인지 상상도 못 할 겁니다. 이건 정말 불공평한 일이에요. 그는 42세였어요. 아직 왕성하

141

게 활동할 나이에 쓰러진 거죠. 내가 보기에 그는 더 높이 올라갈 수도 있었어요. 그의 마지막 원맨쇼는 기량으로 보나 혁신의 측면에서 보나 굉장했어요. 나는 그의 모습에서 그야말로 기예의 절정에 달한 예술가를 보았어요. 사람들 눈에는 그저 가벼운 코미디 공연으로 보이는 것의 이면에 얼마나 많은 고통과 희생이 감춰져 있는지 나는 알죠.」

뤼크레스는 고개를 끄덕이며 메모를 했다. 그러고는 새로 염색한 머리를 무심코 쓸다가 덤덤한 어조로 말했다.

「제가 처음에 한 말은 농담이 아니었어요. 제가 보기에 이건 살인 사건이에요. 그렇다면 그를 제거해서 이익을 보았을 만한 사람이 누가 있을까요? 짚이는 사람이 있나요?」

그는 분장을 지우던 손을 멈추고 솜을 던진 다음 그녀를 조금 전과 다른 눈으로 바라보았다.

「없어요. 모두가 다리우스를 좋아했죠. 그는 적을 만들지 않았어요.」

「그렇게 높은 인기를 얻었으니 부러워하거나 시샘하는 사람들도 있었을 법한데요. 넘버원의 자리를 노리는 사람도 있었을 테고요.」

「당신이 무슨 생각을 하는지 알겠어요. 만약 내가 그를 살해했을 수도 있다고 생각한다면, 그건 잘못 짚은 거예요. 나는 그가 사망하던 순간에 객석에 있었어요. 뮤직홀 문들이 열릴 때까지 친구들과 함께 있었죠. 단 한 순간도 그들 곁을 떠나지 않았어요. 우리 코미디언들에게는 객석의 분위기를 느끼는 것이 중요하죠.」

「그렇다면 다리우스를 죽이고 싶어 했을 만한 사람이 누가 있을까요?」

「잘 찾아보면…….」

펠릭스는 몸을 돌리더니 텔레비전에 나오는 유명한 탐정의 목소리를 흉내 내면서 알쏭달쏭한 표정을 지었다.

「다리우스가 죽기를 바랐을 법한 인물을 찾고 싶다면, 새로운 넘버원이 아니라…… 오히려 꼴찌를 찾아가야 할 겁니다.」

「누가 꼴찌인데요?」

그는 손을 닦아 내고 솜을 던졌다. 그러고는 텔레비전에 나오는 탐정의 목소리로 다시 말했다.

「다리우스 때문에 〈직업적으로〉 죽어 버린 사람. 다리우스 때문에 사다리의 맨 아래에 놓이게 된 사람이죠. 그 사람이라면 다리우스에게 앙심을 품었을 만해요. 다리우스를 죽이고 싶었을 겁니다.」

펠릭스는 아직 남아 있는 분장의 흔적을 마저 지웠다.

「수수께끼 좋아해요? 문득 이런 수수께끼가 떠오르네요. 이번엔 내가 물어볼 테니까 한번 맞혀 봐요.」

「어디 들어 볼까요?」

「한 남자가 보물을 찾아 나섰어요. 한참을 가다가 길이 두 갈래로 갈라지는 지점에 도달했어요. 한쪽 길로 가면 보물이 나오고, 다른 길로 가면 괴물을 만나서 죽게 되어 있어요. 하지만 그는 어느 길로 가야 보물이 나오는지 몰라요. 각각의 길 앞에는 기사가 한 사람씩 서 있어요. 그에게 어디로 가야 하는지를 알려 줄 수 있는 기사들이죠. 한쪽 기사는 언제나 거짓말만 하고 다른 기사는 언제나 진실만을 말해요. 하지만 그는 어느 쪽이 진실을 말하는지 몰라요. 그에게는 질문할 수 있는 기회가 한 번밖에 없어요. 어느 한쪽의 기사에게 한 가지 질문만 할 수 있다는 거죠. 자, 그렇다면 그는 무어라고 물어야 할까요?」

뤼크레스는 곰곰 생각하다가 말했다.

「죄송해요, 제가 워낙 논리에 약해서. 사실 이런 종류의 수수께끼를 대하면…… 머리가 먹통이 되는 기분이 들어요. 무슨 말인지 아시죠? 하지만 답을 찾아내면 전화드릴게요. 휴대 전화 번호 좀 알 수 있을까요?」

뮤직홀에서 나와 보니 비가 내리고 있었다.

……빌어먹을, 머리칼이 고불고불해지면 안 되는데. 이 머리에 들인 돈이 얼만데…….

뤼크레스는 멀리서 올랭피아를 바라보았다. 등불을 있는 대로 밝혀 놓은 건물이 환하게 빛나고 있었다.

……코미디언으로 살아간다는 게 그토록 힘든 줄은 몰랐어. 다리우스는 정말 대단한 일을 했던 거야. 펠릭스는 여전히 그 어려운 일을 하고 있어. 나 같으면 돈을 벌기 위해 남을 웃겨야 한다는 것을 도저히 감당하지 못할 거야. 관객들이 웃지 않거나 웃더라도 너무 적게 웃으면 나는 그냥 미쳐 버리지 않을까?

그녀는 긴장을 풀기 위해 담배에 불을 붙이고 한 모금을 길게 빨아들였다.

33

유머 동호회의 몇몇 회원이 만났다. 모두 유머에 조예가 깊은 친구들이다. 그들은 재미난 이야기들을 달달 외고 다닌다. 그래서 자기들끼리는 굳이 그 이야기들을 말로 들려주지 않고 그냥 이야기의 번호만 말한다.

첫 번째 친구가 나선다.

「24번 이야기!」

즉시 모두가 자지러진다.

「내 차례야, 내 차례! 자, 73번!」

다시 모두가 웃음을 터뜨린다.

이어서 세 번째 회원이 손을 든다.

「내 차례야! 57번!」

이번엔 아무도 웃지 않는다. 그는 조금 민망해하면서 묻는다.

「어라! 이게 어찌 된 거지? 다들 57번을 좋아하지 않는 거야?」

그러자 동호회의 또 다른 회원이 대답하기를,

「좋아하지. 하지만 네가 이야기하니까 영 재미가 없네.」

다리우스 워즈니악의 스탠드업 코미디
「웃음의 학교」 중에서

34

손가락들이 옷가지를 죽 스치며 지나갔다. 뤼크레스는 옷장에서 진자주색 튜닉을 골랐다. 그런 다음 냉장고에서 누텔라 통을 꺼내 그 부드럽고 달콤한 스프레드를 새끼손가락으로 찍어 먹었다. 그녀는 컴퓨터 앞에 앉아서 누텔라가 묻지 않은 아홉 손가락으로 자판을 두드리며 인기 코미디언들의 프로필을 조사하기 시작했다.

다리우스 워즈니악과 펠릭스 샤탐을 제외하고 스무 명쯤 되는 사람들이 그 분야의 올림포스 신전을 차지하고 있었다.

뤼크레스는 그들의 몸값을 알려 주는 표를 찾아냈다. 1회 출연료를 기준으로 작성된 일종의 공식적인 시세표였다. 이것에 따르면 다리우스의 1회 출연료는 10만 유로였고, 펠릭

스는 그에 훨씬 못 미치는 6만 유로였다.

알고 보니 대중을 즐겁게 하는 코미디언들도 막대한 재산을 모을 수 있었다. 그런데 대중은 그들을 시샘할 생각조차 하지 않는 듯했다. 기업인들이나 정치인들을 대할 때와는 사뭇 다른 태도였다. 그런 점에서만 보면 코미디언은 완벽한 직업이라고 할 수 있었다.

뤼크레스는 펠릭스 샤탐이 낸 수수께끼를 수첩에 적어 두었다. 그건 한낱 우스갯소리가 아니었다. 논리적인 추론을 통해서 답을 찾아야만 했다.

그때 한 가지 이상한 것이 눈길을 끌었다. 어항 속의 자이언트 바브가 흥분한 것처럼 보였다. 평소처럼 차분하게 원을 그리며 도는 것이 아니라 8 자를 그리며 빠르게 돌아다니고 있었다.

「레비아단, 나한테 할 말 있니?」

그녀는 어항으로 다가가서 물고기를 한참 관찰했다. 그러다가 문득 몸을 돌려 수납장을 살펴보았다.

서류가 제자리에 있지 않았다. 다른 물건들도 자리가 바뀌어 있었다.

누가 들어와서 뒤진 게 분명했다. 흔적을 거의 남기지 않은 것으로 보아 경험이 많은 자의 소행이었다. 도둑이라기보다는 사설탐정일 가능성이 많았다.

……내가 사건을 쑤시고 다니니까 누군가가 불안을 느끼거나 관심을 보이기 시작한 게 아닐까? 혹시 살인자?

그녀는 어항 쪽으로 돌아왔다. 자이언트 바브는 물방울에 흔들리는 기다란 해초 속으로 숨어들었다.

「레비아단, 네 생각은 어때? 앞으로는 너한테 집을 지키라고 할 거야. 만약 누가 들어오면 아주 분명하게 네 생각을 표현해야 해. 예를 들면 돌고래들처럼 수면 위로 펄쩍 솟아오르는 거지.」

그때 레비아단이 정말 물 밖으로 솟구쳐 올랐다.

뤼크레스는 어항에 비친 그림자를 보았다. 웬 검은 형체가 커튼 뒤에서 살그머니 나와 현관문으로 사라졌다.

그녀는 냅다 뛰어갔다.

도망자는 계단을 성큼성큼 내려가고 있었다.

……저자가 아직 집 안에 있었던 거야. 레비아단이 나에게 알려 주려던 것이 바로 그것이었어.

그녀는 힘껏 달렸다. 하지만 도망자가 더 빨랐다. 다리 힘이 좋은 자였다. 아노락에 달린 후드를 뒤집어쓰고 있어서 그의 머리가 보이지 않았다.

도망자는 지하철역으로 돌진해 들어가더니 개찰구를 뛰어넘어 플랫폼에 다다랐다. 열차의 문이 닫히려는 찰나, 뤼크레스는 가까스로 열차에 올라탔다. 그때 플랫폼의 출구로 빠져나가는 아노락의 후드가 눈에 들어왔다. 뤼크레스는 도망자가 열차에 오르는 척하고 자기를 속였음을 알아차렸다. 하지만 열차는 벌써 움직이고 있었다.

……하는 수 없다. 병이 중하면 약도 되게 써야 하는 법. 도망자의 정체를 알아야겠어.

뤼크레스는 비상 제동 장치의 손잡이를 잡아당겼다. 즉시 벨이 울리고 열차가 요란한 소리를 내며 멈춰 섰다. 그녀는 벌써 문을 수동으로 열고 후드 쪽으로 내닫고 있었다.

멀리에 인파 속으로 섞여 드는 도망자의 실루엣이 보였다.

승객의 통행이 적은 옆쪽 통로로 질러가는 게 좋을 듯했다. 그녀는 멀리에 있는 도망자를 눈으로 좇으면서 내달렸다. 그러다 보니 통로 바닥에 무엇이 있는지를 볼 수 없었다. 그녀는 노랗고 미끈미끈한 물체를 밟고 쭉 미끄러졌다. 아주 짧은 순간, 몸의 어느 부분도 지표에 닿아 있지 않다는 느낌이 들었다.

……안 돼, 바나나 껍질 개그는 싫어! 그건 안 돼! 지금은 안 돼!

그녀는 쿵 하고 엉덩방아를 찧었다.

웬 거지가 발레용 치마 차림의 소녀처럼 분장한 원숭이를 데리고 앉아 있다가 그녀를 보고 폭소를 터뜨렸다.

35

한 맹인이 금발 머리 여자들로 가득 찬 술집에 들어갔다. 그러고는 용케 긴 스탠드 앞으로 가서 자리를 잡고 맥주 한 잔을 주문한다. 잠시 후, 그가 여자 바텐더에게 소리친다.

「저기요! 내가 우스운 얘기 하나 해줄까요? 혹시 금발 머리 여자들에 관한 조크 좋아해요?」

술집 안에 돌연 싸한 정적이 감돈다. 이윽고 맹인 근처에 앉은 여자가 깊고도 굵은 목소리로 대답한다.

「이봐요, 아저씨, 아직 뭘 모르시는 모양인데, 얘기를 하더라도 이거는 알고 하세요. 첫째, 이 바텐더는 금발이에요. 둘째, 이 집에서는 여자가 기도를 보는데 그 여자도 금발이죠. 셋째, 나로 말하자면 키가 180센티미터에 몸무게는 85킬로그램이고 태권도 유단자인 데다가…… 금발이에요. 넷째, 내 옆에 앉은 여자 역시 금발인데 직업은 프로 레슬러죠. 다섯째, 스탠드 맞은편에 있는 여자는 역도 선수이고 금발이에요. 게다가 우리는 모두 그 주제에 민감한 편이거든요. 아저씨, 이제 잘 생각해 보세요. 이래도 그 얘기를 할 마음이 나요?」

그러자 맹인이 대답하기를,

「아뇨, 생각해 보니까 너무 지겨울 것 같네요. 설명을 다섯 번이나 해야
할 테니.」

다리우스 워즈니악의 스탠드업 코미디

「동물은 우리의 친구」 중에서

36

〈세계의 구멍〉이라는 극장의 관객들은 웃지 않았다.

스포트라이트를 받고 있는 개그맨은 말더듬이를 소재로
한 우스갯소리들만을 늘어놓고 있었다. 그가 다음 이야기로
넘어가려는데, 몇몇 관객은 자리에서 일어나 출구로 걸어
갔다.

맨 앞줄에서는 웬 남자가 코를 드르렁드르렁 골면서 자고
있었다. 코앞에서 개그맨이 떠들고 있고 관객들이 억지웃음
이나마 이따금 낄낄거려도 전혀 방해가 되지 않는 모양이
었다.

「여러분, 말더듬이 협회의 표어가 뭔 줄 아십니까? 〈우리
가 말할 때 ㄲㄲㄲㄲㄲ 끝까지 들어 줘〉랍니다.」

박수를 치는 사람은 거의 없었다. 몇몇 관객은 휘파람을
불고 야유를 보냈다. 그러거나 말거나 개그맨은 박수갈채를
받기라도 한 것처럼 정중하게 인사를 했다.

관객들은 재빨리 객석을 빠져나갔다. 어떤 관객은 목소리
를 낮출 생각도 하지 않고 〈진짜 썰렁했어〉 하고 불평했다.

개그맨은 낭패스러운 기분으로 혼자 무대에 남아 있었다.
그때 그는 젊고 아름다운 여자가 다가오는 것을 보았다.

허리가 잘록하고 커다란 초록색 눈이 돋보이는 여자였다.

그가 물었다.

「공연이 마음에 드셨어요?」

그는 벌써 만년필을 꺼내고 있었다. 사인을 해주려는 것이었다.

뤼크레스는 펠릭스의 말을 떠올렸다. 〈다리우스가 죽기를 바랐을 법한 인물을 찾고 싶다면, 넘버원이 아니라 꼴찌를 찾아가야 할 것입니다.〉

뤼크레스는 자기를 소개했다. 〈기자〉라는 말이 떨어지자마자 개그맨의 얼굴에 환한 미소가 번졌다. 그녀는 첫 질문을 던졌다. 하지만 그는 애석해하는 표정을 지었다.

「아뇨, 사람을 잘못 찾아오셨네요. 세브는 위층에 있는 가장 작은 홀에 있어요. 〈세계의 구멍의 끝〉이라고 불리는 홀이죠. 빨리 가보세요. 곧 시작할 겁니다. 그런데 말이죠, 제 공연은 어떻게 보셨나요? 그냥 알고 싶어서요.」

「아주 좋던데요. 정말 아주 좋았어요.」

그녀는 그렇게 단언하고 위층의 작은 홀로 쏜살같이 내달았다.

막이 열리고 세바스티앵 돌랭, 일명 세브가 의자 곡예로 첫 개그를 시작했다. 그러면서 그는 객석을 쓱 훑어보았다.

50명을 수용할 수 있는 객석에는 겨우 다섯 명이 앉아 있었다.

그는 동작을 딱 멈추고 말했다.

「관객이 너무 적죠? 그렇다고 공연을 포기하고 싶지는 않습니다. 그래서 드리는 말씀인데요, 제가 맞춤형 공연을 선보일까 해요. 관객 여러분의 모습을 그대로 흉내 내겠다는 것입니다.」

세브는 각 관객의 특성을 잡아서 우스꽝스럽게 흉내 내기 시작했다. 첫 번째 관객은 그 즉흥 쇼에 놀란 기색을 보였고, 두 번째 관객은 〈어디 나를 웃길 수 있는지 봅시다〉라는 식의 회의적인 표정을 지었다. 세 번째 관객은 관람료의 본전을 뽑겠다는 듯 아무것에나 웃음을 터뜨렸다. 네 번째 관객은 피곤해서 잘 준비를 하고 있었고, 마지막 다섯 번째 관객은 그 갑작스러운 방향 전환에 충격을 받은 눈치였다.

이어서 세브는 관객들을 앞으로 나오게 해서 모두 첫 줄에 앉혔다. 그러고는 아침 뉴스와 세계의 사건들을 소재로 즉흥 개그를 하기 시작했다.

그 임기응변에는 뭔가 감동적이고 흥미로운 구석이 있었다.

……저 사람이 누구지? 펠릭스 샤탐은 왜 저 사람을 만나 보라고 했을까?

뤼크레스는 세브에게 사람의 마음을 잡아끄는 묘한 힘이 있다고 느꼈다. 그는 어떤 상황에서도 즉흥 개그를 자유자재로 펼칠 수 있는 놀라운 능력을 보여 주고 있었다. 개그들이 꼬리에 꼬리를 물고 이어졌다. 관객들은 더없이 환한 표정으로 웃으며 작은 홀이 떠나가도록 박수를 쳤다. 마지막 개그를 끝내고 나서 세바스티앵 돌랭은 자기 공연을 알리기 위한 무료 관람권을 나눠 주었다.

맨 나중에 온 뤼크레스는 객석 뒤쪽의 어둑한 자리에 앉아 있었다. 관객들이 빠져나가자 그녀는 즐거운 기분으로 세브의 다음 행동을 지켜보았다.

그때 극장주가 무대 위로 세브를 찾아왔다.

「좋았어. 아주 훌륭한 공연이었네.」

「그래요? 정말 그렇게 생각하세요?」

「문제는 관객이 너무 적다는 거야. 이런 식으로 계속 갈 수는 없어.」

「입소문이 날 때까지 시간을 조금 더 주세요. 수입의 60퍼센트를 드릴 용의가 있어요. 아시다시피 쇼가 자리를 잡으려면 시간이 필요하잖아요.」

「세브, 관객이 다섯 명밖에 안 들어왔어. 게다가 두 명은 무료입장이야. 그 수입에서 60퍼센트를 가져간들 그게 얼마나 되겠어?」

「하지만 그들이 웃는 거 들으셨잖아요! 다들 정말 행복해했다고요. 좋아요, 70퍼센트를 드릴게요.」

극장주는 안쓰러운 표정을 지었다.

「끝났어, 세브. 어느 순간에는 미련을 버리고 물러날 줄도 알아야지.」

「제 나이 이제 겨우 서른일곱 살이에요.」

「개그맨 나이로는 너무 많은 것일 수도 있어. 자네는 스무 살에 시작했어. 벌써 17년 이상의 경력을 가지고 있다는 얘기야. 자네는 이미 구닥다리 코미디언이야. 한때 영광스러운 호시절을 구가했지만 이제는 한물간 세대에 속해 있다고.」

「좋아요, 사장님이 80퍼센트를 가져가세요. 제가 고품격 개그를 하고 있다는 거 아시잖아요. 관객들도 알고 있어요.」

「그만해, 세브. 관객을 끌어 모으려면 공짜 표 말고 뭔가가 더 있어야 해. 말 안 해도 알잖아. 요즘에는 텔레비전에 얼굴을 내밀어야 해.」

「그래도 개그의 질로 말하자면…….」

세바스티앵 돌랭은 운동선수처럼 생긴 미남자였다. 턱에
서는 강한 의지가 엿보였다. 반면에 극장주는 관료처럼 생긴
뚱보였다. 회색 정장에 노란 넥타이를 매고 명품 손목시계를
차고 있었다. 구두에서는 반짝반짝 광택이 났다. 그는 말하
는 도중에 자꾸 구두를 내려다보았다.

　　세브가 제안했다.

　　「90퍼센트를 사장님 몫으로 드릴게요.」

　　「극장이란 빵집과 같은 거야. 제품을 팔아야 돌아가는 거
라고. 크루아상이 아무리 맛있어도 사람들이 가게에 들어오
지 않으면 문을 닫을 수밖에 없어. 나를 이해해 주게, 세브.
나는 자네 코미디를 아주 좋아해. 거기엔 아무 문제가 없어.
나는 자네의 가장 열렬한 팬이야. 하지만 나는 메세나도 아
니고 문화부 장관도 아냐. 나는 어렵게 모은 돈을 털어서 극
장을 사고 은행에 빚을 진 사람이야. 그러잖아도 아래층의
멍청이가 하는 공연 때문에 손해를 보고 있는 판이야. 더는
위험을 감수할 수가 없어.」

　　「그 친구 대신 저를 밀어주세요.」

　　「안 돼. 자네 관객들은 공연에 열광하고 그 친구의 관객들
은 실망을 안고 돌아가지. 그런데 자네를 보러 오는 관객은
다섯 명이고 그 친구를 보러 오는 관객은 90명이야. 수의 법
칙으로 보면 그 친구가 유리하지. 아무튼 중요한 건 수입이
야. 나에겐 그게 가장 정확한 지표야. 우리 극장에 와서 공연
한 코미디언들 가운데 가장 재미있고 가장 재능이 많은 사람
은 아마 자네일 거야. 하지만 사람들은 그걸 몰라. 자네가 텔
레비전이나 라디오에 나오지 않기 때문이야. 입소문이 날 거
라고? 미안하네, 그러자면 시간이 너무 오래 걸려. 그러니 날

이해해 주게. 개그맨 벨가도를 데려올 생각이야.」

「알랭 벨가도요? 그 친구는 개그 소재라고 해봤자 불알 걷 어차기밖에 없어요.」

「그럴지도 모르지. 그래도 젊은 팬들이 많고 방송도 탔어. 아마 불알 걷어차기가 기존 질서를 위반하는 테마이기 때문 일 거야. 자네도 그런 것을 본보기로 삼아서 상식을 위반하 는 더 발칙한 유머를 시도해야 해.」

「상식을 위반하라고요? 그럼 시체에 대해서 성욕을 느끼 는 변태 얘기를 할까요? 그런 게 사장님이 말하는 〈위반〉인 가요?」

「못 할 것도 없지. 진심으로 하는 말이야, 세브. 톡톡 튀는 게 있어야 해. 과감하게 스캔들을 일으켜. 겁내지 말고 사람 들을 충격에 빠뜨리란 말이야. 세상을 뒤흔들어. 그게 유머 의 본령이야. 불알 걷어차기가 하찮아 보여도 거기에 뭐가 있는지 생각해 봐야 해. 알랭은 그걸로 자기 영역을 확보 했어.」

세브는 깊이 숨을 들이마셨다.

「좋아요. 수입의 1백 퍼센트를 드릴 테니, 계속 공연을 하 게 해주세요.」

극장주는 그의 어깨에 한 손을 얹었다.

「다 먹고살자고 하는 짓인데 그럴 수는 없지. 가진 것도 없 는 사람이 뭘 믿고 그래. 어쨌거나 공짜로 자네를 부려 먹는 짓은 못 하겠어. 재주는 곰이 넘고 돈은 되놈이 받는다지만, 자네는 한낱 곰이 아니잖아.」

「내가 선택한 거예요. 나는 무대를 너무나 좋아하기 때문 에 이 일을 그만둘 수가 없어요.」

「그래, 알아. 하지만 나도 양심이 있지, 재능 있는 가난뱅이 코미디언들을 등쳐 먹을 수는 없어. 나도 괴롭다고.」

「그래서 실력도 없는 부자 개그맨들을 대신 쓰시겠다고요? 정작 그자들은 이런 무대를 필요로 하지도 않는데! 아시다시피 알랭 벨가도는 제당업체 사장의 아들이요. 빈둥빈둥 놀고먹을 수가 없어서 원맨쇼를 하는 자라고요. 아버지 돈으로 여기저기에 광고를 내고, 아버지 인맥으로 텔레비전에 출연하는 거예요.」

「그만해, 자네 말투가 신랄해지고 있어. 이러다간 동료들을 헐뜯는 말이 나오겠어. 자네가 한 가지 잊고 있는 게 있어. 자네를 모욕하고 싶지는 않지만, 이 말은 해야겠어. 먼저 텔레비전에 나올 생각을 해. 텔레비전에 나와야 자네가⋯⋯〈정상적인〉 희극 배우로 보일 거야.」

세브는 얼굴을 찡그렸다. 그와 같은 희극 배우에게는 정말 지독한 모욕이었다.

「세브, 이제 그만둬. 마지막으로 한마디만 더 할게. 친구로서 충고하는 거라고 생각해 줘. 자네 같은 사람이 계속 무대에 서려고 하는 것은 연명 치료와 같은 거야. 쓸데없는 집착을 버리고 그냥 산소 호흡기를 떼는 게 나을 수도 있다는 말일세.」

뤼크레스는 어둠에 잠긴 맨 뒷줄의 의자에 몸을 묻은 채 눈도 깜박이지 않고 그 장면을 지켜보고 있었다. 그녀는 그들이 주고받는 말들을 한마디도 놓치지 않았다.

세바스티앵 돌랭은 무어라고 대꾸를 할 듯 말 듯 망설이다가 입을 열었다. 그러더니 도로 입을 닫고 무거운 발걸음으로 무대를 떠났다.

뤼크레스는 살며시 일어나 그를 따라갔다.

그는 가장 가까운 카페로 들어가더니 안면이 있는 몇몇 손님에게 인사를 건넸다. 그러고는 스탠드 앞에 자리를 잡고 보드카 한 잔을 주문했다.

카페 주인은 짐짓 다정하게 그를 맞아 주었다.

「미안해, 세바스티앵, 이제는 자네에게 술을 줄 수가 없어. 벌써 외상값이 1천 유로도 더 돼.」

주인은 술병들 위쪽에 걸린 알림판을 가리켰다. 〈저희 가게는 친구들을 잃지 않기 위해 이제 외상 거래를 하지 않습니다.〉

「힘겨운 하루를 보냈어. 한 잔만 줘. 대신 다음 공연을 보러 와. 내가 공짜 표를 줄 테니까.」

「이미 내 아들을 데리고 자네 원맨쇼에 가봤잖아. 아들 녀석이 좋아하지 않던걸.」

「세 살짜리가 뭘 알아? 내내 울기만 했잖아! 그 바람에 내 공연도 엉망이 됐고.」

카페 주인은 천연덕스러웠다.

「그래, 바로 그거야. 코미디 공연이라는 건 애들을 울리자고 있는 게 아냐. 자네에게 문제가 없는지 돌아봐야 한단 말이지.」

카페 주인은 그를 바라보다가 마음이 조금 찔리는지 보드카 병을 꺼내어 한 잔 가득 따라 주었다.

「이게 마지막이야.」

한 시간 뒤, 카페 주인이 문 닫을 채비를 하고 있었다. 세브는 비틀거리는 걸음으로 문을 나섰다. 외상술을 주지 않겠다던 주인이 맹세를 저버린 것이었다.

세브는 도로 표지판을 잡고 매달려 있다가 결국 쓰러졌다. 아무도 그가 다시 일어서도록 도와주지 않았다. 그는 무척추동물처럼 땅바닥에 널브러졌다.

운동모자를 쓴 젊은이 하나가 다가들더니 그를 부축하는 척하면서 그의 지갑을 슬쩍했다.

뤼크레스는 멀리서 그 장면을 지켜보다가 도둑을 쫓아갔다. 도둑은 이내 붙잡혔다. 그녀는 상대의 명치를 정통으로 가격했다. 그러고는 상대가 땅바닥에서 몸을 비틀며 숨을 가누는 동안 지갑을 되찾아 주인에게 돌려주었다. 세브는 이제 가로등을 붙잡고 서 있었다.

그는 한쪽 눈을 뜨고 고맙다는 말 대신 자조적인 웃음을 흘렸다.

「어차피 지갑에는 아무것도 없었어요.」

그녀는 그를 부축했다. 그는 비틀거리면서 그녀의 어깨를 짚었다.

「공연하시는 것도 봤고 극장주와 하시는 얘기도 들었습니다. 저는 기자인데…….」

「오지랖도 넓군요. 내 일에 상관하지 말아요! 동정 따위는 필요 없어요.」

뤼크레스는 〈인정〉이라는 열쇠가 통하지 않음을 알아차렸다. 세브는 둥지에서 떨어진 새였다. 그의 내면에 세워진 방벽을 통과하자면 다른 열쇠가 필요했다. 일단은 그의 기분에 맞게 처신하는 게 좋을 듯했다.

「기분도 그런데 저랑 술 한잔 하실래요?」

그는 거절하고 싶었지만 그러지 못했다.

그들은 함께 걸었다.

「저는 배도 고파요.」

이윽고 그녀는 인도 식당 한 곳을 찾아냈다. 그 늦은 시각에도 아직 문을 닫지 않은 드문 식당들 가운데 하나였다.

그는 의자에 털썩 주저앉았다. 그녀는 즉시 포도주 한 병을 주문했다. 13.7도의 보르도 한 병으로 그의 혀가 풀리기를 기대하면서.

그는 술을 따라 주기가 무섭게 단숨에 마셔 버렸다.

「나는 아무의 도움도 필요로 하지 않아요. 기자들의 도움은 더더욱 필요 없어요. 딸꾹. 그들은 나를 도와준 적이 없어요. 줄곧 내 작업을 무시하거나 경멸했죠. 그들은 내 편이 되어서 나를 구해 줄 수도 있었지만 몸을 사렸어요. 그러니 이제 와서 뭘 어쩌겠어요? 그냥 날 가만히 내버려 두라고 하세요. 너무 늦었어요.」

「저기요, 도대체 언제부터 끼니를 거르신 거예요?」

광대뼈가 툭 튀어나오고 몸이 수척한 것으로 보아 한동안 음식을 제대로 먹지 못한 게 분명했다. 그녀는 탄두리치킨과 치즈난을 주문했다.

「난 배고프지 않은데.」

그녀는 다시 보르도를 따라 주었다.

「나한테 원하는 게 뭐죠?」

「다리우스의 죽음에 관한 르포 기사를 준비하고 있어요.」

「그 작자 얘기라면 신물이 나요. 내 얘기를 하세요. 나는 오로지 그것에만 관심이 있으니까.」

「말씀은 그렇게 하셔도 그가 죽었을 때 남다른 감회를 느끼셨을 것 같은데요.」

「아, 감회요, 감회야 당연히 있었죠.」

그는 냉소를 흘렸다.

「나는 그 멍청이가 죽어서 벌레들에게 먹히고 고깃덩어리처럼 썩어 가고 있어서 엄청나게 기뻐요! 그 작자 무덤에 가서 오줌을 내깔기고 싶은 심정이에요.」

그는 오줌 얘기가 나온 김에 자리에서 일어났다. 화장실에 가서 자기가 마신 액체의 일부를 비워 내려는 것이었다. 그는 바지 지퍼를 잠그면서 돌아왔다.

뤼크레스가 물었다.

「다리우스를 만난 적이 있나요?」

「그럼요. 어느 날 그가 내 공연을 보러 왔죠. 나는 맨 앞줄에 자리를 마련해 주고 관객들에게 그의 참석을 알리면서 박수로 환영해 달라고 했죠. 〈오늘 밤에 저는 우리 코미디언들 가운데 가장 훌륭하신 분을 객석에 모시는 행운을 얻었습니다. 바로 다리우스 대왕께서 왕림하셨습니다!〉 하면서요. 그러자 그는 자리에서 일어났고, 관객들은 그에게 열렬한 박수갈채를 보냈죠. 내 공연을 보러 온 관객들이 말입니다. 당시에 내가 공연을 할 때는 관객들이 150명에서 200명쯤 되었어요. 쇼가 끝나자 그가 내게로 와서 그러데요. 지금도 그 말한마디 한마디가 생생하게 기억나요. 〈자네 스탠드업 코미디들 가운데 세 편이 무척 마음에 들어. 그걸 내 공연에 넣어 볼까 해.〉 그 순간에는 내가 말귀를 잘못 알아들은 것으로 생각했어요. 그래서 물었죠. 〈그것들을 사시겠다는 건가요?〉 그러자 그가 뭐랬는지 알아요? 〈아니지, 아이디어란 어느 한 사람 것이 아니라 모두가 활용할 수 있는 거야. 내가 자네 스탠드업 코미디들을 가져가겠어. 그뿐이야.〉 나는 대답했죠. 〈하지만 그 작품들은 제가 쓴 겁니다. 저에게는 자식들이나 다름없어요.〉 그는 내 어깨를 잡으며 말했어요. 〈아이디어란 그것을 처음 생각해 낸 사람의 전유물이 아니라, 그것을 전 파할 수단을 가진 사람들의 것일세. 만약 자네 작품들이 살 아 있는 존재이고 자기들을 보호해 줄 아버지를 선택해야 한 다면, 당연히 날 선택할 거야. 나는 유명한 코미디언이고 자 네는 별 볼 일 없는 무명인이거든. 그러니 이기적으로 굴지 말고 자네 스탠드업 코미디들을 생각하게. 그것들이 자네 자 식들이라며? 자식들이 더 잘 성장하기 위해서 가족을 바꾸 겠다는데 그걸 가로막겠다는 거야?〉」

세바스티앵 돌랭은 그 장면을 생생하게 다시 떠올리고 있 는 듯했다.

터번을 두르고 턱수염을 기른 남자가 탄두리치킨을 가져 왔다. 세브는 그것을 맛있게 먹었다.

「그러고 나서 다리우스가 했던 말이 정확하게 기억나요. 〈나를 관대한 양아버지라고 생각하게. 나는 자네 자식들을 교육시키고 갖가지 선물을 주어 기쁘게 해주고 온 세상에 알 려 줄 거야.〉 나는 그에게 대답했죠. 〈저는 생부로서 자식들 이 납치당하는 것을 가만히 보고만 있지는 않을 겁니다.〉 그 러자 그는 말투를 싹 바꾸고 위협적인 태도를 취하며 엄포를 놓더군요. 〈아직 내가 누군지 모르는 모양인데, 좋아, 네 맘 대로 해. 그냥 좋은 말로 끝내려고 했더니 자네한테는 페어 플레이가 통하지 않는구먼. 어쨌거나 나는 네 작품들 중에서 내 맘에 드는 것을 가져가겠어. 만약 네가 그걸 불만스럽게 여기고 내 앞길을 막으려고 한다면, 네 허리를 분질러 버릴 거야. 다시는 일어서지 못하도록.〉」

「지금 우리가 다리우스 워즈니악 얘기를 하고 있는 거 맞아요?」

뤼크레스는 믿을 수 없다는 표정으로 물었다.

「내가 겪지도 않은 일을 그토록 생생하게 꾸며 댔다고 생각하는 겁니까? 키클롭스 얘기 맞아요. 한쪽 눈에 반짝이는 하트를 박고 다니던 사람, 프랑스 대중의 우상 다리우스 얘기를 하는 거라고요.」

그녀는 말없이 그를 톺아보았다.

「믿기지 않는 얘기지만 계속해 보세요. 그다음에는 어떻게 됐죠?」

그러면서 그녀는 그의 말을 기록으로 남기겠다는 뜻을 보여 주기 위해 수첩을 꺼내 들었다.

「다리우스는 자기가 말한 대로 내 스탠드업 코미디 중에서 세 작품을 골라 단어 하나도 바꾸지 않고 그대로 무대에 올리기 시작했어요. 1천 명이 넘는 관객들을 앞에 두고 말입니다. 그자는 처음부터 작정을 하고 내 것을 베낀 거예요. 아마 내 공연 중에 휴대 전화기의 녹음 기능을 작동시켰을 겁니다. 내 걸작 가운데 세 편을 그렇게 훔쳐 갔어요. 그건 내 그림들을 모아 놓은 창고에 와서 가장 훌륭한 작품들을 훔쳐다가 팔아먹은 거나 진배없어요. 진짜 도둑질이죠.」

세브는 흥분한 나머지 포크를 바닥에 던져 버렸다. 그러더니 다른 손님들의 힐난 섞인 눈길을 의식하고 포크를 도로 주워서 냅킨에다 쓱쓱 문질렀다.

뤼크레스는 멋쩍은 분위기를 바꿔 볼 양으로 스테판 크로츠가 선물한 열쇠고리를 꺼내어 고무 인형의 배를 눌렀다. 녹음된 웃음소리가 새어 나오자 손님들은 즉시 긴장을 누그러뜨렸다.

세브는 이야기를 이어 나갔다.

「아시겠어요? 그자는 내 몸짓, 내 대사, 내 인물들을 가지고 박수갈채를 받았어요. 심지어는 내 표정과 시선 처리 방식까지 훔쳐 갔죠.」

뤼크레스는 다시 술을 따라 주었다. 이번에는 그에게서 정보를 얻기 위해서라기보다 그를 진정시키기 위해서였다.

「나는 고소를 했고 소송이 벌어졌어요. 하지만 이런 속담 아시잖아요. 〈좋은 변호사는 법을 알고, 아주 좋은 변호사는 판사를 안다.〉」

그는 제풀에 웃었다.

「다리우스에게는 그런 부류의 변호사가 있었어요. 엄청난 마당발인 데다 소송에서 져 본 적이 없는 아주 비싼 변호사였죠. 다리우스는 쉽게 이겼어요. 하지만 나에겐 훨씬 고약한 일이 기다리고 있었어요. 재판에 져서 다리우스에게 내 스탠드업 코미디를 마음대로 써먹을 수 있는 권리를 넘겨주었을 뿐만 아니라, 그자의 소송 비용까지 대신 부담하라는 판결을 받았거든요. 〈공인의 이미지를 훼손할 목적으로 소송을 남용했다〉는 것이 그 이유였죠. 세상에, 그 비싼 소송 비용을 물어내라니!」

그가 다시 포크를 내동댕이칠 판국이었다. 뤼크레스는 그의 기분을 바꿔 주려고 얼른 술잔을 채웠다. 그러고는 그를 달래려고 애썼다.

「라퐁텐의 우화에 나오는 말대로, 〈강자의 주장이 언제나 옳다〉는 식이로군요.」

「교활한 자의 주장이 언제나 더 잘 먹히는 법이죠. 하지만 그게 다가 아니었어요. 재판이 끝나자, 내 변호사는 눈살을 조금 찌푸리면서 말하더군요. 정확히 기억나지는 않지만 〈미안해요, 운이 따라 주질 않았네요. 하지만 상대편의 논거들로 보건대 우리가 이길 수는 없었어요〉라는 식이었어요. 그런 다음에 내 변호사가 무슨 짓을 했는지 아세요? 다리우스한테 가서 사인을 부탁하더라고요. 나는 죽는 날까지 그자를 용서하지 않을 거예요. 어디 내 변호사만 그랬는 줄 아세요? 판사라는 작자도 그랬어요. 자기를 위해서가 아니라 다리우스의 팬인 자기 아들을 위해서 사인을 해달라고 하더라고요. 그리고 나서 거의 모든 방청객이 사인을 받겠다고 줄을 섰죠. 재판정이 아니라 다리우스의 공연장 같았어요.」

세브는 씁쓸하게 웃으면서 치즈난을 물어뜯었다. 그러고는 입에 음식을 문 채로 말을 이었다.

「하지만 다리우스의 앙갚음은 거기에서 끝나지 않았어요. 그자는 내 공연을 훔쳐 가고 나를 파산시키고 법정에서 나를 모욕하는 것으로도 모자라서 자기가 말한 대로 내 허리를 분지르려고 했어요. 나를 블랙리스트에 올려서 텔레비전 방송에 일절 나가지 못하게 만든 거예요.」

한 남자가 싸구려 향수를 잔뜩 뿌려 놓은 재스민 몇 다발을 가지고 들어오더니, 그들에게 한 다발을 내밀었다. 그들을 연인으로 생각한 것이었다.

뤼크레스는 방해꾼을 쫓아 버릴 생각으로 너스레를 피웠다.

「미안해요, 이젠 필요가 없어요. 이미 섹스를 했거든요.」

남자는 즉시 발길을 돌려 다른 커플 쪽으로 갔다.

「일개 코미디언이 다른 코미디언을 블랙리스트에 올린다는 게 가능한 일인가요?」

「그냥 간단하게 한마디만 하면 돼요. 〈만약 세브가 그 방송에 출연하면, 나는 거기에 두 번 다시 안 나갈 겁니다〉 하는 식으로요. 여러 번 말할 필요도 없어요. 기자 한 사람을 만나서 딱 한 번만 말하면 돼요. 그 말이 퍼져 나가서 모두가 알게 되니까요.」

「그를 미워하셨겠네요?」

「그 말은 너무 약하죠. 그 작자에 대한 나의 혐오감을 어떻게 말로 표현할 수 있겠어요?」

「그가 죽어서 기쁘셨나요?」

「샴페인을 터뜨리며 축하했죠. 집에서 혼자 텔레비전 앞에 앉아 있다가 그의 장례식 장면이 나오는 것을 보고는 춤까지 췄는걸요.」

「그를 죽이셨나요?」

그는 신경질 섞인 냉소를 흘렸다.

「아뇨. 나는 너무 겁이 많아서 그자를 죽이지 못했어요. 지금은 그걸 후회하고 있죠. 내 손으로 그를 죽였더라면, 거울에 비친 나를 당당하게 바라볼 수 있을 텐데 하면서.」

「그렇다면 그가 살해된 것으로 가정하고, 그런 〈용기〉를 가졌을 만한 사람이 있을까요?」

그는 생각에 잠겼다.

인도인 웨이터가 디저트 메뉴판을 가져왔다.

뤼크레스는 〈굴랍자문〉이라는 디저트를 시켰다. 그 이름만으로는 도저히 뜻을 알 수 없었지만, 밑에 적혀 있는 설명에 따르면 연유와 밀가루를 섞은 반죽을 동그랗게 빚어 기름에 튀긴 다음 카더멈과 사프란으로 향을 낸 시럽에 담갔다가 먹는 과자였다.

디저트가 나오자 세브는 아귀아귀 먹었다. 일부러 그러는 것은 아니었지만, 턱을 너무 크게 움직이고 있어서 마치 눈에 보이지 않는 어떤 원수의 등뼈를 부서뜨리려는 것만 같았다.

그는 대답을 얼버무렸다.

「그를 죽이고 싶어 하는 코미디언은 한둘이 아니었어요. 다리우스 패거리만 빼고는 모두가 그를 미워했죠. 그자의 본색을 알고 있었던 사람들은 모두 그랬다는 겁니다.」

뤼크레스는 분위기를 누그러뜨리기 위해 다시 열쇠고리를 꺼냈다. 기계적인 웃음소리가 울렸다. 세브는 그녀 가까이에 놓은 열쇠고리를 호기심 어린 눈으로 살펴보았다.

「가장 고약한 일은 나의 패소가 나만의 일로 끝나지 않고 다른 사람들에게도 나쁜 영향을 끼쳤다는 사실이에요. 언론을 통해 그 소식을 접한 내 동료들은 그것을 일종의 경고로 받아들이고 겁을 먹었어요. 그래서 도둑질을 당하고도 다들 가만히 있었던 겁니다.」

「다리우스가 그런 짓을 했다니 믿기가 어렵네요. 하지만 세브 씨가 그 모든 이야기를 지어냈다고 상상하기도 어려워요.」

그는 아직 비우지 않은 술잔을 채우려고 했다. 포도주가 식탁보로 흘러내렸다.

「다리우스는 도둑놈이었어요. 남들이 애써 창작한 개그들을 훔쳤고 무명씨들이 지어낸 우스갯소리들을 일말의 거리낌도 없이 자기 것으로 만들었어요.」

그렇다면 이지도르의 말이 사실일 수도 있다는 얘기였다.

「다른 코미디언들은 그가 어떤 식으로 도둑질을 하는지

알게 되자, 그가 공연장에 오면 공연을 중단하는 식으로 대응했어요. 그것이 다리우스의 행태를 비판하는 유일한 방식이었죠.」

「하지만 그는 젊은이들을 도와주었어요. 웃음 학교를 세우고 재능 있는 새내기들을 키워 주었죠. 그런 것은 경쟁자들에게 친절을 베푼 행위가 아닌가요?」

「아마도 그게 가장 못된 짓거리일 겁니다. 내 말이 정 미덥지 않다면, 이른바 〈재능 있는 신인 개그맨들의 등용문〉이라는 다리우스 극장을 찾아가 보세요. 다리우스가 진짜 어떤 사람이었는지 알게 될 테니까요.」

뤼크레스는 어떻게 생각해야 할지 도통 갈피를 잡을 수가 없었다.

그녀는 고주망태가 되고도 마시고 또 마시는 세바스티앵 돌랭을 찬찬히 살펴보았다.

그의 등 뒤에는 화려한 그림이 걸려 있었다. 금은보화로 된 궁전을 그린 그림이었다.

37

기원전 3212년.

인도, 하라파.

한 여자가 손끝까지 살랑살랑 흔들어 가며 춤을 춘다. 세 악사가 북과 피리와 하프로 나른한 음악을 연주한다.

바야흐로 인류는 식량, 안전, 건축, 사회 조직, 정치, 위생 등의 문제를 어느 정도 해결하고 자유로운 시간을 이용해서 새로운 활동들을 개발해 가는 중이다. 그 활동들은 종교, 회화, 음악, 무용, 유희, 문학 등처럼 일견 매우 시급하거나 긴요한 것처럼 보이지 않는 일들이다.

공연이 끝나자 젊은 왕자가 무희를 만나러 온다. 그는 파피루스 두루마리 하나를 펼쳐 보인다. 거기에는 왕자의 서사가 그린 성행위의 갖가지 체위가 그려져 있다. 왕자는 인도 숫자로 83이라고 적힌 체위를 가리킨다.

무희는 그림을 이리저리 살펴보고 나서 왕자가 무엇을 제안하는지 알아차린다.

그녀가 제안을 받아들임에 따라 그들은 왕자의 방으로 올라간다. 방에는 빨간 방석들로 덮인 거대한 침대가 놓여 있다.

무희는 두 손과 무릎을 바닥에 대고 기는 자세를 취한다. 왕자는 그녀에게 다가가 그림에 나와 있는 것처럼 그녀와 한 몸을 이룬다.

두 사람은 매우 관능적인 방식으로 몸을 출렁이기 시작한다. 왕자도 무희만큼이나 춤을 잘 춘다. 그들 옆에서는 향의 연기가 피어오른다.

환락의 시간은 오래도록 이어진다.

젊은 무희의 살갗에서는 목련꽃 향기가 난다.

이윽고 왕자가 거친 숨소리를 내고, 무희는 긴 신음을 토한다.

그들은 몸을 일으키려고 한다. 하지만 두 사람의 성기가 서로 꽉 끼여서 몸이 떨어지지 않는다.

처음에 그들은 그것을 재미있게 여긴다. 하지만 곤란한 상황이 오래갈 기미를 보이자 난처함을 느낀다. 결국 왕자는 하인들을 부르기로 결심한다. 하인들이 달려온다. 그들은 두 몸이 서로 붙어 있는 것을 보고 웃음을 터뜨린다. 행복한 시간과 그 난처한 결말의 대비가 너무나 우스꽝스러운 것이다.

그들은 그 일화를 입에서 입으로 전한다. 그 이야기를 담은 글과 그림도 나타난다.

최초의 성적인 소화(笑話)가 생겨난 것이다.

유머 기사단 총본부 편, 『유머 역사 대전』 중에서

다리우스 극장은 외부에서 보면 원형 경기장과 비슷하다. 여러 가지 색깔의 전구들이 포스터와 분홍색 네온사인 주위에서 반짝인다.

각각의 문 위쪽에서는 깃발이 하나씩 펄럭이고 있다. 다리우스의 상징이 찍힌 깃발들이다. 현관에는 검은 상장(喪章)이 걸려 있다. 설립자가 최근에 사망했음을 알려 주는 것이다.

뤼크레스는 길게 줄을 짓고 있는 관객들 뒤에 가서 섰다. 마침내 매표소 앞에 다다르자 그녀는 특별 할인을 받기 위해 프레스 카드를 제시했다. 하지만 매표원은 프로덕션의 초대를 받은 기자들만 무료입장권을 받을 수 있고 할인 요금은 장애인과 학생과 실업자와 전쟁 시 남편을 잃은 부인에게만 적용된다고 알려 주었다.

매표원은 설명이 더 필요하다고 생각한 듯 슬라브족의 특성을 강하게 드러내는 말투로 덧붙였다.

「그게 프랑스의 문제예요. 프랑스 사람들은 불평등에 반대하지만…… 특권을 유지시키는 것에는 찬성하고 있어요.」

그는 자기가 한 말에 매우 흡족해하는 눈치였다. 극장 포스터에 나와 있는 어느 개그맨의 말을 빌린 게 아닌가 싶었다.

그녀는 입장료를 내고 검색대를 통과했다.

객석은 4백 명 이상을 수용할 수 있는 규모였다. 무대를 한복판에 두고 네 변에 편안한 좌석들이 배치되어 있었다. 중앙 무대는 무대라기보다 로프로 둘러싸인 링이었다. 매우 강력한 스포트라이트들이 그 링을 비추고 있었다.

관객들은 자리에 앉아서 공연이 시작되기를 기다렸다. 이 윽고 영화 「로키」의 음악이 요란하게 울리는 가운데 청색과 홍색의 두 팀이 나타났다. 각 팀은 여섯 명의 선수로 이루어 져 있었다.

뤼크레스는 텔레비전에 나온 적이 있는 〈즉흥 개그 리그〉의 젊은이들을 알아보았다. 그들은 다리우스의 웃음 학교를 나온 새내기 코미디언들이었다.

관객들은 스포트라이트를 받고 있는 젊은이들에게 박수를 보냈다. 젊은이들은 권투 선수처럼 손을 들어 올리며 링의 양쪽 코너에 자리를 잡았다.

다시 음악이 울리면서 새 인물이 링 한복판에 나타났다. 분홍 정장에 연분홍 셔츠를 받쳐 입고 진분홍 넥타이를 맨 남자. 바로 그날 밤의 링 마스터 타데우시 워즈니악이었다.

그는 인사를 하고 박수 소리가 잦아들기를 기다렸다가 마이크를 잡았다.

「신사 숙녀 여러분, 오늘은 특별한 날입니다. 다리우스 대왕은 이제 여기에 없습니다.」

그 순간 캔버스에 인쇄된 거대한 사진이 천장으로부터 죽 펼쳐졌다. 안대를 벗어 의안 속의 반짝거리는 하트를 드러내고 있는 다리우스의 사진이었다.

「다리우스가 이 자리에 있다면 여러분이 슬픔에 잠겨 있는 모습을 보고 싶어 하지 않을 것입니다. 저는 그가 오늘 밤 여기에서 우리와 함께하고 있다는 것을 알고 있습니다. 그는 큰 소리로 웃는 것이야말로 자기에게 경의를 표하는 가장 훌륭한 방식이라 여길 것입니다.」

일부 관객이 박수를 치거나 짐짓 큰 소리를 내어 웃었다.

「다리우스는 말했습니다. 〈인간은 죽어도 유머는 남는다.〉지금 이 링 위쪽에는 다리우스의 영혼이 서려 있습니다. 그러니까 오늘의 즉흥 개그 배틀은 그의 영혼이 지켜보는 가운데 이루어지는 셈입니다.」

관객들은 우렁찬 박수갈채로 화답했다.

「처음 오신 분들을 위해서 즉흥 개그 배틀의 규칙을 알려 드리겠습니다. 먼저 주제를 정합니다. 제가 주심의 자격으로 제 모자 속에 주제가 적혀 있는 종이들을 담으면 양 팀 주장이 번갈아 가면서 그 가운데 하나를 꺼냅니다. 그다음에는 팀별로 그 주제를 놓고 대결할 선수들을 내보냅니다.」

관객들은 이미 규칙을 알고 있다는 뜻으로 휘파람을 불어댔다. 하지만 타데우시는 그것에 아랑곳하지 않고 말을 이었다.

「대결 방식은 1 대 1에서 6 대 6까지 모두 가능합니다. 어떤 경우에는 1 대 2나 2 대 4, 심지어 1 대 6으로 대결을 벌일 수도 있습니다. 몇 명의 선수를 내보낼 것인가를 결정하는 것은 각 팀의 주장입니다. 한 판이 끝날 때마다 어느 팀이 더 재미있었는지를 판정하는데, 그것은 바로 여러분의 몫입니다. 박수갈채 측정기로 여러분의 반응을 비교해서 승패를 가리는 것이죠. 그렇게 도합 열두 판의 대결을 벌여서 어느 팀이 이겼는지를 결정합니다. 그런 다음 승리한 팀의 여섯 선수들 중에서 여러분의 박수를 통해 오늘의 우승자를 가려냅니다.」

다시 관객들의 박수갈채가 쏟아졌다.

「우승자는 〈다리우스 쇼〉라는 텔레비전 방송에 출연하여 스탠드업 코미디를 선보일 수 있는 권리를 얻게 됩니다.」

뤼크레스는 메모를 하면서 듣고 있었다.

타데우시는 청 팀과 홍 팀으로 나뉜 선수들 열두 명을 소개했다. 그들은 망토를 벗고 팀의 색깔이 들어간 반바지와 티셔츠 차림을 드러냈다. 가슴과 등에는 커다란 번호표가 붙어 있었다.

뤼크레스는 이런 즉흥 개그 배틀에 관한 정보를 기억해 냈다. 그녀가 알기로 이 홍행물은 캐나다의 퀘벡에서 생겨났고, 몬트리올에서 큰 인기를 얻은 뒤에 프랑스에 수입된 것이었다.

양 팀의 선수들은 서로 악수를 나누었다.

타데우시는 양 팀의 주장을 불렀다. 그들은 제비뽑기로 어느 팀이 먼저 시작할지를 결정했다.

그런 다음 홍 팀 주장이 타데우시의 모자 속에 한 손을 집어넣어 접힌 종이 한 장을 꺼냈다. 그는 종이를 펼쳐서 큰 소리로 읽었다.

「당신의 어머니가 당신이 청부 살인자라는 사실을 알게 되었습니다. 두 사람의 대화를 꾸며 보세요.」

양 팀 주장은 각자 자기 팀원들과 의견을 나눴다. 청 팀은 4번을 단 아시아계 여성에게 어머니 역을 맡기기로 했다. 홍 팀은 조금 과묵하게 생긴 아프리카계 젊은이에게 아들 역을 맡겨 그에 맞서기로 했다.

두 선수는 팀원들의 격려를 받았다. 팀원들은 귓속말로 무언가를 일러 주었다. 양 팀 주장은 선수를 내보내면서 마지막으로 조언을 보탰다.

두 선수는 서로를 마주하고 대화를 시작했다.

세 번째 대사가 나오자 뤼크레스의 등 뒤에서 누가 큰 소리로 외쳤다.

「웃길래 나갈래!」

관객들은 그 말을 따라 외쳤다. 선수들을 자극하기 위한 구호인 모양이었다.

어머니 역을 맡은 청 팀 여자가 우세를 보이고 있었다. 홍 팀 남자는 점점 수세적인 연기를 보였다. 청부 살인자 역을 맡았다는 점에서 좋은 징조가 아니었다.

관객들은 다시 구호를 외쳤다.

「웃길래 나갈래!」

간간이 웃음소리가 들렸다. 큰 소리로 웃는 사람도 더러 있었다. 하지만 야유 소리가 높아 가고 불만스러운 표정을 짓는 사람들이 늘어나고 있었다. 두 코미디언의 얼굴에는 불안해하는 기색이 역력했다. 관객들은 대부분 아주 젊은 사람들이라서 반응이 매우 빠르고 감정 표현도 적극적이었다. 그들은 휘파람을 불거나 박수를 치기도 하고 수건을 던지기도 했다.

이윽고 공이 울렸다. 두 선수는 지친 복서처럼 자기 코너로 돌아갔다.

조금 뒤에 타데우시는 두 선수를 링 한복판으로 불러냈다. 그는 먼저 여자의 손을 들어 올렸다. 관객들의 박수갈채가 측정기에 기록되었다. 20점 만점에 14점이었다. 이어서 타데우시는 남자의 손을 들어 올렸다. 박수갈채 측정기는 11점에서 멈췄다.

그러자 타데우시는 여자를 다시 불러내어 그녀가 첫판의 승자임을 알려 주었다.

그런 다음 청 팀 주장을 불러 모자 속에서 종이 한 장을 꺼내게 했다. 다음 주제는 이러했다. 〈어떤 공동 주택의 입주자 회의석상. 분위기가 험악하게 돌아간다. 개를 데리고 엘리베이터에 타는 문제를 놓고 의견이 엇갈리기 때문이다.〉

이번에는 두 팀 모두 전원이 참여하기로 결정했다.

뤼크레스는 그들의 연기를 보다가 자기도 모르게 웃음을 터뜨렸다. 공연의 질이 높고 코미디언들의 재능이 뛰어나다는 생각이 들었다.

4백 명쯤 되는 다른 관객들도 만족해하고 있었다.

그렇게 두 시간이 흘러갔다. 뤼크레스에게는 그 시간이 15분처럼 짧게 느껴졌다. 결국 배틀은 청 팀의 승리로 돌아갔다.

이제 관객들의 박수갈채로 우승자를 가릴 차례였다. 청 팀 선수들은 차례로 링 한복판에 섰고, 그때마다 박수갈채가 측정되었다. 가장 높은 점수를 받은 선수는 살인자의 어머니 역을 연기한 아시아계 여성이었다.

타데우시는 그녀에게 마이크를 내밀었다. 그녀는 환한 얼굴로 말했다.

「제가 우승한 것은 다리우스의 혼이 제 안에 있었기 때문이라고 생각합니다. 저는 경기 내내 다리우스라면 이런 장면에서 어떻게 했을까 하고 생각했습니다.」

「이름이 뭐죠?」

「인메이입니다. 제가 한 말씀 드리자면, 다리우스는 오래도록 모든 코미디언의 본보기로 남을 것입니다.」

관객들은 감동이 고조되어 기립 박수를 보냈다.

타데우시는 박수갈채가 잦아들기를 기다렸다가 말했다.

「우리는 뛰어난 재능을 보여 준 인메이를 다음번 〈다리우스 쇼〉에서 다시 보게 될 것입니다.」

그때 갑자기 스피커에서 다리우스의 목소리가 흘러나왔다.

「언젠가는 세상 사람들 모두가 웃게 될 것입니다. 그때는 곤궁에 빠진 아이들도 기아에 허덕이는 빈민들도 없을 것이고, 전쟁도 벌어지지 않을 것입니다. 그리고 세계는 검은색도 회색도 흰색도 아닌 장밋빛이 될 것입니다.」

이어서 새뮤얼 바버의 「현을 위한 아다지오」가 울려 퍼졌다. 이미 케네디 대통령을 비롯한 유명 인사들의 장례식에서 연주된 음악답게 매우 슬프고 장중했다. 공연의 시작을 알리던 「로키」의 주제 음악과 비교할 때 그 분위기가 너무나 대조적이었다.

음악 소리가 그치자 관객들은 모두 일어나 다리우스의 사진을 향해 박수를 보냈다.

뤼크레스는 세바스티앵 돌랭이 근거 없는 말로 다리우스를 헐뜯었다고 생각했다.

……이런 사람이 남의 아이디어를 훔쳤을 리가 없어. 다리우스는 창조자이자 새로운 발상을 지닌 사업가였고 이런 장소가 존재하도록 만든 사람이었어. 다리우스 덕분에 이 젊은이들이 재능을 펼치고 비상할 수 있잖아. 세브는 남의 빛나는 성공을 시샘하는 코미디언일 뿐이야.

뤼크레스는 자리에서 일어나 우승자 인메이를 만나러 갔다.

「『르 게퇴르 모데른』에서 나온 기자입니다. 오늘의 우승을 축하드립니다. 우승의 요인이 뭐라고 생각하시나요?」

「아까 말씀드렸듯이, 다리우스의 혼이 제 안에 있었기 때문입니다. 저는 경기 내내 다리우스라면 이런 상황에서 어떻게 했을까 하고 생각했습니다.」

보아하니 이 새내기 여자는 벌써부터 미디어를 겨냥해서 입에 발린 말을 생각해 둔 모양이었다. 똑같은 말을 되풀이해야 기자들에게 분명한 인상을 남길 수 있다는 것을 간파한 눈치였다.

「다리우스의 제자이시죠? 그는 스승으로서 어떠했나요?」

「세심하고 관대하셨어요. 저희를 도와주려고 애쓰셨죠. 저희 초보자들의 실수를 바로잡아 주고 언제나 격려의 말씀을 해주셨어요. 하지만 누구를 비난하거나 심판하는 말씀을 하신 적은 없어요. 한 가지 예를 들자면, 그분은 동료들의 연기를 조롱하지 말라고 가르치셨어요. 그것 하나만으로도 저희는 큰 은혜를 입은 것이죠. 그토록 훌륭한 분은 오래도록 다시 나오지 않을 거예요.」

「으음…… 신세대 코미디언들에 대해서는 어떻게 생각하시죠?」

「제가 느끼기에 새로운 세대는 노력과 노동의 가치를 모르는 것 같아요. 성공이 그냥 하늘에서 뚝 떨어지는 것이라고 생각하죠. 오늘 밤 저의 우승은 거저 이루어진 것이 아닙니다. 2년 동안 치열하게 연습한 결과입니다.」

인메이는 인터뷰를 멋지게 마무리해야 한다고 생각한 듯 짤막한 우스갯소리를 덧붙였다.

「이런 얘기 아세요? 〈아주 오랜 옛날부터 사람들은 처음엔 일을 열심히 하다가 갈수록 꾀를 부리는 경향을 보여 왔다. 이집트 피라미드의 형태만 봐도 그것을 알 수 있다.〉」

「인메이 씨가 직접 지어낸 얘긴가요?」

「아뇨. 다리우스에게서 들은 얘기예요. 저희가 게으름을 피울 때 하신 말씀이죠.」

39

기원전 2630년.

이집트, 멤피스.

「그자의 이름이 뭐라고?」

「임호테프라 하옵니다, 전하. 테바이 남쪽 교외에 있는 게벨레인이라는 마을에서 출생한 자인데 제법 쓸 만한 서사이옵니다. 그런데 갑자기 무엇에 씌었는지 이런 괴이한 짓을 벌였사옵니다. 완전히 미쳐 버린 모양이옵니다. 하지만 심려 마소서. 소신이 그 죄를 다스리겠나이다.」

제3왕조의 파라오 조세르는 기름을 바른 기다란 가짜 턱수염을 쓰다듬는다. 아닌 게 아니라 눈앞에 펼쳐 놓은 파피루스 문서가 매우 괴이쩍다.

이제껏 그가 읽어 본 문서들과는 생판 다르다. 전투 보고서도 아니고 보물 목록도 아니고 알려지지 않은 지방의 지도도 아니다. 어떤 파라오의 이야기이긴 한데 그 형식이 새롭다.

우선 이야기에 나오는 파라오가 실제로 존재했던 인물이 아니라 시세베크라는 이름이 붙은 상상의 인물이다.

「소리 내어 읽어 보아라!」

총리대신은 매우 난처한 기색을 보이며 머뭇거리다가 파피루스 두루마리를 큰 소리로 읽어 나간다.

「〈이 파라오는 잠자리에 들기 전에 밤참을 먹는 버릇이 있었다. 어느 날 밤, 그는 여느 때처럼 밤참을 먹었다. 그런데 어느 음식을 먹어 봐도 하나같이 맛이 없었다. 고기는 진흙을 씹는 것 같았고 음료들은 맹물처

176

럼 밍밍했다. 그런 것들을 먹고 잠자리에 들자 땀이 철철 흐르고 잠을 이룰 수가 없었다. 시세베크는 즉시 의사들을 데려오라고 일렀다. 의사들은 그가 선왕이 앓았던 것과 똑같은 병에 걸렸다고 아뢰었다. 어떤 약을 써도 치유할 수 없는 병이라는 것이었다. 시세베크는 의사들이 자기에게 앙갚음을 하는 것이 아닐까 하고 의심했다. 그도 그럴 것이 그는 의사들에게 불리한 법령을 공포한 적이 있었다. 그는 의사들의 죄를 추궁했고, 의사들은 맹세코 그런 게 아니라고 말했다. 하지만 파라오는 의사들이 치료법을 알면서도 앙심을 품고 치료를 거부하는 것이라고 확신했다. 의사들은 파라오의 위협을 견디다 못해, 해결책이 전혀 없는 것은 아니라고 고백했다. 그들이 말한 해결책은 메리레라는 마법사였다. 파라오는 불같이 화를 내며 의사들을 혹독하게 질책했다. 그렇게 용한 마법사가 있는데도 진작 알려 주지 않은 것을 괘씸하게 여긴 것이었다.〉」

총리대신은 입을 다물고 불안한 얼굴로 파라오의 눈치를 살핀다.

「군주와 의사들을 욕되게 하는 이야기이옵니다. 그 어리석은 서사를 잡아들이오리까?」

조세르는 그저 한마디를 이른다.

「그다음을 읽어 보아라.」

그러자 총리대신은 머리를 조아리며 아뢴다.

「이게 다이옵니다. 백성들을 미혹하는 거짓된 이야기이옵니다. 군주는 성마르고 의사들은 무능하며 마법사는 모든 병을 치유할 수 있다는 식으로 말하지 않사옵니까? 이야기가 도무지 이치에 닿지 않사옵니다. 게다가 이야기에 곁들인 이 그림들을 보소서.」

파라오 조세르는 글에서 눈을 떼지 않고 있다가, 총리대신의 말에 따라 그림들을 찬찬히 살펴본다. 그가 보기에도 총리대신의 우려는 괜한 것이 아니다. 그림 속 인물들의 머리가 모두 동물의 형상이다. 파라오는 사자의 머리, 의사들은 자칼의 머리, 총리대신은 쥐의 머리를 하고 있다. 하인들은 작은 개코원숭이의 형상으로 간단하게 그려져 있다. 이 인물들을 서로 구분할 수 있게 해주는 것은 옷차림과 각자의 역할을 나타내는 표지들뿐이다.

「동물이 사람의 옷을 입고 있는 형상들이 아니오니까? 이건 소신들뿐만 아니라 전하마저 욕되게 하는 것이옵니다.」

파라오는 어찌해야 좋을지 잠시 망설이다가 웃음을 터뜨린다. 그러고는 그 이야기를 지어낸 임호테프라는 서사를 즉시 데려오라고 이른다. 근위병들은 즉시 달려가서 죄인을 잡고 족쇄를 채워 왕궁으로 데려온다.

그러고는 죄인을 파라오 조세르의 발치에 사정없이 내던진다. 조세르는 옥좌에서 내려가 임호테프에게 다가간다. 임호테프는 근위병들의 거친 손길에 짓눌려 무릎을 꿇고 머리를 조아린다. 스무 살도 안 되어 보이는 앳된 젊은이다. 그는 감히 고개를 들지 못하고 더듬거린다.

「전하, 황공하옵니다. 이런 일이 있으리라고는 미처 생각하지 못했사옵니다. 전하의 심기를 거스르고자 했던 일이 아니옵니다.」

총리대신이 묻는다.

「이자를 처형하오리까?」

그런데 파라오는 모두의 예상을 뒤엎고 젊은이를 일으켜 세운다.

「임호테프, 한 가지 물어볼 것이 있다. 파라오와 의사들과 마법사가 나오는 그 이야기의 다음 대목을 썼느냐?」

「저…….」

「겁내지 마라. 그 얘기가 무척 재미있었느니라. 뒷얘기를 알고 싶구나.」

그러자 근위병 하나가 파피루스 두루마리들을 내보인다.

「이자의 집에서 압수한 것들이옵니다. 괴이한 그림들이 그려진 문서이옵니다. 동물들이 사람의 옷을 입은 형상으로 그려져 있나이다.」

파라오는 다시 옥좌에 앉아 그 파피루스 문서를 낭독하라고 이른다. 총리대신은 급히 하명에 따른다.

「〈마법사 메리레는 시세베크를 진찰하고 나서, 어떻게 치료해야 할지 알겠으나 그 치료법에 한 가지 문제가 있다고 말했다. 파라오의 병을 고치고 나면 마법사인 자기가 죽게 된다는 것이었다.〉」

조세르는 웃음을 터뜨린다.

「그것참 기발하구나. 그런 생각이 어디에서 나왔지?」

「저…… 소인이 상상한 것이옵니다. 이 이야기에서는 어느 것도 사실이 아니옵니다. 그래서 사람들이 사실로 믿지 않도록 일부러 사람을 동물의 형상으로 나타냈나이다.」

조세르는 다시 명령한다.

「계속 읽어 보아라.」

총리대신은 파피루스 두루마리를 다시 펼쳐 든다.

「〈파라오는 마법사가 희생되어야만 자기 목숨을 구할 수 있다는 사실을 알게 되자, 거래를 시작했다. 마법사가 자기를 구하기 위해 죽는 것을 받아들인다면 갖가지 특별한 보상을 하겠다고 약속한 것이었다. 마법사는 파라오의 약속을 믿지 못하고 시간을 끌었다. 시세베크는 더 큰 보상을 제안했다. 마법사가 죽은 뒤에 그의 아들을 궁정 신하로 중용하여 특별하게 대우하겠다는 것이었다. 그 제안도 마법사의 결심을 굳히기에는 충분치 않았다. 그래서 파라오는 마법사의 장례식 때 이집트의 온 백성이 추모 행진을 벌일 것이며 〈태양의 도시〉에 있는 신전을 비롯한 모든 신전에 그의 혼령을 모신 전각을 짓고 신전의 벽들에 그의 이름을 새길 것이라고 알렸다. 하지만 마법사의 불신은 완전히 해소되지 않았다. 그는 마침내 위대한 파라오를 만나 영광스럽고 행복하다면서 하필 이런 때에 죽어야 한다는 것이 유감스럽다고 말했다. 자기가 보기에는 그것이 온당치 않다는 것이었다.〉」

조세르는 더욱 큰 소리로 웃는다. 임호테프는 자기가 무사하리라는 희망을 갖기 시작한다. 총리대신의 낭독이 이어진다.

「〈결국 마법사는 파라오의 종용에 굴복했다. 대신 자기가 원하는 것을 분명하게 요구했다. 다른 남자들이 자기 아내를 넘보지 못하도록 고이 지켜 주겠다고 프타신 앞에서 맹세하라는 것이었다. 또한 마법사는 혼자 죽기를 원하지 않는다면서 자기를 무시하고 경멸했던 의사들과 함께 죽고 싶다고 말했다. 파라오는 그 요구를 받아들였다. 예정된 날이 되자 마법사 메리레는 세상을 떠났다. 저승길은 멀고도 멀었다. 마침내 그는 사랑의 여신 하토르를 만나 지상의 소식을 물었다. 여신은 놀라운 소식을 전해 주었다. 그가 죽은 뒤에 파라오가 그의 아내를 취하여 왕비로 삼았다는 것이었다. 메리레는 모든 일을 제자리로 돌리기 위해 지상으로 돌아가기로 결심했다.〉」

이야기는 거기에서 끝난다. 총리대신은 파피루스 두루마리를 내려놓는다. 계속 웃어 가며 듣고 있던 조세르의 얼굴에는 아쉬워하는 기색이 역력하다.

「뒷이야기가 궁금하구나. 임호테프, 네 이야기가 무척 마음에 든다. 아주 재미있어.」

「일단 그 대목에서 멈췄사옵니다.」

「이제부터 너를 재미있는 이야기를 짓는 서사로 임명할 것이니, 유령이 된 그 마법사 메리레의 이야기로 나에게 웃음을 주기 바라노라. 나는 그가 복수하는 이야기를 듣고 싶다. 알겠느냐?」

파라오 조세르는 그림들을 살펴보다가 덧붙인다.

「그리고 가상의 인물들을 동물의 머리로 나타내는 착상 또한 무척 마음에 든다.」

유머의 역사에 길이 남을 순간이다. 임호테프는 연재만화를 창시했을 뿐만 아니라 동물 우화의 원리를 고안한 것이다.

그 뒤로 임호테프의 글에 딸린 그림들은 항아리의 표면을 장식하는 무
늬로 복제되기도 하고 건물의 벽에 새겨지기도 한다. 사람들은 대개 그
그림들에 담긴 의미를 이해하지 못한다. 그래도 사자 머리의 파라오,
호숫가로 오리 떼를 몰고 가는 여우, 생쥐 머리의 여자와 그녀에게 선
물을 바치는 자칼 머리의 병사, 그리고 그들 앞에서 하프를 연주하는
원숭이들을 보면서 즐거움을 느낀다.

유머 기사단 총본부 편, 『유머 역사 대전』 중에서

40

상대는 비난이 섞인 굳은 표정을 지었다.

「내가 보기엔 가능성이 전혀 없어.」

뤼크레스는 조금 뒤로 물러섰다. 마치 상사의 입에서 튀
는 침을 맞기 싫어서 그러는 것 같았다.

「단서가 있잖아요.」

「단서? 지금 날 놀리는 거야? 이 사건을 맡은 지 벌써 사흘
이나 됐어. 그런데 아직도 단서 타령이야?」

뤼크레스는 태연하게 굴었다. 크리스티안 테나르디에는
커다란 시가에 불을 붙이고 뻑뻑 빨기 시작했다.

「거의 있을 법하지 않은 이야기지만 살인이라는 가정을
받아들인다고 치자. 실제적인 관점에서 그런 일이 어떻게 가
능하다고 생각하는 거야?」

뤼크레스는 동요하지 않았다.

「목적 달성을 위해 수단과 방법을 가리지 않는 자의 소행
이에요. 은밀한 동기를 가진 아주 영악한 살인자가 이제껏
알려지지 않은 무기를 사용해서 저지른 범행이라고 생각
해요.」

「그건 가짜 기자들한테나 어울리는 도식이야. 본인도 그렇게 생각하고 있지? 우리가 무슨 말을 하든 곧이곧대로 믿는 얼간이들, 그러니까 시골 독자들에게나 통하는 이야기라고.」

「제가 몇 가지 증거물을 보여 드렸잖아요.」

부장은 대리석 탁자에 놓인 물건들을 손끝으로 살짝 건드리며 눈으로 훑었다. 〈BQT〉와 〈절대로 읽지 마십시오〉라는 말이 적힌 파란 목갑, 검게 변한 감광지, 빨간 공을 코에 붙인 슬픈 표정의 어릿광대를 찍은 아주 흐릿한 사진. 그런 다음 스테판 크로츠와 세바스티앵 돌랭과 펠릭스 샤탐의 사진을 흩뜨렸다.

「이런 것들이 대체 무엇을 증명하고 있다는 거지? 다리우스는 닫힌 분장실에 혼자 있다가 죽었어. 상처도 없고 침입 흔적도 없었어. 그가 살해되었을 거라고 주장하는 사람은 지구 상에 자네 한 사람밖에 없어.」

「다수가 똑같은 생각을 한다고 해서 그 생각이 옳은 것은 아니죠.」

뤼크레스는 나직하게 중얼거렸다. 이지도르의 그 격언이 계제에 딱 맞는다는 생각이 들었다.

「그렇다고 혼자서 멍청한 소리를 지껄이는 사람이 옳은 것도 아니지.」

두 여자의 눈에서 불꽃이 튀었다. 부장은 뿌연 연기를 몇 모금 뱉어 냈다.

「넴로드 씨, 도대체 날 뭘로 보는 거야? 젖가슴 탱탱하고 엉덩이 통통하면 다야? 사내들이 예쁘다 예쁘다 하니까 뭐든지 다 해도 된다고 생각하는 모양이지?」

뤼크레스는 못 들은 척했다.

「조사를 진척시킬 수 있도록 시간을 조금 더 주세요. 사건이 복잡해요.」

「얼마나 더 필요한데?」

「일주일요.」

부장은 성냥개비 하나를 구두에 대고 그은 다음 꺼져 가던 시가에 다시 불을 붙였다.

「닷새밖에 못 줘. 더는 안 돼.」

뤼크레스는 속으로 쾌재를 불렀다. 사실 사흘이면 충분하다고 생각한 터였다.

「그리고 우리 부서의 자네 자리는 전혀 확고한 게 아니라는 사실을 잊지 마. 이 바닥에는 실업자들이 쌔고 쌨어. 자네자리를 노리는 사람들이 아주 많다는 얘기야. 의욕이 넘치는 사람들, 성실한 사람들, 취재를 벌였다 하면 확실한 증거를 물어 오는 사람들은 얼마든지 있어.」

뤼크레스는 시가를 빼앗아서 상대의 목구멍에 쑤셔 박고 싶었다.

하지만 고개를 끄덕이면서 시인했다.

「물론 잘 알고 있습니다.」

「특종을 가져와. 전에도 말했듯이 나는 깜짝 놀라고 싶어. 방정식은 간단해. 성공하면 남아 있는 거고 실패하면 쫓겨나는 거야. 그러니까 꼭 성공해. 알겠어?」

뤼크레스는 두 주먹을 꼭 쥐었다. 그러면서 부장의 생명을 단축시킬 수 있는 갖가지 방법을 상상했다.

「이건 그냥 궁금해서 물어보는 건데, 다리우스 극장에 다녀온 모양이지? 즉흥 개그 배틀에서 누가 우승했어? 어떤 중국 여자 아냐?」

    ……이 사람을 만만하게 보면 안 돼. 여기저기에서 듣는 게 많다 보니 아는 것도 많아. 일이 어떻게 돌아가는지 훤히 꿰고 있을 거야. 기사는 제대로 못 써도 관리 능력은 탁월한 여성이야.

「중국 여성 맞아요.」

「그 여자…… 재미있으니까 우승을 했겠지. 그런데 미인이었어?」

「왜 그런 걸 물으시죠?」

「내가 개인적으로 신봉하는 이론이 하나 있어. 일종의 용불용설인데, 내가 보기에 유머 감각이 좋은 여자들은 못난이인 경우가 많아. 필요해서 자꾸 사용하다 보니까 감각이 발달하는 게 아니겠어?」

    부장은 큰 웃음을 터뜨리며 자리에서 일어섰다. 뤼크레스는 웃음이 때로는 지극히 불쾌할 수도 있다고 생각하며 대답했다.

「아뇨. 그 중국 여성은 아주 재미있었을 뿐만 아니라 매우 아름답기도 했어요. 정말 매력적이던걸요.」

41

기원전 1215년.

중국 중앙부, 오늘날의 허난성에 자리한 상나라의 도읍.

상나라 23대 왕 무정(武丁)은 군대가 돌아오기를 초조하게 기다린다.

이윽고 군대를 이끌고 오랑캐 귀방(鬼方)족을 치러 갔던 장군이 들어와 무릎을 꿇고 아뢴다.

「전하, 이기고 돌아왔나이다.」

왕은 안도의 한숨을 내쉰다.

「장하구려, 장군.」

그때 장군이 투구를 벗고 비단결 같은 긴 머리를 드러낸다. 무정왕이 60여 명에 달하는 비빈들 가운데 가장 사랑하는 부호(婦好) 왕후이다. 왕은 일찍이 5천 병력을 이끌고 나가 여러 오랑캐 부족을 무찌른 바 있다. 그런데 이번에 귀방족을 치러 갈 때는 부호 왕후가 혼자 군대를 이끌겠다고 고집을 부렸다. 왕은 그녀가 실패하리라고 생각하면서도 그 결연한 의지에 감동하여 병권을 내주었다. 여성이 그런 중책을 맡는 것은 전례가 없는 일이었다.

부호는 어깨에 메고 있던 자루를 끄르더니 공처럼 둥글게 생긴 것을 왕의 발치에 던진다. 다름 아닌 귀방족 왕의 머리다.

「전하, 적군은 전멸했습니다. 저들의 고을도 모두 함락되었고요.」

「성공하리라고는 생각하지 않았는데 정말 장하오.」

사실 무정왕이 그녀의 됨됨이를 모르는 바는 아니다. 부호는 냉혹하고 엄격하고 포학하다. 왕은 그녀가 성마르게 고함을 지르며 군대를 통솔하는 것도 보았고, 무능하다 싶은 장교들을 처형하라고 명령하는 것도 보았다.

「전하, 한 가지 작은 청이 있습니다.」

「말해 보시오.」

「한 여자가 상나라의 가장 큰 전쟁을 승리로 이끌었다는 사실을 누구나 기억하게 만들고 싶습니다.」

왕은 자리에서 일어나 허리에 칼을 차고 있는 매무새를 고친다.

「걱정 마시오. 이 사실을 만방에 알리겠소.」

「아닙니다, 전하. 저는 이 무공을 널리 알리는 데 그치지 않고 제가 이야기하는 대로 낱낱이 기록해 주기를 원합니다.」

「그럴 필요가 있겠소? 모두가 알게 될 텐데.」

「당대에는 모두가 안다 해도 후대에 가면 잊히고 말 것입니다. 후대인들은 한 여자가 남자들을 이끌고 나가서 전쟁에 승리했다는 사실을 믿으려 하지 않을 테니까요.」

왕은 부호에게 앉기를 권한다.

「전하, 진심으로 드리는 말씀입니다. 서사를 불러 주십시오. 우리가 어떻게 싸웠는지를 상세히 이야기할까 합니다.」

왕은 시종을 시켜 서사를 데려오게 한다. 이내 서사가 들어오더니 예를 갖추어 부복한다.

「서사, 어서 준비하고 받아 적도록 해라. 귀방족 군대를 무찌르고 돌아온……」

무정왕은 귀방족 왕의 잘린 머리를 흘깃 바라본다.

「……우리 장군의 모험담이니라.」

「부호 왕후의 무훈이라고 하는 게 낫겠습니다. 전하.」

왕비는 그렇게 바로잡고 서사를 향해 말한다.

「적군은 8천 명이었어. 적군의 수가 아주 많았다는 사실을 분명히 기록해야 해.」

서사는 왕비의 이야기를 받아 적기 시작한다.

왕비는 본격적으로 이야기를 시작하기에 앞서 포로들을 모두 궁전 앞마당에 도열시키라고 명령한다. 그들을 상제에게 제물로 바치겠다는 것이다. 신관들은 왕비가 이르는 대로 포로들을 칼로 찔러 작은 청동 잔에 피를 받아 내고, 잔들을 죽 늘어놓는다.

광장 주위에 모인 군중은 포로들이 하나하나 처형될 때마다 박수갈채를 보낸다.

무정왕이 왕비에게 묻는다.

「정말 포로들을 모두 죽이려는 것이오? 노예로 삼을 수도 있지 않소?」

「포로들을 살려 주면, 병사들은 제가 여자라서 마음이 여리다고 생각할 것입니다. 그것은 우리 군대의 단결에 이롭지 않습니다. 제가 남자들 못지않게 냉혹하다는 것을 보여 줘야 합니다.」

무정왕은 한숨을 내쉰다. 이번엔 안도의 한숨이 아니다.

또다시 처형당하는 포로들의 비명과 군중의 함성이 뒤섞인다.

왕비는 서사 쪽으로 몸을 돌린다.

「전투는 동틀 무렵에 시작되었어. 우리 군대는 들판을 내려다보며 언덕 위에 집결했지. 나는 전날 싸움터의 지세를 미리 살펴 두었어. 토양이 비옥하더군.」

서사는 아주 빠르게 받아 적는다.

「나는 말들을 뒤쪽에 배치하도록 명령하고……」

이때 무정왕은 시종장 쪽으로 몸을 돌려 귀엣말을 한다.

「네가 보기엔 어떠냐? 이 모든 일이.」

「부호 왕후께서는 위대한 장수이자 위대한 신관이신데 이제는 위대한 문인이 되셨사옵니다. 이 대첩은 온 세상에 알려질 것이고, 상나라가 귀방족을 정벌했다는 사실은 역사에 길이 남을 것이옵니다.」

「어허, 입에 발린 말을 듣자는 게 아니라 네 생각을 물은 것이다.」

「부호 왕후께서는 절세의 미인이시옵니다. 전하께서 지극한 염복을 받은 것이라 생각되옵니다.」

「네 생각을 있는 그대로 말하라니까.」

「목숨이 붙어 있기를 바란다면, 소인이 어찌 방자하게 혀를 놀리겠나이까?」

「보아하니 뭔가 생각하는 게 있긴 한 게로구나.」

「아니옵니다. 전하. 설령 좁은 소견이 있다 해도 소인이 어느 안전이라고 감히……」

「걱정 말고 솔직하게 말해라. 이건 명령이다.」

포로들의 비명과 군중의 함성이 다시 울린다. 왕비는 자기의 무훈담을 계속 늘어놓고 서사는 열심히 받아 적는다.

「저…… 소인이 생각하기엔…….」

「솔직하게 말하라니까. 마음에 담고 있는 말이 있으면 뭐든지 해도 돼. 대신 한 치의 거짓도 없어야 하느니라.」

시종장은 땀을 뻘뻘 흘리기 시작한다.

「저…… 소인이 생각하기엔 전하와 왕후의 내외가 바뀌어…… 전하께서는 여자 같사옵고 왕후께서는 남자 같사옵니다.」

왕은 놀란 얼굴로 시종장을 바라본다. 시종장은 몹시 불안한 표정으로 즉시 머리를 조아린다.

왕은 웃음을 터뜨리며 되뇐다.

「왕후는 남자이고 나는 여자라고!」

왕의 웃음소리가 점점 높아진다. 급기야 왕비가 구술을 중단하고 묻는다.

「전하, 무엇이 우스워서 그러시는지요?」

그 뒤로 며칠 동안 시종장은 살가죽을 벗기는 형벌을 당한다. 왕은 남쪽 왕국에 사람을 보내 그 형벌을 전문적으로 집행하는 도수(刀手)를 데려온다. 도수는 한 부위를 칼로 그어 진집을 내고는 두 번 다시 칼을 대지 않고 온 살가죽을 통째로 벗겨 낸다.

그렇게 비명에 가기는 했지만, 리콴유라는 이름의 이 시종장은 자기 나름대로 〈궁정 광대〉의 역할을 한 셈이다. 하지만 상나라 궁정에서는 이 최초의 시도를 계승하는 다른 시도가 나타나지 않는다. 중국에서 감히 제왕을 상대로 그런 농담을 하는 사람이 생겨나기까지는 아주 오랜 세월이 걸린다.

한편 상나라는 무정왕과 부호가 이민족들에 맞서 여러 차례 큰 승리를 거뒀음에도 그 뒤로 무수한 패배를 겪고 쇠퇴 일로를 걷다가 주나라에 패망한다. 그리고 상나라의 역대 임금과 왕후들의 이름은 후대인의 기억에서 사라진다. 하지만 〈시종장 리콴유의 농담〉은 세월을 견디고 살아남는다. 농담이 군주들의 치적보다 역사에 더 길이 남을 수 있다는 것을 웅변하는 사례이다.

유머 기사단 총본부 편, 『유머 역사 대전』 중에서

42

뤼크레스는 풀장 한복판의 작은 섬으로 통하는 계단을 올라가 섬의 바닥에 난 쇠문을 열고 머리를 내밀었다.

「똑, 똑! 아무 대답이 없고 현관문이 빠끔하게 열려 있기에 그냥 들어왔어요. 제가 방해한 건 아니죠?」

이지도르는 진분홍 방석에 가부좌를 틀고 앉아 있었다. 등을 곧게 펴고 평온한 표정으로 눈을 지그시 감고 있는 품이 영락없는 부처의 모습이었다. 그가 걸치고 있는 실내 가운이 가만가만 오르내리지 않았다면 숨을 쉬지 않는 것처럼 보일 법했다.

「혹시 방해가 된다면 어렵게 생각하지 말고 솔직하게 말해요.」

뤼크레스는 연보라색 바탕에 하얀 꽃무늬가 한쪽에만 들어가 있는 치파오를 입고 있었다. 목에는 용처럼 생긴 장신구를 걸고 있었는데, 그 빛깔은 눈빛과 똑같은 에메랄드색이었다.

그녀는 덩굴 식물의 줄기와 대나무로 만든 부교를 건넜다.

이지도르는 여전히 알은체도 하지 않았다.

돌고래들과 상어도 거대한 풀장 어딘가에 숨어 기척을 내지 않았다. 주인의 명상을 방해하지 말아야 한다는 것을 아는 모양이었다.

뤼크레스는 그가 살아 있음을 확인하려는 듯 그의 주위를 한 바퀴 돌고 나서 그를 마주하고 앉았다.

그런 다음 열쇠고리를 꺼내어 거기에 달린 고무 인형의 배를 눌렀다. 〈겁에 질린 여성의 웃음〉이라는 예의 기계적인 웃음소리가 울렸다. 하지만 그는 꿈쩍도 하지 않았다.

「이왕 하던 거니까 천천히 마저 해요, 이지도르. 대신 명상이 끝나면 바로 말해 줘요.」

이지도르는 그런 자세로 30분을 더 앉아 있었다. 정말 요지부동이었다.

그사이에 뤼크레스는 그의 서재를 살펴보았다. 무엇보다 〈가능성의 나무〉가 눈길을 끌었다. 거대한 나무 그림에 인류에게 닥칠 가능성이 있는 미래의 온갖 모습을 나타낸 쪽지들이 나뭇잎처럼 다닥다닥 붙어 있었다.

그녀가 알기로 이지도르의 이 작업은 이제 인터넷을 통해 이루어지고 있었다. 컴퓨터 한 대를 〈가능성의 나무〉라는 사이트(www.arbredespossibles.com)에 항상 접속해 놓고 미래에 관한 아이디어가 떠오를 때마다 거기에 올리고 있는 것이었다. 하지만 그와 별도로 수작업을 통해 나무를 키워 가는 일이 병행되고 있는지, 나무에 잎들이 새로 추가되어 있었다.

그녀는 그가 〈만약〉이라고 부르는 새잎들을 하나하나 살펴보았다.

〈만약 지구의 모든 표면이 눈에 덮인다면〉

〈만약 기온이 상승하여 물이 귀해지고 마지막 남은 오아시스들을 놓고 서로 싸우게 된다면〉

〈만약 온 지구인이 의무적으로 똑같은 종교를 믿게 된다면〉

〈만약 무장한 갱 조직이 경찰의 통제를 벗어나 일부 지역을 완전히 장악하게 된다면〉

〈만약 지구의 중력이 변하여 우리의 걸음이 아주 무거워진다면〉

〈만약 야생의 동물 종들이 모두 사라진다면〉

뤼크레스는 이토록 어두운 미래를 상상하다 보면 그가 우울증에 빠지고 말 거라고 생각했다. 하지만 모든 가정들이 그렇게 비관적인 것만은 아니었다. 그녀는 덜 비관적인 다른 가정들을 읽어 나갔다.

〈만약 지구에 여자들만 남게 된다면〉

〈만약 인류가 수량적인 경제 성장을 포기한다면〉

〈만약 인류가 인구 성장을 적절히 통제할 수 있게 된다면〉

〈만약 독재의 출현을 막고 부의 공평한 분배를 보장하는 세계 정부를 만들어 낸다면〉

그녀는 집주인 앞으로 돌아와서 그를 살폈다. 그는 숨결이 거의 느껴지지 않을 만큼 호흡이 느려져 있었다.

그녀는 그의 입매가 참 예쁘다고 생각했다.

이윽고 그가 눈을 떴다. 하지만 인사조차 건네지 않고 일어서더니, 김이 모락거리는 차를 잔에 따랐다.

그는 차의 향기를 맡으며 흡족한 표정을 짓고는 조금씩 몇 모금을 마셨다.

「이지도르, 내키지 않겠지만 당신이 도와…….」

「나가요.」

그의 말투는 더없이 차분했다.

「하지만…….」

「분명히 말한 걸로 아는데요. 나는 당신과 함께 취재를 할

191

생각이 없다고.」

「새로운 게 나왔어요, 이지도르.」

뤼크레스는 취재가 어느 정도 진척되었는지 단숨에 말하고 덧붙였다.

「이제부터 내가 생각하는 용의자들을 말해 볼게요.」

그는 대답하지 않았다.

「누군지 궁금하지 않아요? 첫째, 스테판 크로츠, 다리우스와 처음으로 계약을 맺었던 공연 제작자예요. 둘째, 펠릭스 샤탐, 새로 넘버원이 된 코미디언이죠. 셋째, 세바스티앵 돌랭, 다리우스 때문에 엄청난 피해를 보고 밑바닥으로 전락한 코미디언이에요.」

이지도르는 귓등으로 듣고 있었다. 그게 자기와 무슨 상관이냐는 듯, 냉장고를 열고 커다란 쇠고기 덩어리를 꺼내더니 상어 조지에게 던져 주었다. 조지는 커다란 소용돌이를 일으키며 그것을 삼켰다.

뤼크레스는 주인의 냉대에 아랑곳하지 않고 손수 차를 따라서 맛을 보았다.

「이지도르, 나 괜히 이러는 거 아니에요. 사건이 점점 중대하게 느껴져요. 나 혼자서는 해결하지 못할 거예요. 당신의 도움이 필요해요.」

「나는 당신을 필요로 하지 않는걸요.」

「정말 안 도와줄 거예요?」

「그래요.」

「부장 말이 이 사건에 내 자리가 걸려 있다더군요.」

「당신이 딱하게 됐네요.」

뤼크레스는 속으로 열쇠 하나를 꺼내 들었다. 이지도르

같은 사람들에게 맞는 작고 가느다란 열쇠였다.

「우리 다시 삼삼놀이 할래요? 내가 이기면 당신이 날 도와주기로 하고.」

이지도르는 머뭇거리며 그녀를 아래위로 훑어보았다. 그러더니 유혹을 이길 수 없다는 듯 한숨을 내쉬고 어깨를 으쓱했다.

「좋아요, 받아들이죠.」

「취재하는 걸 받아들이겠다고요?」

「아뇨, 당신의 도전을 받아들여 삼삼놀이를 하겠다고요. 취재에 참여하는 것은 내가 졌을 때의 얘기고요.」

그는 성냥갑을 가리켰다. 그녀는 거기에서 성냥개비 여섯 개를 꺼내, 그에게 세 개를 주고 자기도 세 개를 가졌다. 그들은 각자 오른쪽 주먹을 앞으로 내밀었다.

그녀가 먼저 수를 말했다.

「3.」

「1.」

각자 주먹을 펴보니 그녀의 손에는 한 개가 들어 있고 그의 손은 비어 있었다.

그의 승리였다. 둘째 판과 셋째 판도 마찬가지였다.

이번에도 그녀가 세 판을 내리 내준 것이었다.

「이지도르, 도대체 어떻게 하는 거예요?」

「마음을 비워야 해요. 그러면 속내를 들키지 않아서 이길 가능성이 높아지죠.」

……이 남자 마음에 안 들어, 짜증 나.

그녀는 성냥개비들을 바닥에 내던졌다. 그는 그것들을 주워 성냥갑에 담고는 서랍에 고이 넣어 두었다.

「날 도와줘요. 아주 조금이라도. 어떤 실마리라든가 사건을 보는 시각 같은 것이라도 말해 줘요. 같이 가지는 않더라도 어느 길로 가는 게 좋겠다고 귀띔해 줄 수는 있는 거 아니에요?」

그는 머뭇거리다가 말했다.

「지난번에 한 가지 말해 줬잖아요. 유머의 역사적 탄생으로 거슬러 올라가라고. 그렇게 해봤어요?」

「그런데 말이에요, 내가 생각하기에는 범죄 수사란 모름지기…….」

「거봐요, 당신은 내 말을 안 듣잖아요. 그러면서 무엇하러 조언을 해달라는 거죠?」

「사실 현재로선 전통적인 수사 방식에 머물러 있어요. 법의관과 유가족과 용의자들을 상대로 조사를 벌이고 있다는 거예요. 사건의 철학적이고 과학적인 배경을 고려하는 것은 그다음 일이죠.」

이지도르는 청어들을 가져다가 돌고래들에게 던져 주었다. 돌고래들은 공중으로 솟구쳐 오르며 청어들을 받아먹었다.

「당신이 잘못 생각하는 거예요. 하지만…… 우리가 왕년에 함께 모험을 벌였던 것을 생각해서 당신이 말하는 〈전통적인 수사〉를 조금 도와줄게요.」

그는 한 마리 남은 청어를 마저 던지고 뤼크레스를 노트북 컴퓨터가 놓인 책상 앞에 앉혔다.

「세 번째 용의자가 누구라고요?」

「두 번째 용의자가 코미디계의 〈꼴찌〉라고 부른 사람이에요. 이름은 세바스티앵 돌랭. 나보고 다리우스 극장에 가서 잘 살펴보라고 하던데요.」

「그래도 그 말은 들었겠죠?」

「그럼요. 웃음 학교를 나온 젊은이들의 배틀을 구경했죠. 누가 즉흥 개그를 잘하는지 서로 겨루고 있더군요.」

「그래 어땠어요?」

그는 자기 찻잔을 다시 채웠다. 하지만 그녀에게는 여전히 차를 권하지 않았다.

「제법 거창하던데요. 다리우스의 형 타데우시가 동생에게 몇 차례 경의를 표시하기도 했고요.」

「거기에서 무얼 봤죠?」

「내가 본 것은 창작의 현장, 젊은이들을 격려하기 위한 무대예요. 내가 들은 것은 위대한 코미디언 다리우스에 대한 찬사이고요. 다리우스는 사람들의 사랑과 존경을 받았던 게 분명해요. 뛰어난 재능을 지닌 젊은이들이 그를 본받으려 하고 있어요.」

뤼크레스는 잠깐 대화가 끊긴 틈을 타서 차를 다시 따랐다.

이지도르는 곰곰 생각하다가 컴퓨터 화면을 밝혔다.

「내가 보기엔 다리우스 극장을 속속들이 조사해야 해요. 세바스티앵 돌랭이 그런 말을 한 데는 분명히 무슨 이유가 있어요. 그건 일종의 암시예요. 암시를 놓치면 안되죠.」

「하지만 그 사람은 실패한 코미디언이에요. 시샘과 앙심을 품은 술주정뱅이라고요. 나한테 그 말을 할 때도 상당히 취해 있었어요.」

「그렇다면 더더욱 그 사람 말을 새겨들어야 해요. 술을 마시면 심리적인 억제가 풀리면서 진짜 동기를 드러내거든요.

내가 보기에 그 사람은 믿을 만해요. 그렇다면 다리우스 극장이 당신을 사건 해결로 인도할 첫 번째 길이에요. 내가 보기엔 젊은 재주꾼들을 발굴한다는 그 극장이 수상해요.」

그녀의 얼굴엔 회의적인 기색이 역력했다.

「뤼크레스, 내가 이러는 게 당신의 의존심만 키우는 건 아닌지 모르겠어요……. 내가 당신을 도와준다고는 하지만 사실은 당신에게 도움이 안 돼요. 당신만의 취재 스타일을 찾아내는 데에 방해가 될 테니까요.」

그녀는 입술을 내밀며 고집스러운 표정을 지었다.

이지도르는 위성 사진 프로그램을 작동시켰다. 먼저 검색 기능으로 다리우스 극장을 찾아낸 다음, 줌을 천천히 당겨서 건물 사진을 확대해 보았다. 그다음에는 삼차원 이미지 보기와 스트리트 뷰로 전환하여 건물을 모든 각도에서 살펴보았다. 그리고 극장 정면의 이미지들과 이웃 건물의 벽들도 죽 훑어보았다.

그러다가 문득 한 이미지를 고정시키고 줌을 조절하여 세부를 확대했다.

「어라, 이것 봐요. 이상한 게 있어요.」

그녀는 화면에 다가들었다.

「여기 〈매주 월요일 휴관〉이라고 씌어 있어요. 입구의 포스터에도 그렇게 적혀 있고요. 자, 이번엔 이 극장의 인터넷 사이트로 가볼까요? 봐요, 여기에도 그렇게 나와 있어요.」

「그래서요? 모든 극장이 월요일에 쉬잖아요. 거기에 뭐 특별한 점이 있나요?」

이지도르는 인터넷에서 다리우스 극장 사진을 몇 장 찾아내어 컴퓨터에 저장했다. 그런 다음 야간 사진과 주간 사진을 번갈아 화면에 띄웠다.

「이 사진을 찍은 요일과 시간을 봐요.」

「월요일, 23시 58분이네요.」

「극장 문은 닫혀 있는데 모든 창문에 불이 밝혀져 있어요. 이상하지 않아요?」

「회계 사무원들이 야간 근무를 하는 거겠죠.」

「창문마다 불을 밝혀 놓고요?」

「그럼 월요 대청소를 하는 게 아니겠어요? 청소를 하느라고 방방이 불을 켜놓은 게죠.」

그는 다시 프로그램들을 작동시켜 몇 장의 이미지를 찾아낸 다음 그것들을 〈다리우스 사건 취재〉 파일에 저장했다. 그러고는 그래프 하나를 화면에 띄웠다.

「봐요, 다리우스 극장의 전력 소비 패턴을 보여 주는 그래프예요. 월요일 자정에 전력 소비량이 최대치로 올라가 있어요. 공연을 하는 게 아니라면 이렇게 전력을 많이 소비할 이유가 없죠. 그런데 공식적으로는 휴관이에요.」

「야간에 사적인 파티를 여는 게 아닐까요? 큰 잔치를 벌이고 싶어 하는 개인들에게 극장을 대여하기도 하잖아요.」

이지도르는 고개를 가로저었다.

「이건 구청에서 설치한CCTV에 접속해서 얻은 사진이에요. 봐요, 극장 현관문은 닫혀 있는데, 안마당에는 승용차들이 주차되어 있어요.」

「이지도르, 무슨 생각을 하는 거예요?」

「그러니까 휴관일이라는 월요일에 이 극장에서 은밀하게 뭔가 흥미로운 일이 벌어지고 있고, 부유한 사람들이 그 일 때문에 모인다는 것이죠. 왜 부유한 사람들이냐고요? 잘 보세요. 승용차들이 주로 리무진과 고급 세단이에요. 뤼크레스, 지난번보다 더 구체적인 조언을 원해요? 그렇다면 바로 이거예요. 월요일 밤에 다리우스 극장에 가서 그들이 〈비공식적으로〉 벌이는 일이 무엇인지 알아봐요.」

「그거예요? 당신의 조언이라는 게?」

그는 벌떡 일어났다.

「이제 그만해요, 뤼크레스. 슬슬 짜증이 나려고 해요. 불쑥 찾아와서 물어보기에 일껏 친절하게 대답해 줬더니 고마워할 줄도 모르네요. 당신은 당신이 원하는 게 뭔지 모르는 것 같아요. 당신은 무언가를 요구해요. 그래서 상대가 그것을 주면 당신은…… 그것에 관심이 없다는 식으로 말해요.」

……틀린 말은 아냐. 나는 내가 무엇을 원하는지 모르고 있어. 하지만 이 남자가 도와준다면 나한테 부족한 게 무엇인지 알게 될 것 같아. 왠지 그런 느낌이 들어.

그는 그녀에게 다가들어 얼굴을 바싹 들이대고 말했다.

「당신은 변덕스러운 응석둥이일 뿐이에요. 이제 그만 가요.」

……이거 왜 이래요, 난 자유로운 여자라고요.

「나는 당신의 응석을 받아 주는 아버지도 아니고 당신의 이야기를 들어 주는 정신 분석가도 아니에요. 아무튼 월요일 자정에 다리우스 극장에 가서 그들이 무슨 짓을 하는지 알아봐요. 내가 해줄 수 있는 말은 그것뿐이에요.」

그녀는 강렬한 눈빛으로 그를 바라보다가 입을 열었다.

「내가 왜 당신을 필요로 하는지 알아요?」

「그야 나의 강점이 당신에게 부족하기 때문이겠죠? 여성적인 직감 말이에요.」

그는 벌써 컴퓨터를 끄고 그녀에게서 등을 돌린 뒤였다. 그녀는 발끈했다.

「좋아요! 남자인 당신에게는 여성적인 직감이 있고 나한테는 부족하다고 쳐요. 그렇다면 한 수 배우고 싶네요. 그 〈여성적인 직감〉이라는 게 어떻게 하면 생기는 거죠?」

그는 선심이라도 쓰듯 다시 돌아섰다.

「아주 간단해요. 〈내면 깊숙한 곳에 있는 자아〉와 접속하는 거예요. 어느 누구의 영향도 받지 않는 자아, 남들이 식별하지 못하는 미세한 요소와 낌새를 바탕으로 모든 것을 감지하는 자아에 귀를 기울이는 거죠. 이번에도 나는 뭔가 특이한 것을 느꼈어요. 월요일 자정에 다리우스 극장에 가보세요. 이제 됐죠?」

풀장에서 첨벙하는 소리가 들렸다. 돌고래 한 마리가 곡예를 한 것이었다.

그녀는 숨을 깊이 들이마셨다가 한목에 내쉬었다.

「유감이에요, 이지도르. 당신이 예전보다 나아진 줄 알았는데. 잘난 척은 혼자 다 하지만, 당신은 알고 보면 진정한 세계와 동떨어진 딴 시대의 사람이고, 상아탑에 갇혀 사는 주제에 모든 것을 다 아는 것처럼 착각하는 남자일 뿐이에요. 내가 당신을 잘못 알았어요. 다시는 당신을 방해하러 오지 않을게요. 약속해요.」

그는 허허로운 표정을 지었다.

「내 말을 안 들으리라는 것을 알고 있었어요.」

그는 옷을 벗고 물속으로 뛰어들었다. 그러고는 마치 그녀가 있다는 사실을 까맣게 잊은 것처럼 돌고래들과 함께 헤엄을 쳤다.

그녀는 그 모습을 잠시 바라보다가 부교를 건너고 문을 빠져나왔다.

……그래도 한 가지 얻은 것은 있어. 어느 누구의 영향도 받지 말고 심층의 자아와 접속하라고? 그래, 이지도르의 영향도 받으면 안 되는 거야!

43

엄마 낙타와 아기 낙타가 이야기를 나눈다.

「엄마, 우리는 왜 발이 이렇게 크고 넓적하죠? 발가락은 한 발에 두 개씩밖에 없고요.」

「그거야 사막을 건널 때 모래 속에 빠지지 말라고 그런 거지.」

「아, 그렇군요.」

몇 분 뒤에 다시 아기 낙타가 묻는다.

「엄마, 우리는 왜 눈썹이 이렇게 길죠?」

「그건 모래 먼지가 눈 속으로 들어가는 것을 막아 주기 위해서란다.」

「아, 그렇군요.」

조금 지나자 아기 낙타는 고집스럽게 또 묻는다.

「엄마, 우리는 왜 등에 이렇게 커다란 혹이 달린 건가요?」

엄마 낙타는 귀찮아하는 기색을 보이며 대답한다.

「이 혹은 우리가 사막에서 오랫동안 걸을 수 있도록 물을 저장해 주지. 덕분에 우리는 수십 일 동안 물을 마시지 않고도 버틸 수 있는 거야.」

「알겠어요, 엄마. 그러니까 우리는 커다란 발이 있어서 모래 속에 빠지지 않고, 기다란 눈썹이 있어서 모래가 눈에 들어가지 않고, 등에 혹이 달려 있어서 오랫동안 사막을 걸을 때 물을 저장할 수 있다는 거죠? 그렇다면 정말 이상한걸요…….」

「뭐가 이상하다는 거니?」

「우리가 여기 이 동물원에서 뭘 하는 거죠?」

다리우스 워즈니악의 스탠드업 코미디

「동물은 우리의 친구」 중에서

44

뤼크레스는 작전을 수행하기 위해 특별한 복장을 갖췄다. 검은 가죽 재킷에 검은 조깅 바지, 검은 비니 모자, 미끄럼 방지 신발, 배낭.

월요일, 자정을 30분 앞둔 시각.

그녀는 다리우스 극장에서 가장 가까운 카페의 테라스에 자리를 잡고 동정을 살폈다.

아직까진 이상한 점이 눈에 띄지 않았다. 극장 정면에는 불을 밝혀 놓지 않았고 문은 닫혀 있었다. 거리는 한산했다.

이지도르의 말을 믿는 게 아니었는데 참으로 어리석었다는 생각이 새록새록 밀려왔다.

그렇게 기다리고 있는데 오른쪽으로 젊은 여자들 한 무리가 나타났다. 대학생으로 보이는 그녀들은 웃고 떠들고 담배를 피우면서 지나갔다.

문득 그녀들과 나이가 비슷하던 시절의 어느 날이 떠올랐다. 그녀가 고아원을 떠나 자립하던 날. 순전한 우연이긴 하지만, 그날 역시 4월 1일이었다. 저주받을 만우절.

그녀는 열여덟 살이었다. 고아원 입구 앞에서 다섯 남자가 담배를 피우면서 농지거리를 주고받고 있었다. 고아원의 여자들은 누구나 알고 있었다. 그 남자들이 여자에게 매춘을 시켜서 살아가는 비열한 사내들이라는 것, 숲 가장자리에서 어린 영양들을 기다리고 있는 리카온 같은 자들이라는 것을.

고아원은 원생들의 자립이나 사회 정착과 관련해서 어떤 대책도 세워 주지 못했다. 원생들은 약간의 자립 보조금을 받고 사회에 첫발을 내딛지만 그 돈을 가지고는 어디에 가서 잠잘 곳조차 구할 수가 없었다.

그런 사정 때문에 오랜 역사를 지닌 〈구원의 성모〉 고아원 맞은편에는 갈 곳 없는 젊은 여성들을 노리는 〈인간쓰레기들〉이 하나둘 모여들어 유인과 착취의 사슬을 형성하기에 이르렀다.

먼저 갈 곳을 정하지 못한 젊은 여성들을 재워 주는 싸구려 여관이 있었고, 그다음에는 싸구려 식당과 나이트클럽이 있었다.

성년이 되어 고아원을 나선 이들은 〈피난처〉라는 교묘한 이름이 붙은 여관에서 첫 밤을 보내고 〈오아시스〉라는 식당에서 저녁을 먹었다. 이 여관과 식당은 그녀들에게 일자리를 알선해 주는 곳이기도 했다. 그들의 제안을 받아들이는 젊은 여성들은 대개 식당 종업원으로 일하다가 〈검은 부엉이〉라는 나이트클럽의 댄서가 되었다. 결국 다리우스의 어머니가 겪었던 것과 별로 다르지 않은 인생 경로를 걷게 되는 셈이었다.

그다음에는 포주와 마약 딜러가 사냥감에게 덤벼들었다. 먼저 딜러들이 그녀들을 유혹한 다음 통제가 용이하도록 마약 중독자로 만들었다. 그러고 나서 놈들은 그녀들을 포주에게 넘겼다.

뤼크레스 역시 사회에 첫발을 내딛던 날 〈피난처〉에서 하룻밤을 보내고 〈오아시스〉에서 식사를 했다. 하지만 그녀는

202

그다음 경로를 밟지 않았다. 식당 종업원으로 일하는 대신 식당 주인의 턱을 부숴 버렸고, 〈검은 부엉이〉의 댄서로 일하는 대신 기도의 팔을 분지르고 나이트클럽에 불을 질렀으며, 매춘부로 일하는 대신 〈그녀를 돕기 위해〉 일자리를 제공하겠다고 나선 포주의 사타구니를 걷어찼다.

그렇게 착취의 사슬을 끊고 그녀는 다리 밑에 가서 잤다.

그녀는 정글 같은 세상에서 살아갈 방도를 새로이 모색했다. 무엇보다 남의 속박을 받지 않고 독립적으로 살아가고 싶었다. 일을 하되 모든 것을 스스로 책임지며 독자적으로 하고 싶었다.

뤼크레스는 소매치기와 날치기를 거쳐 부잣집을 전문적으로 터는 도둑이 되었다.

그녀는 밤중에 외딴곳에 있는 고급 빌라와 대저택에서 작업을 벌였다. 주로 우편함에 광고 전단지가 잔뜩 쌓여 있고 문턱이 먼지로 덮여 있으며 덧창이 꼭꼭 닫혀 있는 집들을 노렸다. 보안 장치를 찾아내어 작동을 정지시키는 방법을 터득했고, 언제나 신축성이 좋은 어두운 빛깔의 옷을 입고 작업에 임했다. 그녀는 팔아 치우기 쉬운 물건들을 훔쳐 내서 장물을 전문적으로 취급하는 골동품 장수에게 넘겼다. 그 장물아비, 아니 장물어미는 80세의 노파였다. 이 노파는 그녀의 솜씨를 단박에 알아보고 실력을 더 키우도록 격려하면서 금고 털이의 기법을 가르쳐 주었다. 〈금고라는 것은 사람이 만든 거야. 발명자의 마음을 이해해야 그것의 메커니즘을 이해할 수 있어. 어느 금고를 대하든 사람의 마음을 읽어 내는 기분으로 접근해야 해. 머릿속에 열쇠들을 죽 늘어놓고 발명자의 마음을 공략하다 보면 자물쇠의 메커니즘이 눈에 보일

203

거야. 그다음에는 그저 발명자가 정해 놓은 수순에 따라 문을 열기만 하면 되는 거지.〉

뤼크레스는 노파의 비법을 체득하여 가장 다루기 어려운 금고들도 거뜬하게 열 수 있는 전문가가 되었다. 그림이나 가짜 칸막이나 장롱 뒤에서 금고를 찾아내는 데도 미립이 났고, 그것들의 작동 원리를 간파하는 데도 선수가 되었다.

덕분에 북부의 작은 도시 캉브레에 원룸 아파트를 마련하게 되었고 거의 정상적인 삶을 영위하게 되었다. 그녀는 골동품 도매업에 종사하는 〈독립적인 자영업자〉로 행세했다.

그러던 어느 날, 그런 은밀한 삶에 종지부를 찍게 하는 사건이 벌어졌다. 그녀가 어느 고급 빌라를 털러 들어갔을 때의 일이었다. 집이 비어 있는 줄 알았는데 갑자기 주인이 나타났다. 외박을 다반사로 하던 독신 남자가 공교롭게도 그날따라 집에서 잘 생각을 한 것이었다.

그는 키가 작고 바짝 마른 사람이었다. 그녀가 하려고만 했다면 손쉽게 제압할 수 있었을 것이었다. 하지만 그는 그녀에게 그저 얘기나 좀 하자고 했다. 불면증에 시달리던 터였는데 그녀가 심야에 방문해 주어서 오히려 반갑다는 것이었다.

젊은 뤼크레스는 상대가 그렇게 나오니 당황하지 않을 수 없었다. 하지만 식겁했던 마음이 가라앉고 나자 호기심이 생겼다. 상대가 덫을 놓고 있는 게 아니라는 느낌도 들었다. 그래서 그녀는 그가 권하는 대로 그를 마주하고 앉았다.

파자마 차림의 남자는 자기 직업에 관한 이야기로 허두를 떼었다. 예전엔 열성적으로 했던 일인데, 이제는 따분하고 반복적인 느낌이 든다고 했다.

그는 그 지방에서 발행되는 일간지의 편집국장이었다.

그들은 밤새도록 이야기를 나누었다.

그는 자기가 기자라는 직업을 어떻게 보고 있는지 이야기했다. 예전에는 진실과 정의를 열렬히 추구하던 사람들이 하던 일인데, 이제는 유력 인사의 자녀들이나 무사안일에 젖은 자들, 세상사에 흥미를 잃은 자들, 특히 교양이 없는 자들의 차지가 되어 버렸다는 것이었다.

파자마 차림의 남자는 자기 직업에 환멸을 느끼는 듯했다.

요즘에 기자가 되는 사람들은 마치 공무원이 되듯 언론사에 들어온다고 그는 고백했다. 기자들이 정보의 진위를 확인하지도 않은 채 아무 얘기나 해대고, 외부의 영향에 쉽게 굴복하는 것을 개탄하기도 했다. 직업 윤리도 사라지고 언론의 도덕성을 높이려는 노력도 찾아볼 수 없게 되었다는 것이었다.

그 왜소한 남자의 이름은 장프랑시스 엘드였다. 그는 왕년에 『르 게퇴르 모데른』의 전쟁 전문 대기자였다. 그런데 부서 책임자로 승진하려던 참에 크리스티안 테나르디에라는 여성한테 자리를 빼앗겼다. 그는 사직서를 쓰고 파리를 떠나 북부 지방의 일간지 『라 파롤 뒤 노르』[8]의 편집국장이 되었다. 하지만 예전의 신념도 사라진 데다 동료들의 행태에 심한 염증을 느끼고 있는 터라 곧 은퇴할 생각을 하고 있었다.

---

8 『르 게퇴르 모데른(현대의 감시자)』은 작가가 한때 기자로 일했던 『르 누벨 옵세르바퇴르(새로운 관찰자)』의 패러디이고, 『라 파롤 뒤 노르(북부의 말)』는 프랑스 북부 노르 파드칼레 지방에서 발행되는 일간지 『라 부아 뒤 노르(북부의 목소리)』의 패러디이다.

그는 뤼크레스에게 자두 브랜디를 따라 주고 그녀가 어떻게 살아왔는지를 물었다.

그녀는 묘한 편안함을 느끼며 페어플레이를 하기로 결심하고, 고아원을 나와 떠돌다가 빈집 털이 도둑이 된 사연을 이야기했다. 그는 뜻밖에도 그녀의 용기를 칭찬했다. 〈현장에 나가기〉를 두려워하지 않는 것, 자기가 종사하는 직업에서는 그것이야말로 아주 중요하고도 드문 미덕이라는 것이었다.

그러더니 그는 자기를 위해서 일할 생각이 없냐고 물었다. 자기가 보기에 부잣집만을 전문적으로 터는 뛰어난 도둑은 훌륭한 기자로 변신할 가능성이 많다고 했다. 대학을 나온 어느 누구보다 가능성이 많다는 것이었다. 〈글쓰기란 현장에 나가서 좋은 정보를 구하지 않는다면 아무 의미가 없어요〉라고 그는 단언했다. 만약 그녀가 자기네 신문사에서 일하는 것을 받아들인다면, 자기가 책임지고 기사 작성과 사진을 가르쳐 주겠다는 말도 했다.

「하지만 저 같은 사람이 기사를 제대로 쓸 수 있을까요?」

「그건 누구나 할 수 있는 일이에요. 아주 간단해요. 먼저 5W1H 원칙에 따라서, 다시 말해 누가Who, 언제When, 어디서Where, 무엇을What, 어떻게How, 왜Why라는 질문에 답하는 방식으로 정보를 수집해요. 그런 다음 그 정보들을 바탕으로 또 다른 질문을 던져 보는 거예요. 예를 들면 밤중에 이 도시의 어느 거리에서 어떤 사건이 났다고 했을 때, 그 사건과 관련된 여섯 가지 정보를 나열하는 것에 그치지 않고 그 사건이 더 근본적인 어떤 문제와 연결되어 있지 않은지 따져 보라는 것이죠. 예를 들면 〈이 모든 것은 결국 공공 재

206

정의 문제가 아닐까?〉 하는 식으로 말이에요. 그리고 그런 관점에서 시 의원들을 추궁하는 거예요. 요컨대 여섯 가지 요소를 담아서 사건을 정확하게 전달하고 그 사건에 담긴 의미를 드러내면 되는 거예요.」

「정말 제가 할 수 있을까요?」

「물론이에요. 두고 봐요, 뤼크레스 씨는 지금 용기의 반만 발휘해도 좋은 기사를 쓰게 될 테니. 눈먼 사람들 나라에서는 외눈인 자가 왕이라는데, 뤼크레스 씨는 두 눈이 멀쩡하잖아요!」

뤼크레스는 동전을 던져서 결정하기로 했다. 앞면이 나오면 도둑으로 남고, 뒷면이 나오면 기자가 되기로 한 것이었다. 동전은 공중으로 날아올랐다가 한참 만에 도로 떨어졌다.

이튿날 장프랑시스 엘드는 그녀를 『라 파롤 뒤 노르』의 수습기자로 임명했다. 그녀는 잗다란 사건 사고 뉴스들을 맡았다. 이 경험은 그녀 자신을 새롭게 발견하는 계기가 되었다.

알고 보니 그녀는 취재하고 사진 찍고 글 쓰는 것을 매우 좋아했다. 그리고 무엇에 대해서든 왕성한 호기심을 보였다.

불과 몇 달 만에 그녀는 지역의 명사가 되었다. 주민들 모두가 그녀를 높이 평가했다. 다른 기자들이 시청의 관보에 나와 있는 정보를 그대로 전달하는 것에 만족할 때, 그녀는 남들보다 한발 빠르게 움직이고 철저한 조사를 벌임으로써 결국 특종을 얻어 냈다.

그녀는 범죄 사건에 관한 취재를 특히 좋아했다. 경찰의 수사가 미궁에 빠졌을 때도 혼자서 계속 조사를 벌이기가 일쑤였다. 그런 식으로 해서 두 건의 살인 사건을 해결했다.

그런가 하면 시청 공무원의 뇌물 수수 사건을 폭로하기도 했고 오염 물질을 강물에 흘려보낸 기업을 고발하기도 했다. 사기 사건의 책임자들을 찾아낸 적도 있고 부당한 행정 조치의 피해자들에 대한 사회적 관심을 촉구한 적도 있었다.

그러던 어느 날 장프랑시스 엘드가 그녀에게 말했다.

「자네는 내가 기대했던 것 이상으로 잘해 냈어. 하지만 기자라는 직업과 법관의 직업을 혼동하면 안 돼. 죄인을 응징하는 건 자네가 할 일이 아냐. 자네 때문에 여러 차례 항의를 받았어. 지방 유지들의 뒤를 캐거나 그들을 웃음거리로 만들면 보복이 따를 수밖에 없는 거야.」

젊은 뤼크레스는 말귀를 못 알아들은 척했다. 편집국장은 속사정을 털어놓지 않을 수가 없었다. 정의심에 불타는 뤼크레스의 기사들 때문에 곤욕을 치른 사람들 가운데 사주의 친구가 있는데, 그자가 그녀의 해직을 요구하고 있다는 얘기였다.

편집국장은 그녀에게 편지 한 통을 내밀었다.

「자네를 발굴한 것은 나의 큰 자랑거리야. 그러니 내가 어떻게 자네를 그냥 쫓아내겠어? 이 추천서를 줄 테니까 『르 게퇴르 모데른』의 편집국장을 찾아가 봐. 자네한테 새로운 길이 열릴 거야.」

그러고 나서 그는 속삭이는 소리로 덧붙였다.

「지금도 훌륭하지만 여기서 멈추지 마. 계속 가야 해.」

그의 추천서는 효과가 있었다. 『르 게퇴르 모데른』의 편집국장은 시험 삼아 그녀를 사회부의 객원 기자로 임명했다. 그녀가 맡은 분야는 엉뚱하게도 과학이었다. 그냥 비어 있는 자리를 채우려다 보니 그렇게 된 것이었다.

그녀는 과학에 전혀 관심이 없었지만 장프랑시스 엘드의 신뢰에 부응해야 한다고 생각했다.

일이 그렇게 된 것이었다. 그런 우여곡절 끝에 그녀는 이제 다리우스 극장 앞에 와 있는 것이었다.

그녀는 진한 커피를 홀짝홀짝 마셨다.

그때 갑자기 그녀의 시야에 심상치 않은 낌새가 나타났다.

고급 승용차들이 다리우스 극장 앞으로 천천히 지나가고 있는데, 그 수가 비정상적으로 많았다. 게다가 하나같이 오른쪽으로 돌아서 극장 옆 골목길로 들어서고 있었다.

그녀는 손목시계를 보았다. 자정 5분 전이었다. 그녀는 커피값을 내고 배낭을 멘 다음 극장 옆 골목길로 내달았다.

안마당으로 통하는 배달 차량 출입구가 이내 눈에 띄었다. 안마당에는 벌써 수십 대의 고급 세단들이 주차되어 있고 야회복 차림의 사람들이 차에서 내리고 있었다.

안마당 쪽으로 난 극장 출입구에는 불이 환하게 밝혀져 있었다. 사적인 파티나 어느 기업의 기념행사가 열리는 게 아닌가 싶었다.

턱시도 차림의 남자들과 이브닝드레스 차림의 여자들. 입구에서 초대장을 검사하는 분홍 정장 차림의 경호원들.

뤼크레스는 초대장이 없으면 들어갈 수 없다는 사실을 알아차리고 지붕을 거쳐 들어가기로 했다.

그녀는 극장에 딸린 건물의 빗물받이 홈통을 타고 한참을 올라가서 옥상에 다다랐다. 그런 다음 지붕에서 지붕으로 건너뛰어 극장 꼭대기로 올라섰다. 지붕을 덮고 있는 아연판이 달빛에 빛나고 있었다. 그것을 밟고 걷노라니 인간들의 머리

209

위로 살금살금 돌아다니는 고양이의 쾌감이 느껴졌다.

이윽고 천창이 하나 나타났다. 그녀는 곁쇠로 자물쇠를 열고 극장 안으로 잠입했다. 천창 바로 아래로 좁다란 통로가 나 있었다. 그녀는 통로를 나아가 무대 바로 위쪽에 자리를 잡았다. 무대 천장에 마련된 대도구 조작용 공간에 들어간 것이었다. 거기에서는 사람들의 눈에 띌 염려가 없이 모든 것을 관찰할 수 있을 듯했다.

그녀는 카메라를 들고 2백 밀리미터 망원 렌즈를 통해 관객들의 면면을 살펴보았다. 최소한 5백 명을 수용할 수 있는 객석에 2백~3백 명의 관객이 모여 있었다.

링으로 바꾸어 놓은 무대에 갑자기 조명이 들어왔다.

링 한복판에 팔걸이의자 두 개가 놓여 있고, 의자들 위쪽에 대형 스크린이 설치되어 있었다.

타데우시 워즈니악이 무대로 올라가서 마이크를 잡았다.

「드디어 우리 모두가 기다리던 순간이 왔습니다. 닭싸움이나 권투보다 재미있고, 카지노나 경마나 포커보다 흥미진진한 〈그것〉. 게임 중의 게임, 완벽한 공연, 더없이 신선하고 짜릿한 감동을 자아내는 기계 장치, 이름 하여 프로브PRAUB 토너먼트, 문자 그대로 〈먼저 웃으면 총 맞기Premier qui Rira Aura Une Balle〉, 이제 시작하겠습니다! 규칙을 간단히 말씀드리자면, 양 선수는 베넬리 MP95E 권총의 총구가 관자놀이를 바싹 겨누고 있는 상태에서 경기를 벌이게 됩니다. 그러다가 승부가 나면 패배한 선수에게는 22구경 롱 라이플 탄알이 발사됩니다.」

관객들은 흥분된 기색으로 박수갈채를 보냈다.

「……반면에 승자에게는 상금이 주어집니다. 상금의 액수는 1천도 아니요 1만도 아니고 10만도 아닌 1백만 유로입니다. 그렇습니다. 적시에 재미있는 이야기를 생각해 내서 상대를 웃기는 사람은 무려 1백만 유로를 벌게 되는 것입니다.」

관중의 흥분은 더욱 고조되었다. 박수갈채에 이어 연호가 터져 나왔다.

「프로브! 프로브! 프로브!」

「자, 1백만 유로를 받을 것이냐 총알을 맞을 것이냐? 우리 선수들의 운명은 어느 쪽일까요?」

뤼크레스는 좁은 은신처에 웅크린 채 카메라의 조정 상태를 확인했다. 빛이 최대한 많이 들어오도록 조리개를 활짝 열어 놓은 상태였다.

……이지도르의 생각이 옳았어. 잘난 척하는 게 얄밉기는 하지만 잘된 일이야. 테나르디에는 깜짝 놀랄 만한 것을 원하고 있어. 이 정도면 그 여자도 만족할 거야. 정말 죽이잖아.

분홍 정장을 말쑥하게 차려입은 타데우시는 손짓으로 관중의 아우성을 가라앉혔다.

「신사 숙녀 여러분, 오늘 밤에 우리가 관전할 프로브는 모두 세 경기입니다. 그럼 첫 경기에서 맞설 두 선수를 소개하겠습니다. 먼저 즉흥 개그 배틀의 새로운 우승자 인메이!」

가운을 입고 후드를 뒤집어쓴 실루엣이 링에 올라왔다. 마스크를 쓰고 있어서 얼굴은 보이지 않았다.

「이제 〈자주색 타란툴라〉라는 새 이름을 얻었습니다. 힘찬 박수로 환영해 주십시오.」

그녀는 후드를 벗고 관중을 향해 두 팔을 들어 올렸다.

두 번째 실루엣이 나타났다. 몸피가 조금 더 굵고 마스크

211

위쪽으로 머리털 한 타래가 비어져 나와 있었다.

「인메이와 대결을 벌일 선수는 아르튀스, 일명 〈하얀 이빨을 드러낸 사형 집행자〉입니다.」

아르튀스는 두 팔을 번쩍 치켜들고 승리의 손짓을 보이면서 먹이를 물어뜯으려는 맹수처럼 이빨을 드러냈다.

「아르튀스, 1백만 유로를 받는다면 무엇을 사고 싶어요?」

「이 극장을 사겠어요.」

객석에서 약간의 웃음이 일었다.

「아, 훌륭해요. 벌써부터 웃기는 거 보니까 경기가 아주 흥미진진하겠군요.」

「그럼 인메이는 어때요? 1백만 유로를 받으면 뭘 사겠어요?」

「저희 가족을 위해 레스토랑을 하나 사겠어요. 스시 전문점을 낼 겁니다.」

「그런데 스시는 중국 요리가 아니라 일본 요리잖아요.」

「일본 음식점을 일본인이 하는 경우가 많던가요?」

다시 약간의 웃음이 일었다.

「재밌네요. 내가 한 방 먹었어요. 자, 그럼 이제 베팅을 시작합니다. 우리의 매력적인 웨이트리스들인 〈다리우스 걸〉들이 판돈을 걸겠습니다.」

노출이 심한 복장을 한 여자들이 고리 바구니를 들고 마치 과자 판매원들처럼 좌석 열들 사이로 돌아다녔다. 1백 유로짜리 지폐의 다발들이 손에서 손으로 건네지고 있었다. 돈을 낸 사람들은 저마다 분홍색 티켓을 받아 들었다. 대형 스크린에 불이 들어오고 두 선수의 마스크 쓴 얼굴과 함께 숫자들이 크게 나타났다. 판돈의 총액을 알려 주는 것이었다.

타데우시가 소리쳤다.

「자, 이제 프로브 공연의 막이 오릅니다!」

베팅의 종료를 알리는 종이 울리고 링을 비추는 스포트라이트의 불빛이 더욱 강렬해졌다. 두 선수는 타데우시가 이끄는 대로 링의 한복판으로 가서 악수를 나눴다.

타데우시는 두 선수에게 어느 색깔을 선택할 것인지 물었다. 아르튀스는 검정, 인메이는 흰색이라고 대답했다. 인메이가 자루 속에 한 손을 집어넣어 돌 하나를 꺼냈다. 흰색이었다. 인메이가 선공을 하는 것으로 결정된 것이었다.

두 선수는 각자 팔걸이의자에 앉았다.

보조 요원으로 보이는 여자 두 명이 요란한 복장을 하고 링에 올라오더니 두 선수가 움직이지 못하도록 손발을 가죽 띠로 묶었다. 그런 다음 무거운 삼각대들을 선수들의 의자 가까이로 당겨 놓았다. 삼각대 위에는 권총이 한 자루씩 고정되어 있었다. 총열이 수평을 이루도록 바로 세우고 손잡이의 밑바닥을 나사로 고정시켜 놓은 듯했다. 방아쇠에는 전선이 달려 있고 이 전선은 상자 모양으로 된 전자 장치에 연결되어 있었다.

보조 요원들은 두 선수의 심장 부위와 목과 배에 센서를 부착했다.

뤼크레스는 숨을 죽이며 지켜보고 있었다. 그 모든 것이 악몽 속의 한 장면 같았다. 두 눈으로 똑똑히 보고 있음에도 사실처럼 느껴지지 않았다.

「다 알고 계시겠지만, 프로브 게임의 규칙을 조금 더 말씀드리겠습니다. 두 선수는 각자 돌아가면서 재미난 이야기를 들려줍니다. 한 선수가 이야기하는 동안 상대 선수는 듣습니다. 이때 검류계에 연결된 센서로 전기 저항의 변화를 기록하고, 이 데이터는 0에서 20까지의 수치로 환산됩니다. 우리가 시원스럽게 웃음을 터뜨리는 상태에 해당하는 수치가 19입니다. 어느 한 선수의 수치가 19 너머로 올라가면 권총의 방아쇠에 압력이 가해지면서 총알이 발사됩니다. 상대를 웃기는 사람은 살고, 상대를 웃기는 대신 자기가 먼저 웃는 사람은 죽는 것입니다.」

관객들은 조바심을 내며 아우성을 쳤다.

대형 스크린의 영상에 변화가 생겼다. 두 선수의 얼굴 아래로 전기 저항이 어느 정도인지를 보여 주는 선이 나타났다.

타데우시의 신호에 따라 인메이가 이야기를 시작했다. 토끼들의 짝짓기에 관한 유머였다. 상대의 기량을 가늠하기 위해 가볍게 잽을 날리는 것 같았다.

아르튀스의 선은 움직일 듯 말 듯 하다가 11에서 멈췄다. 그 이야기를 이미 알고 있거나 재미없다고 생각한다는 뜻이었다.

이어서 아르튀스가 유머를 날렸다. 매춘부들에 관한 레퍼토리의 한 변주였다. 이 이야기의 효과는 조금 더 컸다. 인메이의 수치는 13으로 올라갔다.

두 선수는 날카로운 눈빛을 주고받았다.

다른 유머들이 이어졌다. 레즈비언에 관한 우스갯소리와 벨기에 사람들을 놀리는 이야기가 맞붙었고, 똥오줌에 관한 익살과 영국식 난센스 조크가 격돌했다.

두 선수는 금발 머리 여자들의 아둔함을 조롱하는 짤막한 이야기로 승부를 겨루기도 했다. 하지만 어느 쪽도 상대의 검류계 수치를 15이상으로 올리지 못했다.

그때 객석에서 누가 소리쳤다.

「웃길래 죽을래!」

기다렸다는 듯이 여러 줄의 좌석에서 같은 외침이 터져 나왔다.

인메이는 의욕을 불태우며 상대의 약점을 찾아내려고 애쓰는 듯했다. 하지만 아르튀스는 녹록해 보이지 않았다.

관객들이 다시 소리쳤다.

「웃길래 죽을래!」

인메이는 정면 공격을 시도하기로 한 듯 상대의 성생활을 노골적으로 조롱하는 이야기를 들고 나왔다.

기습이 통했다. 상대의 수치가 17까지 올라갔다. 그러자 관객들은 격려의 함성을 내질렀다. 하지만 〈하얀 이빨을 드러낸 사형 집행자〉 아르튀스는 피가 나도록 혀를 깨물면서 웃음을 참아 냈다.

그는 길고도 복잡한 이야기로 맞섰다. 인메이가 상대의 속셈을 몰라 의아한 표정을 짓는 순간, 이야기의 결말이 드러났다. 그 효과는 대단했다. 인메이의 검류계 수치가 처음으로 16을 넘어섰다. 관객들은 그 정도에서 멈추는 것으로 생각했다. 그런데 인메이의 마음속에서 감정의 물결이 한 차례 더 일었는지 수치가 다시 올라가더니 17, 18을 지나 19를 넘어섰다. 결국 권총이 발사되고, 총알이 그녀의 두개골을 관통했다.

관객들은 벌떡 일어나서 함성을 내질렀다. 로마 시민들이 원형 경기장에서 검투사가 죽었을 때 외치던 함성 같았다.

「프로브! 프로브! 프로브!」

관객들은 승자에게 열렬한 박수갈채를 보냈다.

타데우시가 링에 올라가서 승자의 결박을 풀어 주며 말했다.

「그야말로 죽이는 유머였습니다.」

그러고는 패자의 시신 위로 빨간 꽃 한 송이를 던져 주고 나서 시신을 치우라고 지시했다.

뤼크레스는 손을 부들부들 떨면서 카메라 셔터를 정신없이 눌러 댔다.

악몽도 이런 악몽이 없었다.

「승자는…… 〈하얀 이빨을 드러낸 사형 집행자〉 아르튀스입니다.」

승자는 이를 벌쭉 드러냈다. 하얀 이에 피가 묻어 있었다. 혀를 그악스럽게 깨문 모양이었다.

뤼크레스는 환각에 빠진 기분으로 그 장면을 사진에 담고 있었다. 그러다가 갑자기 동작을 멈추고 뒤로 물러서서 숨을 가누었다. 욕지기가 치밀어 올랐다. 그녀는 재빨리 지붕으로 올라가서 아연판에 대고 토악질을 했다.

……미친 자들이야! 다들 완전히 미쳤어!

그녀는 다시 천창을 넘어가서 좁다란 통로를 따라 무대 천장의 대도구 조작용 공간으로 갔다. 그런 다음 계단을 내려가서 백스테이지를 살폈다.

아래쪽에서 다리우스 걸들이 아르튀스에게 돈을 걸었던 사람들에게 판돈을 나눠 주고 있었다.

그녀는 분장실 쪽 통로로 들어섰다. 그때 갑자기 등 뒤에서 누군가의 목소리가 울렸다.

「넴로드 씨, 여기에서 뭐 하세요?」

45

기원전 1012년.

마야 왕국, 치첸이트사 천문대.

점성가들이 한자리에 모여 천체의 운행을 살피면서 자기들의 미래를 점치고 있다.

이때 갑자기 한 점성가가 몇몇 별들의 위치에 평소와 다른 점이 있음을 알아차린다. 익스탁시후아틀이라는 이름의 이 점성가는 성좌도와 책력을 한참 들여다본다. 그러다가 마침내 아연실색한 표정으로 알린다.

「2,480년 뒤에 세계가 멸망하겠는걸.」

그러자 마야의 점성가들은 저마다 관측대로 나가서 별들을 살핀다. 하지만 그들이 보기엔 이상한 점이 전혀 없다.

「익스탁시후아틀, 자네 실없는 소리를 하는구먼. 그런 재앙을 알리는 징후는 하늘 어디에도 없어.」

이때 대신관이 들어선다. 그는 성좌도를 들여다보고 나서 판정을 내린다.

「익스탁시후아틀이 제대로 보았어. 세계는 정확히 2,480년 뒤에 멸망할 것이니라.」

어느 누구도 대신관의 말에 감히 이의를 제기하지 못한다. 마야의 모든 서사들은 점토 판이며 돌이며 짐승의 가죽에 세계가 사라질 날짜와 시간을 기록한다. 마야의 온 백성은 언젠가 세상의 종말이 온다는 것을 하늘의 뜻으로 받아들이고 두려운 마음으로 남은 햇수를 세어 나간다.

그런데 나중에 익스탁시후아틀은 자기가 장난삼아 그 예언을 지어냈다고 고백한다. 아무런 근거도 없이 그냥 웃기려고 한 말이었다는 것이다. 하지만 이미 엎질러진 물이다. 대신관이 옳다고 인정한 마당이라서 그가 아무리 농담이었다고 말해도 예언을 반박하고 나서는 사람이 없다.

그 사건은 마야 문명에 엄청난 결과를 가져온다. 그로부터 2,480년이 지난 어느 날, 마야인들은 스스로 목숨을 끊기로 결심한다. 이튿날 세상의 종말이 오리라는 점성가들의 예언을 그대로 믿은 것이기도 하고 왕의 지시를 따른 것이기도 하다.

〈우연〉치고는 너무나 기묘한 일이지만, 그 뒤로 얼마 지나지 않아서 에스파냐의 정복자들이 마야 왕국의 옛 땅에 다다른다.

오랜 세월이 흐른 뒤에 사람들은 마야 문명이 갑작스럽게 사라진 이유를 두고 갖가지 추측을 내놓는다. 하지만 그것이 한 점성가의 짓궂은 농담 때문이었다는 것을 아는 사람은 아무도 없다.

익스탁시후아틀은 파괴적인 유머의 원조였던 셈이다.

유머 기사단 총본부 편, 『유머 역사 대전』 중에서

46

남자의 태도는 위협적이지 않았다. 그저 뜻하지 않은 만남을 신기하게 여기는 듯했다.

뤼크레스는 놀란 기색으로 되물었다.

「그러는 당신은요? 여기에서 대체 뭘 하는 거죠?」

그는 보면 모르냐는 듯 아무렇지도 않게 대답했다.

「나야 프로브 토너먼트에 참가하러 왔죠. 세 번째 경기에 출전하는 거지, 아마.」

「안 돼요, 위험해요!」

세바스티앵 돌랭은 담담하게 미소를 지었다.

「말을 완곡하게 하는 재주가 있네요. 나 같으면 〈죽으려고 환장했어요?〉라고 말했을 텐데.」

「가지 마세요. 제발, 내 말을 들어요.」

그는 그녀의 팔을 잡고 분장실 안으로 데리고 갔다. 그러고는 누가 갑자기 들이닥치는 것을 막으려는 듯 문을 잠갔다.

「나는 이제 선택의 여지가 없어요. 이것만이 내가 살길이라고요. 최후의 생존자가 얼마를 버는지 아세요? 1백만 유로예요! 상대에게 맞는 유머를 적시에 찾아내기만 하면 1백만 유로를 벌게 된다고요! 그 정도면 위험을 무릅쓰고 출전할 만하지 않아요? 게다가 이건 그놈이 나한테 빼앗아 간 것을 도로 찾는 길이기도 하죠. 나는 그저 해묵은 빚을 받아 내려는 거라고요.」

그는 냉소를 흘렸다.

「안 돼요, 이건 죽으러 가는 거예요.」

「설령 죽더라도 군중의 주목을 받으면서 내 일을 하다가 죽는 거니까 상관없어요. 그보다 나은 죽음이 있겠어요?」

그는 전구로 둘러싸인 거울을 마주하고 팔걸이의자에 앉아서 분장을 하기 시작했다. 그러더니 목소리를 낮추며 말했다.

「당신 말이 맞아요. 다리우스 사건 말이에요.」

「뭐가 맞는다는 거죠?」

「그건 분명 살인이에요.」

그의 말투에는 거침이 없었다.

「당신이 죽였나요?」

「아니라니까요. 나는 그를 죽이지 않았어요. 이미 말했다시피 난 그럴 용기가 없어요. 하지만 살인자가 누구인지는 알아요.」

그때 극장과 분장실의 스피커에서 안내 방송이 나왔다. 프로브의 두 번째 경기가 시작되려는 참이었다.

「모두 자리에 앉아 주십시오! 공연을 속개하겠습니다. 오늘의 프로브 두 번째 경기에서는 앞선 경기의 승자 〈하얀 이빨을 드러낸 사형 집행자〉와 카티, 일명 〈은빛 족제비〉가 대결을 벌일 것입니다. 다들 아시겠지만, 카티는 몇 주 전부터 연승 행진을 계속하고 있습니다.」

타데우시는 박수갈채 속에서 말을 이었다.

「이 두 번째 경기의 승자는 백전노장 세바스티앵, 일명 〈현자 세브〉와 맞붙게 될 것입니다.」

뤼크레스가 다시 말문을 열려고 하자, 세바스티앵은 손짓으로 말을 막았다.

「쉿! 경기 내용을 들어야 해요. 그러지 않으면 승자가 어떤 식으로 하는지 모르게 돼요.」

그는 분장실 스피커의 볼륨을 키웠다.

두 사람은 말없이 서로 바라보았다. 경기 실황이 스피커를 통해 전해져 오고 있었다.

뤼크레스가 나직하게 말했다.

「그래도 이거 하나는 말해 줄 수…….」

「쉿!」

세브는 수첩을 꺼내어 무언가를 적었다.

스피커에서 아르튀스의 목소리가 흘러나왔다. 그는 성적인 유머로 상대를 공략하고 있었다. 세브가 경기 해설자처럼 말했다.

「아, 저 친구 이번에는 처음부터 세게 나가는데요. 앞선 경기에서 잘 통했던 주제로 포문을 열고 있어요.」

카티는 초현실주의적인 유머로 응수했다.

뤼크레스는 그 유머 대결에서 승리하려면 상대의 심리를 잘 파악해야 한다는 사실을 깨달았다. 그건 대화보다 체스 게임에 더 가까웠다. 재미있는 이야기를 찾아내는 것도 중요하지만, 상대의 심리적인 약점을 파고드는 것도 그에 못지않게 중요한 듯했다.

아르튀스는 정신 질환자들에 대한 우스갯소리로 다시 포문을 열었다. 〈은빛 족제비〉가 피식하고 웃었다. 하지만 권총이 발사되기에는 태부족이었다. 관객들이 소리쳤다.

「웃길래 죽을래! 웃길래 죽을래!」

뤼크레스는 한숨을 내쉬었다.

「아르튀스는 정말 강해요. 아까 보니까…….」

「쉿…… 저거 들어야 한다니까요!」

그는 수첩에 적어 가면서 듣고 있었다.

〈은빛 족제비〉카티는 거의 유치하다 싶은 우스갯소리로 맞섰다. 개구리들이 등장하는 이야기였다.

결과는 신통치 않았다. 하지만 세브는 전문가다운 태도로 승부를 점쳤다.

「저 여자가 이길 거예요.」

아르튀스는 동성애자들에 관한 이야기를 내놓았다.

카티는 금발 머리 여자들에 관한 이야기로 반격했다.

마침내 〈하얀 이빨을 드러낸 사형 집행자〉가 웃음소리를 냈다. 그 소리는 점점 높아 가다가 총소리로 이어졌다.

엄청난 함성이 터져 나왔다.

「프로브! 프로브! 프로브!」

다리우스 걸들이 좌석의 열들 사이로 돌아다니며 판돈을 나눠 주는 소리가 들려왔다.

타데우시가 다시 마이크를 잡았다.

「오늘의 세 번째 경기에서는 이미 예고한 대로 방금 승리

221

를 거둔 〈은빛 족제비〉가 〈현자 세브〉를 맞아 일대 접전을 벌일 것입니다.」

박수 소리가 높아 가는 가운데 또다시 연호가 터져 나왔다.

「프로브! 프로브! 프로브!」

뤼크레스는 오싹 전율을 느꼈다.

세브는 자리에서 일어나 체크무늬 재킷의 매무새를 고치고 얼굴에 마스크를 썼다.

「가지 마세요.」

「걱정 말아요. 내가 이길 거예요. 저 〈은빛 족제비〉는 이빨이 별로 날카로운 것 같지 않아요.」

그는 카티의 유머들을 다시 읽었다. 마치 적의 포격이 멎은 사이에 탄착점을 살펴보는 장군 같았다. 그는 앞선 경기의 승패를 결정한 이야기에 여러 번 밑줄을 그었다.

「제법이야. 보기보단 까다로운 상대인걸.」

그는 메모의 몇 대목에 강조 표시를 했다. 〈은빛 족제비〉가 웃기 시작한 대목에서 그녀의 약점을 파악하고 공격의 방향을 결정하려는 것이었다.

「만약 당신이 진다면, 나는 살인자의 이름을 알아내지 못하게 돼요.」

「내가 진다는 건 말이 안 돼요. 프로의 자존심이 걸린 문제예요.」

그는 넥타이를 고쳐 맸다.

「자, 그냥 유머를 즐기면서 잠시 기다려요. 물론 지금 당장 살인자의 이름을 알려 줄 수도 있어요.」

「네, 그러는 게 좋겠어요.」

「하지만 그걸 알고 나면 당신은 취재를 끝내게 될 것이고,

그러면 애석하게도…….」

「빨리요, 애간장이 말라서 못 견디겠어요.」

스피커에서 타데우시의 목소리가 울려 나왔다.

「이제 세바스티앵을 부르겠습니다. 〈현자 세브〉, 무대로 나오세요!」

관객들이 연호했다.

「세브! 세브! 세브!」

「미안해요, 이제 가야 돼요. 경기가 끝나고 나서 살인자의 이름을 말해 줄게요.」

그의 손은 벌써 문의 손잡이에 가 있었다. 뤼크레스는 그에게 덤벼들고 싶은 마음을 가까스로 억누르며 말했다.

「안 돼요, 지금 말해 줘요.」

「내가 질 거라고 생각하는군요.」

「사람의 앞일을 누가 알겠어요? 만에 하나를 생각해서 이름을 말해 줘요.」

세브는 갑자기 정색을 하며 말했다.

「당신, 보아하니 내가 누구인지 아직 모르는 모양이군요. 나는 유머계의 위대한 프로예요. 비록 술에 절고 가난에 찌들긴 했어도 어디까지나 유머의 대가란 말입니다. 나는 아마추어들과 대결하는 것을 두려워하지 않아요. 아무리 영악하고 운이 좋다 해도 아마추어는 아마추어예요. 조금 뒤에 돌아와서 다리우스의 살인자가 누군지 알려 줄게요. 약속해요.」

그는 자신감 넘치는 미소를 지어 보였다.

「겁나나 봐요, 그렇죠? 나를 생각해서 그러는 건지 정보를 잃을까 봐 그러는 건지는 알 수 없지만.」

「그건…….」

「당신은 아름다워요. 나한테 키스해 줘요. 혹시 죽게 되더라도 당신의 입술이 남긴 달콤한 키스의 추억을 안고 죽을 수 있게.」

그녀는 머뭇거리다가 그에게 입을 맞췄다. 키스는 길어지고 깊어졌다. 멀리서 관객들의 연호가 들려왔다.

「현자 세브! 현자 세브!」

「세브, 말해 줘요, 누가 다리우스를 죽였죠?」

……아휴, 주먹이 운다, 당장 말하도록 얼굴에 한 방 먹였으면 좋으련만! 그래도 어쩌겠어, 계속 〈유혹〉 모드로 나가는 수밖에.

세브는 그녀의 긴 머리를 쓰다듬었다. 그녀는 미용실에 다녀오기를 잘했다고 생각했다.

「뤼크레스, 내 말 잘 들어요. 아주 오랜 옛날부터 빛의 유머와 어둠의 유머 사이에 싸움이 있어 왔어요. 다리우스는 어둠의 유머 진영에 속해 있었죠. 결국 성 미카엘이 칼로 용을 무찌른 것입니다.」

그녀는 말귀를 알아듣지 못했다.

「그게 무슨 뜻이죠?」

「다리우스는 어둠의 유머를 대표했어요. 분홍 턱시도를 멋지게 차려입고 관대한 신사 행세를 했지만 그건 거짓이었어요. 착한 사람 행세를 하는 것, 그게 진짜 사기꾼들의 특성이죠.」

「세브! 세브! 세브!」

관객들은 점점 더 안달을 내며 소리치고 있었다.

세브는 황홀한 표정을 지으며 마치 맛있는 요리의 냄새를 맡듯 공기를 들이마셨다.

「군중이 내 이름을 연호하고 있군요. 단지 이 소리를 듣기 위해서라도 출전할 가치가 있는 거예요. 안 그래요? 나에게 오늘은 영광의 날이에요. 어쩌면 다시는 이런 날이 오지 않을지도 모르죠. 이제 스포트라이트의 불빛 속으로 들어가야겠어요.」

그는 그녀의 한 손을 잡고 입을 맞추었다.

「세브, 제발 말해 줘요. 누가 다리우스를 죽였죠?」

「트리스트……」

「네? 슬프다고triste?」

「아뇨, 살인자 이름은…… 트리스탕 마냐르예요.」

……됐어, 모든 게 해결됐어. 해낸 거야. 살인자의 이름을 알아냈어. 크리스티안 테나르디에는 나를 자랑스럽게 생각할 거야.

그러나 기쁨은 잠시였다. 용의자가 그토록 뜸을 들이며 말하기를 꺼리다가 불쑥 살인자의 이름을 대는 게 이상하게 느껴졌다. 그녀는 그의 태도에 앞뒤가 맞지 않는 점이 있다고 생각했다.

「트리스탕 마냐르라면 옛날 코미디언 말인가요?」

「맞아요, 바로 그 사람이에요.」

「살인 동기는 뭔가요?」

「바로 이것 때문이죠.」

그는 쪽지 한 장을 집더니 굵은 펠트펜으로 대문자 세 개를 적었다. 〈GLH〉.

〈BQT〉에 이어 알쏭달쏭한 세 글자가 또 나타났다. 그는 미스터리를 증폭시키는 데에 재미를 느낀 듯했다.

「트리스탕 마냐르를 찾아내서 GLH에 들어가 봐요. 그러면 다리우스 살인 사건의 해답을 얻게 될 거예요.」

「GLH가 뭔데요?」

「그건 비밀 결사의 하나인데…….」

그때 갑자기 찰칵 소리와 함께 문의 자물쇠가 돌아갔다. 뤼크레스는 잽싸게 종이를 집어 호주머니에 쑤셔 넣고, 문이 열리면 문짝에 몸이 가려지게끔 벽에 붙어 섰다. 문이 열리고 타데우시가 나타났다.

「세브, 뭐 하는 거야? 저 소리 안 들려? 다들 한껏 달아올라 있단 말이야! 자네가 당장 안 오면 한바탕 난리가 날 거라고.」

타데우시는 코를 킁킁거렸다.

「어라, 무슨 향수를 바른 거야? 방에서 여자 냄새가 나는데.」

「내 애프터셰이브 냄새예요. 베르가모트와 백합꽃이 들어간 제품이죠.」

세브는 마스크를 고쳐 쓰고 방을 나섰다.

트럼펫 음악이 쩌렁쩌렁하게 울렸다. 경기가 시작된다는 것을 알리는 음악이었다. 뤼크레스는 그들이 멀어지기를 기다렸다가 조심조심 무대 천장으로 올라갔다.

링 마스터 타데우시가 마지막 대결을 펼칠 두 선수를 소개했다.

「자, 소개합니다! 오늘의 새로운 경쟁자, 코미디계의 백전노장 〈현자 세브〉를 열렬한 박수로 맞아 주십시오!」

관객들은 즉시 화답했다.

「세브! 세브! 세브!」

「왕년에 세브는 다리우스의 친구였습니다. 두 사람은 스탠드업 코미디의 아이디어를 서로 주고받기까지 했습니다. 어쨌거나 그런 호시절은 갔고 모두가 세브를 잊고 말았습니다. 하지만 세브는 모든 코미디언들에게 고품격의 본보기로 남아 있습니다. 세브. 안 그런가? 자, 여러분, 세브에게 더욱 힘찬 박수를 보내 주십시오.」

뤼크레스는 곧 벌어질 장면을 사진에 담기 위해 편안한 자세를 취했다.

「세브가 상대할 선수는 앞선 경기들의 승자, 갈수록 놀라운 기량을 보여 주는 〈은빛 족제비〉 카티입니다. 두 선수 모두 잘 알고 있겠지만 강조하는 뜻에서 다시 말씀드립니다. 프로브에서는 모든 공격이 허용되어 있습니다. 재미만 있다면 어떠한 유머라도 환영입니다.」

이어서 세브가 자루에 손을 넣어 하얀 돌을 꺼냈다. 그가 선공이었다.

보조 요원이 그를 팔걸이의자에 묶었다.

그는 매우 느긋해 보였다. 반면에 상대는 앞선 경기의 흥분에서 아직 벗어나지 못한 듯했다.

시작하라는 신호가 떨어졌다.

세브는 상대를 바라보며 첫 번째 유머를 찾다가 차분한 어조로 이야기를 풀어 갔다.

객석에서 한소끔 웃음이 일었다.

하지만 상대에게 미친 효과는 미미했다. 카티의 검류계 수치는 12에서 멈췄다.

관객들은 진득하게 기다리지 않았다. 휘파람 소리와 야유가 들리더니 또다시 연호가 터져 나왔다.

「웃길래 죽을래! 웃길래 죽을래!」

카티는 개들에 관한 우스갯소리로 응수했다.

관객들은 웃었지만, 세브는 또다시 감정을 완벽하게 통제하는 면모를 보여 주었다. 그의 검류계 수치는 11의 벽도 넘어서지 않았다.

승부가 쉽게 판가름 나지 않을 것으로 보였다.

두 선수는 겨끔내기로 유머를 날렸다.

아기들에 관한 우스갯소리, 에스파냐 사람들을 조롱하는 이야기, 러시아 사람들에 관한 이야기, 의사들에 관한 조크, 신부들에 관한 농담 등이 나왔지만 어느 것도 상대에게 15 이상의 효과를 내지 못했다.

관객들의 반은 세브의 이름을, 나머지 반은 카티의 이름을 연호하고 있었다.

두 선수는 스스로를 잘 통제해 나갔다. 상대의 공격을 12 정도에서 막아 내려고 애쓰는 듯했다. 관객들은 점점 더 노골적으로 불만을 드러내고 있었다. 검투사들의 경기가 더욱 잔인해지기를 열망하고 있는 것이었다.

관객들의 반이 〈웃길래!〉라고 소리치자, 나머지 반이 〈죽을래!〉로 화답했다.

세브는 군인들에 관한 우스갯소리로 다시 포문을 열었다. 카티의 검류계 수치는 15로 올라갔다.

카티는 경찰관들에 관한 유머로 반격을 가했다. 효과는 11에 그쳤다.

관객들의 불만은 고조될 대로 고조되어 있었다. 뤼크레스는 계속 사진을 찍어 댔다.

두 선수는 상대의 약점을 찾아내려고 애썼다. 하지만 저마다 심리적 갑옷을 입고 있어서 그게 쉽지 않은 듯했다. 약점을 드러내기는커녕 갈수록 강해지는 양상이었다.

세브는 소들을 소재로 한 유머를 날렸다. 실패였다. 20점 만점에 10점.

상대는 암탉에 관한 조크로 맞섰다. 결과는 20점 만점에 겨우 9점이었다.

관객들은 야유를 보내고 더욱 큰 소리로 외쳐 댔다.

「웃길래 죽을래!」

또 한 차례 접전이 벌어졌지만 결과는 비슷했다. 그런데 갑자기 아무도 예상하지 못했던 일이 벌어졌다. 피로를 못 이긴 탓인지 세브가 땀을 삐질삐질 흘리면서 약점을 드러냈다. 뺨을 움찔거리는가 하면, 상대가 공격을 가하지 않았는데도 피식피식 웃어 댔다.

그 실소가 과도한 긴장을 이기지 못해서 생기는 거라면 세브에게 이보다 고약한 일은 없었다. 유머가 날아오기도 전에 5점의 핸디캡을 안고 시작하는 셈이었다. 그는 시합을 앞두고 용기를 얻기 위해 술을 마신 게 분명했다.

카티가 공격을 가했다. 이 공격은 세브의 심리적 방벽을 뚫고 들어갔다. 모두가 그걸 느끼고 있었다. 세브의 검류계 수치가 그의 방어선이었던 13을 넘어 15로 올라갔다.

카티의 유머는 어뢰처럼 두 번째 심리적 방벽을 통과했다. 관객들은 숨을 죽였다. 어뢰가 세 번째 방벽을 관통하자 수치는 17, 18로 계속 올라갔다.

극장 안에 아연 정적이 감돌았다. 들리는 것은 세브의 숨소리뿐이었다. 권총의 총열에 마이크가 걸려 있어서 그 소리가 더욱 요란하고 괴기하게 울렸다.

검류계의 수치는 19에 다다랐다.

뤼크레스는 카메라의 초고속 연사 기능을 작동시켜 그 장면을 구성하는 작은 요소들 하나하나를 마치 슬로 모션 화면처럼 담고 있었다.

몇 미터 아래에 놓인 전자 기계 장치가 작동하여 권총의 방아쇠를 당겼다.

권총의 공이치기가 공이에 충격을 가하고 공이가 뇌관을 때리자 화약이 폭발하면서 불꽃이 번득이고 탄알이 총열 밖으로 튀어나갔다. 22구경 롱 라이플 탄알은 몇 센티미터의 허공을 지나 표피를 뚫고 두개골과 뇌를 관통하여 반대쪽 관자놀이로 빠져나갔다. 세브는 웃다가 굳어 버린 표정으로 팔걸이의자에 널브러졌다.

관객들은 포만감을 느끼며 자리에서 일어나 환호성을 질렀다.

「프로브! 프로브! 프로브!」

야한 차림의 여자들이 링에 올라오더니, 시신의 결박을 풀고 빨간 담요를 씌운 다음 들것에 실어 어딘가로 가져갔다.

타데우시는 다시 마이크를 잡았다.

「백전노장 세브는 백일전노장이 되는 데에 실패했습니다.」

관객들이 박수를 보내자 그는 미소를 지으면서 말을 이었다.

「누가 그랬지요. 〈경험 많다 자랑 말라, 한낱 실수들의 총합인 것을.〉 아무튼 오늘의 토너먼트 우승자는 〈은빛 족제비〉 카티입니다. 카티는 금주의 챔피언으로서 다음 주에 새로운 도전자들을 맞이하게 될 것입니다. 카티가 한 주를 더 버티게 될까요? 그것은 다음번 프로브 토너먼트에서 확인하게 될 것입니다. 그럼 다음 월요일에 뵙겠습니다.」

군중이 화답했다.

「프로브! 프로브! 프로브!」

타데우시는 한 손을 들어 두 손가락을 오른쪽 눈썹에 갖다 댔다. 관객들은 일제히 그 동작을 따라했다.

뤼크레스는 다시 욕지기를 느꼈지만 이번에는 가까스로 참아 냈다.

그녀는 얼굴들을 클로즈업하기 위해 렌즈를 조정했다. 그때 〈GLH〉라는 세 글자가 적힌 종이가 호주머니에서 빠져나가더니 낙엽처럼 팔랑팔랑 날다가 링 한복판에 떨어졌다. 스포트라이트를 받고 있는 두 팔걸이의자 사이였다.

관객들은 일제히 고개를 들었다가 깜짝 놀랐다. 웬 여자가 카메라를 든 채 무대 천장에 올라가 있지 않은가.

47

생쥐 세 마리가 입씨름을 벌인다.

첫 번째 생쥐가 의기양양하게 알린다.

「난 말이야, 용수철이 달린 덫을 척 알아보고 거기에 있는 치즈를 빼 먹었어. 그러고도 털끝 하나 다치지 않았지. 아주 잽싸게 하니까 되더라고.」

두 번째 생쥐가 맞받는다.

「그건 아무것도 아냐. 분홍빛 알갱이로 된 쥐약 알지? 나는 그것들을 식사하기 전에 먹어. 식욕을 돋우기 위해서 말이야.」

그러자 세 번째 생쥐가 손목시계를 보고 나서 덤덤하게 툭 던지는 말.

「얘들아, 미안. 오후 5시야. 나 먼저 자리를 떠나야겠다. 고양이를 겁탈하러 가야 하거든.」

다리우스 워즈니악의 스탠드업 코미디

「동물은 우리의 친구」 중에서

48

급커브, 급제동 소음. 헬멧 밖으로 나온 긴 머리가 바람에 흩날리고 있었다.

뤼크레스는 가속 손잡이를 돌렸다. 금속성의 소음과 함께 뜨겁게 달궈진 엔진의 회전수가 높아졌다.

뒷거울을 보니 추격자는 커브를 돌고 돌아 계속 접근해 오고 있었다. 조금 전까지도 작은 점으로만 보이더니 이제는 놈의 모습이 분명하게 보였다.

바로 그 핏불테리어처럼 생긴 경호원이 헬멧도 쓰지 않은 채 분홍 할리데이비드슨에 앉아 있었다. 형광을 내는 분홍 점퍼의 가슴에 녹색 글자로 다리우스의 이름이 찍혀 있었다. 오토바이를 모는 태도가 느긋해 보였다. 그녀를 곧 따라잡으리라 확신하는 모양이었다.

……남자들의 문제는 언제나 여자들을 과소평가한다는 거야. 수천 년 동안 이어져 온 남성 중심주의적인 편견이 한 세기 만에 바뀔 수는 없지. 오토바이족의 세계에서는 더더욱 그래.

뤼크레스는 빨간 신호들을 무시하고 자동차들 사이로 요리조리 빠져나갔다.

뒷거울에 비친 추격자의 양옆으로 다른 경호원 두 명이 나타났다. 옷차림도 오토바이도 똑같았다.

다행히도 밤이 이슥한 시각이라서 파리 시내의 교통이 원활했다. 뤼크레스는 바람을 가르며 질주하고 있었다.

그녀는 기수가 말을 잘 아는 것처럼 자기 모토 구치를 잘 알고 있었다. 이 이탈리아 오토바이의 엔진 소리를 질주하는 서러브레드의 숨소리처럼 들을 줄도 알았고, 타이어의 점착력을 말굽이 바닥에 닿는 것처럼 느낄 줄도 알았으며, 말이 앞다리를 번쩍 들어 올리는 것과 같은 묘기를 부릴 줄도 알았다.

문제는 그녀의 모토 구치에 사이드카가 달려 있다는 것이었다. 바퀴를 하나 더 달아서 옆으로 넓혀 놓았으니 이륜의 오토바이보다 속도가 느리고 다루기가 어려울 수밖에 없었다.

뤼크레스는 『르 게퇴르 모데른』에서 첫 봉급을 다 털어서 이 모토 구치를 장만했다. 그녀에게는 이상적인 탈것이었다. 모터사이클의 기동성을 즐길 수 있을 뿐만 아니라, 사이드카에 큰 가방이나 연장을 실을 수도 있고 승객을 태울 수도 있었다.

그녀는 전속력으로 캠핑 트레일러 한 대를 추월하고 후진하는 트럭을 아슬아슬하게 피한 다음 일방통행 도로를 역주행하고 행인들을 달아나게 하면서 보도 위를 달렸다.

하지만 할리데이비드슨을 탄 세 경호원은 그녀를 놓치지 않고 계속 따라왔다.

모토 구치의 속도계는 시속 110킬로미터를 가리키고 있었다. 추돌 사고를 낼 염려가 있어서 그보다 빠르게 달릴 수는 없었다.

그녀는 파리 외곽 순환 도로로 접어들어 트럭들 사이로 슬랄럼을 하며 내달렸다. 뒷거울에 비친 분홍색 점들의 크기는 한순간도 줄어들지 않았다.

그때 갑자기 핏불테리어처럼 생긴 자가 권총을 빼어 들고 사격을 가하기 시작했다. 첫 번째 탄알이 그녀를 스쳐 지나가고 두 번째 탄알이 옆에서 달리던 차의 미등을 부수더니 세 번째 탄알이 날아와서 그녀의 카메라를 박살 냈다.

……어쭈, 해보자 이거지? 저것들이 아직 내가 누구인지 모르는 모양이군. 하는 수 없지. 비상수단을 쓰는 수밖에.

그녀는 속으로 비상수단의 목록을 작성했다. 그러고는 최악의 수단을 선택했다.

49

두 남자가 케이크를 앞에 두고 앉아 있다. 한쪽 남자가 케이크를 두 조각으로 자른다. 하나는 크고 하나는 작다. 그는 큰 것을 들어 자기 접시에 담는다. 그러자 친구가 삐친다.

「이건 정말 예의가 아니야. 이러면 안 되지.」

「쳇, 네가 나라면 어떻게 했을 것 같아?」

「나야 작은 것을 가져갔겠지.」

「그럼 불평할 것도 없네. 내가 작은 것을 남겨 줬잖아!」

다리우스 워즈니악의 스탠드업 코미디

「논리 문제」 중에서

50

잠금장치가 풀렸다. 워터 타워의 상부 공간으로 통하는 문의 자물쇠를 강제로 여는 데에 성공한 것이었다.

뤼크레스 넴로드는 숨을 헐떡이며 문을 밀고 올라갔다. 그러고는 덩굴 식물과 나무로 된 부교 위를 달리면서 외쳤다.

「큰일 났어요, 빨리요!」

이지도르 카첸버그는 다른 때와 달리 돌고래들과 헤엄을 치고 있지도 않았고 명상을 하고 있지도 않았다. 텔레비전 앞에 혼자 앉아서 무언가를 마시는 중이었다. 텔레비전에서는 뉴스가 나오고 있었다. 그런데 그는 텔레비전 소리를 죽여 놓고 대신 클래식 음악을 틀어 놓았다. 음악은 구스타브 홀스트의 관현악 모음곡 「행성」 가운데 「해왕성」이었다.

화면에서는 재난 구조 팀들이 지진 때문에 무너진 건물들의 잔해를 뒤지고 있었다. 관현악이 울려 퍼지는 가운데 아무런 설명 없이 그 참혹한 이미지들을 보니까 묘한 기분이 들었다. 재난 현장에 이어 군복을 입은 국가 원수의 모습이 나타났다. 성난 표정으로 누군가에게 보복을 가하겠다고 위협하는 것 같았다.

뤼크레스는 다시 소리쳤다.

「빨리요!」

그녀는 그의 주의를 끌기 위해 텔레비전과 이지도르 사이로 끼어들었다. 그는 뉴스를 계속 보려고 고개를 이리저리 움직였다. 그러면서 심드렁하게 중얼거렸다.

「또 왔어요? 끈질기네요.」

그는 황갈색 음료를 태연하게 따라 마시며 그녀에게 나가라는 손짓을 보냈다.

「이지도르! 설명할 시간은 없지만, 아무튼……..」

「나가요.」

그녀는 창가로 달려가서 밖을 내다보았다. 벌써 할리데이비드슨 세 대가 그녀의 사이드카 옆에 세워져 있었다.

「빨리요, 이지도르, 놈들이 왔어요!」

「난 서두를 일이 없는데요.」

「내가 모든 것을 알아냈기 때문에 놈들이 나를 추격하고 있어요.」

「그게 나하고 무슨 상관이 있어요?」

「이지도르! 놈들이 나를…… 죽이려고 해요.」

그녀는 총격에 박살 난 카메라를 보여 주었다. 하지만 그는 눈도 꿈쩍하지 않았다.

「누구나 언젠가는 죽게 마련이죠.」

「어서요, 막을 방도를 찾아야 해요.」

「그러기 전에 남의 집에 들어올 때는 인사부터 해야 되는 것 아닌가요? 하다못해 문을 두드리거나 초인종을 누르기라도 해야죠.」

「미안해요.」

「내가 여기로 올라오는 문을 잠근 것으로 아는데요. 그것도 아주 복잡한 자물쇠로.」

그녀는 가까스로 숨을 가누었다.

「당신이 옳았어요. 월요일 자정에 정말 끔찍한 일이 벌어지고 있더라고요. 그들은 위험한 미치광이들이에요.」

「누구 말인가요?」

「월요일 자정에 다리우스 극장에 모이는 자들이요. 유머와 권총으로 살인을 저지르고 있다니까요.」

이지도르는 그제야 그녀를 제대로 바라보았다. 그녀의 빨간 머리는 산발이 되어 있고 가죽 재킷에는 여기저기 긁힌 자국이 나 있었다.

「알아듣게 얘기해 봐요. 대체 그게 무슨 소리예요?」

「놈들이 왔어요! 총까지 들었다고요!」

텔레비전에서는 또 다른 사건을 보도하고 있었다. 군중 앞에서 연설하는 교황의 모습이 보였다. 자막의 설명에 따르면 신자들에게 콘돔을 사용하지 말도록 권하는 모양이었다. 말소리 대신 음악이 울려 퍼지면서 여전히 기묘한 어긋남의 효과를 만들어 내고 있었다.

「이지도르, 이러지 말고 내 말 들어요!」

그녀는 하이파이 오디오를 꺼버렸다. 이지도르는 냉정을 잃지 않고 텔레비전 소리를 높였다.

그녀는 리모컨을 빼앗아 텔레비전도 꺼버렸다.

「아직도 말귀를 못 알아들었어요? 놈들이 나를 뒤쫓아 왔고 내가 여기에 있는 것도 알고 있다니까요.」

「그렇다면 세 가지 해결책이 있군요. 첫째, 적극적으로 맞서 싸우기. 둘째, 침입을 저지하기. 셋째, 달아나기.」

워터 타워의 나선 계단에서 발소리가 들려왔다.

이지도르는 감시 카메라를 켰다. 분홍 정장 차림의 사내들 세 명이 손에 권총을 든 채 올라오고 있었다.

「당신 말이 사실인 것 같군요.」

「이제 어떡하죠?」

「세 번째 해결책을 선택해야겠네요. 도망칩시다.」

「하지만 계단이 하나뿐이잖아요.」

「이런 뜻하지 않은 상황에 대비해서 비상구를 마련해 놓았죠.」

「뭐든 빨리 해봐요. 놈들이 곧 들이닥칠 거예요.」

「그렇게 정신없이 굴지 말아요. 마음을 가라앉히고 날 따라와요.」

「하지만 놈들이 벌써…….」

침입자들은 이제 몇 미터밖에 떨어져 있지 않았다. 이지도르는 침착하게 부교를 밟고 풀장 한복판의 섬으로 건너가서 계단으로 통하는 문을 잠갔다. 추격자들은 문이 부서져라 두드려 댔다. 자물쇠에 총질을 하는 소리가 종소리처럼 울렸다. 그들은 쇠문을 더욱 세게 두드려 댔다.

　뤼크레스는 가쁜 숨을 쉬면서 물었다.

　「당신이 말하는 비상구라는 게 뭐예요? 터널인가요? 아니면 다른 계단이나 승강기나 개인용 헬리콥터가 있나요?」

　이지도르는 수납장에서 커다란 헝겊 가방을 꺼내고 원창을 열었다. 그러고는 가방에서 기다란 줄사다리를 끄집어냈다.

　「지금 농담해요? 설마 이게 당신이 말하던 비상구는 아니겠죠?」

　문에 충격을 가하는 소리가 더욱 커지고 있었다. 두 사람은 원창을 넘어 줄사다리를 타고 내려갔다.

　그들 주위로 박쥐 몇 마리가 날아다녔다.

　……아래에 다다르면 이 남자가 싫은 소리를 할 거라는 느낌이 들어. 남자들은 다 그래. 투덜거리지 않으면 남을 책망하기가 일쑤지.

　이윽고 그들은 땅바닥에 다다랐다.

　뤼크레스는 이지도르를 사이드카가 달린 모토 구치 쪽으로 데려갔다. 그런 다음 사이드카에서 헬멧과 오토바이 고글을 찾아내어 그에게 내밀었다.

　그는 사이드카에 앉아서 담요로 무릎을 덮었다.

　「아닌 밤중에 남의 칼을 맞는다더니 이게 무슨 꼴이람? 조용히 텔레비전을 보고 있는 사람 집에 찾아와서 왜 이 난리를 만드느냐고요! 설마 공연한 사달을 일으킨 건 아니겠죠?」

그녀는 권총 한 자루를 내밀었다. 하지만 그는 경멸 어린 눈길로 권총을 바라보다가 멀리 던져 버렸다.

「미쳤어요? 그거 마뉘랭 MR 73이에요. 1973년에 마뉘랭 사에서 제작한 수집용 권총이라고요. 두 눈이 튀어나오게 비싼 돈을 주고 샀단 말이에요.」

「총기는 깊은 생각을 방해할 뿐이에요. 총기가 우리 대신 문제를 해결해 주리라고 생각한다면 그건 오산이에요.」

「하지만 저들이 우리를 추격할 거예요. 우리도 놈들한테 사격을 할 수 있어야 한다고요.」

「폭력은 바보들이 사용하는 설득 수단이에요. 생각이 달리니까 가짜 힘에 의존하는 거라고요.」

……나야말로 바보야. 이 남자를 찾아온 건 어리석은 짓이었어. 내가 괜한 오기를 부렸던 거야. 누구한테 배척당하는 것을 견디지 못하는 내 성미가 문제였어.

그녀는 킥스타터를 밟았다.

「어디 이유나 들어 봅시다. 아닌 밤중에 쳐들어와서 나를 이 찬 바람 속으로 내몬 이유가 대체 뭐예요?」

뤼크레스는 시동을 걸고 부릉부릉 소리를 냈다.

「모험의 유혹 때문이죠.」

그녀는 가속 손잡이를 당겼다. 그들은 어둠 속으로 돌진했다.

51

기원전 963년.

이스라엘 왕국, 예루살렘.

이스라엘에 왕이 나타나기 전까지는 12지파의 장로 회의가 나라를 이끌었다. 이때는 정규적인 군대가 없었다. 외적이 침입하면 양치기들과 농부들이 무기를 들고 싸웠다. 그런데 우수한 철제 무기를 갖춘 불레셋족 사람들이 중부 고원 지대를 계속 위협하고, 남쪽에서는 이집트인들이 쳐들어오는 등 외적의 침입은 갈수록 빈번해지고 그 피해도 늘어 갔다. 그러자 히브리인들은 상비군을 창설하기로 결정했다. 병사들에게 녹봉을 주기 위해서는 세금을 거둬들여야 하고 세금을 걷기 위해서는 관료들이 필요했다. 또 관료들을 이끌기 위해서는 중앙 행정 기구가 필요했다. 그래서 히브리인들은 12지파 장로 회의 제도 대신 이집트에서처럼 임금이 우두머리가 되어 통치 기구와 관료들을 이끄는 제도를 선택했다.

초대 왕으로 뽑힌 사람은 사울이다. 병법에 능하고 타고난 카리스마가 있어서 왕위에 오른 것이다.

두 번째 왕은 다윗이다. 그 역시 명민한 전략가였다. 소년 시절에 불레셋의 거인 골리앗을 쓰러뜨렸을 정도로 지략이 뛰어났다.

세 번째 왕은 다윗의 아들 솔로몬이다.

솔로몬은 군대를 강화하고 이웃 민족들과 평화 조약을 맺은 뒤에 거대한 성전을 세우기로 결정한다. 이 사업은 당대의 건축과 예술 분야에 축적된 역량을 총집결하는 대역사(大役事)다. 그는 12지파의 대표들을 불러 모아 이 위대한 사업을 위해 세금을 더 거두어들여야 하니 조금 더 힘을 써달라고 부탁한다. 그러면서 나라가 온전히 화평해지고 성전이 완공되면 조세를 줄이겠다고 약속한다.

솔로몬 성전이 완공되고 국경이 평온해지자 12지파의 장로들은 왕에게 약속을 지키도록 요구하기 위해 긴급회의를 연다.

하지만 왕은 매우 난처한 상황에 놓여 있다. 그사이에 행정 기구의 규모가 커지고 관료들의 수가 늘어났다. 그런데 관료들을 임용하기는 쉬워도 해임하기는 어렵다. 어려운 정도가 아니라 그들의 반발을 생각하면 위험한 측면마저 있다. 게다가 조세라는 것은 증가하는 쪽으로 가기는 쉬워도 그 반대쪽으로 가기는 쉽지 않은 법이다.

긴급회의 석상에서 12지파의 장로들이 조세 정책의 변경을 요구하자 솔로몬왕은 어찌해야 할지를 모른다. 이때 왕의 외교 고문관인 니심 벤 예후다가 나선다. 긴장된 분위기를 누그러뜨릴 양으로 좌중에게 재미난 이야기를 들려주기로 한 것이다.

12지파의 장로들은 난데없는 우스갯소리를 듣고 잠시 머뭇거리다가 일제히 웃음을 터뜨린다. 덕분에 감세에 관한 논의는 후일로 미뤄진다. 솔로몬은 놀라움과 안도감을 느끼며 니심 벤 예후다를 따로 불러 감사를 표한다.

「그 우스갯소리가 없었다면 나라의 살림을 꾸려 가는 데 큰 지장이 생길 뻔했어.」

니심이 말한다.

「해학이란 하느님께 다가가는 하나의 길입니다. 하느님께서도 농담을 좋아하시지 않습니까? 하느님께서는 아브라함에게 사랑하는 외아들을 번제물로 바치라고 하셨습니다. 그러시고는 아브라함이 아들 이사악을 묶어 제단 장작 위에 올려놓자 〈그 아이에게 손대지 마라〉 하고 말씀하셨지요. 그건 〈아니다, 사실은 농담이었느니라〉 하고 말씀하신 거나 진배없습니다. 이런 게 바로 해학이 아니겠습니까? 이사악이라는 이름도 해학과 관계가 있습니다. 말 그대로 〈웃는 사람〉이라는 뜻이니까요.」

「그런 생각을 해본 적은 없으나, 듣고 보니 일리가 있구나.」

「해학이란 어떠한 문제에 대해서도 해답이 될 수 있습니다.」

「하긴, 12지파 장로들의 회의에서도 그 덕을 보았지.」

그 일이 있은 뒤로 솔로몬왕은 니심 벤 예후다를 외교 고문관 겸 홍보

고문관으로 임명한다. 니심은 왕이 지파의 대표들을 만날 때나 백성들에게 축복을 내릴 때나 계제에 맞는 말을 할 수 있도록 조언하는 역할을 수행한다.

어느 날, 솔로몬은 니심의 조언을 따를 때마다 일이 잘 풀리는 것을 신통히 여기고 그를 불러서 이른다.

「니심, 재미있게 말하는 방법을 가르쳐 다오. 매번 조언을 받아서 말할 수는 없는 노릇이니 내가 아예 방법을 배우는 게 좋지 않겠느냐?」

「아닌 게 아니라 해학이란 하나의 학문이 될 수 있습니다.」

「그럴까? 지식보다는 직관에 더 의존하는 기예가 아니겠느냐?」

「그렇지 않습니다. 우스갯소리 하나하나에는 이를테면 3박자의 원리가 있습니다.」

「그게 무엇인고?」

「한 가지 예를 들어보겠습니다. 사람들이 모여서 큰 잔치를 벌이고 있는데, 한 사람이 빨간 줄무늬가 들어간 초록색 튜닉을 입고 나타납니다. 모두가 깜짝 놀랄 수밖에요. 이때 두 번째 사람이 똑같은 복장을 하고 등장하면 사람들은 더욱 놀라게 됩니다. 그런데 세 번째 사람이 또다시 빨간 줄무늬가 들어간 초록색 튜닉 차림으로 나타나면 사람들은 웃음을 터뜨리게 될 것입니다. 이게 바로 3이라는 숫자의 마법입니다.」

「듣고 보니 일리가 있구나. 니심, 나에게 해학을 가르쳐 다오.」

「첫째 원칙은 〈내가 당신들을 웃기겠다〉라든가 〈내가 아주 재미난 이야기를 알고 있다〉는 식으로 미리 알려 주면 안 된다는 것입니다. 웃음은 예고가 아니라 기습에서 나옵니다.」

왕은 더욱 탐구심을 느낀다.

「둘째 원칙은 절대로 먼저 웃으면 안 된다는 것입니다. 먼저 웃으면 듣는 사람의 기대가 너무 커지기 때문에 그것을 충족하기가 어렵게 됩니다. 따라서 그냥 〈내가 이야기를 하나 알고 있어〉 하는 식으로 운을 떼고 담담하게 이야기해야 합니다. 해학의 효과는 뜻밖의 결말에서 나오는 것입니다. 어서 해보십시오, 전하!」

「무엇을 해보라는 것이냐?」

「재미난 이야기를 들려주십시오. 수수께끼 같은 것도 좋습니다.」

「아는 게 없어.」

「그럼, 제가 문제 하나를 내겠습니다. 예쁘고 똑똑하고 착한 아내를 얻으려면 어떻게 해야 할까요?」

「모르겠는걸.」

「아내를 세 명 얻으면 됩니다.」

「아, 나쁘지 않은걸. 이번에도 3이라는 숫자가 나왔군.」

「듣는 사람이 누구인가를 고려하는 것도 중요합니다. 전하께서는 9백 명의 비빈을 거느리고 계십니다. 그래서 이 우스갯소리가 전하께 특별한 의미로 다가간 것입니다.」

솔로몬은 그 우스갯소리를 자기와 연관시키지 못했던 터라 또다시 웃음을 짓는다.

「제가 먼저 했으니, 전하께서도 어서 해보십시오.」

왕은 니심의 청에 응한다.

「그렇게 미소를 지으시면 안 됩니다. 계속 진지한 표정을 지으셔야 합니다.」

왕은 이야기를 처음부터 다시 한다.

「안 됩니다, 이야기가 끝날 때까지 웃음을 참으셔야 합니다. 남들을 웃기시려면 전하께서는 웃지 않으셔야 합니다.」

왕은 같은 이야기를 또다시 한다.

「다음으로 말씀드릴 것은 언제나 상대의 의표를 찔러야 한다는 것입니다. 상대가 예상하는 것과 정반대로 나가야 한다는 것이지요. 그런 것에 익숙해지시도록 실제로 해보시는 게 어떨까요? 이를테면 평소에 정사를 보실 때도 그것을 응용하실 수 있다는 것입니다. 당장 오늘부터 해보시겠습니까? 오늘 오후에는 무슨 일을 보시기로 되어 있는지요?」

「재판을 하기로 되어 있지.」

「그러하면 판결을 내리실 때 쟁송 당사자들의 의표를 찌르는 방법을 써보십시오. 상황이 어떠하든 상관없습니다. 그 판결이 전하의 첫 번째 해학 연습이 될 것입니다.」

솔로몬은 그 일에 도전해 보기로 한다.

조금 지나자 시종들이 두 여자를 옥좌 앞으로 데려온다. 니심은 왕에게 잘해 보시라고 한 다음 멀찌감치 물러선다.

두 여자는 한 아이를 놓고 서로 자기 아이라고 우긴다. 솔로몬왕은 니심에서 배운 대로 묘안을 찾는다. 그러다가 모두의 의표를 찌르는 말을 생각해 낸다. 그 상황에서는 더없이 생급스러운 말이다.

「칼을 가져오너라.」

시종들이 칼을 내오자 솔로몬은 다시 말한다.

「그 아이를 둘로 나누어 반쪽은 이 여자에게, 또 반쪽은 저 여자에게 주어라.」

그 말에 웃음을 터뜨리는 사람은 아무도 없다. 하지만 두 여자의 반응은 놀랍다. 첫 번째 여자가 말한다.

「임금님, 아기를 저 여자에게 주시고 제발 그 아기를 죽이지 마십시오.」

그러나 다른 여자는 왕의 판결을 따르겠다고 말한다. 어차피 누구의 아이도 안 될 판이니 아이를 나누어도 좋다는 것이다.

이때 솔로몬왕은 조금 전의 실망을 떨치고 재빨리 상황의 변화에 적응하여 분부한다.

「아기를 죽이지 말고 처음 여자에게 주어라. 아기의 안위를 걱정하는 저 여자가 진짜 어미다.」

박수갈채가 쏟아진다. 모두가 왕의 지혜를 찬양한다.

하지만 솔로몬은 니심에게 돌아가면서 아쉬워한다.

「빌어먹을, 해학의 효과를 내지 못했어.」

「그건 분명합니다. 아무도 웃지 않았으니까요. 다들 너무 놀란 모양입니다. 효과의 강약을 조절해야 합니다. 그 문제에 대해서는 저와 함께 더 연구를 해나가시기 바랍니다.」

어쨌거나 솔로몬왕은 이 판결로 큰 명성을 얻는다. 세계 곳곳에서 그 사건이 인구에 회자된다. 외국의 왕들까지 그토록 슬기로운 판결을 내린 임금을 만나 보고 싶어 하기에 이른다.

세바의 왕 역시 솔로몬의 명성을 듣고 그를 찾아온다.

니심 벤 예후다는 솔로몬이 왕을 만나기 전에 준비를 시킨다.

「남들을 웃기기 위해서는 남들이 전하에게 기대하는 것과 정반대되는 것을 행하시면 됩니다. 언제나 듣는 사람들의 의표를 찔러서 깜짝 놀라게 해야 한다는 점을 잊지 마십시오.」

그날 저녁 궁정 신료들이 모두 접빈실에 모여 왕과 그 수행원들을 맞아들인다. 수백 명에 달하는 솔로몬의 후궁들도 자리를 함께한다. 세바 왕은 엄청나게 많은 금은보석과 향료를 솔로몬의 발치에 내려놓고 일장연설로 그를 칭송한다.

그러고 나자 모두가 침묵을 지키며 솔로몬의 대답을 기다린다. 왕은 니심 쪽으로 눈길을 던진다. 니심은 잘하시라는 뜻으로 한 눈을 찡긋해 보인다.

이윽고 솔로몬이 그녀를 향해 말문을 연다.

「세바 왕국의 왕이시여, 훌륭한 말씀에 큰 감동을 받았습니다. 빼어나게 아름다우신 분의 말씀인지라 감동이 더욱 큽니다. 나는 긴말을 하는 대신 이렇게 제안하고 싶습니다……. 오늘 밤 당장 나와 같이 가셔서 내 잠자리를 빛내 주십시오.」

솔로몬왕은 웃음이 터져 나오리라 기대하면서 빙그레 웃는다. 하지만 아무 소리도 들리지 않는다.

동석자들 모두가 아연한 표정으로 동작을 멈춘다. 어색한 침묵이 양쪽 진영을 짓누른다. 솔로몬의 후궁들은 기분이 상하여 서둘러 접빈실을 나선다.

솔로몬은 눈으로 니심을 찾는다. 니심은 황망한 표정으로 고개를 가로 젓는다.

솔로몬왕은 사과하고 해명하는 게 좋겠다고 생각한다. 자기가 먼저 껄껄 웃으면서 사태를 바로잡아야겠다는 생각도 한다. 그러다가 그는 니심의 조언을 기억해 낸다. 농담을 해놓고 자기가 먼저 웃으면 안 된다고 하지 않았는가.

그래서 솔로몬은 내친걸음이니 갈 데까지 가보자는 심산으로 세바 왕의 손을 잡는다. 그러고는 두 왕국의 신하들이 얼떨떨한 표정으로 또는 분개한 표정으로 지켜보는 가운데 그녀를 자기 침전으로 데려간다.

그렇게 솔로몬의 익살은 실패로 돌아갔다. 하지만 그는 좌절하지 않는다. 오히려 다른 일을 할 때 보여 주었던 특유의 결연한 의지를 되살린다. 그는 니심과 함께 〈사람들을 웃기는 말〉에 대한 감각을 발전시키기 위해 연구를 계속한다.

「전하, 해학은 공포와 불안을 쫓아내는 데에도 도움이 됩니다. 전하께서 가장 두려워하시는 것은 무엇인지요? 이제 웃음으로 그 두려움을 몰아내 볼까 합니다.」

「내가 가장 두려워하는 것이 무어냐고? 그야 나의 어머니 바쎄바지. 어머니가 화를 내시면 나는 어린아이로 돌아가고 말거든.」

「좋습니다. 그렇다면 모후의 존함을 감추시고 〈어떤 유대인 어머니〉를 내세워서 우스갯소리를 해보십시오.」

솔로몬은 어머니에 관한 재미난 이야기를 찾아본다. 하지만 막상 이야기를 하려니 꺼려지는 바가 적지 않다.

「얘기를 어떻게 해야 할지 모르겠구나.」

「그럼 이렇게 해보십시오. 모후께서 어떤 식으로 나오실 때 가장 언짢으신가요?」

「어머니는 내가 하는 모든 일에 참견하시지. 나를 늘 감시하시고 매사에 트집을 잡으시지. 그래서 무슨 일을 하든 내가 아주 잘했다는 생각이 안 들어.」

니심은 설핏 미소를 짓는다.

「유대인 어머니를 어떻게 알아볼 수 있는지 아십니까?」

「모르겠는걸.」

「밤중에 자다 말고 일어나서 화장실에 다녀와 보면 압니다. 유대인 어머니들은 그사이에 침대를 다시 정돈해 놓거든요.」

솔로몬은 큰 소리로 웃는다.

「이번에는 전하께서 해보시지요.」

「생각나는 게 없어. 다른 얘기를 하나 더 해다오.」

니심은 조금 생각하다가 다시 빙그레 웃는다.

「유대인 어머니 세 명이 만나서 이야기를 나눕니다. 한 어머니가 한숨을 푹 쉬면서 〈어휴, 어휴〉 하니까, 다른 어머니가 〈애고, 애고〉 합니다. 그러자 나머지 한 어머니가 말합니다. 〈그만들 해요. 아들들 때문에 속썩는 얘기 안 하기로 약속했잖아요.〉」

왕은 다시 웃음을 터뜨린다.

「재미난 이야기를 쉽게도 찾아내는구먼. 대체 어떻게 하는 거야?」

「저는 거리에서 사람들을 볼 때마다 뭔가 별난 점이 없는지 살펴봅니다. 그다음에는 제가 관찰한 것을 재미있게 활용하는 방법을 생각합니다.」

이렇듯이 니심은 솔로몬왕과 더불어 유대인 어머니들에 관한 최초의 우스갯소리들을 지어냈다.

이튿날 그는 왕에게 기이한 것을 주청한다.

「전하, 학문을 하듯이 해학을 연구하는 자들의 모임을 만들고자 합니다.」

「꼭 그럴 필요가 있겠느냐? 해학이란 학문이 아니라 유희인 것을.」

「아직은 학문이 아니지만 장차 학문이 될 수 있습니다. 재능이 뛰어난 사람들을 궁전에 모아 〈해학 공방〉을 만들고자 합니다. 당장에는 제가 선택하는 세 보조자와 조용하게 일할 수 있는 방만 있으면 됩니다. 제 청을 들어주실 수 있는지요?」

솔로몬은 〈해학 공방〉에서 무엇을 만들어 낼지 가늠할 수 없었지만 그의 청을 받아들인다.

그 뒤에 솔로몬은 손수 지은 익살스러운 사랑 노래들을 한데 엮고 말소리의 재미를 살려 〈시르 핫 시림〉[9]이라는 제목을 붙인다. 또한 해학과 지혜가 담긴 말들을 모아 〈재담집〉을 내기도 한다. 이 책의 제목은 훗날 〈잠언〉으로 번역된다. 해학보다는 지혜를 강조하기 위한 제목이라 볼 수 있다.

사실 솔로몬왕의 비극은 그 점에 있다. 그가 우스갯소리를 할 때마다 신민들은 그것을 지혜의 말씀이나 시가로 받아들인다. 아무도 거기에 감춰진 의미를 알아차리지 못한다. 익살을 부리는 것은 임금의 역할이 아니고 근엄하고 진지한 것이야말로 군주의 특성이라고 생각하는 것이다. 그로서는 참으로 애석한 일이 아닐 수 없다. 그의 무수한 재담들 가운데 누대에 걸쳐 큰 성공을 거둔 것이 하나 있다. 〈헛되고 헛되며 헛되고 헛되니 모든 것이 헛되도다〉가 바로 그것이다. 애초에는 일종의 언어유희로 한 말이었는데, 후대의 해석 과정에서 그 재치와 익살은 간과되고 그저 죽음 앞에서 세상의 즐거움이 덧없다는 뜻만 강조되게 된다.

9 〈노래들 중의 노래〉라는 뜻. 우리말 성경에서는 「아가(雅歌)」.

그러는 동안 니심 벤 예후다와 세 제자들은 궁전의 어느 은밀한 지하실에서 〈웃음학〉이라는 새로운 학문을 창시한다. 그들은 이 학문이 인간에게 많은 것을 가져다줄 수 있다는 사실을 확인하면서 경이롭고 행복한 나날을 보낸다.

유머 기사단 총본부 편, 『유머 역사 대전』 중에서

52

질 말랑송 경정은 두 손을 맞잡고 깍지를 끼었다가 천천히 풀었다. 희끗희끗한 수염을 짧게 깎은 얼굴에는 심드렁한 표정이 어려 있었다.

그의 책상 위쪽에는 대통령 사진과 영화 「무숙자」에 나오는 헨리 폰다의 사진이 나란히 걸려 있었다. 아마도 그 영화에 나오는 총잡이가 그의 개인적인 영웅인 모양이었다.

유치장에 갇힌 술주정뱅이들의 아우성과 문에 발길질을 하는 소리가 들려왔다.

「얘기는 잘 들었는데요……. 내가 보기엔 뭐랄까 좀 억지스러운 데가 있어요. 무리가 있다는 거죠.」

말랑송 경정은 적절한 말을 찾아냈다는 듯 흡족한 표정을 지었다.

뤼크레스는 냉정을 잃지 않으려고 애썼다.

「저는 기자예요. 취재 도중에 두 눈으로 똑똑히 본 것을 사실대로 말씀드린 거예요.」

경찰관은 피곤한 기색으로 입술을 비죽 내밀고 벽시계를 보았다. 새벽 2시 2분. 당직을 서는 중이기는 해도 두 사람이 갑자기 들이닥치지 않았다면 야전 침대에서 한숨 잘 수도 있는 시각이었다. 마음 같아서는 그 성가신 자들을 당장 쫓아내고 싶었다. 하지만 기자들이라 하니 조금은 배려를 해야 하는 것이었다.

「글쎄 아까부터 기자라는 사실을 강조하시는데, 그게 진실을 보장하는 것은 아니잖아요? 우리 경찰관들이야 오로지 진실을 말하겠다는 맹세를 하고 활동하지만, 기자들도 그런지는 잘 모르겠네요. 내가 과문한 탓인지는 몰라도 기사의 진실성을 보장하기 위한 윤리 위원회나 감독 기구가 있다는 얘기는 못 들었거든요.」

이지도르는 자기의 처지를 잊고 고개를 끄덕였다.

「우리에게는 경찰관들의 경찰이라 할 수 있는 감찰 부서가 있어요. 그래서 문제가 있는 경찰관들을 솎아 낼 수 있죠. 그런데 언론계에 〈기자들의 경찰〉이 있나요? 고의든 실수든 거짓 정보를 제공하는 자들이 있다면 누가 그들을 감시하고 제재하죠? 기자들은 엄청난 권력을 누리고 있어요. 인간은 아무런 통제를 받지 않으면 권력을 남용하는 성향이 있어요. 그게 내가 경찰관으로 일하면서 배운 거예요.」

이지도르가 맞장구를 쳤다.

「듣고 보니 일리가 있네요.」

……이 말랑송이라는 작자 때문에 미치겠네. 지금 내가 기자라는 직업을 변호하러 왔냐고. 게다가 이지도르는 이 작자를 거들고 있어. 정말 해도 너무하는군.

군청색 제복을 입은 여자가 들어와서 경정에게 결재 서류를 내밀었다.

이지도르는 주위를 둘러보았다. 민원실에서 제복을 입은 남자들이 하품을 해가며 카드놀이를 하고 있었다. 반면에 여성 경찰관 한 명은 이마에 피가 묻은 노숙자를 앞에 앉혀 놓고 조서를 작성하느라 여념이 없었다.

경찰관이 말을 이었다.

「아무튼 이야기에 신빙성이 없어요. 스스로 생각하기에도 너무 황당하지 않습니까?」

뤼크레스는 좋은 말로 해봐야 소용이 없으리라 판단했다.

「그렇다면 우리 주간지에 경정님 말마따나 진실성을 보장할 수 있는 기사를 실어야겠네요. 제목은 벌써 정했어요. 〈무사안일에 젖은 어느 경찰관〉. 그 기사를 통해 유권자이자 납세자인 한 시민이 무장한 불한당들에게 추격을 당했다는 이야기도 할 것이고 그들이 한밤중에 어떻게 가택에 침입했는지도 얘기할 거예요. 그 시민이 가까스로 놈들을 따돌리고 경찰에 도움을 요청했을 때 신고를 접한 모 경정이 어떤 태도를 보였는지도 당연히 이야기할 거고요. 특히 신고자의 신분이 기자라서 그의 이야기를 믿을 수 없다고 항변한 대목을 강조할 생각이에요.」

이지도르가 다시 끼어들었다.

「듣고 보니 일리가 있어요.」

「그러다 보면 그 모든 일의 출발점에 있는 범죄 사건을 이야기하지 않을 수 없겠네요. 매주 월요일 밤 한 극장에서 4백여 명의 관객 또는 공범자들을 앞에 두고 자행되는 범죄, 그러나 경찰은 신고를 받고도 관심조차 보이지 않는 살인 행위들 말이에요. 그리고 경정님이 계속 이런 식으로 나가시면, 저는 경정님을 고발할 수밖에 없어요. 위험에 빠진 사람을 구조해야 하는 상황에서 그 의무를 저버린 셈이니까요.」

그들은 눈에 칼을 세우고 서로 꼬나보았다.

이지도르는 경찰관을 향해 그저 이런 뜻의 미소를 지어 보일 뿐이었다. 〈잘 알아서 하세요. 내가 겪어 봐서 아는데 이 사람 결코 녹록하지 않아요. 나로 말하자면 완전히 두 손 들고 말았죠.〉

경정은 한숨을 푹 내쉬더니 어딘가로 전화를 걸었다.

「여보세요? 나 말랑송인데, 르드뤼롤랭 지하철역 근처에 순찰 나간 친구들 있어? 아, 그래……. 그럼 그 친구들한테 다리우스 극장에 가보라고 해. 그냥 관례적인 보안 점검이라고 생각해……. 뭐라고? 그래, 새벽 2시라는 거 알아. 그래, 월요일에는 문을 닫는다는 것도 알아. 하지만 지금…… 아무튼 가보고 나한테 보고하라고 해.」

그는 전화를 끊었다.

「됐어요, 이제 조금만 기다리면 돼요.」

그는 조바심을 내면서 피아노를 치듯 책상을 토닥거렸다. 이윽고 전화벨이 울렸다. 그는 첫 번째 벨소리가 끝나기도 전에 전화기로 덤벼들었다. 그러고는 고개를 끄덕거리고 〈오케이〉를 연발하다가 통화를 끝냈다.

「극장은 닫혀 있답니다. 아무 기척도 들리지 않고 사람은 그림자도 보이지 않는대요. 아, 있긴 있어요. 닫힌 문 앞에서 담요와 골판지 상자를 뒤집어쓰고 있는 노숙자 세 명을 찾아냈답니다. 혹시 그 노숙자들을 살인자로 오인하신 건 아닌가요?」

뤼크레스는 짜증을 억누르며 말했다.

「그자들이 거기에 남아 있을 리가 없죠. 그래도 흔적은 있을 거예요. 자물쇠를 강제로 따고 들어가야 해요. 그러면 내말이 사실이라는 것을 알게 될 거예요.」

말랑송 경정은 다시 깍지를 끼었다가 풀었다.

「그게 이렇습니다……. 거기에 들어가자면 수색 영장이 있어야 하는데 이 시각에 어디 가서 수색 영장을 받겠습니까? 게다가 그 건물은 〈잘못 건드리면 큰일 나는〉 사람과 직접 관련되어 있어요. 언론에서 이 사실을 알게 되면 나는 세상의 웃음거리가 될 수도 있어요. 나는 그런 위험을 무릅쓰고 싶지 않아요.」

뤼크레스는 벌떡 일어나서 손바닥으로 책상을 탁 쳤다.

「언론에서 이미 알고 있어요. 내가 기자잖아요!」

경정은 물러서지 않았다.

「기자 한 사람이 언론을 대표할 수는 없죠. 나는 공연히 말썽을 만들고 싶지 않아요. 정년까지 얼마 남지도 않았는데 코레즈 같은 오지의 경찰서로 쫓겨 가서 남은 세월을 보낼 수는 없잖아요?」

이지도르가 끼어들었다.

「코레즈가 어때서요? 거기도 나름대로 매력이 있어요.」

경정은 고개를 가로저었다. 그러더니 헨리 폰다의 사진 쪽으로 몸을 돌리고 사진 속의 포즈를 취하면서 한결 진중한 목소리로 말했다.

「댁으로 돌아가세요. 내가 해줄 수 있는 말이 있다면, 워즈니악 가문을 공격하지 말라는 거예요. 그들은 너무 강력해요. 언론도 경찰도 섣불리 건드릴 수가 없죠. 당신들이나 나는 그들의 상대가 될 수 없어요.」

53

한 여자가 직장을 잃고, 남편과 재산까지 잃게 되었다.

그녀는 힘이 될 만한 말을 듣고 싶어서 랍비를 찾아간다.

랍비가 말하기를,

「자네가 겪고 있는 문제의 해결책은 염소일세.」

「염소라고요?」

「암만. 아주 간단하네. 집 안에 염소 한 마리를 들여놓고 키우게. 효과를 확실하게 보게 될 거야.」

여자는 반신반의하면서도 랍비가 이른 대로 염소 한 마리를 사다가 집 안에서 키우기 시작한다.

염소는 곳곳에 똥을 싸놓고 가구며 융단을 부수거나 뜯어 먹는다. 방마다 지독한 냄새가 진동한다.

여자는 어찌할 바를 몰라 하다가 다시 랍비를 찾아가서 상황을 설명한다.

「난리도 그런 난리가 없어요. 집이 그야말로 난장판이 되었어요. 게다가 염소가 어찌나 드센지 이젠 집에 들어가는 것도 겁나요.」

「좋아, 이제 아파트에서 염소를 내보내게.」

여자는 랍비가 시키는 대로 한 다음, 가뿐한 마음으로 다시 랍비에게 간다.

「아! 랍비님 말씀이 옳았어요. 염소를 내보내고 나니까 사는 게 얼마나 기분 좋은지 몰라요. 저는 이제 한 순간 한 순간을 즐기고 있어요. 그 소중한 해결책에 감사드려요.」

다리우스 워즈니악 스탠드업 코미디

「논리 문제」 중에서

54

새벽 3시. 뤼크레스와 이지도르는 인적이 끊긴 거리를 천천히 달려갔다. 모토 구치의 스피커는 영국 록 밴드 〈뮤즈〉의 리듬에 따라 진동하고 있었다.

뤼크레스가 결연하게 말했다.

「다음 월요일에 사진기와 비디오카메라를 가지고 다시 가야겠어요. 젊은 재주꾼들을 발굴한다는 다리우스 극장의 배후에 범죄 집단이 숨어 있다는 것을 모두가 인정하지 않을 수 없을 거예요.」

이지도르는 음악에 말소리가 묻히지 않도록 목청을 높였다.

「정면 공격은 피하는 게 좋겠어요. 말랑송 경정 말대로 그들은 너무 강해요. 타데우시 워즈니악은 프랑스인들이 가장 좋아하는 인물의 형이에요. 막대한 재산을 소유하고 있을 뿐만 아니라 대중의 호감이라는 자산까지 보유하고 있는 셈이죠. 모든 미디어가 다리우스를 예찬했어요. 그들은 좋은 게 좋은 거라는 식으로 타데우시를 지지할 거예요. 『르 게퇴르 모데른』 역시 대세를 따를 겁니다. 그건 보통 문제가 아니에요.」

「웃기 위해서 사람을 죽이는 것 역시 보통 문제가 아니죠.」

「그야 그렇죠. 하지만 사람들이 그걸 대수롭게 생각할까요? 내가 보기에 이 행성에서는 인간 생명의 가치가 점점 떨어지고 있어요. 십계명의 윤리는 이제 통하지 않아요. 사람의 목숨보다 경제적인 이익이나 정치적인 성공 또는 종교적인 세력 확장을 앞세우는 세상이에요. 코미디 분야도 예외가 아니죠.」

「아무리 그래도 이런 것을 그냥 둘 수는……」

그녀는 갑자기 말을 멈추고 오토바이를 세우더니 입을 딱 벌린 채로 허공 쪽을 바라보았다.

그들이 막 다다른 곳은 이지도르의 워터 타워 앞이었다.

이지도르는 헬멧을 벗자마자 그녀처럼 망연자실했다.

워터 타워 상부의 창문들 너머로 푸르스름한 물결이 출렁이고 있었다.

그들은 부리나케 나선 계단을 올라가 풀장 한복판의 작은 섬에 다다랐다.

이지도르의 주거 공간과 살림살이가 모두 물에 잠겨 있다. 돌고래들과 상어는 책상들 위로 헤엄치기도 하고 침대와 소파와 물에 뜬 방석들 주위를 돌기도 한다. 돌고래들은 장난을 치듯 뾰족한 주둥이로 서랍들을 열어 댄다. 서랍에서 빠져나온 셔츠며 바지가 물살에 펼쳐져서 해파리처럼 흐느적거린다.

이지도르는 아무 반응을 보이지 않았다. 너무 큰 충격을 받아서 말문이 막힌 듯했다. 뤼크레스는 그에게 다가갔다.

「저…… 미안해요. 정말 미안해요.」

그는 허탈 상태에 빠져 있었다. 그녀는 더듬더듬 말했다.

「다리우스의 〈분홍 정장들〉이 저지른 짓이에요. 놈들이 앙갚음을 한…….」

그는 다이빙을 해서 풀의 급수 밸브 쪽으로 헤엄쳐 가더니 둥근 손잡이 세 개를 돌려 밸브를 잠갔다.

수위의 상승이 중단되었다.

뤼크레스는 그가 곧 자기를 책망하리라고 생각했다. 하지만 그는 여전히 아무 반응을 보이지 않고 있었다. 단지 두 주먹을 꼭 쥐고 있을 뿐이었다.

「그래요, 당신은 나랑 다시 만나고 싶어 하지 않았어요. 그래요, 내가 추격자들을 당신 집으로 끌어들이지 않았다면 당신에게 이런 불상사는 생기지 않았을 거예요. 내 잘못을 인정해요. 잘못을 시인하면 반쯤은 용서받은 거죠, 안 그래요?」

이때 그녀의 턱으로 느닷없이 주먹이 날아들었다. 그녀는 주먹을 피하려다 물속에 빠져 버렸다. 그는 그녀가 정신을 차릴 새도 없이 다시 덤벼들었다. 그들은 소용돌이를 일으키며 싸움박질을 벌였다. 돌고래들과 상어는 두 인간이 장난을 치는 것으로 여기며 구경을 하기 위해 다가들었다.

이지도르는 정말 혼을 내줄 작정으로 주먹을 내지르고 있었다. 하지만 물속이라서 그 움직임도 느리고 타격도 그리 강하지 않았다. 뤼크레스는 분노 때문에 절굿공이로 변해 버린 커다란 주먹을 피하려고만 할 뿐 같이 주먹을 휘두르지는 않았다.

그들은 녹초가 되어 섬으로 다시 올라왔다. 물에 젖은 옷이 천근만근이었다.

「뤼크레스, 이젠 당신 꼴도 보기 싫어요.」

……이런 말을 얼마나 많이 들었던가? 나는 사람들에게 불행을 가져다주나 봐. 나를 신뢰했던 사람들을 후회하게 만들고, 사람들의 삶을 개선하기는커녕 더 복잡하게 만들어. 그래, 알아. 나도 알아.

그녀는 가쁜 숨을 쉬면서 말했다.

「미안하다고 했잖아요. 뭘 원해요? 날 죽이고 싶어요?」

「그것도 좋은 생각이네요.」

「그러지 말아요, 이지도르. 당신은 애먼 사람에게 화를 내고 있어요. 나는 당신의 적이 아니에요. 적은 타데우시 워즈니악이라고요.」

그는 여전히 성난 황소처럼 눈을 부라리고 있었다.

「나는 인간들의 공격성과 어리석음을 피해서 여기에 정착했어요. 이곳에 살면 아무도 나를 방해하지 않을 거라고 확

신했기 때문에 이 워터 타워를 선택했다고요. 그런데 당신
때문에…….」

「나는 당신을 방해하기 위해서가 아니라 당신의 밍밍한
삶에 약간의 소금을 치러 왔던 거예요. 당신이 고마워할 줄
알았죠.」

그는 물에 잠긴 주거 공간을 둘러보다가 다시 그녀를 붙잡
으려고 했다. 그녀는 물에 빠지지 않도록 조심스럽게 물러
섰다.

「이지도르, 이제 싸우고 싶지 않아요. 살림살이는 물에서
꺼내어 햇볕에 말리면 돼요. 물론 몇 가지 물건은 새것으로
바꿔야 할 거예요. 하지만 그렇다고 세상의 종말이 온 것처
럼 굴 건 없잖아요? 이런 침수 피해를 겪는 사람이 당신만 있
는 것도 아닌데. 그리고 이것을 꼭 나쁘게만 생각할 것도 없
어요. 당신 친구들인 저 돌고래들과 상어는 이렇게 넓은 놀
이터를 가져 본 적이 없어요. 봐요, 쟤들이 얼마나 행복해하
는지.」

그는 다시 주먹을 꼭 쥐었다.

「당신의 슬로건을 잊지 말아요. 〈폭력은 바보들의 설득 수
단이다.〉 생각이 달리니까 가짜 힘에 의존하는 거라면서요.」

그는 다시 그녀에게 덤벼들었다. 그들은 이번엔 물에 빠
지지 않고 섬 위에서 싸웠다. 곰과 여우의 싸움이었다. 뤼크
레스는 힘이 약한 대신 훨씬 재빠르고 날렸다. 그러나 상대
를 때릴 생각은 하지 않고 그저 주먹을 요리조리 피하기만
했다.

그는 제풀에 진이 다 빠져서 결국 두 팔을 축 늘어뜨렸다.

「기분이 좀 풀렸어요? 이제 성인 대 성인으로 얘기할 수

있을까요?」

그는 눈에 칼을 세우고 그녀를 노려보았다.

「나는 이제 당신한테 할 얘기가 없어요. 여기서 나가요. 내 인생에서 빠져 달라고요. 그리고 다시는 돌아오지 말아요. 절대로!」

그녀는 상대가 또다시 공격해 올 것에 대비하면서 그와 마주 섰다.

「당신 자신을 보세요. 옷은 흠뻑 젖어 있고 잠잘 곳도 없어요. 이지도르, 합리적으로 생각해요. 가장 간단한 방법은 남의 도움을 받는 거예요. 내 아파트로 가요. 거기가 뭐랄까, 으음, 한결 건조하죠.」

그는 그녀의 목을 조를 기세로 다시 덤벼들었다.

55

한 여자가 조립식 장롱을 이리저리 짜맞춘다. 작업이 끝나자 뒤로 물러서서 결과를 살핀다. 이때 버스 한 대가 집 앞 도로로 지나가자 장롱이 쓰러져 버린다.

여자는 영문을 모르는 채 다시 조립한다. 그러고는 장롱에 눈길을 붙박고 기다린다. 다음 버스가 지나가자 장롱이 또 쓰러진다.

여자는 왜 그런 현상이 벌어지는지 이해할 수가 없어서 장롱을 판 가게에 전화를 건다. 가구 장수는 이유가 뭘까 하고 따져 보지만 자기 역시 설명할 수가 없어서 사람을 보내 문제를 해결해 보기로 한다.

시공 기사는 도착하자마자 시원시원하게 장롱을 조립한다. 이번에는 제대로 됐나 했더니, 버스가 지나가자마자 장롱이 또 쓰러진다.

「보세요, 내가 꿈을 꾼 게 아니죠?」

「저도 도무지 영문을 모르겠어요. 아마도 엔진의 소음이 일으키는 진동 때문인 것 같은데요. 하지만 정확히 뭐가 문제인지 확인해야겠어요.」

기사는 장롱을 다시 조립하더니 어느 쪽 나사들이 빠지는지 알아보겠다며 장롱 안으로 들어간다.

그런 다음 장롱의 두짝문을 조심스럽게 닫는다.

그들은 기다린다. 기사는 장롱 안에서, 여자는 밖에서.

바로 그때 남편이 귀가한다. 남편은 장롱을 보고 소리친다.

「와아, 장롱 새로 샀네?」

아내가 무어라 대꾸할 새도 없이, 그는 장롱 문을 열어젖힌다. 그 안에 외간 남자가 숨어 있으리라는 것을 어찌 상상이나 했겠는가.

그러자 안에 있던 남자는 얼굴이 홍당무가 된 채 몹시 겸연쩍어하면서 더듬거린다.

「이게 기절초풍할 일로 보일 수 있다는 것을 압니다. 그리고 제 말을 믿어 주시지 않으리라는 것도 압니다. 하지만…… 저는 버스를 기다리는 중입니다.」

다리우스 워즈니악의 스탠드업 코미디

「논리 문제」 중에서

56

그들이 건물에 다가가고 있는데, 먼저 날카로운 사이렌 소리가 귀청을 자극하고 이어서 창문에서 솟구치는 불길이 눈을 사로잡았다.

열기가 건물 주위로 수십 미터까지 퍼져 나간다.

접근 금지선 앞에 모인 구경꾼들의 얼굴이 화재의 불빛을 받아 오렌지색으로 물들어 있다. 그들이 수군거리는 소리가 들린다. 〈저기가 누구네 집이더라?〉 〈거 있잖아요, 중국 여자처럼 옷을 입고 다니는 젊은 사람.『렉스프레스』인가『르 게퇴르 모데른』인가 하는 주간지의 기자라는 여자 말이에 요.〉〈아, 오토바이를 타고 다니면서 온 동네가 떠나가게 하 고 주차 금지 구역에 사이드카를 세워 놓는 그 사람 말이군 요!〉〈네, 그 사람네 집인 것 같아요.〉

소방대원들은 호스를 풀어 소화전에 연결한다. 그사이에 소방차의 고가 사다리가 천천히 올라가서 두 창문을 마주하 고 멈춰 선다.

뤼크레스는 오토바이에서 내려 천천히 고글을 벗었다. 그 러다가 문득 무언가를 떠올리고 소리쳤다.

「아, 안 돼! 레비아단!」

그녀는 펄쩍 내달아 소방대원들을 떼밀고 접근 금지선을 넘어 계단으로 돌진했다.

그러더니 조금 뒤에 검댕을 잔뜩 뒤집어쓴 채 다시 나타났 다. 산발이 된 머리에서는 연기가 모락거렸다. 그녀는 콜록 콜록 기침을 해대며 가까스로 숨을 가누었다.

왼쪽 팔로는 반쯤 녹아 버린 노트북 컴퓨터와 낡은 곰돌이 인형과 시커멓게 변한 헤어드라이어와 〈BQT〉라는 이니셜 과 함께 〈절대로 읽지 마십시오〉라는 말이 적혀 있는 파란 목갑을 꼭 끌어안고 있었다. 오른손에는 하얀 눈이 툭 불거 져 나온 작은 물고기를 들고 있었는데, 이미 검게 타버린 뒤 라서 석쇠에 구운 정어리처럼 보였다.

뤼크레스는 자기가 구해 내고자 했던 것을 이지도르에게 보여 주었다. 그는 고작 이것 때문에 그런 위험을 무릅썼나 싶어서 어이가 없었지만 짐짓 놀라는 시늉을 하지 않을 수가 없었다.

그녀는 비통한 목소리로 중얼거렸다.

「레비아단이 이런 꼴을 당했어요. 놈들은 이 범죄의 대가를 치르게 될 거예요.」

그녀는 레비아단의 시체를 커다란 성냥 통에 담았다.

그러고는 즉시 오토바이에 올라타서 시동을 걸었다. 당장 다리우스 극장으로 돌진할 태세였다.

이지도르는 오토바이 시동 키를 돌려서 엔진을 끄고 열쇠를 빼앗아 버렸다.

「내 말 잘 들어요. 이제 천방지축으로 덤벙대면서 아무 일이나 마구 벌이는 짓은 그만해요. 우리가 예전에 세웠던 원칙에 따라 행동하자고요. 먼저 정보를 얻고 깊이 생각한 뒤에 움직이자는 원칙 말이에요. 그 첫 번째 원칙에는 부칙이 딸려 있어요. 절대 흥분한 상태에서 행동하지 말 것. 우선 현상을 점검하는 게 필요해요. 갑시다. 당신의 영역도 나의 영역도 아닌 중립 지대로.」

그는 사이드카에 자리를 잡은 다음 그녀에게 열쇠를 돌려주었다.

그녀는 다시 시동을 걸었다.

57

두 노인이 젊은 시절에 자주 갔던 레스토랑을 회상한다.

이 레스토랑에서는 저녁 식사가 끝난 뒤에 한 남자 배우가 나와서 별난 묘기를 보여 주었다. 자기 음경을 꺼내서 그것으로 호두 세 알을 한 번에 격파하는 묘기였다.

두 노인은 40년이 지난 뒤에 그곳을 다시 찾아간다. 종업원에게 물으니 같은 공연을 아직도 하고 있다 한다. 아닌 게 아니라 예전의 그 배우가 프록코트 차림으로 무대에 등장한다. 많이 늙은 모습이다. 스포트라이트가 켜지고 공연이 시작된다. 그런데 이제 그 배우가 음경으로 깨뜨리는 것은 호두 세 알이 아니라…… 코코넛 세 개다!

공연이 끝나자 두 노인은 무대 뒤로 배우를 찾아가서 묻는다.

「왜 호두를 코코넛으로 바꿨나요?」

그러자 배우가 대답하기를,

「아이고, 잘 아시면서 그러세요. 나이가 들면……

시력이 떨어지잖아요.」

다리우스 워즈니악의 스탠드업 코미디
「논리 문제」 중에서

58

관 뚜껑이 도로 닫힌다.

손들이 몽마르트르 묘지의 흙을 파고 관을 땅속에 내려놓는다.

무덤구덩이를 덮는 뚜껑돌 대신 나뭇조각이 놓인다.

나뭇조각에 굵은 펠트펜으로 〈레비아단〉이라는 이름이 적히고, 그 아래에 묘비명 대신 이런 문장이 적힌다. 〈물속에서 태어나 불 속에서 죽어 땅속에 묻히다.〉

이지도르는 연민 어린 표정으로 고개를 끄덕였다.

「보아하니 망자가 아주 특별했던 모양이에요. 잉어로서 말입니다.」

「여느 잉어가 아니라 자이언트 바브였어요. 그리고 수컷이었죠. 당신 짐작대로 아주 특별했어요. 아주 씩씩하고 의리가 있었죠. 내가 없는 동안 누가 내 원룸을 뒤졌는데 그 사실을 나에게 알려 주었어요. 어항 속의 물고기가 사람과 소

263

통한다는 것은 결코 쉬운 일이 아니죠.」

「예전에 분재 하나를 가지고 있었는데 어느 날 그 분재의 나뭇잎들이 한꺼번에 떨어지더군요.」

「당신 집에 누가 침입했다는 것을 분재가 알려 준 건가요?」

「그럴 리가요…… 분재라는 게 워낙 허약해요.」

그들은 몽마르트르 거리로 가서 가장 가까운 호텔을 찾아 들었다. 〈미래 호텔〉이라는 이름이 의미심장하게 다가왔다.

키가 후리후리하고 볼이 오목한 남자가 프런트 데스크를 지키고 있었다. 꼼꼼하고 차분해 보이는 이 남자는 두 사람을 보고 조금 놀란 기색을 보였다. 머리를 산발한 채 검댕을 잔뜩 묻히고 있는 여자와 아직 물기가 마르지 않은 옷을 입은 남자가 짐도 없이 들어왔으니 그럴 만도 했다.

뤼크레스는 일체의 질문을 미리 차단할 양으로 너스레를 피웠다.

「그냥 가볍게 한판 하려고요.」

프런트 데스크의 남자는 아주 재미있는 농담을 들었다는 듯 정중하게 미소를 지어 보이고 객실 열쇠를 카운터에 올려 놓았다.

「운이 좋으시군요. 딱 하나 남은 방입니다.」

그들은 객실로 올라갔다.

이지도르가 방 안을 둘러보면서 말했다.

「이 방은 곤란한데.」

「숙박비 때문에 그러는 거라면 걱정하지 말아요. 내 출장 비에 포함시키면, 테나르디에가 지불할 테니까요.」

「그게 문제가 아니에요.」

「그럼 뭐예요?」

「침대가 하나뿐이잖아요. 하는 수 없지. 내가 소파에서 자는 수밖에.」

이지도르는 창가로 가서 파노라마처럼 펼쳐진 파리의 경관을 구경했다. 그러다가 커튼을 당기고 스탠드를 켠 다음 팔걸이의자에 앉았다.

그는 아이폰을 꺼내어 누군가에게 전화를 걸었다.

「여보세요, 장루이? 내 워터 타워에 문제가 생겼어. 아니, 수도꼭지에서 물방울이 떨어지는 정도가 아냐. 수도관에서 물이 새는 것도 아니고. 물난리가 났다고 생각하면 돼.」

그는 상대의 말을 듣다가 다시 말했다.

「아니, 진짜 물난리라니까! 소파와 침대가 둥둥 떠다니고 텔레비전이 물에 잠겨 있는데 물난리가 아니고 뭐겠어? 가보고 되도록 빨리 해결해 줘. 부탁해. 손상된 가구들은 다 내다버리고 수압 때문에 콘크리트 벽이 약해지지 않았는지 확인해야 돼. 전체적으로 점검을 하고 수리비 견적을 내서 알려 줘. 가구들을 새로 들이고 페인트칠을 다시 해도 돼. 내가 다 계산할게.」

그는 숨을 돌렸다가 말을 이었다.

「아, 그리고 폴이랑 존이랑 링고랑 조지한테 먹이를 줘. 돌고래들한테는 청어, 상어한테는 쇠고기를 주면 돼. 쇠고기를 고를 때는 너무 기름지지 않은 걸로 하고 힘줄이 있으면 제거해야 돼. 작업이 어느 정도 진척되었는지 나한테 계속 알려 줘. 고마워, 장루이.」

그는 걱정 어린 표정으로 전화를 끊었다.

뤼크레스가 성난 목소리로 말했다.

「빌어먹을, 이쯤 되면 전쟁이나 다름없어요. 그 나쁜 자식들, 내가 그냥 두지 않을 거예요.」

「〈울지도 말고 웃지도 말고 이해할 것.〉」

「서커스 광대 아실 자바타의 말인가요?」

「아뇨, 스피노자의 말이에요. 희로애락의 감정에 사로잡혀 있으면 깊은 생각을 할 수도 없고 문제를 제대로 볼 수도 없고 상황을 이해할 수도 없죠.」

「이 상황은 이해하고 자시고 할 것도 없어요. 타데우시 위즈니악과 분홍 정장 패거리가 자기들의 비밀을 캐지 말라고 경고하기 위해 당신 워터 타워와 내 아파트를 공격한 거라고요.」

「우리는 생활 공간을 잃었어요. 대신 아무도 모르는 정보를 얻었어요. 월요일 자정에 다리우스 극장에서 무슨 일이 벌어지는지 알고 있다는 것이죠. 넘치는 것은 언제나 모자라는 것과 평형을 이루게 마련이에요.」

「노자의 말인가요?」

「아뇨, 내 말이에요. 하지만 우주의 그 보편적인 원리를 깨달은 사람이 나만 있는 건 아니죠.」

뤼크레스는 흥분을 가누지 못하고 방 안을 빙빙 돌았다.

「놈들이 그 짓을 계속하지 못하도록 빨리 행동에 나서야 해요.」

「아뇨, 먼저 깊이 생각해야 해요.」

「지금 뭐 하자는 거예요? 여기서 노닥거리며 시간을 보내자고요?」

「바로 그거예요. 행동파에게도 때로는 노닥거리는 게 도움이 돼요.」

뤼크레스는 검댕이 아직 묻어 있는 손으로 커튼을 홱 열어젖히고 파리의 야경을 바라보았다.

「그럼 어디 한번 노닥거려 볼까요? 내 친구의 친구가 있는데 그 사람이 정계의 거물들을 알아요. 내 친구의 친구가 알고 있는 정계의 거물들에게 부탁해서 다리우스 일가를 치라고 할까요?」

「그런 얘기를 하자는 게 아니에요.」

「나는 쓸데없이 노닥거리는 것을 싫어해요. 어서 당신 생각을 말해 봐요. 잘난 척은 혼자 다 하는 아저씨, 어떻게 하는 게 좋겠어요?」

「먼저 흥분을 가라앉히고 출발선으로 돌아가요. 부수적인 돌발 사건들은 일단 미뤄 놓고 생각해요. 그런 것들은 우리의 사고에 혼선을 가져다줄 뿐이니까요. 당신은 먼저 다리우스 사망 사건의 수수께끼를 풀어야 해요. 그럼으로써 그자들을 꼼짝 못 하게 만들 수 있을 거예요.」

그녀는 그를 향해 몸을 돌렸다. 눈빛이 어두웠다.

「이젠 다리우스의 살인범을 찾는 게 문제가 아니에요. 그보다 훨씬 시급한 일이 있어요.」

「아니에요. 오히려 그게 가장 시급한 일이에요. 우리가 그 수수께끼를 풀면 우리는 다리우스의 공식적인 지지자로 간주될 거예요. 그를 〈위해서〉 조사를 벌였으니까요. 그러고 나면 그를 존경하고 사랑했던 사람들이 모두 우리 편을 들어줄 거예요.」

뤼크레스는 비로소 말귀를 알아듣고 그를 말없이 바라보았다.

「사람들은 우리가 하는 일이 다리우스를 〈위한〉 것이라고 생각할 것입니다. 그러면 우리는 다리우스의 이름으로, 그의 재능을 기리고 그의 명예를 수호한다는 명목으로 그의 형 타데우시를 공격할 수 있어요. 타데우시가 동생을 배신하고 잔혹한 살인 도박판을 벌여 동생의 이미지에 먹칠을 한 악당이라는 것이 알려지면 사람들은 엄청나게 분노할 것이고, 그 분노가 우리를 도와줄 거예요.」

뤼크레스는 다시 창문 쪽으로 몸을 돌렸다. 멀리 보이는 에펠 탑에서 갑자기 불빛이 번쩍거렸다. 레이저 쇼가 시작된 것이었다.

「문제는 다리우스가 결백하지 않을 수도 있다는 데에 있어요. 다리우스는 어쩌면 월요일 밤의 토너먼트에 대해서 알고 있었을지도 몰라요.」

「〈어쩌면〉이라고요? 아직도 다리우스가 어떤 인간이었는지 모른단 말이에요? 당연히 그는 알고 있었어요. 십중팔구는 다리우스가 바로 그 프로브라는 살인 도박의 주모자예요. 다만 사람들이 그자를 세속의 성자처럼 여기고 있기 때문에 우리가 그자를 정면으로 공격할 수 없는 것이죠.」

「그래서 구체적으로 무엇을 어떻게 하자는 거죠?」

「먼저 진실을 갈구하는 양심적인 기자의 자격으로 다리우스 사망 사건을 취재하고 범인이 누구인지 알아내야 해요. 그러면 우리는 다리우스의 원수를 갚아 준 사람들로 여겨지지 않겠어요? 그때 다리우스를 내세우면서 그 형을 고발하는 겁니다. 그러면 대중과 미디어는 우리의 주장을 받아들일 것이고 경찰도 비로소 행동에 나설 거예요. 타데우시가 지금은 정치권의 비호를 받고 있지만 그런 상황이 되면 어느 정치인이 그를 감싸고 나서겠어요? 그자는 그야말로 무장 해

268

제를 당한 꼴이 되지 않겠어요? 그때는 우리에게 승산이 있어요. 비로소 그자와 대등한 조건에서 맞서 싸우는 것이니까요.」

뤼크레스는 자기 귀를 의심했다.

「이지도르, 〈우리〉라고 했어요? 그러니까 나를 돕는 것에 동의한다는 얘기네요?」

그는 갑자기 피로한 기색을 보였다.

「아뇨. 그냥 편의상 〈우리〉라고 한 거예요. 취재에 동참하는 것을 받아들인 게 아니라고요. 나는 당신이 내 집에 〈당신의〉 추격자들을 끌어들였기 때문에 본의 아니게 당신과 도망쳤을 뿐이에요.」

「아, 그래요? 내가 잘못 생각했나요? 내가 보기엔 놈들 때문에 당신의 워터 타워에 물난리가 나서…….」

「그래서요? 내가 놈들 때문에 격분한 나머지 복수를 하고 싶어 한다는 건가요? 나는 당신한테 화를 낸 거지 그자들한테 화를 낸 게 아니에요. 나는 아무한테나 화를 내지 않아요. 내가 존중하는 사람들이 나를 실망시켰을 때만 화를 내죠. 존중할 가치가 없는 사람들한테는 관심조차 두지 않아요.」

「그러니까 당신이 화를 내면 오히려 고마워해야 하는 거네요?」

「그들이 내 집을 망가뜨렸다 해도 나는 폭력을 쓰고 싶지 않아요. 나는 투우사가 빨간 천을 흔들면 돌진하는 황소가 아니에요.」

「다리우스의 죽음에 관한 취재가 이 모든 사건들의 중심에 있다고 말한 건 내가 아니라 당신이에요. 출발점으로 돌아가서 진실을 밝혀내면…….」

이지도르의 얼굴에 문득 결연한 빛이 스쳐 갔다.

「그렇게 억지로 나를 끌어들이려고 하지 말아요. 그런다고 내 마음이 달라지지는 않아요. 정말 내가 도와주기를 바란다면 내 마음을 움직일 만한 방식으로 설득해 봐요.」

「어떻게 하면 되는데요?」

「게임의 규칙을 따라야죠. 당신이 이미 정해 놓은 규칙…….」

그녀는 마치 딴사람을 보듯 그를 바라보았다.

……이 남자 속을 어떻게 알겠어?

「삼삼놀이로 결정하자는 건가요?」

「물론이죠.」

「그 많은 일을 겪고 난 마당에 고작 삼삼놀이로 당신이 동참할지 말지를 결정하겠다는 건가요?」

그는 고개를 끄덕였다.

「그런 결정 방식을 제안한 사람은 당신이에요. 오랜만에 나를 다시 찾아와서 첫날부터 그런 제안을 했잖아요.」

……아이들 놀이에는 마음을 쏟아도 어른들의 소동에는 무관심한 남자.

이 남자는 보통 사람들과 다른 방식으로 행동한다.

이 남자의 마음을 움직이려면 역발상이 필요하다.

그들은 탁자 앞으로 가서 앉았다. 뤼크레스는 서랍을 뒤져 성냥갑 하나를 찾아냈다. 그들은 늘 하던 대로 게임을 시작했다.

이지도르는 차분하게 정신을 모으고 있었다. 마치 자기들이 거기까지 오게 된 사정을 까맣게 잊은 사람 같았다.

그가 먼저 성냥개비 개수를 말했다.

「4.」

「5.」

그들은 주먹을 폈다. 그녀의 손에는 세 개, 그의 손에는 달랑 한 개가 들어 있었다.

첫판은 그의 승리였다.

둘째 판도 그가 이겼다.

그는 늘 그랬듯이 게임의 결과를 놓고 이러고저러고 말하지 않았다.

셋째 판과 넷째 판은 그녀가 이겼다.

마지막 판, 이제 어느 쪽이나 성냥개비는 한 개밖에 남아 있지 않았다.

그들은 주먹을 내밀고 강렬한 눈빛을 주고받았다.

그녀가 〈1〉이라고 말하자, 그는 〈0〉이라고 대답했다.

그녀는 주먹을 펴서 손이 비어 있음을 보여 주었다.

그는 주먹을 펴지 않았다.

「훌륭해요, 당신이 이겼어요, 뤼크레스.」

그러더니 그는 재빨리 성냥개비들을 주워 담았다.

……내가 이겼어! 내가 이 남자를 물리쳤어! 삼삼놀이에서 다른 사람도 아닌 이지도르 카첸버그를 이긴 거야.

그녀는 자기가 어떻게 이겼는지를 설명했다.

「당신의 조언을 따랐어요. 깊이 생각하지 않고 머릿속에서 주사위를 던졌죠. 그냥 그렇게 모든 것을 우연에 맡긴 거예요.」

그는 그런 전략의 효율성을 인정했다.

「그럼 이제 나랑 같이 취재하는 거죠? 우리 뭐부터 할까요?」

「새벽 4시예요. 일단 잠부터 자고 봅시다.」

그녀는 그에게 바싹 다가들었다.

「저기요, 이지도르, 침대가 크니까 나랑 같이 자도 돼요.」

「이미 말했듯이 나는 소파에서 혼자 자는 게 더 좋아요.」

……말도 안 돼, 네 눈에는 내가 여자로 안 보이니? 이 젖가슴과 엉덩이가 안 보이냐고? 지금 이 순간 내가 얼마나 섹시한지 보라고. 에펠 탑처럼 반짝이는 이 눈이며 이 가죽옷을 봐. 젠장, 모든 남자들에게 성적 환상을 불러일으킬 만한 여자가 이렇게 살아 움직이고 있잖아. 어떤 남자도 이런 매력에 굴복하지 않을 수 없을 거라고.

「가운데에 금을 그어 놓고 각자 자기 자리에서 자요. 당신을 건드리지 않겠다고 약속할게요. 나는 코를 골지도 않아요.」

「나는 코를 골거든요.」

그녀는 조금 더 다가들어 그의 가슴을 어루만졌다. 그는 한 걸음 물러섰다.

「왜 나를 마다하는 거예요? 내가 마음에 안 들어요?」

「내가 말하지 않았나요? 우리는 나이 차이가 많이 나서 아무리 목가적인 사랑을 한다 해도 그야말로…… 기괴해 보일 거라고.」

그 말에 그녀는 얼굴을 찡그렸다.

……〈아버지와 딸 같다〉는 말을 하고 싶었을 거야. 예전에 이 남자와 사랑을 나눴던 일은 내 인생의 가장 아름다운 추억 가운데 하나로 남아 있어. 그런데 이 남자는 왜 그 아름다운 추억을 더럽히려고 하지?

「이지도르, 이런 식으로 당신의 기억을 일깨워야 하는 건지는 모르지만, 우리는 이미 살을 섞은 적이 있어요. 그리고 그것에 당신도 무척 만족했던 것으로 아는데…….」

「그건 사랑이 아니었어요. 그때나 지금이나 당신은 아버지 같은 남자를 찾고 있어요. 우리는 이제부터 함께 일할 거예요. 일을 효과적으로 하고 싶다면 나를 일벗으로만 생각해 줘요. 잠자리를 같이하는 남자보다는 일을 같이하는 남자로 생각해야 견디기가 한결 수월할 거예요. 그러니까 오늘 밤 내가 요구하는 규칙은 세 가지예요. 첫째, 내 몸에 손을 대지 말 것. 둘째, 나를 깨우지 말 것. 셋째…… 그러고 보니 셋째는 없네요.」

그는 욕실로 들어가서 칫솔과 치약을 찾아냈다. 그런 다음 양치질을 하고 샤워를 했다.

그는 사각팬티와 티셔츠 차림으로 욕실에서 나오더니 팔걸이의자에 가부좌를 틀고 앉았다.

「거기서 뭐 해요?」

「비우고 있어요.」

「뭐라고요?」

「머릿속을 비우고 있다고요. 모든 것을 잊는 거죠. 당신마저도. 이게 나를 깨끗하게 만드는 방법이에요. 잠자리에 들기 전에, 먼저 양치질과 샤워로 입안과 피부를 청결하게 하고 그다음에는 마음의 때를 씻어 내는 겁니다. 원망, 후회, 공포, 욕구 불만 같은 것들이 쌓이지 않도록 말이에요. 그날 있었던 모든 일을 돌이켜 생각하면서 머릿속에서 떠오르는 것들을 하나하나 지워 나가는 것이죠. 아무것도 남지 않을 때까지요. 그러고 나면 몸도 마음도 맑아집니다. 입안에 남아 있던 음식 찌꺼기도 살갗에 묻어 있던 때도 없어지고, 마음을 어지럽히던 생각들도 사라져요.」

「그렇게 머릿속이 비워지면, 그때는 무슨 생각을 하나요?」

그는 한쪽 눈을 뜨고 한숨을 내쉬었다.

「좋아요, 오늘 밤에는 그만두기로 하죠. 도저히 안 될 것 같은 예감이 드는군요.」

「미안해요, 이지도르. 나 때문에 그만두는 게 아니었으면 좋겠네요.」

「미안해하지 말고, 마음의 준비나 단단히 해요. 이제 힘을 내야 해요. 당신이 상상하지도 못한 일을 겪게 될 수도 있으니까. 나도 각오를 단단히 하고 있어요.」

그는 장롱에서 담요를 꺼내어 몸에 감은 다음 소파에 웅크리고 누웠다.

그녀는 그도 별수 없는 남자일 뿐이라고 생각했다.

그 생각에 맞장구라도 치듯, 곰처럼 크고 뚱뚱한 남자는 이내 잠에 빠져들어 방이 떠나가도록 코를 골기 시작했다.

제2막 **시원의 숨결**

59

기원전 489년.

그리스, 아테네.

에피카르모스는 명망 높은 피타고라스 학교를 우수한 성적으로 졸업한 젊은이다. 나이는 21세. 극작가를 지망하여 이미 두 편의 비극을 썼으나 무대에 올리겠다는 사람을 아직 만나지 못했다. 그래서 너무 실망한 나머지 극작가의 길을 포기하고 샌들 장수로 나서야 하는 게 아닌가 하는 생각을 하는 중이다.

어느 날 저녁, 그는 인적이 뜸해진 아테네의 시장 근처를 거닐다가 한 남자가 다섯 괴한에게 쫓기는 것을 목격한다. 괴한들은 남자를 붙잡아 땅바닥에 쓰러뜨리고 소지품을 빼앗기 위해 몸을 뒤진다.

에피카르모스는 피타고라스 학교에서 수학과 철학, 문학, 역사를 배웠을 뿐만 아니라 무예도 연마했다. 특히 지팡이를 강력한 무기처럼 다루는 재주를 익혔다.

그는 괴한들에게 덤벼들어 지팡이를 휘두르며 그들을 때리고 피해자에게서 떼어 놓은 다음 아예 멀리 쫓아 버린다.

그러고는 쓰러져 있던 청년을 부축하여 일으켜 세운다. 에피카르모스는 청년의 옷차림새를 보고 즉시 어디에서 온 사람인지를 알아본다. 바로 유대 지방에서 온 히브리 사람이다.

에피카르모스는 피타고라스 학교에서 히브리어를 배웠기 때문에 둘 사이에 의사소통이 가능하다. 이방의 젊은이는 감사를 표하고 서둘러

길을 떠나려 한다. 에피카르모스는 주위가 어두워서 히브리인이 배에 칼을 맞았다는 것도 그의 옷이 피에 젖어 있는 것도 알아차리지 못한다. 이방인은 1백 걸음도 못 가서 털썩 쓰러진다.

에피카르모스는 재학 중에 당대의 명의에게서 의술까지 배운 터라 그런 경우에 어떤 조치를 취해야 하는지 알고 있다. 그는 출혈을 멎게 하고 자기 옷을 찢어 약식으로나마 붕대를 만든다.

이방인은 정신이 돌아오자 이제 괜찮다면서 다시 길을 떠나겠다고 중얼거린다. 하지만 몇 걸음도 못 가서 다시 쓰러진다.

에피카르모스는 히브리인을 등에 업고 자기 집으로 데려간다.

그는 밤새도록 히브리인을 간호하고 상처를 치료해 준다. 히브리인은 고열에 시달리며 헛소리를 하다가 어떤 중대한 비밀에 관한 이야기를 하기 시작한다. 어떠한 일이 있어도 발설하면 안 되는 비밀을 섬망 상태에서 중얼거린 것이다.

에피카르모스는 이를 유대 지방의 어떤 신비주의 종교 집단에 관한 이야기로 여긴다. 유일신을 섬기는 그 지역에 밀교 의식을 행하는 비밀스러운 교파들이 이따금 나타난다는 얘기를 들은 적이 있었기 때문이다.

히브리인은 신열에 들뜬 채로 이튿날에도 헛소리를 계속한다. 그래도 에피카르모스의 향유와 약초 찜질 덕분에 죽을 고비를 넘긴다.

의식이 돌아오자 히브리인은 자기가 누구인지를 고백한다. 그는 베냐민 지파의 임마누엘이다.

에피카르모스는 이스라엘 왕국의 최근 소식을 들은 바 있다. 그가 듣기로 솔로몬왕이 죽고 나서 그의 아들 르호보암이 왕위에 오르자 12지파의 대표들은 조세를 줄여 달라고 요구했다. 르호보암왕이 그 요구를 거절함에 따라 왕국은 남북으로 분열되었다. 10지파는 여로보암을 새로운 왕으로 옹립하여 북이스라엘 왕국을 세웠다. 반면에 베냐민 지파와 유다 지파는 르호보암왕을 계속 지지함으로써 유다 왕국을 이루게 되었다.

두 젊은이는 오랫동안 이야기를 나눈다. 그러는 사이에 우정이 싹튼다. 에피카르모스는 임마누엘에게 그리스어를 가르쳐 주고 임마누엘은 에피카르모스가 히브리어를 더욱 완전하게 구사할 수 있도록 도와준다. 그러던 어느 날 에피카르모스가 묻는다.

「첫날 열에 들떠서 헛소리를 할 때 중대한 비밀이 있다고 하던데 그게 뭐지?」

그러자 임마누엘은 놀라운 이야기를 들려준다. 솔로몬 시대에 왕의 고문관을 지낸 니심 벤 예후다라는 사람이 〈해학 공방〉을 만들어 웃음의 힘을 연구하다가 결정적인 발견을 하기에 이르렀다. 일종의 정신적인 보물을 발견한 것이었다. 그때부터 〈해학 공방〉은 그 보물을 지키기 위한 비밀 결사가 되었다. 그런데 유다 왕국을 정복한 신바빌로니아의 칼데아인들이 그 보물의 존재를 알게 되었다. 그들은 그것을 세상의 비밀에 관한 중요한 정보일 것으로 여기고 어떻게든 손에 넣으려고 했다. 그래서 비밀을 알고 있을 것으로 보이는 모든 히브리인들을 추적했다. 임마누엘을 공격한 괴한들 역시 그 비밀을 알고자 하는 칼데아인들이었다.

그런 이야기 끝에 임마누엘은 자기가 그 정신적인 보물을 수호하는 비밀 결사의 일원이라고 고백한다.

「그것이 나쁜 의도를 가진 자들의 손에 들어가면 안 돼. 그 보물은 살아 있는 존재와 같아. 동물을 키우듯이 먹이를 주고 보호해 주어야 해. 그리고 그것에 물리지 않도록 조심해야 한다네.」

「동물과 같다고?」

「한 마리의 용일세. 물리면 죽게 되지.」

에피카르모스는 그 만남을 계기로 완전히 새로운 삶을 살게 된다. 임마누엘은 자기 세계의 흥미로운 지식을 그에게 소개한다. 그 가르침은 단순한 입문에 그치지 않고 새로운 철학에 바탕을 둔 완전한 교육으로 이어진다. 임마누엘은 니심 벤 예후다가 창시한 비밀 결사의 비법과 무기를 전수하는 것으로 교육을 마무리한다. 그때부터 에피카르모스의 삶은 근본적으로 달라진다. 세상을 보는 관점은 물론이고 옷차림새, 생활 공간, 교우 관계 등에도 큰 변화가 생긴다. 그는 극작과 관련하여 자기가 처음부터 잘못 생각했다는 것을 깨닫는다. 그도 아테네의 다른 젊은 시인들과 마찬가지로 비극을 쓰려고 했지만, 희극이 비극보다 강력할 수 있다는 것을 비로소 깨달은 것이다.

에피카르모스는 그리스 신화에서 희극으로 만들 만한 소재를 찾다가 모모스라는 인물을 발견한다.

모모스는 밤의 여신 닉스와 암흑의 신 에레보스의 아들로 태어났다. 죽음의 신 타나토스와 잠의 신 히프노스와는 형제지간이었다. 신의 세계에서 별로 두각을 나타내지 못하던 그는 〈궁정 광대〉가 되어 올림포스 신전에 들어갔다.

그는 조롱과 풍자의 신답게 여러 신들을 조롱했다. 헤파이스토스에 대해서는 인간을 창조하면서 가슴에 문을 달지 않아 인간의 생각을 들여다볼 수 없게 해놓았다고 놀렸고, 아프로디테를 두고서는 샌들 자랑이나 늘어놓는 수다스러운 여신이라고 말했다. 심지어는 제우스를 일컬어 폭력을 일삼고 색을 너무 밝힌다고 말하기까지 했다.

그렇게 마구잡이로 신들을 조롱하다 보니 그는 모두가 성가시게 여기는 광대가 되고 말았다. 결국 신들은 그를 올림포스에서 쫓아냈다.

오로지 디오니소스만이 변함없는 우정으로 그를 대했다. 그래서 모모스는 디오니소스에게 해학과 풍자의 기법을 가르쳐 주었다. 술이 익살에 아주 유용하다는 사실도 일깨워 주었다. 그는 경이롭고 파격적인 문장들을 만들어 내기 위해서는 술의 마법을 빌려야 한다고 설파했다.

에피카르모스는 신화에 나오는 그 인물을 소재로 첫 희극 작품을 쓰기로 한다.

임마누엘은 그가 문장을 희극에 맞게 구성하도록 도와주고 무대 장식과 의상에 대해서도 조언을 해준다. 대화를 아름다운 시로 나타내고 인물의 심리를 표현하는 데에서는 에피카르모스 스스로 뛰어난 재능을 발휘한다.

드디어 그의 희극 「모모스」가 상연되는 날이 온다. 장소는 아크로폴리스 근처의 작은 극장이다. 관객들은 연극의 기법이 낯설어서 깜짝 놀라는 기색을 보이다가 조금씩 미소를 짓더니 나중에는 잇달아 웃음을 터뜨린다.

공연이 끝나자 관객들은 곧바로 반응을 보이지 않고 한참 침묵을 지키며 머뭇거린다. 두 친구는 공연이 실패로 돌아간 것이 아닐까 하고 서로 눈짓을 주고받는다. 그때 임마누엘이 박수를 친다. 그러자 기다렸다는 듯이 온 관객이 박수갈채를 보낸다. 대성공이다.

그때부터 에피카르모스의 명성은 그리스 전역으로 퍼져 나간다. 「모모스」에 이어, 「헤라클레스의 광기」와 「탈주자 오디세우스」 같은 희극들이 창작된다. 그는 비극들의 소재를 취하여 희극을 만든다. 그런 식으로 그리스 신화의 주제들을 새롭게 다룬 작품들이 서른다섯 편에 이른다.

그 뒤로 에피카르모스는 임마누엘의 조언을 받아들여 신화 속의 영웅들 대신 백성들을 주인공으로 삼은 희극들을 내놓는다. 「솥단지」, 「농부」, 「노략질」 등이 그런 작품들에 해당한다. 이 작품들의 대중적인 성공은 귀족층을 상대로 한 성공을 더욱 공고하게 만든다. 빈부를 가리지 않고 모든 그리스인이 에피카르모스의 희극에 열광한다. 비극 작가들은 그를 시샘하고 〈싸구려 작가〉로 매도하면서 그의 연극을 진지하게 고려할 가치가 없는 작품으로 평가한다.

그에 대해서 에피카르모스는 〈진지하게 받아들여지지 않는 것〉이 바로 자기의 의도라고 반박한다. 한발 더 나아가서 그는 희극의 힘을 보여 주기 위해 동물을 주인공으로 삼은 연극을 시도한다. 사람이 동물의 가면을 쓰고 연기하는 희극들을 만든 것이다.

관객들은 이번에도 열렬한 호응을 보인다. 에피카르모스는 오래도록 성공을 이어 가면서 총 50여 편의 작품을 발표한다.

그렇게 영광의 절정을 구가하던 어느 날, 그는 오랜 친구 임마누엘을 만나러 간다.

「우리가 처음 만나던 날 기억하지? 자네가 괴한들에게 쫓기던 날 말일세. 그때 괴한들은 자네에게서 무언가를 빼앗으려고 했어. 그리고 자네는 살아 있는 보물에 관한 이야기를 했지. 그 보물이 용과 같아서 그것에 물리면 목숨을 잃게 된다고도 했어. 이따금 그 이야기가 생각나. 자네가 말한 그 보물이 뭐지?」

구순 노인이 된 에피카르모스는 몸을 부들부들 떨고 있다. 세 살 연상인 임마누엘 역시 노환이 깊어 가는 중이다. 하지만 이 늙은 히브리인의 눈에서는 이상한 광채가 번득인다.

「정말 그것을 알고 싶나? 정히 원한다면 비밀을 가르쳐 주겠네. 하지만 자네가 죽을 수도 있어. 알고 있지?」

그리스의 늙은 희극 시인은 고개를 천천히 끄덕인다. 그러자 임마누엘은 어딘가로 가서 작은 금고를 가져온다. 금고의 뚜껑에는 〈베바카샤 로 리크로〉라는 히브리어 문장이 새겨져 있다.

「잠깐, 내가 번역해 볼게.」

에피카르모스는 옛날에 친구가 가르쳐 준 덕에 좋아진 히브리어 실력이 건재하다는 것을 보여 주려는 듯 그 문장을 한 단어씩 그리스어로 옮긴다.

「〈베바카샤〉는 부탁이나 명령을 할 때 쓰는 말이고, 〈로〉는 부정어, 〈리크로〉는 〈읽다〉라는 뜻이지? 그러니까 〈제발 읽지 마십시오〉 정도로 번역할 수 있겠군.」

임마누엘은 금고 열쇠를 내밀면서 엄숙하게 말한다.

「이게 바로 그 칼데아 사람들이 탐내던 보물일세. 이제 자네 뜻대로 하게. 나는 이것을 열어 본 적이 없어. 그저 운반만 했을 뿐이지. 이 안에는 파피루스 문서가 들어 있어. 그것을 읽느냐 마느냐는 오로지 자네 선택에 달려 있네.」

유머 기사단 총본부 편, 『유머 역사 대전』 중에서

60

영문도 모르는 채 으스러지는 미물.

피범벅이 된 시체를 시트에 문지르는 손.

……난 모기가 싫어.

하지만 벌써 또 한 마리의 모기가 방 안에서 맴돌고 있다.

뤼크레스는 잠을 이루지 못하고 일어났다. 새벽 5시 5분.

그녀는 모기를 잡으려고 스탠드 불빛을 받고 있는 천장을 살폈다.

……이지도르가 나와 함께 취재하겠다고 했어. 아주 잘된 일이야. 비록 내 원룸이 불에 타고 레비아단이 죽었지만, 그 대가로 이지도르와 함께하고 있으니 모든 걸 받아들여야지.

그녀는 커튼에 내려앉은 모기를 노려보다가 손바닥으로 잽싸게 뭉개 버렸다. 탁 하는 소리에 소파에서 자고 있던 남자가 몸을 뒤척이며 구시렁거렸다.

그녀는 비닐 가방에서 노트북 컴퓨터를 꺼내 열어 보았다. 예상했던 대로 작동이 되지 않았다. 그녀는 컴퓨터를 밀어

283

놓고 파란 목갑을 꺼내 들었다.

……도대체 다리우스는 무엇을 읽었을까? 그가 한 눈만 먼 게 아니라 양쪽 다 멀었다면 살지 않았을까?

뤼크레스는 문득 그 코미디언의 삶에 연민을 느꼈다. 그는 돈, 권력, 여자, 대중의 사랑과 존경 등 모든 것을 누렸다. 하지만 세상에 대한 자신의 영향력을 유지하기 위해 수단과 방법을 가리지 않는 삶, 베르사유 궁전을 흉내 낸 사치스러운 대저택에서 어머니를 자기의 가장 열렬한 팬으로 모시고 형제들을 하인처럼 부리며 살던 삶의 이면에는 무엇이 있었을까? 숱한 불면의 밤들과 슬픔이 있지 않았을까? 그 슬픔이 너무나 커서 세상 모든 것을 조롱하며 웃는 척하지 않았을까? 이지도르는 〈넘치는 것은 언제나 모자라는 것과 평형을 이룬다〉고 말했다. 그 말대로라면 다리우스가 남달리 익살스러웠던 것은 보통 사람들에 비해 더 많은 불안과 슬픔을 견디며 살았기 때문이다.

뤼크레스는 거울 앞에 서서 자신의 모습을 바라보았다.

……나에게도 넘치는 것이 있고 모자라는 것이 있어. 넘치는 것은 모자라는 것의 보상일 뿐이야. 이지도르는 그 점을 간파했을 거야. 그래서 내 매력에 굴복하지 않는 걸까?

그녀는 모험의 동반자가 잠자고 있는 소파 곁으로 의자 하나를 옮겨 놓고 앉았다. 그러고는 그를 바라보면서 혼잣말을 했다.

「이지도르 카첸버그, 당신은 누구야? 왜 나를 짜증 나게 하면서도 내 마음을 이토록 사로잡는 거야?」

그녀는 그와 처음으로 만나던 날을 회상했다. 당시에 그녀는 인류의 기원이라는 매우 까다로운 주제를 놓고 취재를 벌이고 있었다. 그녀가 힘들어하는 것을 보고 플로랑 펠레그리니가 어느 프리랜서 기자의 도움을 받으라고 권했다. 플로랑은 그를 〈과학부의 셜록 홈스〉라고 치켜세우면서도 〈고독한 코끼리〉이니까 조심해야 한다고 일러 주었다.

아닌 게 아니라 그는 매우 독특한 인물이었다. 파리 변두리에 있는 그의 집부터가 특이했다. 그는 모래시계 모양의 워터 타워를 개조한 주택에서 살고 있었다. 당시에는 전화도 없었기 때문에 약속을 미리 정할 수도 없었다.

그녀는 그 워터 타워를 찾아가서 그를 만났다. 두 사람의 실루엣은 아주 대조적이었다. 그녀는 자그마하고 호리호리한데, 그는 키가 크고 뚱뚱했다. 그녀가 생쥐라면 그는 코끼리였다.

그녀는 한 고생물학자의 피살 사건을 인류의 기원에 관한 놀라운 발견과 연결시켜서 조사하고자 한다고 자신의 취재 아이디어를 소개했다. 그는 그녀가 인류의 과거에 관심을 갖는 것은 그녀 자신의 과거에 문제가 있었기 때문이라면서 그녀가 혹시 고아가 아니냐고 말했다. 그 말은 그녀에게 전기 충격이나 다름이 없었다. 코끼리가 생쥐를 밟아 버린 셈이었다.

하지만 그런다고 포기할 그녀가 아니었다. 그녀는 다시 그를 찾아갔고 이번처럼 가까스로 그를 설득했다. 그들은 아프리카 밀림으로 가서 새로운 사실들을 잇달아 발견하고 마침내 인류의 출현에 관한 수수께끼를 풀었다. 다만 한 가지 장애가 있었다. 그들이 알아낸 사실은 너무 기상천외하고 세상의 통념을 너무 심하게 뒤흔드는 것이라서 결국 대중에게 공표되지 못했다.

어쨌거나 인류의 기원에 관한 감춰진 진실을 함께 밝혀낸 이 모험은 그들에게 멋진 추억으로 남았다. 그로부터 3년 뒤에 이번에는 이지도르가 뤼크레스를 찾아왔다. 그는 어느 체스 기사의 변사 사건을 함께 취재하자고 제안했다. 그는 예전보다 살이 조금 빠져 있었다. 그래서 함께 서 있으면 코끼리와 생쥐 같던 그들이 곰과 토끼처럼 보이게 되었다.

그는 지난번과 달리 자신의 관심사를 놓고 허심탄회하게 말하는 면모를 보였다. 〈최소 폭력의 길〉을 열심히 찾고 있다는 얘기도 했고, 숫자의 상징 체계며 〈가능성의 나무〉에 관한 흥미로운 얘기도 들려주었다.

그들은 사건의 진실을 밝히기 위해 프랑스 지중해 연안의 도시 칸에서 조사를 벌이고 칸 앞바다의 어느 섬에 있는 특별한 정신 병원에서 사건 해결의 열쇠를 찾아냈다. 이 취재는 인간의 뇌에 관한 중대한 비밀을 알아내는 쾌거로 이어졌다. 그들은 취재를 마무리한 뒤에 사랑을 나누었다. 그러면서 아주 특별한 두 시간을 보냈다. 이지도르의 거대한 몸은 마치 무중력 상태에 있는 것처럼 움직였다. 그는 세심하고 자상하고 든든하면서도 격렬하고 경이롭고 멋있었다.

그러고 헤어졌을 때 그녀는 이지도르가 다시 전화를 하리라고 생각했다. 자기와 사랑을 나눈 남자들이 모두 그랬던 것처럼 이지도르도 자기를 다시 만나고 싶어 하리라 확신했다.

하지만 그것은 오산이었다. 그에게 〈고독한 곰〉과 같은 이면이 있다는 점을 간과한 것이었다.

그래서 뤼크레스는 그를 미워하기 시작했다. 〈날 뭘로 보는 거야? 뚱뚱하고 나이도 많고 친구도 없는 주제에……〉 하고 생각했다.

그녀가 남자에게 그런 사랑의 감정을 느껴 보기는 처음이었다. 그런데 상대는 그녀의 감정에 화답하지 않았다.

그녀는 이지도르에게 복수를 하는 심정으로 그를 닮은 남자와 조금 사귀다가 그냥 차버렸다. 그러나 분이 풀리기는커녕 그저 씁쓸한 뒷맛만 남을 뿐이었다.

그 뒤로는 사랑의 감정을 배제한 채 그냥 성적인 파트너로 남자들과 관계를 맺었고, 그런 남자들을 아무 이유 없이 쫓아 버릴 때마다 그 아연해하는 표정을 보며 쾌감을 느꼈다. 이지도르를 대신해서 그렇게 혹독한 대접을 받은 남자들이 무릇 몇 명이었던가.

자기의 매력에 굴복하는 남자들을 몇 번 만나 주고 가차 없이 차버리는 그녀의 버릇은 갈수록 심해졌다. 남자들의 꼴답잖은 태도가 그녀의 행동을 더욱 부추긴 측면도 있었다. 사실 그녀는 남자들이 접근해 올 때마다 주저 없이 경고했다. 〈대개의 경우 나는 남자들에게 좋은 것을 주지 않아요. 그래도 정말 모험을 해보고 싶어요?〉 남자들은 이런 말을 듣고 도망가기는커녕 도전에 응하겠다는 듯 더욱 끈질기게 달라붙었다.

상대를 절대로 과소평가하지 말라는 것은 이지도르가 입버릇처럼 하는 말이었다. 그런데 그 남자들은 그녀를 과소평가했다. 그녀가 작다고, 무엇보다 여자라고 얕잡아 본 것이었다. 그러니 그 대가를 치르는 게 당연했다.

뤼크레스는 잠자는 이지도르를 물끄러미 바라보고 있었다.

그녀는 이지도르 덕분에 깊고 순수한 사랑의 감정을 경험했다. 상대를 지배하지도 않고 상대에게 지배당하지도 않는 관계를 맺는 것, 자기를 이해할 수 있는 사람과 영혼의 소통을 이루는 것, 섬세하고 사려 깊은 이지도르와는 그런 것이 가능할 것 같았다. 그런데…… 정말 믿고 싶지 않았지만 그런 이지도르가 그녀의 마음을 전혀 알아주지 않은 것이었다.

이지도르는 잠결에 배시시 웃었다. 꿈속에서 멋진 모험을 벌이고 있는 모양이었다.

……평소에도 덩치 큰 아기처럼 보이더니 잠자는 모습을 보니까 더욱 그런걸.

그녀는 그를 가만가만 토닥여 주고 싶은 충동을 느꼈다. 하지만 그러는 대신 벗어진 이마를 어루만졌다.

……우리는 함께 있으면 강해져. 그런데 이 남자는 왜 그것을 모를까?

그녀는 아주 천천히 몸을 숙여 그의 목울대 아래 오목한 곳에 살짝 입을 맞췄다. 그는 성가신 모기를 쫓으려는 듯 기계적으로 손을 내저었다.

그녀는 그의 귀에 대고 속삭였다.

「나는 당신이 누구인지도 모르고 당신의 머리가 어떻게 돌아가는지도 몰라요. 하지만 언젠가는 당신도 혼자서 살 수 없다는 것을 깨닫게 될 거예요. 당신에겐 내가 필요해요. 당신이 생각하는 것 이상으로.」

61

한 남자가 사막에서 길을 잃었다. 극도의 탈수 상태에 빠진 채 갈증 때문에 사경을 헤매고 있다.

그때 갑자기 한 사내가 눈앞에 나타난다. 그는 사내에게 소리친다.

「물 좀 주시오! 물!」

「물요? 미안해요. 가진 거라곤 넥타이밖에 없어서.」

「사막 한복판에서 넥타이라니, 그딴 걸 뭐에다 쓰겠소?」

그는 크게 낙담하고 힘겹게 가던 길을 계속 간다.

그러다가 어떤 오아시스에 다다른다. 오아시스는 담으로 둘러막혀 있
고 입구에는 파수막이 버티고 있다.

그는 문지기 쪽으로 내닫는다.

「물 좀 주시오, 물! 제발 마실 것 좀 주시오.」

「이곳은 아무나 들어갈 수 없습니다. 들어가시려면 복장을 제대로 갖
춰야 합니다. 넥타이 있습니까?」

다리우스 워즈니악의 스탠드업 코미디
「나 죽은 뒤에 세상이 망하든 말든」 중에서

62

〈미래 호텔〉의 레스토랑에 배달을 나온 냉동 탑차가 긴 경
적 소리를 낸다. 도시의 새벽닭이 우는 소리다.

동이 튼다. 타원형으로 솟아오르던 해가 점차 원형으로
바뀌어 간다. 그에 따라 동녘 하늘도 보랏빛에서 분홍빛, 오
렌지빛을 거쳐 황금빛으로 물들어 간다.

그들은 호텔 식당에서 아침을 먹는 중이었다. 이지도르는
미니컴퓨터로 사용하는 아이폰의 가상 자판을 눌러 〈다리우
스 사망 사건에 관한 조사〉라는 말을 적어 넣었다.

「자, 이제 얘기해 봐요. 이미 확보된 증거와 증언을 모두
정리해 볼까요?」

그러나 뤼크레스는 아무 대꾸도 하지 않았다. 그녀는 이
지도르의 등 뒤에 있는 텔레비전에 눈을 팔고 있었다.

이지도르는 궁금증을 느끼며 텔레비전 쪽으로 몸을 돌렸다. 세바스티앵 돌랭의 얼굴이 보였다.

그녀는 자리에서 일어나 텔레비전 볼륨을 키웠다.

코미디언 세바스티앵의 자살 사건이 보도되고 있었다. 활동이 부진해지면서 알코올 중독에 빠져 있던 그가 머리에 총을 쏘아 스스로 목숨을 끊었다는 것이었다.

기자는 자살이 마치 직업적인 유행병이라도 되는 것처럼 말하고 있었다.

「코미디언의 자살은 이번으로 일곱 번째입니다. 같은 직업에 종사하는 이들이 동일한 방식으로 잇달아 목숨을 끊고 있는 것입니다. 통신 산업과 자동차 산업 분야를 충격에 빠뜨렸던 연쇄 자살 현상이 매우 폐쇄적인 분야인 코미디계로 번져 가는 게 아닌가 하는…….」

이지도르는 이렇다 할 반응을 보이지 않고 물었다.

「이제 본격적으로 취재를 시작하려는 참인데 왜 텔레비전을 켜요?」

「저 세바스티앵 돌랭이 죽기 직전에 누가 다리우스를 죽였는지 안다면서 그 사람 이름을 말해 줬어요.」

그는 의혹을 드러내며 눈살을 살짝 찌푸렸다.

「누가 다리우스를 죽였다던가요?」

그녀는 음절들을 분리해서 또박또박 말했다.

「트 리 스 탕 마 냐 르.」

「트리스탕 마냐르? 그 유명한 트리스탕 마냐르요?」

「네, 바로 그 사람이에요.」

「몇 해 전에 불가사의하게 자취를 감춘 그 유명한 코미디언 말이에요?」

「그렇다니까요. 세브가 한 말을 그대로 옮기면, 빛의 유머와 어둠의 유머 사이에 전쟁이 벌어지고 있고 다리우스는 어둠의 유머 진영에 속해 있는데 성 미카엘이 칼로 용을 무찔렀다는 거예요. 무대에 올라가기 직전에 나한테 그렇게 말했어요.」

이지도르는 크루아상 한 개를 삼켰다. 그녀가 물었다.

「이것에 대해서 어떻게 생각해요?」

「나는 유머나 개그를 좋아하지 않아요. 우리 인간의 생존 조건이 절망스럽다면 그것을 있는 그대로 느껴야 해요. 그런데 유머라는 것은 그런 조건을 호도하기 위해서 만들어진 부질없는 행위가 아닌가 하는 생각이 들어요.」

그는 두 번째 크루아상을 머뭇머뭇 바라보다가 도로 내려놓았다.

「바로 유머가 존재하기 때문에 인간이 비천하고 부당한 생존 조건을 용인하며 살아가는 거예요. 유머가 존재하지 않는다면 참지 않고 저항을 하겠지요. 유머란 고통을 느끼지 못하게 하는 진통제와 같아요. 부당한 것이 있다면 그것에 맞서 싸워야지 그냥 참고 사는 게 좋은 일일까요?」

뤼크레스는 자리에서 일어나 토스트와 누텔라를 가져왔다. 그러고는 토스트에 누텔라를 발라 먹으면서 말했다.

「그런 얘기를 하자는 게 아니라, 트리스탕 마냐르를 추적하는 것에 대해 어떻게 생각하느냐고 물은 거예요.」

「그 유령이 우리 사건에 등장한다는 게 놀랍군요. 그를 추적하는 게 취재의 본격적인 출발점이 될 것 같기는 해요. 하나의 흥미로운 미스터리가 더욱 중대한 미스터리로 이어지는 경우가 종종 있죠.」

이지도르는 아이폰의 가상 자판을 다시 두드려서 트리스탕 마냐르에 관한 기사들을 찾아냈다.

「다른 코미디언들은 몰라도 트리스탕 마냐르는 정말 재능 있는 예술가였어요. 낡은 유머를 재활용하는 것으로 만족하지 않았던 사람이죠. 나는 그를 무척 좋아했어요. 내가 보기엔 그가 어느 날 갑자기 아무런 설명도 없이 사라진 것도 일종의 익살이에요. 자신의 삶 자체를 조롱의 대상으로 삼은 것이죠.」

「유머를 좋아하지 않는다면서요.」

「유머라고 해서 다 똑같은 것은 아니에요. 완전한 예술이라고 말할 수 있는 유머도 있어요. 그런 유머는 아주 좋아하죠. 그래서 그것이 대중의 저속한 기분 풀이로 전락하는 것을 보면 참을 수가 없어요.」

「무슨 말인지 잘 모르겠어요.」

「세상을 이해하는 중요한 원리 가운데 하나를 이해하지 못했기 때문이에요. 패러독스 말입니다.」

그는 방금 한 말의 여운을 즐기듯 잠시 뜸을 들이다가 설명했다.

「내가 유머를 좋아하지 않는다고 할 때는…… 질이 나쁜 것을 두고 하는 말이에요. 텔레비전에 나오는 유머는 대개 인간의 품격을 떨어뜨리고 사람들을 조롱하는 데 초점을 맞추고 있죠. 그래서 나는 그런 유머를 좋아하지 않아요. 세바스티앵이 어둠의 유머라고 말한 것이 바로 그런 유머일지도 모르죠. 어쨌거나 다리우스의 영업 자산은 바로 그런 유머였어요.」

「사실을 너무 왜곡하고 있어요.」

「반면에 나는 섬세하고 미묘한 유머를 좋아해요. 자신을 조롱하거나 삶의 부조리와 모순을 드러내거나 언어의 묘미를 보여 주는 유머를 좋아하죠. 트리스탕 마냐르가 바로 그런 유머의 달인이었어요. 내가 유머를 좋아하지 않는다고 말한 것은 언젠가 당신한테 포도주를 좋아하지 않는다고 말한 것과 같은 맥락이에요. 나는 포도주를 별로 좋아하지 않지만, 부베 라뒤베 1978년산이나 칠레 포도주 카스티요 데 몰리나 1998년산을 알맞은 온도로 한두 잔 마시는 것은 무척 좋아하죠.」

「문제는 〈고품격 유머〉라는 개념이 주관적이라는 거예요. 어떤 포도주를 놓고 모두가 비슷비슷한 품평을 내리는 것과는 다르죠.」

그는 숟가락을 내저으며 대답했다.

「좋은 지적이에요. 하지만 트리스탕 마냐르는 객관적으로 보아도 아주 위대한 코미디언이었어요. 그는 한 차원 더 높은 유머를 개발했죠. 그의 유머는 음담패설이나 인종주의적인 독설이 아니라 정신을 위한 작은 보석들이었어요. 인간의 품격을 떨어뜨리는 유머가 아니라 인간의 정신을 일깨우는 유머였죠.」

그는 인터넷에서 찾아낸 정보들을 읽었다.

「당시에 트리스탕 마냐르의 인기는 날로 높아 가고 있었어요. 다리우스가 최고의 코미디언이라는 명성을 누리던 것과 아주 비슷한 상황이었죠. 몇 편의 영화에 출연하기도 했고요. 그러던 어느 날 밤, 공연을 끝내고 마치 〈퓨즈가 나간 것처럼〉 행동하다가 어딘가로 사라졌어요. 아무런 설명도 없이 아내와 두 아이를 두고 홀연 종적을 감춘 것이죠. 가장 널리 받아들여지고 있는 가설에 따르면, 일종의 우울증 때문에 먼 나라로 도망쳐서 신분을 바꾼 채 살아가고 있을 거라는군요.」

그는 녹차에 설탕을 조금 넣고 가만가만 저었다.

「하지만 내가 보기에 그런 가설은 지나치게 단순한 사고방식에서 나온 것 같아요. 실종의 진실은 아직 밝혀지지 않았어요.」

이지도르는 아이폰의 문서 파일에 몇 문장을 추가했다.

「그럼 우리가 무엇을 확보하고 있는지 요약해 볼까요? 첫째, 범행 도구로 추정되는 파란 목갑. 둘째, 금빛 잉크로 적힌 〈BQT〉라는 이니셜과 〈절대로 읽지 마십시오〉라는 문장. 셋째, 빛에 노출된 코닥 감광지 한 장. 넷째, 감시 카메라에 찍힌 살인자의 이미지, 다시 말해서 슬픈 표정의 어릿광대로 분장한 용의자의 사진. 다섯째, 용의자 가운데 하나였던 사람이 죽기 직전에 지목한 용의자의 이름, 트리스탕 마냐르…….」

「시작치고는 나쁘지 않네요. 이제 우리가 무엇을 해야 하죠?」

「범행 동기를 알아내고 증거들을 확보하고 트리스탕 마냐르를 찾아내야 해요.」

이지도르는 뤼크레스에게 어릿광대의 사진을 다시 보여 달라고 했다. 그녀는 핸드백에서 블랙베리 스마트폰을 꺼냈다. 그러자 그는 아이폰으로 〈구글 이미지〉를 검색하여 트리스탕 마냐르의 사진을 찾아냈다.

그들은 두 사진을 비교했다. 뤼크레스가 말했다.

「분장이 너무 진해서 얼굴 생김새가 분명히 드러나지 않는걸요. 게다가 코에 빨간 공을 붙이고 있어서 같은 사람인지를 판단하기가 쉽지 않아요.」

「높은 곳에서 촬영한 이미지라 더 그래요. 슬픈 표정의 어릿광대로 분장한 사람의 키를 가늠할 수도 없어요.」

「그 사람이 다리우스보다 큰 건 분명해요. 체격만 놓고 보면 트리스탕 마냐르와 비슷한 것 같기도 하네요.」

「글쎄요…… 그렇지 않을 수도 있죠.」

이지도르는 녹차를 천천히 마셨다.

뤼크레스가 물었다.

「이제 어떻게 할까요?」

「당신은 트리스탕을 찾아요.」

「나랑 같이 가는 거 아니에요?」

「나는 그사이에 내 방식대로 조사를 벌일게요. 형식이 아니라 내용에 관해서요.」

「그게 무슨 뜻이죠?」

「앞서 말했듯이 내가 보기에 이 모든 일의 열쇠는 유머의 기원에서 찾아야 해요. 웃음의 역사를 아는 것이 중요하다고 내 직감이 말하고 있어요. 그래서 웃음이라고 하는 현상, 생물학적으로 보면 불필요한 것일 수도 있는 그 현상의 기원으로 거슬러 올라가 볼 생각이에요.」

그녀는 실망한 표정으로 한숨을 길게 내쉬었다.

「그러니까 계속 나 혼자서 취재를 하라는 거군요.」

「각자의 조사 작업이 어느 정도 진척되고 있는지 서로에게 계속 알려 주기로 해요.」

뤼크레스는 짜증이 치미는 것을 내색하지 않고 손가락으로 누텔라를 듬뿍 찍어서 빨아 먹었다.

……좋아, 실용적으로 생각하자고. 우선 쇼핑을 해야 해. 필요한 게 뭐지? 먼저 구입할 물건들을 담아 둘 배낭부터 사고, 그다음에는 팬티, 브래지어, 스타킹, 기초화장품, 립스틱, 향수, 매니큐어. 그리고 7.65구경 리볼버 한 자루와 실탄. 중(中)지성 모발용 샴푸, 릴랙스 나이트 크림, 2천 와트짜리 헤어드라이어(호텔 것은 너무 약하니까), 칫솔. 18-135밀리미터 줌 렌즈가 달린 카메라와 메모리 카드들. 그다음엔…… 콘돔, 나의 매력에 굴복하여 그가 생각을 바꿀 경우에 대비해서.

63

기원전 389년.

그리스, 아테네.

관객들이 기립 박수를 보낸다. 「여인들의 민회」라는 희극 공연이 끝난 것이다. 이 희극은 아테네의 여자들이 민회를 장악하고 무능한 남자들 대신 권력을 잡은 뒤에 재산 공유, 공동 식사, 자유연애 같은 혁신적인 조치들을 과감하게 실시하는 이야기를 다루고 있다. 당시로서는 정말 대담한 주제를 다룬 작품인 것이다.

작가는 머리가 벗어진 작고 통통한 남자다. 그는 무대로 올라가 환호하는 관중에게 인사를 보낸다. 그의 이름은 아리스토파네스. 몇 달 전부터 아테네 시민들의 인기를 한 몸에 받고 있다. 그는 이미 여러 편의 희극을 썼다. 「구름」이라는 작품에서는 무엄하게도 위대한 철학자 소크라테스를 대놓고 조롱했다. 이 작품에서 소크라테스는 교묘한 궤변으로 진실을 거짓으로 둔갑시키는 법을 가르치는 사이비 선생으로 나온다. 「말벌」이라는 작품에서는 판관들을 타락한 이기주의자로 묘사하고 귀족들을 쓸데없는 송사에 집착하는 자들로 그리면서 웃음거리로 만들었다.

그는 거기에서 그치지 않았다. 철학자와 판관과 귀족을 조롱한 뒤에는 「개구리」라는 희극을 통해서 가장 저명한 경쟁자인 에우리피데스를 익살과 풍자의 대상으로 삼았다. 「새」에서는 갖가지 구실을 만들어서 이웃 나라와 전쟁을 벌이고 싶어 하는 아테네 사람들을 조롱했다. 「기사」에서는 권력자 클레온을 어리석은 선동가로 묘사하면서 단호하게 공격했다. 그런가 하면 몇 해 뒤에 나올 「부의 신 플루토스」에서는 계층 간에 부가 재분배되는 방식에 이의를 제기하게 된다.

아리스토파네스는 사람들이 진정 어떻게 말하는지를 보여 주기 위해서 아주 생경한 언어를 그대로 사용한 최초의 작가였다. 그는 상말을 쓰거나 성과 돈과 정치를 논하는 것에 대해서 두려움을 갖지 않았다. 그는 합창과 음악과 무용이 장면들 사이사이에 들어가는 새로운 연극을 제안했다. 〈파라바시스〉라 불리는 막간극을 창안하기도 했다. 이 막간극에서는 합창대의 우두머리가 작가를 대신해서 작품의 의도를 설명한다. 이런 대목에서 그의 연극은 그야말로 정치적인 논단으로 탈바꿈하기가 일쑤였다.

아테네 시민들은 이 작가의 대담한 행보가 어디까지 이어질지, 권력자들이 그의 연극을 언제까지 참아 줄지 궁금하게 여겼다. 그러는 동안에도 객석은 언제나 만원이었고 관객들은 그의 풍자와 해학을 즐기며 마음껏 웃어 댔다. 아테네 시민들을 열광시키는 이 인기 작가를 공격하겠다고 나서는 사람은 아무도 없었다.

후대인들의 용어를 빌리자면 아리스토파네스는 〈사회 참여적인〉 유머를 창안한 셈이다.

그날 밤, 그가 관객들에게 다시 인사를 보내는데 갑자기 박수갈채가 뚝 끊긴다. 무장한 남자들 한 무리가 극장에 들어온 것이다.

그들은 출구를 봉쇄하고 무대에 올라가서 작가를 붙잡더니 관객들의 야유에도 아랑곳하지 않고 그를 끌고 간다. 권력자 클레온이 더 참지 못하고 하수인들을 보낸 것이다.

그로부터 한 달이 지나서 재판이 열린다.

아리스토파네스에게 씌워진 죄목은 공공질서를 문란하게 하고 반란을 선동했다는 것이다. 소크라테스의 제자 한 사람은 그에게 불리한 증언을 하면서 자기 스승이 죽은 것도 그의 조롱에 기인한 것이라고 주장한다. 그를 시샘하던 다른 극작가들과 학자들과 예술가들은 그가 순진한 젊은이들에게 해로운 영향을 끼쳤다고 증언한다.

그는 자기를 변호해 줄 사람을 찾아내지 못한다. 정상을 참작해서 관대한 처분을 내리자고 말해 주는 사람조차 없다. 마침내 배심원들이 평결을 내린다. 그의 극작 활동을 금지하고 그에게 배상 책임을 씌우는 평결이다. 그는 이제 극작가로 활동할 수 없을 뿐만 아니라 그의 작품 때문에 모욕을 당했다고 주장하는 사람들에게 배상을 해야 한다.

역풍은 거기에서 그치지 않는다. 기원전 388년, 아테네 민회는 새로운 법률을 의결한다. 연극을 통한 인신공격이나 정치적 비판을 금지하는 법률이다. 그리스 희극에 철퇴가 떨어진 셈이다.

아리스토파네스는 재산을 모두 잃고 거지처럼 아테네 거리를 떠도는 신세로 전락한다. 옛 경쟁자들은 그를 경멸하고 그의 연극에 열광하던 관객들마저 그를 잊어버린다.

그러던 어느 날, 에피카르모스의 아들임을 자처하는 남자가 그를 찾아온다.

「나는 자네가 누구인지 알아. 자네를 도와주려고 왔네.」

아리스토파네스는 애써 농담으로 응대한다.

「나는 볼 장 다 본 작가요. 같이 장 볼 사람이 필요하면 다른 데 가서 알아보시구려. 나는 해학으로 사회를 변화시키려다가 실패하고 말았소.」

그러자 에피카르모스의 아들은 그를 아테네의 히브리인 구역으로 데려간다.

「자네의 싸움은 곧 우리의 싸움일세. 우리는 자네가 쓰러지도록 내버려 두지 않을 거야. 자네는 우리의 영웅이거든.」

「우리라니요? 당신들은 누구죠?」

「우리는 수십 명일 수도 있고, 수백 아니 수천 명일 수도 있네.」

에피카르모스의 아들은 자기가 표현의 자유를 수호하고 현학자와 독재자와 설교자를 조롱할 권리를 옹호하는 비밀 결사에 속해 있다고 털어놓는다. 그 비밀 결사의 초기 단원들은 유대 지방에서 왔고, 자기들은 지하 은신처에서 모임을 갖는다는 것이다.

「히브리 신비주의 교파들 가운데 하나요?」

「아닐세. 우리는 특별한 방식으로 영혼의 자유를 추구하는 사람들일세. 우리가 보기에 자네의 작품들은 아주 훌륭하네. 그래서 자네를 격려하고 지지하는 것일세.」

아리스토파네스는 반신반의한다. 하지만 그는 자기가 어떤 지경에 놓여 있는지 잘 알고 있다. 사실 그로서는 더 잃을 것이 없는 상황이다. 그래서 그는 에피카르모스의 아들을 따라 그들의 지하 은신처로 간다. 어느 방으로 들어서자 50명쯤 되는 사람들이 박수를 치며 그를 맞아 준다.

그 뒤로 이 비밀 집단은 아리스토파네스에게 집을 마련해 주고 그가 편하게 일을 할 수 있도록 온갖 도움을 아끼지 않는다.

아리스토파네스는 그들의 지원에 힘입어 마지막 작품을 쓴다. 「아이올로스의 요리」가 바로 그것이다.

그러는 사이에 세월이 흐르고 클레온이 권좌에서 밀려난다. 아리스토파네스는 이 작품을 무대에 올려 큰 성공을 거둔다.

하지만 노환이 깊어진 아리스토파네스는 자기의 종말이 임박했다는 것을 알고, 이제 명예와 관객들을 되찾았으니 죽어도 여한이 없다고 말한다.

그러자 에피카르모스의 아들은 파란 목갑을 그에게 보여 준다. 목갑의 뚜껑에는 〈베바카샤 로 리크로〉라는 히브리어 문장이 적혀 있다.

「이게 무슨 뜻인가요?」

「절대로 읽지 말라는 뜻일세.」

「왜 나한테 이걸 보여 주는 거죠?」

「이 안에 들어 있는 것을 읽어 보라고 주는 것일세. 이 안에는 솔로몬 시대에 만들어진 정신적인 보물이 들어 있네.」

늙은 희극 작가는 그 이상한 목갑 쪽으로 떨리는 손을 내민다.

유머 기사단 총본부 편, 『유머 역사 대전』 중에서

64

「달걀 샴푸 해줄까?」

뤼크레스는 잠시 머뭇거리다가 대답했다.

「나쁠 것 없지.」

「이런 우스갯소리 알아? 어떤 미용사가 손님한테 〈달걀 샴푸 해드릴까요?〉 하고 물었대. 그랬더니 손님이 대답하기를, 〈이왕이면 유기농 달걀로 해주세요.〉」

그녀는 얼굴을 찡그렸다.

「미안해, 알레산드로. 유머가 요즘 내 작업의 주제야. 유머를 하도 많이 들어서 소화 불량에 걸릴 정도라니까. 정말로 내 긴장을 풀어 주고 싶다면 우스갯소리 같은 거 하지 말고 그냥 머리만 만져 줘.」

「뤼크레스, 이제 유머를 좋아하지 않는 거야?」

「아니, 아주 좋아해. 하지만 그건 포도주의 경우와 비슷해. 나는 좋은 포도원에서 나온 특급 포도주만 마시고 싶어.」

「아이고야, 그게 뭔 소리래?」

……미안해 알레산드로, 내가 한 남자의 영향을 받고 있거든.

미용사는 혹시라도 우스갯소리가 튀어나올까 싶어서 슬픈 뉴스로 화제를 돌렸다.

「세바스티앵 돌랭이 죽었다는 얘기 들었지? 벌써 코미디언이 일곱 번째로 자살한 거야. 웃기는 사람들만 걸리는 무슨 돌림병이 있나 하는 생각이 들 정도라니까. 자기는 이 사건을 어떻게 생각해?」

……다행이다. 설마 세바스티앵 얘기를 하면서 우스갯소리를 하지는 않겠지?

미용사는 대답을 기다리지 않고 말을 이었다.

「그 세바스티앵 돌랭이라는 사람의 공연을 본 적이 있거든. 그런데 딱 보자마자 남의 것을 베끼는 사람이라는 생각이 들더라고. 다리우스와 똑같은 스탠드업 코미디를 하고 있지 뭐야?」

……그래 잘 봤어. 당연히 똑같은 코미디를 했겠지.

「하지만 대가를 모방한다고 해서 대가가 되는 건 아니지. 이런 속담이 있잖아. 〈사자를 흉내 내는 자는 사자가 아니라 원숭이다.〉」

「다리우스가 돌랭의 코미디를 베낀 것일 수도 있잖아?」

「말도 안 돼! 다리우스는 고차원이었어. 유머의 세계 위를 활공하는 독수리였다고. 아참, 독수리 하니까 생각나는데, 아주 재미있는 얘기가 하나 있어. 동성애를 하는 독수리 두 마리가 콘도르들의 결혼식에 갔다가 서로 마주쳤대. 그런데…….」

뤼크레스는 귀를 막을 수가 없어서 마음으로 외부의 소리를 차단했다. 그러자 말소리가 그녀의 귓속으로 파고들지 않고 멀리에서 울리는 배경음으로 변했다.

……이지도르 말이 맞아. 우스갯소리란 그저 대화의 공백을 메우기 위해서 필요한 거야. 대화를 잃은 사람들이 주고받는 가짜 대화야.

그녀는 자기의 머리카락을 매만지는 미용사의 날렵한 손놀림을 즐겼다. 머리 손질이 끝나자, 그녀는 거금을 지불했다. 미용사의 심리 치료에 대한 보수가 포함된 금액이었다.

그녀는 사이드카가 곁달린 오토바이에 올라타서 시동을 걸었다. 그런 다음 록 밴드 〈제너시스〉의 「우리 시대의 사람」을 크게 틀어 놓고 거리를 질주했다.

그러다가 상점들이 죽 늘어서 있는 거리에서 오토바이를 세우고, 옷가지와 세면도구와 화장품과 곰돌이 인형을 샀다. 그런 다음 무기 판매소에 들어가서 7.65구경 리볼버 한 자루를 구했다.

한 시간 뒤, 그녀는 파리 17구에 있는 지하철 2호선 테른 역 근처의 한 건물 앞에 멈춰 섰다. 공동 현관의 인터폰 버튼 옆에 적혀 있는 이름들을 죽 훑어보니 그녀가 찾는 이름이 있었다.

카린 마냐르는 그녀의 느닷없는 방문을 마다하지 않았다.

거실에는 부부의 단란한 모습을 담은 사진들이 여러 장 걸려 있었다. 액자에 끼워 놓은 자녀들의 사진도 보였다.

「트리스탕의 실종을 두고 억측이 난무했어요. 갑자기 정신이 이상해져서 남태평양 마르키즈 제도로 도피했다는 둥, 우울증에 걸려서 자살했다는 둥, 테러리스트들에게 납치당

302

했다는 둥 별의별 얘기가 다 돌았죠. 하지만 진실은 아무도 몰라요. 나도 마찬가지예요.」

뤼크레스는 메모를 하면서 물었다.

「부군께서 떠나시기 전에 뭔가 이상한 낌새를 보이시지는 않았나요? 아주 사소한 거라도 무엇이든 평소와 다른 점이 있었다면 말씀해 주십시오.」

카린 마냐르는 천천히 고개를 가로저었다.

「그럼 BQT라는 말 들어 보셨어요? 그 세 글자와 관련해서 뭔가 생각나는 게 있나요?」

「미안하지만 없네요.」

「그럼 GLH은요?」

「역시 생각나는 게 없어요.」

그런 식의 대화로는 얻을 게 없을 듯했다. 뤼크레스는 머릿속에 다시 열쇠들을 죽 늘어놓았다.

……어떤 열쇠가 적당할까? 이지도르라면 이럴 때 어떻게 했을까? 아 그래, 그게 있었지? 뇌의 비밀에 관한 취재를 벌일 때 그가 가르쳐 준 트릭을 사용해 볼까?

「둘이서 간단한 실험을 해보고 싶은데 응해 주시겠습니까? 제가 한 단어를 말하면 연상되는 것을 즉시 말씀해 주시는 거예요.」

카린 마냐르는 머뭇머뭇 고개를 끄덕였다.

「해보죠, 뭐.」

두 사람은 마주 놓인 팔걸이의자로 옮겨 앉았다.

「생각하지 마시고 즉각 대답하셔야 해요. 자유 연상으로요, 아시겠죠? 자, 긴장을 푸시고, 이제 시작할까요? 〈흰색〉하면 뭐가 떠오르시죠?」

「모르겠어요.」

「그냥 머릿속을 스치는 첫 단어를 말씀하시면 돼요. 자, 흰색 하면?」

「으음…… 우유.」

「우유 하면?」

「으음…… 따뜻하다.」

「따뜻하다 하면?」

「……가족.」

「가족 하면?」

「……사랑.」

뤼크레스는 속으로 쾌재를 불렀다. 심리적인 기계 장치가 작동하기 시작한 것이었다.

「사랑 하면?」

「……트리스탕.」

「트리스탕 하면?」

부인은 즉각 응수했다.

「비겁함.」

「비겁함 하면?」

「……유머.」

「유머 하면?」

「실종.」

「실종 하면?」

「……지미.」

그 말에 뤼크레스는 질문을 중단했다. 두 여자 모두 놀란 기색을 보였다.

「지미가 누구예요?」

「내 남편의 매니저이자 가장 친한 친구였던 지미 페트로 시안이에요. 이것 참, 재미있네요. 그 사람을 까맣게 잊고 있었는데, 이 게임을 하다 보니 기억 속에 되살아났어요.」

「지미랑 트리스탕의 실종 사이에 무슨 연관이 있나요?」

카린 마냐르는 갑자기 흥분한 듯 어조를 높였다.

「남편이 실종되고 일주일이 지나서 지미 역시 종적을 감췄어요. 하지만 지미가 유명한 사람이 아니라서 그랬는지, 그 사건에 대해서는 아무도 관심을 갖지 않더라고요.」

「트리스탕처럼 종적을 감췄다고요?」

「두 실종 사건이 아주 비슷해요.」

「지미도 부인과 자식들을 두고 떠났나요?」

「그래요.」

「지미의 부인도 그 뒤로 남편 소식을 전혀 듣지 못했고요?」

「전혀 듣지 못했대요.」

「그 부인의 이름과 주소를 가르쳐 주시겠어요?」

이어서 뤼크레스는 트리스탕 마냐르의 사진 한 장을 얻은 뒤에 자리를 떴다.

그녀는 오토바이에 올라타서 〈제너시스〉의 음악을 크게 틀었다.

기분이 아주 좋았다. 핏속으로 특별한 호르몬이 분비되고 있다는 느낌이 들었다. 그녀는 그 호르몬의 정체를 알고 있었다.

그건 바로 모험의 호르몬이었다.

65

「엄마, 내가 새로 사귄 여자 친구를 곧 소개해 드릴게요. 그런데 그 친구를 다른 여자애들 여섯 명과 함께 데려올까 해요. 그중에서 누가 내 여자 친구인지 알아맞혀 보세요. 엄마의 능력을 한번 보겠어요.」

어머니는 일곱 여성을 집으로 초대해서 갓 구운 과자를 대접한다. 손님들이 떠난 뒤에 아들이 불안한 표정으로 묻는다.

「어때요, 엄마가 보기엔 누가 내 여자 친구 같아요?」

「빨간 드레스 입었던 애.」

「와, 우리 엄마 족집게네! 맞아요, 바로 그 애예요! 그런데 어떻게 알아맞힌 거예요?」

「내 맘에 안 드는 애가 그 애뿐이었거든.」

다리우스 워즈니악의 스탠드업 코미디
「성들의 전쟁, 그 생생한 현장」 중에서

66

각진 얼굴. 짙은 눈썹. 금발로 탈색한 머리. 같은 빛깔의 염소수염.

「가장 수준 높은 전문 연구자들의 주장에 따르면, 유머의 역사는 약 4천 년 전에 수메르에서 시작되었어요. 거기에서 우스갯소리가 최초로 기록되었다는 것이죠.」

이지도르는 파리 자연사 박물관에서 하얀 가운을 입은 남자와 이야기를 나누고 있었다. 상대는 앙리 뢰벤브뤼크 교수. 가운의 가슴 호주머니에 색실로 그렇게 수놓여 있었다.

「제가 알기로는 문자가 태어난 곳도 바로 거기인데요. 그렇다면 최초의 문헌이 발견된 곳에서 최초의 우스갯소리들이 발견되었다는 얘기로군요.」

「그렇지요.」

「가로등 불빛 아래에서 열쇠를 찾는 사람의 이야기와 조

금 비슷하군요. 지나가던 사람이 그를 도와주려고 〈여기에서 잃어버렸어요?〉 하고 물으니까, 〈아뇨, 어디서 잃어버렸는지는 모르지만 여기가 환해서요〉라고 대답하더라는 얘기요. 어쨌거나 계속 말씀하시죠.」

「그 비유가 무척 마음에 드네요. 점토 판에 새겨진 설형 문자 문헌들은 가로등 불빛을 받고 있는 환한 장소와 같아요. 우리 선조들의 사고방식을 엿볼 수 있는 곳이죠. 그래서……거기에서 찾고 있는 것입니다.」

이지도르는 자기 말에 설명을 덧붙이는 것이 좋겠다고 생각했다.

「하지만 다른 곳에도 유머가 존재했을 것이고, 더 오래된 유머도 있었을 겁니다. 수메르의 유머라는 것은 이탄층에서 발견되는 이른바 〈최초 인류〉의 유골과 비슷한 것이 아닐까요? 최초의 인류는 다른 곳에도 있었어요. 다만 이탄층에 묻히지 않았을 뿐이죠.」

그들은 자연사 박물관의 전시품들 사이로 나아가고 있었다. 박제된 동물들의 자세가 마치 싸움을 벌이다가 뚝 멈춰 버린 것처럼 보였다.

「나의 동료인 영국 울버햄프턴 대학교의 폴 맥도널드[10] 교수는 2008년에 유머의 기원에 관한 연구를 실시했어요. 이 주제를 진지하게 다룬 최초의 연구라고 볼 수 있죠. 그는 고대의 문헌들을 샅샅이 뒤진 끝에 〈정신의 화석〉이라 할 만한

10 폴 맥도널드는 실존 인물이다. 1961년 영국에서 태어난 대학교수이자 소설가, 시인, 유머 연구가이다. 1994년부터 울버햄프턴 대학교에서 미국 문학과 문예 창작을 가르치고 있으며, 2008년 영국 텔레비전 채널 〈데이브〉의 요청에 따라 문헌에 기록된 최초의 유머를 찾는 연구를 수행했다.

그 우스갯소리를 발견했습니다.」

「수메르인들이 남겼다는 그 최초의 유머라는 게 뭐죠?」

뢰벤브뤼크 교수는 커다란 책장을 열어서 서류철 하나를 꺼냈다.

「미리 말씀드리지만, 시대적인 맥락을 고려하지 않으면 웃음이 나오지 않을 겁니다.」

그는 비닐 덮개를 씌워 놓은 사진 한 장을 꺼냈다. 이지도르는 사진을 들여다보았다. 쐐기 모양의 부호들이 가득 새겨진 점토 판이 보였다.

「여백에 적혀 있듯이 기원전 1908년, 그러니까 지금으로부터 3,908년 전에 새겨진 문헌입니다. 연도는 물론 탄소 14를 이용해서 추정한 것입니다. 여기 번역문이 있어요. 언어학자들이 단어 하나하나를 그대로 옮겨 놓은 것입니다. 들어 보세요.」

소화(笑話) 1. 수메르 유머

아득한 옛날부터 한 번도 일어나지 않은 일이 있다면 무엇일까? 젊은 아내가 남편 무릎에 앉아서 방귀 뀌는 것!

잠시 어색한 침묵이 흘렀다. 이지도르는 헛기침을 했다. 그러고는 아이폰에 그 이야기를 메모하면서 물었다.

「정말 그게 인류가 남긴 최초의 유머입니까?」

「정말 최초인지는 알 수 없지만, 문헌에 기록된 최초의 유머로 학자들의 공인을 받은 것이긴 하죠. 역사학자들이 번역을 시작했을 때, 이런 종류의 문헌을 접하게 되리라고는 전혀 예상하지 못했을 겁니다. 어쨌거나 이 유머를 이해하려면 당대의 문화와 풍속을 염두에 두어야 해요.」

뢰벤브뤼크 교수는 자기 문서들을 뒤적거렸다.

「맥도널드 교수는 다른 문명의 문헌들도 조사했어요. 그가 찾아낸 고대의 소화들 가운데 두 번째로 오래된 이야기를 볼까요? 바로 이거예요. 기원전 1600년경에 이집트인들이 기록한 것이죠.」

소화 2. 이집트 유머
따분해하는 파라오를 즐겁게 해주는 방법은? 젊고 예쁜 여자들을 알몸에다 그물만 씌운 채 돛배에 가득 태우고 파라오에게 물고기를 잡으러 가자고 하면 된다.

다시 어색한 침묵이 흘렀다. 이지도르는 한 손가락을 자기 입술에 대었다가 떼면서 말했다.

「그렇군요. 첫 번째 이야기의 우스운 요소는 방귀이고 두 번째 이야기의 우스운 요소는 여자의 알몸이네요.」

뢰벤브뤼크 교수는 고개를 끄덕였다.

「그런 것이 고대 유머의 바탕을 이루고 있습니다. 우리 연구 팀이 고대 중국의 문헌에서 찾아낸 소화들 역시 분뇨담의 성격이 매우 강한 것들이거나 여자들과 오랑캐들에 대한 조롱이었습니다. 그다음에는 장애인들이나 불행에 빠진 사람들에 관한 우스갯소리가 출현했습니다. 뚱보, 난쟁이, 대머리, 오쟁이 진 남자 등을 놀리는 이야기들이었죠. 고대 히브리인들은 자기들의 어머니와 자기들의 고난을 웃음거리로 삼았습니다. 자기 조롱의 선구자들이었죠. 그리스 시대에 이르면 논리를 다룬 유머와 인간의 보편적인 어리석음을 조롱하는 유머가 나타납니다.」

그는 다른 책장 쪽으로 가비닐 덮개를 씌운 문서를 꺼냈다.

「이 문헌을 보십시오. 『필로겔로스』입니다.」

「그게 무슨 문헌이죠?」

「그리스어 〈필로겔로스〉는 사랑이나 애정이나 친구를 뜻하는 〈필로스〉와 웃음을 뜻하는 〈겔로스〉를 합쳐 놓은 말입니다. 그 어원으로 짐작할 수 있듯이 우스운 이야기들을 모아 놓은 책입니다. 이제까지 알려진 최초의 소담집이라고 할 수 있죠. 아무거나 하나 골라서 읽어 보겠습니다.」

소화 3. 그리스 유머

구취가 고약하게 나는 남자가 소시지를 먹으려고 불에 굽는다. 남자는 소시지에 입김을 훅훅 불어 댄다. 그 바람에 소시지가…… 개똥으로 변한다.

「그게 언제 편찬된 것인가요?」

「이 『필로겔로스』 말인가요? 서기 3~4세기경에 편찬된 책입니다. 하나 더 읽어 드리죠.」

소화 4. 그리스 유머

키미 사람 하나가 노천탕에 갔는데 갑자기 소나기가 쏟아진다. 그러자 그는 비에 젖지 않으려고 탕 속으로 뛰어든다.

「오늘날 프랑스인들이 벨기에 사람들을 조롱하듯이 당시의 그리스인들은 키미 사람들을 웃음거리로 삼았나 보죠?」

「그렇다고 볼 수 있죠. 역사적으로 보면 어느 민족이든 다른 민족을 웃음거리로 삼았어요. 대개는 자기네보다 작은 나라 사람들을 조롱했죠. 더 읽어 드릴까요?」

소화 5. 그리스 유머

아내를 싫어하는 남자가 상을 당했다. 아내가 갑자기 세상을 떠난 것이다. 장례를 치르고 아내의 무덤 앞에서 마지막으로 예를 갖추는데, 지나가던 사람이 물었다. 〈평안히 잠들게 되신 분이 누군가요?〉 그러자 남자가 대답했다. 〈바로 납니다. 이제 혼자 살게 되었거든요.〉

「그 시대에도 사샤 기트리[11]가 있었군요.」

「따지고 보면 하늘 아래 새것 없다는 말이 유머 분야에도 통해요. 새로운 이야기라고 할 만한 게 아주 조금밖에 없거든요. 순수한 창작은 극히 드물죠. 오늘날에 유포되고 있는 우스갯소리들, 특히 인터넷을 통해 널리 퍼져 나가는 이야기들은 대부분 수 세기, 심지어는 수천 년 전에 지어진 것들입니다. 옛날의 유머를 현재의 상황과 현지의 문화에 맞게 개작한 것으로 보시면 됩니다.」

뢰벤브뤼크 교수는 다시 문서를 뒤적였다.

11 러시아 상트페테르부르크에서 출생한 프랑스의 희극 배우이자 극작가, 연극 연출가, 영화감독, 시나리오 작가(1885~1957). 5세에 아버지의 연극에 출연하면서 배우로 데뷔했고 17세에 첫 희곡을 쓴 뒤로 평생에 걸쳐 124편의 작품을 썼으며 서른여섯 편의 영화를 감독했다. 여성에 대한 야유와 조롱을 담은 「듣지 마세요, 여사님들」 같은 작품들 때문에 여성을 싫어한다 오해받았지만, 실제로는 여자들을 너무나 사랑하여 다섯 배우와 결혼하고 다른 배우들이나 예술가들과 숱한 염문을 뿌렸다.

「아, 이런 것도 있습니다.」

소화 6. 그리스 유머
구취가 심하게 나는 남자가 아내에게 물었다. 〈여보, 왜 나를 싫어하는 거요?〉 그러자 아내가 대답했다. 〈그야 당신이 날 사랑하기 때문이죠.〉

「당시 그리스인들은 그런 이야기를 재미있어했을까요?」
「그렇다고 봐야죠. 이것도 들어 보세요.」

소화 7. 그리스 유머
멍청한 아브데라 사람이 여자와 이야기를 나누고 있는 환관을 보고 물었다. 〈이분이 당신의 부인인가요?〉 환관이 대답하기를, 자기는 거세된 사람이라서 아내를 얻을 수 없다고 했다. 그러자 멍청한 아브데라 사람이 말했다. 〈아, 그래요? 그럼 당신의 따님이군요.〉

뢰벤브뤼크 교수는 문서를 서랍에 도로 넣어 두고 더 위쪽에 있는 서랍을 열었다.
「여기에 모아 놓은 것은 로마 시대의 우스갯소리들입니다. 하나 읽어 볼까요? 들어 보면 아시겠지만, 벌써 차이가 많이 납니다.」

소화 8. 로마 시대 유머
이발사와 대머리 남자와 멍청한 학당 훈장이 함께 나그넷길을 떠났다. 숲속에서 날이 저물어 하룻밤을 묵어가기로 하고 천막을 쳤다. 그러고는 돌아가면서 불침번을 섰다. 이발사는 자기 차례가 되어 불침번을 서다가 너무 심심했던 나머지 잠자는 훈장의 머리를 깎아 주었다. 훈장은 잠에서 깨어나 갑자기 반들반들해진 자기 머리통을 더듬거리며 소리쳤다. 〈이 멍청한 이발사야! 나를 깨울 차례인데 대머리를 깨우면 어떡해!〉

이지도르는 메모를 하면서 말했다.
「제가 보기에는 그리스 유머보다 로마 시대의 유머가 나은데요.」
「그러면 하나 더 읽어 드리죠.」

소화 9. 로마 시대 유머
두 남자가 길에서 마주쳤다. 한쪽 남자가 말했다. 〈어라, 듣자 하니 당신이 죽었다고 하던데요.〉 상대는 기분이 상해서 되받았다. 〈내가 죽다니요? 보다시피 이렇게 멀쩡히 살아 있는데.〉 그러나 첫 번째 남자는 순순히 받아들이지 않았다. 〈그래도 나한테 그 소식을 전해 준 사람이 당신보다 더 믿을 만한 사람인걸요.〉

이지도르는 비로소 피식 웃었다.

소화 10. 로마 시대 유머
한 시골 사람이 로마에 올라와서 거리를 걷고 있었다. 그는 생김새가 아우구스투스 황제의 판박이라서 사람들의 눈길을 끌었다. 황제는 그런 신기한 일이 있다는 얘기를 듣고 시골 사람을 궁전으로 불렀다. 그러고는 호기심 어린 눈으로 그를 바라보다가 물었다. 〈이보게 젊은이, 혹시 자네 어머니가 이 궁정에서 시녀로 일했는가?〉 그러자 판박이 청년이 대답했다. 〈아니옵니다. 소인의 어미가 아니라 아비가 여기에서 모후 마마의 정원사로 일했나이다.〉

뢰벤브뤼크 교수는 그 이야기에 딸려 있는 설명을 읽었다.
「작자: 서기 5세기에 활동한 로마 철학자 마크로비우스.」
「그 뒤에 나온 우스갯소리들도 모아 놓으셨나요?」
「폴 맥도널드 교수는 오늘날까지 알려진 영국의 가장 오래된 유머도 찾아냈어요. 930년에 기록된 것인데 수수께끼 형식으로 되어 있습니다.」

소화 11. 영국 유머

남자의 넓적다리에 매달려 있으며 전에 종종 쑤셔 본 구멍을 자꾸 쑤시려고 하는 물건은 무엇일까? 정답은 열쇠.

다시 어색한 침묵이 이어졌다. 뢰벤브뤼크 교수는 문서를 제자리에 돌려 놓았다. 그러고는 고대 문명의 유물들이 전시되어 있는 구역으로 이지도르를 데려갔다.
「유머는 일탈 또는 금기의 위반을 바탕으로 작동합니다. 사람들이 느끼는 사회적 중압감을 완화시킬 수 있다는 점에서 정치적인 유용성이 있죠. 그런가 하면 유머는 두려움을 해소하는 방법이기도 합니다. 남자들이 여자들을 조롱하는 것은 알고 보면 여자들을 두려워하기 때문일 수도 있어요.

유대인들이 어머니를 놓고 우스갯소리를 하는 것도 비슷한
맥락이죠.」

「누구에게나 두루 통하는 우스갯소리가 존재한다고 생각
하세요? 세상의 모든 민족을 예외 없이 웃길 수 있는 이야기
말입니다.」

「민족과 문화의 차이를 넘어서는 유머의 공통분모가 있느
냐 이건가요? 그야 당연히 있죠. 제가 연구한 바에 따르면 예
컨대…… 〈방귀 뀌는 개〉가 있습니다.」

이지도르는 아이폰에 메모를 하면서 듣고 있었다.

「개가 갑자기 뱃속의 가스를 요란하게 방출한다고 생각해
보십시오. 티베트의 승려든 이누이트족이든 아프리카 오지
의 피그미들이든 파푸아의 샤먼이든 누구나 웃지 않고는 못
배길 것입니다. 최근에 알게 된 재미있는 사실이 하나 있습
니다. 스마트폰 사용자들이 요즘에 가장 많이 내려받는 유료
어플리케이션이 뭔 줄 아십니까? 바로 방귀 소리를 흉내 내
는 프로그램이라더군요.」

이지도르는 깊은 생각에 빠진 듯했다.

뢰벤브뤼크 교수는 그를 커다란 표본병이 놓인 방으로 데
려갔다. 표본병의 포르말린 용액에는 뇌가 담겨 있었다.

「우리가 탐사해야 할 다음 행성은 바로 이 뇌입니다. 뇌 속
의 어딘가에 웃음의 중대한 비밀이 감춰져 있으니까요. 하지
만 이 행성을 탐사하고 싶다면 내가 아니라 다른 사람들의
도움을 받아야 합니다. 웃음을 전문적으로 연구하는 신경학
자들 말입니다. 원하신다면 주소 하나를 알려 드리죠. 파리
15구에 있는 조르주퐁피두 병원에 특별한 연구 팀이 있습니
다. 그들을 찾아가 보시죠.」

67

지미 페트로시안의 부인 프랑수아즈는 그 생김새가 이상하게도 카린 마냐르와 비슷했다. 뤼크레스는 절친했던 두 남자가 아주 비슷하게 생긴 여자들을 아내로 선택했다고 생각하지 않을 수 없었다.

「지미는 자기의 주된 고객이자 친구인 트리스탕의 실종 사건에 끈질기게 매달렸어요.」

뤼크레스는 부인이 이야기를 계속하도록 진지한 눈빛으로 응원을 보냈다.

「지미가 그러더군요. 트리스탕이 어디로 어떻게 사라졌는지는 모르지만, 왜 사라졌는지는 알 것 같다고요. 자기가 보기에 트리스탕은 유머의 기원에 집착했다는 거예요. 자기도 언젠가는 거기 유머의 산실로 가겠다고 여러 번 말했죠.」

뤼크레스의 눈에 흥분의 빛이 번득였다. 프랑수아즈 페트로시안이 말을 이었다.

「아시다시피 세상에 널리 퍼져 있는 우스갯소리들은 대부분 누가 맨 처음에 지어냈는지를 알 수 없는 것들이에요. 트리스탕은 그런 것들을 공연에 많이 활용했어요. 하지만 그 이야기들의 작자가 틀림없이 있을 거라고 생각했죠. 단지 그것들이 저작권법의 보호를 받지 못한다는 이유로 자기가 부당한 이익을 취하고 있다고 느꼈어요. 어떤 유머들을 보면 구성이 너무나 절묘하고 이야기 전개가 너무나 극적이어서 도저히 저절로 생겨난 것으로 볼 수가 없다고 했어요. 그래서 그는 그들의 정체를 알고 싶어 했어요. 최초의 창작자들이 누군지 알고 싶었던 것이죠.」

「그러고 보니 저는 그 점을 한 번도 궁금하게 여긴 적이 없었네요.」

「지미가 그러더군요. 트리스탕은 모천으로 돌아가기 위해 강물을 거슬러 오르는 연어처럼 유머의 기원으로 거슬러 올라가려 한다고요. 트리스탕이 하나의 우스갯소리를 그 추적의 실마리로 삼고 있다는 얘기도 했어요.」

「그 우스갯소리가 뭔데요?」

「그건 이제 기억나지 않아요. 하지만 그가 누구를 가장 먼저 만나려고 했는지는 기억이 나요. 그 사람이 어느 카페에 있다고 했어요. 유머 애호가들이 거기에서 정기적으로 만난다고 하더군요.」

한 시간 뒤, 뤼크레스는 파리 5구에 있는 〈벗들이 만나는 곳〉이라는 카페에 들어섰다. 주로 머리가 희끗희끗한 사람들이 자주 찾는 구식 카페다. 한쪽에는 카드놀이를 하는 손님들, 다른 쪽에는 노트북 컴퓨터의 화면을 골똘히 바라보고 있는 사람들이 보인다. 스탠드에 팔꿈치를 괴고 있는 몇몇 손님도 노트북 컴퓨터 사용자들 못지않은 열정으로 자기들의 술잔에 눈길을 붙박고 있다.

스탠드 뒤에는 빨간 나비넥타이를 맨 카페 주인이 떡 버티고 있다. 두 뺨에 세정맥이 퍼렇게 드러나 있어서 마치 거미줄을 그려 놓은 것처럼 보인다.

손님들이 규칙적으로 주인을 불러 댄다.

「어이, 알퐁스, 같은 걸로 하나 더!」

「알퐁스, 퐁스(돌진)! 12번 테이블에 생맥주 두 잔, 거품 빼고.」

주인 뒤에 걸린 게시판에는 이런 말이 적혀 있다. 〈잊기 위

해서 마시는 분들은 술값을 미리 내시기 바랍니다.〉

알퐁스는 그렇게 손님들 시중을 들어 가면서 한자리에 모여 있는 몇몇 노인과 짬짬이 이야기를 나눈다. 노인들이 하나같이 아주 쾌활해 보인다.

그들 근처의 벽에 붙여 놓은 글귀가 눈길을 끈다. 〈바보가 지적인 일에 매달리는 것보다는 똑똑한 사람이 바보 같은 일을 하는 편이 낫다.〉

알퐁스가 그들에게 무슨 이야기를 들려주고 있었다. 그들은 고개를 끄덕이며 진지한 표정으로 듣고 있다가 일제히 폭소를 터뜨렸다.

알퐁스는 나비넥타이를 고쳐 매고 희희낙락하는 좌중에게 생맥주를 날라다 주었다.

운동모자를 쓴 술꾼 하나가 소리쳤다.

「내 차례야, 내 차례! 내가 진짜 재미있는 이야기를 알고 있어.」

뤼크레스는 마치 적군의 포격이 끝나기를 기다리는 포병처럼 노인들이 지치기를 참을성 있게 기다렸다. 한 시간이 지나자 드디어 일종의 휴식 시간이 찾아왔다. 그 기이한 콘서트의 지휘자처럼 보이던 카페 주인이 혼자 있었다. 그에게 다가갈 수 있는 절호의 기회였다.

그녀는 위스키 한 잔을 주문하고 다짜고짜 말했다.

「어떤 실종 사건에 관해서 조사하고 있는데요, 혹시 트리스탕 마냐르를 만나신 적이 있나요?」

「왕년의 코미디언 말인가요? 아뇨. 그런 사람이 여기에 무슨 일로 오겠어요?」

그러자 그녀는 트리스탕의 부인에게서 받은 사진을 꺼

냈다.

「어라! 이거 재밌네요. 이 사람이 트리스탕 마냐르 맞아요? 이 사람이라면 본 적이 있어요. 아마 3년 전이었지? 여기에 와서 자기를 기자라고 소개했어요. 파리의 분위기 좋은 카페들에 관해서 취재하는 중이라고 하더군요. 그때는 수염을 기르고 있었어요.」

「우스갯소리들에 관한 얘기를 하지 않던가요?」

「했어요. 우리 카페가 왜 유머의 광맥처럼 되었는지 알고 싶어 하더라고요. 그래서 그 내력을 설명해 줬죠. 말이 나왔으니 하는 얘기지만 우리 카페의 명성이 하루아침에 생긴 것은 아니에요. 먼저 우리 부모님이 아주 낙천적이고 쾌활한 분들이었죠. 두 분은 유머를 통해 서로 만나고 유머의 힘으로 사랑을 가꿔 나가셨어요. 나 역시 사람들에게 웃음을 주는 고상한 일에 평생을 바치기로 했어요. 우리 손님들은 누구나 그런 내력을 알고 있죠.」

알퐁스는 가지런하게 늘어놓은 종이 상자들을 가리켰다.

「우스운 이야기들을 적어서 시리즈별로 모아 놓은 상자들이에요. 어느 시기에나 특별히 유행하는 유머가 있게 마련이죠. 〈금발 머리 여자 시리즈〉도 그중 하나예요.」

그는 그예 참지 못하고 짤막한 이야기로 예를 들었다.

「〈금발 머리 여자가 갈색으로 염색을 하면 그 여자를 뭐라고 부를까? 인공 지능.〉 한때는 토끼 시리즈도 있었어요. 〈토끼가 방귀를 뀌면 무슨 냄새가 나게요? 당근 냄새〉 하는 식의 우스갯소리들이었죠. 벨기에 사람 시리즈도 있었어요. 〈벨기에 남자는 난교 파티에서도 금방 티가 나요. 왜냐고요? 자기 마누라를 데리고 온 유일한 남자이거든요.〉」

뤼크레스는 제발 그만해 달라는 손짓을 보냈다.

「예전에는 스코틀랜드 사람, 헝가리 사람, 유대인, 아랍인, 흑인 시리즈도 있었죠.」

「한마디로 인종 차별주의 시리즈로군요.」

「외계인 시리즈가 한창 유행한 적도 있어요.」

「외계인에 대해서도 차별주의적인 태도를 취할 수가 있나 보죠?」

알퐁스는 종이 상자들을 열어 보였다. 번호가 매겨진 카드들이 가득가득 들어 있었다.

「이런 것들이 술 옆에 있으니 이야기가 술술 나올 수밖에요.」

뤼크레스는 화제를 원점으로 돌렸다.

「그러니까 트리스탕 마냐르가 수염을 기른 모습으로 찾아와서 기자 행세를 했다는 얘기로군요. 그런데 그가 무엇을 물어보던가요?」

「〈텔레비전 사회자〉 이야기가 어디에서 왔는지 아느냐고 묻더군요.」

「제 기억이 맞는지 모르지만, 트리스탕이 그 이야기를 스탠드업 코미디로 발전시켜서 유명해지지 않았나요?」

「맞아요. 듣고 보니 정말 그거네요. 아무튼 나는 그 사람이 원하는 것을 알려 주기 위해 텔레비전에 관한 우스갯소리들을 모아 놓은 상자를 뒤졌죠. 그런 다음 나한테 그 이야기를 들려준 사람의 이름과 연락처를 찾아내어 그에게 전해 주었어요. 자, 당신이 마음에 들어서 얘기 하나 더 해주고 싶은데 괜찮겠죠? 진짜 웃기는 얘긴데.」

……이지도르 말이 맞아. 유머를 듣는다는 건 포도주를 마

시는 것과 비슷해. 저급한 것은 머리만 아프게 하지.

「아뇨, 지금까지 들은 것만으로도 충분한걸요. 트리스탕 마냐르가 만나고 싶어 했던 그 사람의 이름과 주소만 얻는다면 더 바랄 게 없어요.」

알퐁스는 실망하는 기색으로 입술을 비죽 내밀었지만 치사하게 굴지는 않았다.

뤼크레스는 그가 알려 주는 것을 받아 적었다. 그러면서 연어처럼 강물을 거슬러 오르는 일이 지루하고 괴로울 수도 있겠다고 생각했다. 특히 카페 주인처럼 농담을 좋아하는 사람들과 자주 마주치면 더욱 그렇게 되지 않을까 싶었다.

68

고대 로마의 어느 시장에서 한 남자가 사설을 시작했다.

「내 직업은 노예 거세꾼이오.」

한 나그네가 호기심을 느끼고 묻는다.

「거세라는 것을 실제로 어떻게 하는 겁니까?」

「그게 이렇소. 노예를 구멍이 뚫린 의자에 앉혀서 그 구멍을 통해 고환이 아래로 처지게 하오. 그런 다음 벽돌 두 장을 들고 아주 세게 때리는 거요.」

나그네는 얼굴을 찡그리며 토를 단다.

「그거 무지 아프겠는걸요!」

「천만에요, 걱정하지 마시오. 조금도 아프지 않게 하는 방법이 있소. 두 벽돌을 맞부딪는 순간에 양손 엄지손가락을 얼른 빼면 되는 거요. 그런 식으로 하기 때문에 나는 고통을 느낀 적이 없소.」

다리우스 워즈니악의 스탠드업 코미디
「우리 조상님들도 알 건 다 알았지」 중에서

문 너머에서 누가 비명을 지른다. 공기 중에는 에테르 냄새가 고여 있다. 하얀 제복을 입은 사람들이 휠체어를 밀며 지나간다.

복도들이 교차하는 자리에 마련된 대기소에서 사람들이 불안한 표정으로 차례를 기다리고 있다.

「여기 조르주퐁피두 병원에는 〈웃음 현상의 이해를 위한 연구 팀〉이 꾸려져 있어요. 건강 보험 공단의 한 담당자가 아이디어를 냈죠. 우울한 기분과 염세주의 때문에 정신 신체 의학적인 질병이 증가한다는 것을 보여 주는 조사 보고서가 나온 뒤의 일이었어요. 사람들의 마음이 밝아지면 신경 질환과 심장 혈관계 질환이 30퍼센트 이상 감소할 것이라고 주장하는 보고서였죠.」

뢰벤브뤼크 교수가 만나 보라고 한 의사의 어조에는 자신감이 넘쳤다.

「우리는 여기에서 〈공식적으로〉 우울증에 맞서 싸우고 있습니다. 사실 아름다운 자연환경과 훌륭한 민주주의 제도를 갖춘 나라에서 국민들이 불평과 불만을 품고 우울한 기분에 젖은 채 살아간다는 것은 지독한 역설이죠. 젊은이들의 자살률이 비정상적으로 높아지고 있는 상황은 더 말할 것도 없고요.」

이지도르는 아이폰의 음성 녹음 기능을 작동시켰다.

「장관들이 왜 코미디언들의 공연을 보러 가는지, 모든 정당에서 왜 코미디언들에게 러브 콜을 보내는지 조금은 이해가 가는군요.」

「건강 보험 공단은 우리의 연구를 과소평가한 적이 없어

요. 웃음은 우리 국민의 비관주의에 대한 의학적인 해결책
이죠.」

이지도르는 고개를 끄덕였다.

「치료보다는 예방이 낫다는 얘기로군요.」

「가장 자연스럽고 저렴한 우울증 치료법은 바로 유머입니
다. 이 치료법에서 권장하는 약은 재미난 이야기들인데, 이
약들은 과용해도 탈이 나지 않아요. 우리가 알아내고자 하는
것은 바로 그 약들이 작용하는 메커니즘이에요. 재미난 이야
기들이 어떤 작용을 하는지 정확하게 이해하고자 하는 것이
죠. 우리는 첨단 장비들을 사용하고 있어요. 특히 MRI를 스
캐너 및 엑스선 카메라와 연계해서 사용하고 있죠. 그럼으로
써 우스갯소리가 뇌에 어떤 영향을 미치는지 그 궤적을 처음
부터 끝까지 가시적으로 확인할 수 있습니다. 저를 따라오
세요.」

하얀 가운을 입은 의사의 가슴 호주머니에는 〈카트린 스
칼레즈 박사〉라는 이름이 색실로 수놓여 있었다. 그는 그녀
가 이끄는 대로 조르주퐁피두 병원의 복도들을 지나갔다. 실
내 장식이 매우 현대적이어서 마치 우주선의 통로로 나아가
는 기분이 들었다.

「어디에서 나왔다고 하셨죠?」

「『르 게퇴르 모데른』에서 나왔습니다. 웃음이 대뇌에서
벌어지는 하나의 현상이라고 할 때, 대뇌의 어떤 작용으로
그런 현상이 나타나는 것인가요?」

「우리 인간의 뇌에서 하나의 오류가 발생하는 것으로 보
시면 됩니다. 이 오류가 가상의 불안이라는 또 다른 오류를
보상하는 것이죠. 다른 동물들은 웃지 않습니다. 가상의 불

안을 느끼지 않기 때문에 그것을 보상할 필요가 없어요.」

「원숭이와 돌고래는 웃지 않나요? 제 눈에는 그렇게 보이던데.」

「아뇨. 그것은 모방 행동이에요. 우리가 분석해 본 바로는 우리의 웃음과 유사하기는 한데 메커니즘이 달라요. 그들은 입을 길게 늘이고 단속적으로 호흡을 하죠. 웃을 수 있는 동물은 인간밖에 없어요. 〈웃음은 인간의 고유한 특성이다〉라고 라블레가 말했죠.」

「그런데 우스운 이야기를 들으면 뇌에서 어떤 변화가 일어나죠?」

「우스운 이야기란 사고가 어떤 방향으로 흐르도록 정해 주고 나서 막판에 예상 밖의 것을 제시하는 방식으로 이루어져 있습니다. 이런 이야기는 균형의 상실을 야기합니다. 이를테면 정신이 발을 헛디디고 쓰러지는 셈이죠. 정신은 실수를 만회하기 위해 일단 사고의 흐름을 차단하고 시간을 벌려고 합니다. 앙리 베르그송은 희극적인 것이란 〈살아 있는 것에 끼어든 기계적인 것〉이라고 주장했습니다.」

「이해하기가 쉽지 않은 표현이군요.」

「여기 이 실험실에서 우리는 웃음의 메커니즘이 어떻게 생겨나는지를 추적하고 있습니다.」

스칼레즈 박사는 인터폰을 누르고 133번 피실험자를 데려오라고 일렀다.

여드름이 난 젊은이가 들어왔다. 대학생으로 보이는 남자였다.

「자원자예요. 교양과 지능과 건강 상태를 고려해서 우리가 선별한 사람이죠.」

조수들은 젊은이를 MRI의 검사대에 눕히고 센서들을 부착했다. 그러고 나자 신호음이 울리고 검사대가 커다란 원통 속으로 사라졌다. 보이는 것은 젊은이의 발뿐이었다.

스칼레즈 박사는 몇 대의 모니터를 켰다. 그러자 여러 각도에서 본 피실험자의 머리가 속이 훤히 드러난 모습으로 나타났다. 뇌와 눈, 이, 혀, 콧속, 귓속이 보였다.

그들은 피실험자에게 우스갯소리 하나를 들려주었다.

피실험자는 허를 찔린 듯 멈칫하다가 큰 소리로 웃기 시작했다. 원통이 울림통 구실을 하면서 웃음소리가 증폭되었다.

이지도르는 모니터에서 미세한 섬광을 감지했다.

스칼레즈 박사는 빛이 번득인 부위를 확대하고 영상을 느린 화면으로 보여 주었다. 이지도르는 우스갯소리 때문에 기능이 활발해진 부위를 홀린 듯이 바라보았다. 소뇌의 밑바닥에서 출발한 임펄스가 대뇌의 이마엽까지 올라가고 있었다.

「우스갯소리가 미세한 전류를 발생시키고 이 전류가 A 지점에서 B 지점으로 흘러가는 것입니다. 당연한 얘기지만 전류의 세기는 유머의 질에 따라 달라집니다.」

「그럼…… 사람을 죽일 만큼 강력한 유머도 있을까요?」

스칼레즈 박사는 놀란 기색으로 입술을 조금 오므렸다.

「아뇨. 유머는 병을 치유하면 치유했지 사람에게 해를 끼치지는 않아요. 웃음은 배를 마사지하는 효과를 냄으로써 소화에 도움을 주고, 심실을 자극함으로써 혈액 순환에 기여합니다. 또한 면역 체계를 강화하는 데에도 한몫을 하죠.」

그녀는 어깨를 으쓱하며 미소를 지었다.

「제 말이 믿기지 않으시면 웃음 클리닉을 찾아가 보세요. 거기에서는 웃음으로 조현병 환자와 뇌전증 환자까지 치료하죠. 그리고 웃음 요가라는 것도 있어요. 그 요가의 수행자들은 억지로 함께 웃으면서 일종의 도취 상태에 도달합니다. 아무튼 다들 아직은 생소하게 느끼겠지만, 여기에서 우리는 생화학과 방사선 의학을 이용해서 웃음을 연구하고 있어요.」

133번 피실험자는 조수의 도움을 받아 하얀 원통에서 빠져나왔다.

이지도르는 그의 눈가에 눈물이 맺혀 있는 것을 보았다. 피실험자는 모두를 향해 고맙다고 인사를 하더니 어색하다 싶을 만큼 정중하게, 수표를 받으려면 어디로 가야 하느냐고 물었다.

70

〈미래 호텔〉의 객실.

이지도르는 팔걸이의자에 가부좌를 틀고 앉아 명상을 하고 있었다.

뤼크레스는 방으로 들어오더니 마치 그가 조각상이라도 되는 양 그의 주위를 한 바퀴 돌았다. 그러고는 몸을 숙여 의자 밑을 살폈다.

「나한테 신경 쓰지 말아요. 내 블랙베리를 찾고 있는 거니까.」

그녀는 계속 구석구석을 뒤지다가 휴대 전화기를 찾아냈다.

「나 때문에 깨지 않았기를, 아니 내가 명상하는 데 방해가 되지 않았기를 바라요. 미안해요. 하지만 내 블랙베리가 없으면 어찌할 바를 모르겠어요.」

그는 한쪽 눈을 떴다.

「이제 찾았어요. 조용히 명상을 계속해도 돼요.」

그는 언짢은 기색으로 한 눈을 마저 뜨더니 팔다리의 관절을 조금씩 움직였다.

「에이, 또 날 원망하려고 그러는 모양인데 난 그냥…….」

그는 자리에서 일어나 그녀에게서 등을 돌리더니 욕실로 들어가서 문을 잠갔다.

「이지도르, 자기…… 아니 당신 정말 화났어요?」

그녀는 욕조의 수도꼭지에서 물이 흘러내리는 소리를 들었다. 그가 문 너머에서 물었다.

「취재는 얼마나 진행되었어요?」

「트리스탕 마냐르의 부인을 찾아냈어요. 그 사람이 남편의 매니저였던 지미 페트로시안의 부인을 만나게 해주었고, 이 부인은 트리스탕이 유머의 기원을 찾아 떠났다고 알려 주었죠.」

그는 마음을 가라앉히려는 듯 물속에 머리를 처박았다가 한참 만에 고개를 들었다. 벽 너머에서 말소리가 반쯤 작아진 채로 들려왔다.

「……그가 한 우스갯소리의 출처를 추적하기 시작한 장소에 갔어요. 어떤 카페인데요, 사람들이 하루 종일 쓸데없는 우스갯소리들을 주고받고 있더라고요.」

「우여곡절은 생략하고 요점만 얘기해요.」

「좋아요. 그 카페에 들르고 나서 젊은 컴퓨터 공학자를 만났어요. 에이크 비첼이라는 사람이었는데, 〈유머닷컴〉이라는 웹 사이트를 운영하는 회사로 가보라고 하더군요.」

「더 빨리요.」

「그 회사에서 사장을 만났고, 사장의 주선으로 유머 담당 웹마스터를 만났어요. 트리스탕이 창작자를 알아내려고 했던 문제의 우스갯소리를 그들에게 보낸 사람이 있을 거라고 생각했죠.」

「자세한 얘기는 건너뛰라니까요.」

「결국 그들이 알아냈는데, 그 우스갯소리는 브르타뉴에서, 더 정확하게는 모르비앙에서, 훨씬 더 정확하게 말하면 카르나크에서 왔어요.」

「누가 보낸 건데요?」

「기슬랭 르페브르라는 사람이에요.」

「그가 창작자인가요?」

「그럴 가능성이 있죠. 어쨌거나 거기에서 온 건 분명해요.」

그는 귀에 비누칠을 했다.

그녀가 말을 이었다.

「내 여성적인 직감으로는 거기에 가면 출처를 알게 될 것 같아요.」

이지도르는 머리를 다시 물속에 처박고 한참 숨을 참았다. 입에서 새어 나온 공기가 방울이 되어 보글보글 올라갔다.

「이지도르?」

그는 대답하지 않았다.

그녀는 욕실 문을 가볍게 두드렸다. 역시 아무 대답이 없었다. 그녀는 머뭇머뭇 한 차례 더 두드리다가 갑자기 불안을 느끼며 소리쳤다.

「이지도르!」

그때 문이 열리고 그가 목욕 가운을 걸친 차림으로 나왔다. 그러더니 그녀에겐 눈길조차 주지 않고 자기 머릿속에 떠오른 몇 가지 생각을 아이폰에 입력했다.

「이지도르, 당신은 뭘 했어요?」

그는 등을 돌린 채로 말했다.

「유머의 역사를 연구하는 학자를 만났어요. 옛날의 우스 갯소리들을 보여 주더군요. 덕분에 우리 선조들이 어떤 이야 기를 재미있게 여겼는지 알게 되었어요. 그리고 시대와 지역 에 따라서 유머가 진화해 온 과정을 나 나름대로 정리해 보 고 싶다는 생각을 갖게 되었죠. 그 짤막한 이야기들은 일견 별것 아닌 것처럼 보여요. 하지만 그것들의 배후에는 무언가 깊이 따져 볼 만한 것이 있어요. 그 우스갯소리들 하나하나가 우리의 취재 방향을 일러 주는 작은 이정표처럼 느껴져요.」

그는 아이폰 메모장에서 〈필로겔로스〉라는 제목이 붙은 페이지를 보여 주었다.

「이 말은 〈웃음에 대한 사랑〉 또는 〈웃음을 좋아하는 사 람〉이라는 뜻이에요.」

그녀는 그가 메모한 그리스 로마 시대의 우스갯소리들을 빠르게 훑어보았다. 이지도르는 작은 안경을 끼면서 덧붙 였다.

「이제부터 유머를 수집할까 해요. 우표 수집가들이 우표 를 모으는 것처럼요. 처음 해보는 일이지만 생각했던 것보다 한결 재미있어요.」

「그것 말고 무슨 일을 했어요?」

「매력적인 여성 의사를 만났어요.」

……매력적이라고?

「우리가 왜 웃는지 그리고 어떻게 웃는지를 놓고 이야기 를 나눴죠.」

……이 남자 말본새를 보아하니 그 여자의 매력에 흠뻑 빠진 게 분명해. 학벌 좋고 직함 근사하고 하얀 가운 차림으로 실험실에서 일하는 여자라서 그랬겠지? 이 남자는 나를 계속 만만하게 볼 거야. 나는 공부를 제대로 하지 않았잖아.

그녀는 그에게 다가가서 어깨를 주물렀다. 그는 짜증 섞인 몸짓을 보이더니 즉시 마음을 고쳐먹고 그녀가 계속하도록 가만히 있었다.

「이지도르, 당신이랑 같이 취재를 하게 되어서 기뻐요. 우리의 취재는 단지 살인자를 찾아내는 것에 그치지 않고 훨씬 풍성한 결실로 이어질 거라는 느낌이 들어요.」

가벼운 전율이 그의 몸을 훑고 지나갔다.

「이지도르, 추워요?」

그녀는 목욕 가운을 걸치고 있는 그의 등판을 손바닥으로 문질렀다.

「트리스탕 마냐르가 찾던 우스갯소리가 처음으로 나타난 곳이 카르나크라고 했죠? 프랑스에서 가장 오래된 유머가 발견된 곳도 바로 거기예요.」

이지도르는 눈을 감고 정신을 집중하기 위해 콧대를 만지작거렸다.

그러더니 자리에서 일어나 파리의 야경이 내려다보이는 창문 앞에 섰다.

「우리 브르타뉴로 바캉스를 떠날까요? 그곳의 공기는 아이오딘을 많이 함유하고 있어서 건강에 좋을 거예요.」

71

한 남자가 백화점에 들어가서 점장을 만나 부탁한다.

「저를 고용해 주십시오. 저는 세계 최고의 판매원입니다.」

점장이 대답한다.

「미안해요, 자리가 다 찼어요.」

「저는 세계 최고의 판매원이라니까요.」

「아무리 그래도 자리가 없는데 어쩌겠어요?」

「점장님이 어떤 사람을 마주하고 있는지 이해를 못 하신 것 같군요. 그렇다면 제가 한 가지 제안을 하겠습니다. 보수를 안 주셔도 좋으니 일단 저를 시험 삼아 써보십시오. 그러면 세계 최고의 판매원이라는 게 무슨 말인지 이해하시게 될 겁니다.」

점장은 그 제안을 받아들인다.

이튿날 점장은 궁금증을 느끼며 〈세계 최고의 판매원〉이 어떻게 하고 있는지 보러 간다.

마침 그 임시 판매원이 한 남자 고객을 상대로 설득을 벌이고 있다.

「이 파리 모양의 낚싯바늘은 수백 번이라도 권해 드리고 싶습니다. 이게 최고예요. 그리고 이 낚싯바늘은 이런 낚싯대와 특히 잘 맞죠.」

손님은 낚싯바늘과 낚싯대를 사는 데에 동의한다.

「그런데 낚싯바늘을 넣어 가지고 다니시려면 조끼가 필요하지 않으시겠어요? 마침 판촉 행사 제품으로 나온 조끼가 있어요. 주머니가 여기저기에 많이 달려 있어서 아주 편리한 제품이죠.」

손님은 조끼도 사기로 한다.

「그다음엔 선글라스가 필요하실 겁니다. 강물에 햇살이 반사되어서 눈이 따가울 염려가 있거든요. 이 선글라스를 사세요. 가장 비싸긴 하지만 이게 최고예요.」

손님은 선글라스를 받아 든다.

「그런데 정말로 큰 물고기를 잡고 싶다면 강둑에서 멀리 떨어진 곳까지 들어가셔야 해요. 그러자면 작은 보트가 필요하죠.」

손님은 그를 따라 보트 매장으로 가서 한 척을 구입한다.

「한데 보트가 있으면 트레일러가 필요할 겁니다. 트레일러가 없으면 보트를 옮길 수가 없으니까요.」

손님은 내친김에 트레일러도 구입하기로 한다.

「한데 트레일러를 끌기 위해서는 힘 좋은 자동차가 필요할 겁니다. 손님의 자동차는 힘이 좋은가요?」

판매원은 손님을 자동차 매장으로 데려가서 매우 값비싼 사륜구동 자동차를 사게 만든다.

손님이 모든 구입품에 대한 계산을 끝내고 나자, 점장은 판매원에게 다가간다.

「오케이. 세계 최고라고 장담하더니 정말 대단하다는 것을 인정해야겠네요. 낚싯바늘을 파는 것으로 시작해서 결국에는 고급 사륜구동 자동차까지 팔았으니까요. 그런데 이건 그냥 궁금해서 물어보는 건데, 저 손님이 처음에 사러 왔던 물건은 뭐였나요?」

「자기 아내를 대신해서 생리대를 사러 왔더군요. 그래서 제가 그랬죠. 〈어차피 사모님과 함께 주말에 재미를 보기는 글렀으니, 낚시나 하러 가시는 게 어때요?〉 하고요.」

다리우스 워즈니악의 스탠드업 코미디
「나 죽은 뒤에 세상이 망하든 말든」 중에서

72

죽 늘어선 선돌들이 마치 영원한 파수꾼들처럼 그들이 지나가는 것을 지켜보고 있다.

이지도르와 뤼크레스는 시속 150킬로미터로 질주한다.

헬멧과 비행사 고글을 착용하고 오토바이의 가죽 안장에 올라앉은 뤼크레스는 공기의 저항을 줄이기 위해 몸을 앞으로 숙이고 있다.

팔짱을 낀 자세로 사이드카에 앉아 있는 이지도르는 덩치만 어른일 뿐 유모차에 탄 아기처럼 보인다. 동화의 한 장면 같은 풍경 속에서 엄마와 함께 바람을 쐬고 있는 아기 같다.

바람의 밀도와 냄새가 달라진다. 소금기와 아이오딘을 품은 바람, 활기를 북돋우는 바람이다.

그들은 아침 일찍 파리를 떠나 8시 30분에 샤르트르에 도착했고, 이어서 르망, 렌, 반, 오레, 플루아르넬을 차례로 지나왔다.

12시 30분, 그들은 카르나크 중심가에 다다랐다.

브르타뉴 지방의 이 작은 도시는 목조 골재가 겉으로 드러나고 천연 점판암으로 지붕을 덮은 건물들로 이루어져 있다. 바다 쪽에서는 굴 냄새가, 언덕 쪽에서는 풀 향기가 바람에 실려 온다.

그들은 점심을 먹기 위해 크레이프 전문 식당을 찾아들었다. 성당 광장에 면해 있는 〈마리네 크레이프 가게〉라는 식당이었다.

점심시간인데도 홀이 한산했다. 손님이라고는 미국인 관광객으로 보이는 남녀 한 쌍뿐이었다. 3월은 관광 철이 아닌 것이다.

주인이 주문을 받으러 왔다. 주름이 쪼글쪼글하고 이가 빠진 노파였는데, 모자와 원피스가 두 가지 색깔로 된 브르타뉴의 전통 복장을 하고 있었다.

그들은 메뉴판을 보며 음식을 골랐다. 뤼크레스는 다진 쇠고기와 토마토와 양파가 들어간 크레이프, 이지도르는 소스를 뺀 샐러드를 선택했다. 둘 다 그것에 능금주 한 잔을 곁

들여 마시기로 했지만, 뤼크레스는 쌉쌀한 것을, 이지도르
는 달착지근한 것을 주문했다.

「이지도르, 크레이프 안 먹어요? 이 고장이 자랑하는 향토
음식인데.」

「다이어트를 하기로 했어요. 내가 너무 뚱뚱하다는 생각
이 들어요. 지금 몸무게가 95킬로그램인데 75킬로그램까
지 줄여야겠어요. 20킬로그램을 감량해야 하는 거죠. 이번
취재가 살을 빼는 데 도움이 되지 않을까 싶어요. 아무튼 이
제부터 시작하려고요.」

뤼크레스는 어깨를 으쓱 추켜올렸다.

……확실히 이 남자한테는 여자 같은 구석이 있어.

그녀는 주인 할머니를 불렀다.

「실례합니다, 마담…….」

「마담이 아니라 마드므와젤이라오.」

「죄송합니다, 마드므와젤, 그냥 한 가지 궁금한 게 있어서
그러는데요, 혹시 이 남자 본 적 있으세요?」

그러면서 뤼크레스는 트리스탕 마냐르의 사진을 내밀었
다. 노파는 사진을 들여다보고 고개를 가로젓더니 주방으로
돌아갔다.

이지도르가 사진 속의 얼굴을 다시 살펴보면서 물었다.

「당신의 연어 트리스탕 마냐르는 그 우스갯소리의 출처를
찾아 어디까지 거슬러 올라갔을까요?」

「모천에 다다르기 위해 거쳐야 할 다음 단계는 바로 그 기
슬랭 르페브르라는 사람일 거예요. 그 사람 주소를 알아냈어
요. 여기에서 멀지 않을 거예요.」

그들은 식당의 실내 장식을 둘러보았다. 벽에 박제된 연

어가 고정되어 있었다. 입을 벌려 놓고 비늘에 니스 칠을 해
놓은 박제였다.

뤼크레스가 말했다.

「그러고 보니 연어의 이미지가 우리를 계속 따라다니네
요. 목축의 고장에 왔는데도 연어가 우리를 맞아 주잖아요?
아기가 양배추에서 태어난다는 얘기[12]는 들었지만, 유머가
브르타뉴에서 태어나는지는 몰랐어요.」

미국인 관광객 커플은 카르나크의 지도를 살펴보면서 시
끄럽게 떠들어 댔다.

뤼크레스가 말했다.

「이 도시에 처음 와보는 건데, 정말 매력적이에요. 이 고장
에 대해서 뭐 아는 거 있어요?」

이지도르는 눈을 감았다. 그녀는 그가 기억의 밑바닥에서
정보를 낚아 올리려는 것이려니 생각하고 기다렸다. 그런데
그는 아이폰을 꺼내어 자그마한 자판을 두드렸다.

「찾았어요. 읽어 볼게요. ……카르나크. 이 지명은 켈트어
로 작은 언덕을 뜻하는 〈카른〉에서 유래했다. 이 고장에 인
간이 거주하기 시작한 것은 45만 년 전의 일이다. 이곳은 일
종의 성지였던 듯하다. 7천 년 전에 이곳 주민들은 길이
125미터, 너비 60미터에 높이가 12미터에 달하는 거대한
봉분을 건설했다. 그들은 이 무덤에 자기들의 우두머리를 값
비싼 부장품과 함께 매장했다. 그로부터 1천 년 뒤에는 열석
(列石)을 세웠다. 이 열석 유적은 2,934개의 선돌로 이루어

---

12 성교육이라는 것을 아직 모르던 시절, 프랑스의 부모들은 아기가 어디에
서 태어나는지 궁금해하는 아이들에게 〈사내아이는 양배추에서 태어나고 여
자아이는 장미꽃에서 태어난다〉고 둘러댔다고 한다.

져 있다. 커다란 바윗돌을 다듬어 열두 줄로 배열해 놓았는
데, 각각의 열은 거의 완벽한 직선을 이루고 있다. 가장 큰 선
돌은 높이가 4미터에 달한다. 선돌의 크기는 서쪽에서 동쪽
으로 갈수록 작아진다. 가장 작은 선돌은 높이가 60센티미
터밖에 되지 않는다.」

「우리가 오면서 본 게 바로 그 열석이로군요.」

이지도르는 인터넷 문서를 죽 훑어보다가 한 대목을 골
랐다.

「한 전설에 따르면, 코르넬리 성인이 로마 병사들의 추격
을 피해 달아나다가 몸을 돌리는 순간, 그의 강렬한 눈빛에
쏘인 병사들이 모두 돌로 변했다는군요.」

「재미있는 전설이네요. 그런데 현대에 들어와서는 이 도
시가 어떻게 되었나요?」

「1903년에 해수욕장이 만들어졌어요. 옛날에 염전이 있
었던 자리를 백사장으로 바꿔 버렸나 봐요. 그럼으로써 이
도시가 크게 두 구역으로 나뉘게 되었어요. 언덕 쪽은 카르
나크빌이 되고 해수욕장 쪽은 카르나크플라주라 불리게 된
거죠.」

「두 얼굴을 가진 도시로군요. 그렇다면 우리는 아직 반밖
에 못 봤네요.」

「1974년에는 염전에서 바닷물을 빼내고 해수 치료 센터
와 카지노를 세웠답니다. 그것들이 주민들의 주요한 수입원
인 모양이에요. 카르나크의 현재 인구는 정확하게 4,444명
이라네요.」

「고마워요, 관광 안내 팸플릿을 제공해 줘서.」

이지도르는 창밖을 내다보더니 갑자기 어두워지는 하늘

을 가리키면서 얼굴을 찡그렸다.

「3월 날씨가 이상하네요.」

노파가 김이 모락거리는 크레이프와 샐러드를 내왔다.

그들은 맛있게 먹었다.

노파는 그들의 테이블 근처에 그대로 서 있었다. 그러다
가 미국인 관광객 커플이 나가자, 좌우를 살피더니 그들 쪽
으로 몸을 숙이고 속삭였다.

「〈그들〉이 기다리고 있다오.」

두 사람은 자기들이 잘못 들었나 하면서 서로의 얼굴을 바
라보았다.

뤼크레스가 대답했다.

「우리는 아무하고도 만나기로 하지 않았어요. 우리를 다
른 사람들하고 혼동하신 모양인데…….」

하지만 이지도르는 벌써 나갈 채비를 하고 있었다. 그는
남은 샐러드를 한입에 먹어 치우고 능금주를 죽 들이켜더니,
음식 값으로 지폐 한 장을 내놓고 자리에서 일어났다. 그러
고는 전통 의상을 차려입은 노파를 따라나섰다.

뤼크레스는 하는 수 없이 그들을 따라갔다.

노파는 손님이 더 오지 않으리라 확신한 듯, 〈오늘은 쉽니
다〉라는 표찰을 걸어 놓고 그들을 식당 밖으로 이끌었다.

그예 비가 내리고 있었다. 온몸을 촉촉이 적실 만한 가랑
비였다.

뤼크레스는 머리카락이 고불거리게 될 것을 염려하며 물
었다.

「저기요, 혹시 우산 없으세요?」

「우리 고장 속담에 〈비는 바보들만 적신다〉라는 말이 있

다오.」

그들은 가랑비를 맞으며 한참을 걸어갔다. 번들거리는 도로가 좁아지면서 오솔길로 바뀌었다. 그들은 작은 언덕을 올라갔다. 언덕바지에는 하얀 예배당이 서 있고 예배당 지붕의 끝머리에는 작은 종탑이 올라앉아 있었다. 종탑 위로 보이는 하늘에는 먹빛이 그득했다.

노파가 예배당의 육중한 참나무 문을 밀었다. 낡은 나무 문이 삐걱거리며 열렸다. 예배당 안은 캄캄했다. 보이는 것이라곤 어두운 하늘빛이 새어 드는 커다란 유리창들뿐이었다.

그들의 안내자가 어둠 속으로 녹아들었다.

그때 갑자기 번개가 하늘을 갈랐다. 그러자 그들의 눈앞에 네 개의 실루엣이 역광을 받으며 나타났다.

뤼크레스는 순간적으로 번쩍이는 빛 속에서 그 검은 형체들 가운데 하나가 엽총을 겨누고 있음을 알아차렸다. 총구는 그녀를 향해 있었다.

누군가의 우렁우렁한 목소리가 들려왔다.

「그래, 무슨 일로 트리스탕 마냐르를 찾는 거지?」

73

기원전 175년.

이탈리아, 로마.

노예 시장이 한창 달아올라 있다.

「나는 2백을 내겠소!」

「4백.」

「5백.」

「5백요? 자, 더 높게 부르실 분 없나요? 이런 젊은이를 두고 5백 데나리우스라니, 그건 내가 너무 밑지는 장사죠.」

단상에 올라선 노예 상인은 카르타고에서 갓 데려온 노예를 선보이는 중이다. 그들 주위로 군중이 몰려든다.

상인은 열세 살 난 소년을 앞으로 나오게 하더니, 입술을 뒤집어 잇바디를 노출시키고 흉근을 주무르고 팔꿈치와 무릎을 드러내서 팔다리가 튼실하다는 것을 보여 준다.

「카르타고에서 온 이 소년은 보시다시피 용모가 수려하고 원기가 왕성합니다. 어떤 자리에 데리고 가더라도 주인을 빛나게 할 만한 노예죠. 잘 보세요, 특급입니다. 눈이 크고 밝아서 마구간 청소를 하거나 아침 식사 시중을 드는 일도 아주 잘할 것입니다. 젊고 총명한 노예를 얻는 것은 미래를 위한 투자입니다. 이 소년은 여러분의 가방을 들어 줄 것이고 성적인 노리개가 되어 줄 것이며 노년의 시름을 잊게 하는 말동무 노릇도 할 것입니다.」

소년은 초연한 표정으로 상인의 손길에 몸을 내맡기고 있다.

「자, 사모님들, 5백 데나리우스는 제가 밑지는 장사라서 안 되고, 더 높이 불러 주십시오. 자, 6백으로 올리실 분 없습니까? 아무도 없나요? 이 특별한 기회를 놓치지 마십시오. 이 소년은 여느 노예와 다릅니다. 카르타고 사람들한테 들었는데 이 소년에게 남다른 재주가 있다더군요. 그게 무슨 재주인지 아십니까? 재미난 얘기를 잘하는 재주랍니다. 배를 타고 오는 동안에도 우리에 갇혀 있는 노예들을 웃겼답니다. 이 소년은 여러분에게 웃음을 안겨 줄 것이고 잔치의 흥을 돋워 줄 것입니다. 요즘에 이런 재주를 가진 노예는 부르는 게 값이에요. 자, 6백입니다. 웃기는 재주를 지닌 노예를 얻으시는 거니까, 너무 돈을 아끼시면 안 됩니다.」

이때 구경꾼 하나가 소리친다.

「1천.」

갑자기 모두가 입을 다물어 버린다. 소년 노예의 가격치고는 엄청난 거금인 것이다.

소년은 여전히 초연한 태도를 보이며 새 주인을 따라간다.

새 주인은 집에 다다르자 소년에게 말을 건넨다.

「나는 테렌티우스 루카누스다. 로마 원로원의 의원이니라. 우리 말을 알아듣느냐?」

소년은 고개를 가로젓는다. 테렌티우스 루카누스는 더 묻지 않는다. 그는 언제나 그때그때의 직감에 따라 행동한다. 〈웃기는 재주를 지닌 노예〉라는 말에 그는 귀가 솔깃했다. 노예에게 어울리지 않는 그런 재주가 아주 좋게 쓰이리라 예감한 것이다.

테렌티우스 루카누스는 지혜로운 사람이다. 그가 보기에 노예란 주인이 어떻게 하느냐에 따라서 쓸모가 달라진다. 마당 쓰는 법을 가르치면 마당쇠가 되고 말을 부리는 법을 가르치면 말구종이 되는 것이다. 그런데 그가 보기에 소년에게는 학문을 가르치는 것이 더 유익할 듯하다.

그래서 그는 소년에게 모두가 꿈꾸는 특전을 베푼다. 로마 귀족처럼 교육을 받게 한 것이다. 주위 사람들은 천한 노예를 왜 그토록 후하게 대접하는가 하고 의구심을 나타낸다. 그럴 때마다 그는 상인의 논법으로 대답한다. 〈노예란 미래를 위한 투자일세. 밑천을 많이 들이면 이익도 많이 남겠지.〉

젊은 노예는 학문에 뛰어난 재능을 보인다. 테렌티우스는 그가 공부를 마치자 그를 노예 신분에서 벗어나게 해준다. 그리고 그에게 이름을 지어 준다. 자기 이름을 따서 〈테렌티우스〉라 하고, 아프리카에서 왔다는 뜻으로 〈아페르〉를 덧붙이기로 한 것이다.

그런 다음 테렌티우스 루카누스는 그를 로마의 상류층, 특히 스키피오 가문 사람들에게 소개한다. 스키피오 가문은 훗날 카르타고의 한니발과 싸워서 승리를 거둔 장군 덕분에 유명해진 바로 그 집안이다.

테렌티우스 아페르는 스키피오 장군과 연극에 관해서, 특히 자기의 주된 관심사인 희극에 관해서 많은 이야기를 나눈다. 기원전 166년 그는 첫 희극 「안드로스 여자」를 쓴다. 아마도 스키피오와 양아버지의 격려에 힘입은 바가 많았을 것이다.

그에게 영향을 준 사람은 또 있다. 그리스의 희극 작가 메난드로스다. 하지만 그는 메난드로스를 본보기로 삼되 자기만의 문체를 창안하여 스승을 넘어선다.

당시는 인물의 성격을 과장해서 우스꽝스럽게 만들고 뜻밖의 반전을 곳곳에 배치하는 통속 연극이 유행하던 때다. 테렌티우스는 시류와 무관하게, 인물들의 심리를 깊이 있게 묘사하고 미묘한 감정을 표현하는 것에 주력한다. 그는 달콤하고도 쌉쌀한 사랑의 감정을 다룬 희극들을 발표한다. 관객들의 폭소를 자아내기보다는 인물들의 내면에 감춰진 참된 인격을 발견하는 데 주안점을 둔 작품들이다.

테렌티우스 아페르는 새로운 기법들을 시험한다. 노래로 진행되는 이행부와 합창을 없애기도 하고, 빠른 대화 대신 철학적인 내용을 담은 긴 독백을 넣기도 한다. 그는 이내 교양 있는 귀족들이 가장 좋아하는 작가가 된다. 그가 남긴 여섯 편의 희극 가운데 두 편, 즉 「환관」과 「형제」는 메난드로스에게 바치는 경의이다. 훗날 율리우스 카이사르가 그를 일컬어 〈메난드로스의 분신〉이라고 말한 데는 그런 사정이 있는 것이다.

테렌티우스 아페르는 메난드로스가 그랬던 것처럼 자기 작품 속에 촌철살인의 경구를 많이 넣은 것으로도 잘 알려져 있다. 그 가운데 특히 다음의 경구들이 유명하다.

〈위선은 친구를 만들고 솔직함은 증오를 낳는다.〉

〈케레스와 바쿠스가 없으면 베누스는 얼음처럼 차가워진다.〉

〈우리가 무슨 말을 하든, 그것은 이미 우리에 앞서 다른 어떤 사람이 한 말이다.〉

테렌티우스 아페르는 서른 살이 되자 희극의 진정한 의미를 깨닫고 싶어 한다. 그래서 기원전 160년, 굳은 결심을 하고 그리스로 공부를 하러 떠난다. 스스로 〈희극 예술의 비법〉이라 명명한 것을 발견하기 위해서다. 그는 그리스에서 1년 동안 머문다. 초기에는 메난드로스의 작품들을 라틴어로 옮기는 일에 몰두한다. 그 뒤에는 개인적인 탐구에 매진한다. 그는 자기가 발견한 〈희극 예술의 비법〉을 심화하기 위해 여행을 하기로 한다. 예루살렘에서 아테네로, 아테네에서 다시 갈리아로 가는 기나긴 여정이다.

기원전 159년 그는 불가사의하게 종적을 감춘다. 그의 나이 서른한 살 때의 일이다.

그의 실종을 두고 갖가지 억측이 나돌았지만 그의 가족이 받아들인 가설에 따르면, 그는 항해 중에 배가 난파되어 목숨을 잃었으리라고 한다. 그들이 주장하는 조난 장소는 갈리아 해안의 뢰카트만이다.

유머 기사단 총본부 편, 『유머 역사 대전』 중에서

74

엽총의 총열이 그녀 쪽으로 다가들고 있었다.

다시 번개가 번쩍였다. 뤼크레스는 그 순간을 놓치지 않고 돌려차기 한 방으로 엽총을 허공으로 날려 보냈다. 그리고는 다른 세 남자가 상황을 알아차릴 새도 없이, 수도(手刀)로 상대의 목을 가격하고 다리를 쫙 뻗으며 발뒤꿈치를 안겼다. 상대는 뒤로 벌렁 나가자빠졌다.

이지도르는 태평하게 문 쪽으로 가서 전등 스위치를 찾았다. 그러나 스위치가 작동하지 않았다. 그는 초들이 꽂혀 있는 기도대 쪽으로 가서 성냥을 찾아낸 다음 초들 하나하나에 불을 붙였다.

그러는 동안 공격자들은 다시 정신을 차리고 덤벼들었다. 전투가 다시 시작되었다. 이젠 1 대 4의 싸움이었다.

뤼크레스는 한 남자가 내지른 발에 배를 맞고 뒤로 튕겨 나가면서 벽에 부딪혔다. 그러나 즉시 옆으로 몸을 굴려 일어선 다음 두 손가락을 갈고리처럼 구부려 상대의 이마를 가격했다. 마치 코코넛을 깨뜨리는 것 같은 동작이었다.

「이지도르, 나 좀 도와주면 어디가 덧나요? 당신이 아는지 모르지만 내가 지금 좀 곤란하거든요.」

「나는 당신과 이곳 토박이들의 대화에 끼어들고 싶지 않은걸요.」

그녀가 그렇게 정신을 파는 사이에, 한 남자가 엽총을 주워 들고 방아쇠를 당겼다. 그녀는 아슬아슬하게 총알을 피했다. 그가 다시 방아쇠를 당기려던 찰나 그녀는 바닥에 납죽 엎드렸다. 그는 엽총을 몽둥이처럼 치켜들고 개머리판으로 그녀의 등을 때렸다. 그녀는 조금 얼떨떨해진 채로 몸을 웅크리더니 옆으로 구르면서 상대의 사타구니에 힘껏 발길질을 했다. 그러고는 기세를 몰아 엽총을 빼앗고 손등으로 상대의 턱을 오지게 후려쳤다. 상대는 고해소 안으로 튕겨 들어갔다.

이지도르는 한숨을 내쉬면서 비난조로 말했다.

「쯧쯧…… 〈화내지 말자〉라는 영화에서 리노 벤투라가 말한 대로 〈짓궂은 장난이라는 측면에서는 봐줄 만하지만, 페어플레이라는 측면에서는 비난받을 소지가 있네요〉.」

네 남자는 합동 공격으로 대응했다. 가장 키가 큰 남자가 뤼크레스의 두 팔꿈치를 붙잡는 데 성공하자, 다른 남자가 한 팔로 그녀의 목을 졸랐다. 이어서 가장 건장한 세 번째 남자가 주먹으로 그녀의 배를 때리고 턱에 스트레이트 한 방을 날렸다. 그녀는 그들의 손아귀에서 빠져나가려고 버둥거렸지만 뜻대로 되지 않았다.

「이지도르, 도와줘요!」

「힘내요, 뤼크레스. 내 느낌에는 당신이 이길 것 같아요.」

그녀는 두 차례 더 주먹에 맞았다. 하지만 세 번째로 주먹이 날아올 때는 몸을 숙이면서 피했다. 상대의 주먹은 벽에 부딪치며 우두둑 소리를 냈다. 즉시 압박이 느슨해졌다. 그녀는 더 이상 뒤쪽에서 공격당하는 일이 없도록 벽을 등지고 설 수 있었다. 남자들보다 그녀가 더 격렬하고 민첩했다. 그녀는 몸을 숙여 공격을 피하고 빙빙 돌고 춤추듯 움직이면서 정확하게 타격을 가했다.

번갯불이 잇달아 번쩍이면서 스트로보 효과를 만들어 내고 있었다. 섬광이 비쳐 들 때마다 인물들의 위치와 자세가 다르게 나타났다.

그녀는 땀에 젖은 채 숨을 헐떡거리면서도 아직 버티고 있던 마지막 남자를 쓰러뜨렸다.

그러자 이지도르가 조바심을 내며 말했다.

「됐어요? 이제 속이 시원해요? 꼭 그런 절차를 밟아서 시간을 낭비해야겠어요?」

뤼크레스는 자기를 엽총으로 위협했던 남자를 일으켜 세웠다. 그러고는 새로 장만한 자신의 권총을 꺼내어 남자를 위협했다.

「우리한테 뭘 바라고 이러는 거야? 당신 누구야?」

「기슬랭 르페르브입니다. 이곳의 초등학교 교사예요.」

뤼크레스는 자기 귀를 의심했다. 이지도르가 남자를 대신해서 말을 이었다.

「음, 그리고 뒤에 계신 두 분은 복장으로 보건대 카르나크 성당의 신부님과 성당 관리인이에요. 나머지 한 분은 르페르브 씨의 친구이거나 친척인 것 같군요.」

「그런데 왜 우리를 함정에 빠뜨렸죠?」

그들이 대답하기도 전에 이지도르가 또 끼어들었다.

「당신이 트리스탕 마냐르의 사진을 식당 주인에게 보여 주었잖아요. 할머니는 그 사진을 보고 트리스탕 마냐르가 왔던 일이며 그 뒤에 벌어진 일들을 기억해 내신 거고요.」

두 번째 남자가 말했다.

「나는 프랑수아 틸리에입니다. 기슬랭의 처남이죠.」

「짐작건대 형씨는 유머 수집가로군요. 안 그래요?」

상대는 뤼크레스에게 맞은 턱을 주무르면서 대답했다.

「맞아요. 그걸 어떻게 알았어요?」

「간단한 추리와 관찰, 그리고 약간의 직관으로요. 트리스탕은 한 우스갯소리의 창작자가 누구인지 아느냐고 물었고, 당신은 그것을 신부님한테서 얻었다고 대답했어요.」

검은 사제복 차림의 남자가 말했다.

「맞습니다. 나는 파스칼 르 게른입니다. 르 게른 신부라고 불러 주십시오.」

「……신부님은 그것을 성당 관리인한테서 얻었다고 알려 주셨을 거예요.」

그들 가운데 가장 젊고 가장 건장한 남자가 대답했다.

「그렇습니다.」

「뤼크레스, 이상이 당신의 질문에 대한 답이에요. 이분들은 트리스탕 마냐르라는 연어가 유머의 모천으로 거슬러 오르기 위해 거쳐 갔던 네 단계와 같아요.」

이지도르는 그들을 부축하여 촛불들 근처에 앉혔다. 마치 그가 이런 순간을 예상하고 거기에 촛불을 밝혀 놓은 것만 같았다.

신부는 터진 입술을 닦으며 물었다.

「당신들은 〈거기〉에 소속되어 있지요?」

뤼크레스는 놀란 기색으로 되물었다.

「거기라니요?」

「GLH 소속 아녜요? 그럼 반대파 사람들이군요.」

뤼크레스는 신부에게 다가들어 멱살을 쥐면서 말했다.

「질문은 내가 해요. GLH라는 게 뭐죠?」

「그야…… BQT를 수호하는 사람들이죠.」

「그럼 BQT는 뭐죠?」

그러자 네 남자는 매우 놀란 기색으로 서로 바라보았다.

뤼크레스는 다시 권총을 바싹 들이댔다. 이지도르는 그녀가 흥분하는 것을 막기 위해 끼어들었다.

「겉모습이나 행동으로 보면 잘 믿기지 않겠지만, 우리는 기자들이에요. 『르 게퇴르 모데른』에서 나왔어요. 다리우스 워즈니악의 죽음에 관해서 조사하는 중이죠.」

이지도르는 뤼크레스의 가방에서 〈BQT〉와 〈절대로 읽지 마십시오〉라는 말이 적힌 파란 목갑을 꺼냈다.

네 남자의 얼굴에 갑자기 공포의 빛이 어렸다.

신부는 눈을 감고 성호를 그으면서 라틴어를 소리쳤다.

「Vade retro Satanas(사탄아 물러가라)!」

다른 남자들은 마치 끔찍한 것을 외면하듯 고개를 돌렸다.

그때 한 가지 직감이 뤼크레스의 뇌리를 스쳤다. 그녀는 성당 관리인에게 다가들어 목갑을 그의 코앞에 들이댔다.

「말해요. 안 그러면 이걸 열어 버리겠어요.」

그녀는 일찍이 그토록 겁에 질린 얼굴을 본 적이 없었다.

신부가 소리쳤다.

「그러지 말아요! 그 사람은 이 일과 아무 상관이 없어요. 아무 죄도 없는 사람이 이런 벌을 받으면 안 되죠. 내가 말하겠어요.」

다시 3월의 하늘에서 천둥이 으르렁거렸다.

75

우울증에 걸린 수컷 개구리가 용한 여자 점쟁이에게 전화를 걸기로 했다. 뭔가 힘이 될 만한 말을 듣게 되지 않을까 기대한 것이다.

점쟁이가 그에게 예언한다.

「당신은 머잖아 아주 예쁜 여성을 만나게 될 것이고, 그 여성은 당신에 관해서 모든 것을 알고 싶어 하겠군요.」

「듣던 중 반가운 소리네요! 그런데 그 여성을 언제 만나게 될까요? 늪 축제 때 만나게 되나요?」

「아뇨. 당신이 그 여자를 만나는 건……

다음 학기 생물학 실험실에서로군요.」

다리우스 워즈니악의 스탠드업 코미디

「동물은 우리의 친구」 중에서

76

신발창에 진흙이 달라붙고 콧구멍에서 더운 김이 새어 나온다.

비는 가느다란 는개로 변했다. 그들 여섯 사람은 바람이 몰아치는 벌판을 걸어 거석들이 죽 늘어서 있는 곳에 다다랐다.

「우리는 BQT라는 이니셜이 무슨 뜻인지 몰라요. 우리가 알고 있는 것은 GLH라는 세 글자가 어떤 비밀 결사를 가리키고 이 비밀 결사의 구성원들이 〈BQT의 수호자들〉을 자처하고 있다는 사실뿐이에요. BQT에 대해서 우리가 알고 있는 거라곤 〈정신에 치명적인 독〉이라는 것밖에 없어요.」

이지도르가 중얼거렸다.

「이 취재가 흥미진진하게 돌아가기 시작하는군.」

멀리서 천둥소리가 들려왔다. 다시 소낙비가 내릴 기세였다.

그들은 선돌들 사이로 나아갔다. 선돌들이 마치 번갯불 덕분에 소생한 거인들처럼 보였다.

뤼크레스가 물었다.

「아까는 우리가 누구라고 생각했던 거죠?」

이지도르가 끼어들었다.

「GLH의 적들이라고 생각하셨다잖아요. 못 들었어요? BQT를 손에 넣으려고 하는 자들로 여긴 거예요. 당신이 공격적으로 나오니까 더욱 그렇게 생각했고요. 벌써 잊은 모양인데, 이분들은 당신이 복갑을 열까 두려워서 여기에 왔어요.」

그녀는 따끔하게 쏘아 주려다가 치미는 말을 도로 삼켰다.

……왜 자꾸 남들 대신 자기가 대답하는 거야? 짜증 나, 짜증 나.

348

신부는 무성한 잡초들이 남실거리는 초원을 가리켰다.

「우리가 트리스탕 마냐르를 마지막으로 본 장소가 바로 여기예요. 당시에 우리는 그가 누구인지 몰랐어요. 나중에 가서야 신문에 난 기사를 보고 기슬랭이 말했죠. 〈아니, 이거 우리가 유머를 어디에서 얻는지 알아내러 왔던 그 사람이잖아〉 하고요.」

「유머를 얻는 장소가 있다는 얘긴데 그게 어디죠?」

그들은 성당 관리인을 돌아보았다. 그는 머뭇거리며 다른 사람들의 눈빛을 살폈다. 그러고는 다들 파리에서 온 두 남녀를 믿어도 좋다고 생각하는 것으로 여기고 마침내 입을 열었다.

「저기예요.」

그는 커다란 바윗돌 세 개가 탁자를 이루듯이 놓여 있는 고인돌을 가리켰다. 그러고는 덮개돌 아래의 굄돌에 파여 있는 우묵한 구멍을 보여 주었다.

「여기 이 녹슨 양철통에 토요일 아침마다 비닐봉지 하나가 들어 있었고, 그 봉지에는 우스갯소리가 적힌 종이가 담겨 있었어요.」

뤼크레스가 물었다.

「언제부터요?」

성당 관리인은 순순히 털어놓았다.

「내 나이 아홉 살 때부터 그 종이들을 거둬 왔어요. 하지만 그 전에 이미 내 아버지가 그 일을 하셨고, 아버지 전에는 할아버지가 하셨죠.」

「그 이야기들을 쓴 사람은 누군데요?」

「그건 아무도 몰랐어요. 아버지는 그냥 이렇게 말씀하셨

349

요. 〈여기 봐라, 이 안에 들어 있는 것을 꺼내다가 신부님께 갖다드려야 해.〉 나는 아버지가 시키신 대로 했죠.」

뤼크레스는 새로 산 카메라로 고인돌의 사진을 여러 장 찍었다.

이지도르가 물었다.

「그럼 형씨가 트리스탕을 여기로 안내했군요?」

「네. 그러자 그는 밤낮으로 여기에서 망을 봤어요. 그러다가 어느 날 갑자기 사라졌죠.」

이번에는 뤼크레스가 물었다.

「그 사람이 어디로 갔을까요?」

성당 관리인이 대답하기도 전에 이지도르가 또 나섰다.

「유머가 적힌 종이를 누가 갖다 놓는지 알아내고 그를 따라갔겠죠.」

성당 관리인은 얼른 고개를 끄덕였다.

「그다음엔요?」

「트리스탕이 사라진 뒤에도 토요일 아침이면 어김없이 우스갯소리를 적어 놓은 종이가 양철통에 들어 있었어요. 그런데 문제가 생기면서 사정이 달라졌죠.」

바람이 더욱 세차게 불기 시작했다.

뤼크레스가 다시 물었다.

「무슨 문제가 생겼는데요?」

르 게른 신부가 하늘을 올려다보며 대답했다.

「파리에서 사람들이 왔어요. 트리스탕 얘기를 하면서 그가 어디로 갔는지 알고 싶어 하더군요.」

이지도르가 동을 달았다.

「그리고 자기들이 GLH에 맞서 싸운다고 말했을 거예요.

350

GLH는 비밀 결사의 하나로서 BQT의 수호를 소명으로 삼고 있다는 얘기도 했을 테고요.」

「뿐만 아니라 BQT가 퍼져 나가면 〈정신을 파괴하는 핵폭탄〉처럼 해악을 끼칠 거라고도 했어요. 어떻게든 그런 위험을 제거해야 한다더군요.」

「그들도 우리처럼 트리스탕 마냐르의 사진을 가지고 있었겠죠? 그래서 여러분은 트리스탕 마냐르와 관계된 거라면 무엇에 대해서든 경계심을 갖게 되었고요. 그렇죠?」

「맞아요.」

는개는 그쳤지만, 하늘은 계속 요란스럽게 울리고 있었다. 그들은 질척거리는 황야를 다시 걷기 시작했다.

뤼크레스가 물었다.

「그런데 파리에서 왔다는 그 사람들은 어디로 갔어요?」

기슬랭 르페브르가 대답했다.

「카르나크 해변으로 가서 배를 탔어요. 요트 클럽 사람들이 그러더군요.」

이지도르가 거들었다.

「트리스탕 마냐르가 간 길을 따라간 것이죠.」

「이지도르, 당신 때문에 짜증 나요. 다른 사람들 대신 대답하는 것 좀 그만둘 수 없어요?」

성당 관리인은 흥을 보듯이 웃었다.

「친구분 말이 맞아요. 내 말을 끊지 않았으면 좋겠어요. 내가 뭐하러 여기 와 있나 하는 생각이 들잖아요. 자꾸 그러면 기분 나쁘죠.」

「그게 뤼크레스 당신한테는 시간을 벌어 주는 일이에요. 그리고 형씨한테는 침을 절약하게 해주는 일이고요. 이제껏 내가 잘못 생각했나요?」

뤼크레스는 그에게서 등을 돌렸다.

「그다음엔 어떻게 됐나요?」

이지도르는 장난기가 발동해서 다시 성당 관리인의 대답을 가로챘다.

「그다음엔 어떻게 됐냐고요? 양철통이 비어 있게 되었죠.」

「맞아요. 그 뒤로는 유머가 오지 않았어요.」

「그게…… 다리우스가 죽기 며칠 전부터죠. 안 그래요?」

성당 관리인은 깜짝 놀라며 대답했다.

「정확하게 아시네요.」

이지도르는 드넓은 황야에 아스라이 늘어선 열석들을 물끄러미 바라보았다.

다시 번개가 하늘에 줄무늬를 그리고 천둥소리가 울렸다. 그는 혼잣말로 중얼거렸다.

「너무 늦은 게 아니라면 좋으련만.」

77

서기 160년.

갈리아 나르보넨시스, 뢰카트시.

로마의 범선이 해안 근처에 다다른다.

당시에 갈리아는 세 지역으로 나뉘어 있었다. 중부와 동부와 서부에 걸쳐 광대한 지역을 포괄하고 있는 켈티카, 남서부의 작은 지역을 나눠 가진 아퀴타니아, 지중해 해안을 모두 포함하면서 가론강에서 알프스 산맥 사이의 남부 지역을 차지하고 있는 나르보넨시스.

배는 나르보넨시스 해안의 작은 도시 뢰카트의 항구에 정박한다.

호사스러운 범선이다. 주민들이 몰려들어 배의 주인이 누구인지를 서로에게 묻는다.

배의 주인은 조금 특별한 인물이다. 로마의 고위 행정관이자 익살과 재치가 넘치는 글들을 쓰는 작가이기도 하기 때문이다.

목청 좋은 전령이 군중에게 소식을 전한다. 로마에서 온 작가는 사모사타의 루키아노스이며 그가 쓴 풍자적인 글들 가운데 하나를 연극으로 만들어 원형 극장에서 상연한다는 것이다.

그 글의 제목은 〈대머리 예찬〉이다. 로마 시민들에게 큰 인기를 끌었던 작품들 가운데 하나다.

연극은 바로 이날 저녁에 상연된다. 관객은 주로 뢰카트의 부자들과 식자들이다. 그들은 즉시 루키아노스의 익살과 풍자에 매료된다.

공연은 며칠 더 연장된다. 로마에서 크게 성공을 거뒀던 루키아노스의 다른 두 작품, 「파리 예찬」과 「죽은 이들의 대화」가 잇달아 상연된다.

그러는 동안 루키아노스는 뢰카트의 시장 루푸스 게데모를 만나러 간다.

그는 용건을 설명한다. 옛날에 자기 조상님 한 분이 뢰카트 앞바다에서 난파를 당하셨다고 하는데 어딘가에 그 기록이 남아 있는지 알고 싶다는 것이다.

다행히 루푸스 게데모는 그의 연극을 보고 감명을 받은 터라 그 재능 있는 작가를 도와주기로 한다. 그래서 루키아노스에게 뢰카트의 고문서 보관소에 들어가는 것을 허락한다.

덕분에 루키아노스는 기원전 159년에 〈칼립소〉라는 배가 정말로 난파당했다는 사실을 알아낸다. 희생자들의 명단에는 한 로마 시민이 들어 있다. 그의 이름은 테렌티우스 아페르이다.

그는 이 발견에 매우 흥분하여, 루푸스 게데모에게 난파선에서 나온 물건들이 수거되었는지 물어본다.

그러자 루푸스 게데모는 그랬을 가능성이 거의 없다면서도 난파선의

습득물을 보관하는 특별한 창고가 있으니 한번 가보라고 한다.

루키아노스는 자기 작품들을 열렬히 환영해 주는 그 도시에 한동안 더 머물기로 결정한다.

그날 오전에 그는 기상천외한 이야기를 쓰기 시작한다. 〈진짜 이야기〉라는 역설적인 제목을 달고 있는 이 작품은 한 여행자와 50명의 그리스 청년들이 80일 동안 미지의 해역을 탐사하고 배가 폭풍에 휩쓸려 달나라까지 날아가는 바람에 우주 전쟁에 참여하게 된다는 식의 경이로운 모험담을 담고 있다. 후대인들의 용어를 빌리자면 그는 최초의 SF 소설을 쓴 셈이다.

그날 오후, 그는 난파선 〈칼립소〉에서 수거된 유물을 찾아낼 수 있으리라는 희망을 품고 두 노예와 함께 습득물 보관 창고를 뒤지기 시작한다.

그러던 어느 날, 그는 루푸스 게데모를 찾아가서 자기가 원하던 것을 찾았노라고 알린다. 그러고는 로마에 가서 몇 가지 일을 처리한 뒤에 이 매력적인 도시에 돌아와서 여생을 마치겠다고 약속한다.

로마 시민들은 루키아노스의 귀환을 반긴다. 그의 익살과 풍자를 아쉬워하던 터이기도 하고 그가 갈리아에서 큰 인기를 누렸다는 것을 아는 터라 그를 더욱 높이 평가하게 된 것이다.

황제 마르쿠스 아우렐리우스는 친히 그를 궁전으로 초대해서 공로를 치하하는 뜻으로 땅을 하사하겠다고 알려 준다. 황제가 말하는 그의 공로란 로마가 단지 군사 대국일 뿐만 아니라 문화를 숭상하는 나라임을 변방의 주민들에게 입증해 보였다는 것이다.

하지만 마르쿠스 아우렐리우스 황제가 죽고 나자 역풍이 불기 시작한다. 그의 아들 콤모두스 황제는 아버지의 총애를 받았던 루키아노스를 달갑게 여기지 않는다. 그래서 루키아노스의 작품을 무대에 올리지 못하도록 극장들을 압박한다.

콤모두스 황제는 검투사 경기를 광적으로 좋아한다. 스스로를 헤라클레스의 분신이라 여기며 직접 경기에 참여하여 검투사들을 무수히 살해하기도 한다.

루키아노스는 검투사 경기를 좋아하지 않는다. 그는 말년의 한 작품에서 작중 인물의 입을 빌려 〈희극의 즐거움은 사람이 사자들에게 잡아먹히는 것을 구경하는 즐거움보다 우월하다〉고 말한다.

콤모두스 황제는 그 말을 자신에 대한 도발로 받아들인다. 그래서 〈희극 배우의 우스갯소리와 그 희극 배우가 사자들에게 잡아먹히는 광경 가운데 어느 쪽이 진정으로 군중에게 웃음을 주는지 확인하겠다〉면서, 루키아노스를 잡아다가 사자들에게 던져 주라고 명령한다.

선황제에 대한 충성심을 간직하고 있는 몇몇 원로원 의원이 그 사실을 루키아노스에게 미리 알려 준다. 덕분에 그는 병사들이 잡으러 오기 전에 가까스로 배를 타고 도망친다.

그의 범선은 다시 갈리아 나르보넨시스 해안의 뢰카트로 나아간다. 이곳에서 이미 유명 인사가 되어 있는 그는 영웅처럼 환대를 받는다.

그는 몇몇 선주민 친구들을 만나서 이른바 〈칼립소의 보물〉를 되찾는다.

그러는 동안 콤모두스 황제가 보낸 병사들이 뒤쫓아 온다.

그러자 사모사타의 루키아노스는 갈리아 사람으로 변장한 채 말을 타고 갈리아의 서쪽 지방으로 달아난다. 브리타니아 사람들의 땅 켈티카로.

유머 기사단 총본부 편, 『유머 역사 대전』 중에서

78

마침내 날씨가 갰다. 노란 요트가 난바다를 향해 질주한다. 브르타뉴 해안이 차츰차츰 시야에서 사라진다.

이지도르는 키를 잡고 있고 뤼크레스는 뱃머리에서 삼각
돛을 조정한다.

이지도르는 아이폰의 GPS를 계속 눈으로 좇는다. 화면에
나타나 있는 위성 지도 상의 작은 점 하나가 그들이 어디로
이동하는지를 알려 준다.

뤼크레스가 물었다.

「무슨 근거로 트리스탕 마냐르가 이리로 갔다고 생각하는
거죠?」

「간단한 추리의 결과죠. 뭍에서는 아무것도 감출 수가 없
어요. 관광객이며 행인이 너무 많아요. 호기심을 가지고 기
웃거리는 이웃 주민들도 너무 많고요. 남들의 눈을 의식하지
않고 자유롭게 활동할 수 있는 진짜 은밀한 비밀 결사를 만
들고 싶다면…… 바다로 나가야죠.」

그때 멀리에 섬 하나가 나타났다. GPS가 알려 준 바에 따
르면 우아트섬이다. 섬의 항구로 작은 배들이 드나들고 있
었다.

「저런 섬을 찾고 있는 건가요?」

「아뇨. 레스토랑도 호텔도 항구도 없는 섬이라야 해요.」

그들은 난바다를 향해 계속 나아가다가 외디크섬 앞으로
지나갔다. 그 유명한 〈성모 마리아 선돌〉이 멀리에서도 보이
기 때문에 그 섬이라는 것을 단박에 알아볼 수 있었다.

「기념물도 없는 섬이라야 해요. 섬에 가보고 싶은 욕구를
불러일으키는 관광적인 요소가 전혀 없어야 하는 거죠.」

그들의 작은 요트는 모르비앙만에서 불어오는 강력한 바
람에 밀려 빠르게 나아가고 있었다.

우현 쪽으로 벨릴앙메르섬이 나타났다. 섬의 건물들과 항구를 드나드는 배들이 보였다.

「벌거숭이 바위섬을 찾아야 한다는 건가요? 비밀 결사라 해도 결국은 사람들로 이루어진 조직이에요. 그들도 먹고 마시고 입어야 하고, 집이 있어야 한다고요.」

이지도르의 눈길은 수평선과 아이폰 화면의 위성 지도 사이를 규칙적으로 오가고 있었다.

그가 들은 척도 하지 않자, 뤼크레스의 마음에 갑자기 원망이 되살아났다.

「아까 그들하고 내가 4 대 1로 싸울 때, 왜 나를 도와주지 않았죠?」

「폭력이란 바보들의 설득 수단이죠.」

「그놈의 틀에 박힌 말들, 이젠 짜증 나요. 게다가 당신은 자기한테 도움이 될 때만 그런 말들을 써먹어요.」

「당신이 싸우는 것을 즐기는 것처럼 보이던걸요. 나는 당신의 오락을 방해하고 싶지 않았어요. 그들 편에 서서 당신을 제압하지 않은 것을 다행으로 알아요. 당신은 주먹이 먼저고 생각은 나중이에요.」

「세상에, 어떻게 그런 말을! 당신 정말…….」

「그래요, 알아요. 당신이 날 사랑한다는 거. 하지만 그건 이루어질 수 없는 사랑이죠.」

「당신은 한낱…….」

「한낱 고독한 곰이죠. 그냥 고독하게 지내는 게 나았을 텐데, 당신이 내 말을 귓등으로 들었어요. 그러니 이제 딴말하지 말고 수평선이나 살펴봐요. 그러다가 벌거숭이 섬이 보이거든 나한테 말해 줘요.」

벨릴앙메르섬을 지나고 나자, 파란 수평선과 가없는 하늘의 경계가 가늠되지 않았다. 난바다로 나선 것이었다.

그들은 오랫동안 항해를 계속했다. 눈에 띄는 것이라곤 멀리서 육중하게 나아가는 유조선 몇 척뿐이었다.

이윽고 이지도르가 작은 섬처럼 보이는 것을 가리켰다.

「저기요? 바위밖에 없는데요.」

「바로 그래서 저기가 아닐까 생각하는 거예요.」

그들은 물기슭에 다다라 요트를 모래톱으로 끌어 올렸다. 그런 다음 작은 섬을 탐사하기 시작했다.

뤼크레스가 물었다.

「뭘 찾아야 하는 거죠? 땅속으로 통하는 트랩도어? 동굴? 지하실? 폴리스티렌으로 된 가짜 바위?」

이지도르는 광맥을 찾는 지질학자처럼 작은 섬을 이리저리 돌아다녔다. 그러더니 30분쯤 지나서 땅바닥에 주저앉으며 말했다.

「여기엔 아무것도 없어요.」

「가끔 당신의 그 〈여성적인 직감〉이 틀리기도 하나 보죠?」

그녀는 배낭에서 통조림 몇 개를 꺼냈다.

「내가 말은 안 했지만, 사실 나는 다리우스를 만난 적이 있어요.」

느닷없는 고백이었다.

「워터 타워에 틀어박혀 사는 줄 알았는데요.」

「친구들이 다리를 놓아 주었어요.」

뤼크레스는 모닥불을 피우고 강낭콩 통조림을 불 위에 올려놓았다.

「나는 다리우스를 만나 보고 싶었어요. 다리우스의 개그

를 들으며 웃은 적은 없지만, 그가 우리 시대의 중요한 인물
이라는 것은 의식하고 있었죠. 사석에서 그를 만난다는 것이
무척 흥미롭게 느껴졌어요. 대통령이나 교황이나 록 스타를
만나는 것처럼요.」

그는 모닥불이 잘 타오르도록 돌멩이들을 놓아서 공기의
통로를 만들었다.

「그날 파티에는 손님들이 정말 많았어요. 3백 명은 족히
되겠더라고요. 다리우스는 그런 파티를 자주 열었던 모양이
에요. 거의 사흘에 한 번꼴로 열었대요. 미디어의 스타, 정치
인, 기자, 영화배우, 코미디언, 톱 모델 등 파리 사교계의 대
표적인 인물들이 거기, 베르사유 궁전을 모방한 그의 대저택
에 모여 있었어요.」

「그의 영결식 때 장례 행렬을 이루었던 바로 그 사람들이
로군요.」

「거기는 그의 궁정이었어요. 루이 14세가 아니라〈리골로[13]
14세〉의 궁정이었죠.」

「멋진 표현이네요.」

「내가 만든 말이 아니라 피에르 데프로주[14]가 콜뤼슈를 두
고 한 말이에요. 콜뤼슈가 주최한 파티에 참석하고 나서 그
경험을 바탕으로 스탠드업 코미디를 만들었는데, 그 제목이
바로〈리골로 14세〉죠.」

13 〈익살꾼〉이라는 뜻.
14 블랙 유머와 통렬한 시사 풍자로 명성이 높았던 프랑스의 유머 작가이자
코미디언(1939~1988). 생명 보험 영업 사원 등 갖가지 직업을 전전하다 30세
가 넘어서야 신문 기자가 된 뒤 인습에서 벗어난 파격적인 인터뷰로 대중의 관
심을 끌었고 이후 라디오의 시사만평과 토크 쇼, 스탠드업 코미디 공연 등으로
프랑스인들의 사랑을 받았다.

「다리우스 얘기를 계속해 봐요.」

「꽂꽂이 수반 같은 커다란 그릇들에 1백 유로짜리 지폐들이 쌓여 있고 그 위에 〈드세요〉라는 말이 적혀 있었어요. 그리고 조금 떨어진 곳에는 〈마음의 선물입니다〉라는 글귀 아래에 또 다른 그릇들이 놓여 있었는데, 거기에는 코카인이 밀가루처럼 가득가득 담겨 있더라고요.」

「인심 한번 후하군요.」

뤼크레스는 물통을 꺼내어 이지도르에게 내밀었다.

「나는 파티가 열리는 동안 줄곧 다리우스를 관찰했어요. 마치 동물원의 맹수를 살펴보듯이 말이에요. 다리우스의 형이라는 사람이 방송용 카메라로 계속 그를 촬영하고 있더라고요. 화장실에 갈 때도 카메라를 들고 따라가니까 그가 한 마디 하더군요. 〈됐어, 그만해, 여기는 나 혼자 가야지.〉 내 눈에는 그게 좀 이상해 보였어요.」

「그의 형이 계속 따라다니면서 촬영을 했다고요?」

「그렇다니까요. 형뿐만 아니라 모두가 그를 주시하고 있었어요. 그가 별것 아닌 말을 한두 마디 내뱉기만 해도 모두가 웃어 댔고, 〈정말 대단해〉 하는 말이 여기저기에서 들려 왔어요.」

「그걸 거북해하지는 않던가요?」

통조림이 데워진 듯했다. 뤼크레스는 그 내용물을 플라스틱 접시 두 개에 나눠 담았다.

「거북해하기는커녕 즐기는 것 같던걸요. 이런 장면도 생각이 나요. 어떤 남자 손님이 폴란드 사람들에 관한 우스갯소리를 했어요. 자기 딴에는 간접적으로 주인에게 경의를 표하겠다는 뜻으로 했을 거예요. 다리우스는 조금 웃는 척을

하더니 갑자기 벌떡 일어나서 경호원들에게 그 남자를 붙잡
으라고 신호를 보냈어요. 그러고는 있는 힘을 다해 그 남자
를 때리더군요. 남자가 바닥에 쓰러질 정도로요. 아무도 감
히 뭐라고 하지 않았어요. 내가 보기에 다리우스는 격해지기
쉽고 자존심을 잘 다치는 사람이었어요. 자기는 모두를 조롱
하면서도 남이 자기를 놀리는 것은 못 참았어요. 자기가 폴
란드 출신이라는 사실을 두고 농담을 하는 것조차 견디지 못
했던 사람이에요. 또 하나의 역설이죠. 유머리스트가 유머
감각이 없었으니.」

「다리우스가 그런 짓을 했다니, 상상이 안 돼요.」

「그뿐인 줄 알아요? 그는 한 여자를 자기 친구에게 선물하
려고 했어요. 여자는 스웨덴 출신의 모델이었는데, 그 친구
가 수작을 걸어오자 싫은 기색을 했죠. 그러자 다리우스는
여자의 뺨을 찰싹 때리면서, 〈웬 잘난 척이야, 이 계집애 쫓
아 버려!〉 하고 소리치더군요. 그런 식으로 다리우스는 아무
일에나 벌컥벌컥 화를 냈어요. 그래서 그런지 모두가 그를
두려워하는 것 같았어요.」

「과장하지 않는 거 맞아요? 혹시…… 당신이 편견을 가지
고 있었던 건 아닌가요?」

갈매기 한 마리가 그들 곁에 내려앉아서 그들을 살피듯이
말끄러미 바라보고 있었다.

「그날 밤, 그는 자기가 발굴한 신인 개그맨에게 스탠드업
코미디 하나를 해보라고 했어요. 그 개그맨은 즉석에서 연기
를 했죠. 그런데 아무도 귀를 기울이지 않았어요. 그러자 다
리우스는 경호원의 리볼버를 빼앗더니 천창을 향해 쏘았어
요. 모두가 동작을 딱 멈추자 그가 소리치더군요. 〈당신들은

남을 존중하는 마음이 눈곱만큼도 없어. 이 식객 떨거지들! 기생충들! 비열한 아첨꾼들! 이 젊은이가 당신들을 즐겁게 해주려고 애쓰고 있는 게 안 보여? 걸신들린 사람들처럼 먹는 데 정신이 팔려서 이 친구의 코미디는 안중에도 없잖아! 돈을 내라는 것도 아니고 그저 입 다물고 들어 달라는 것뿐인데, 그것도 못 해주나?〉」

「후배를 밀어주는 건 고마운 일이죠.」

「연회장은 쥐 죽은 듯 조용해졌죠. 젊은 개그맨은 하려던 것을 마저 했어요. 그러자 모두가 다리우스를 기쁘게 하기 위해 억지로 웃어 댔어요. 그는 정말 왕이더군요. 리골로 14세, 아니 콜뤼슈가 리골로 14세였으니까 리골로 15세라고 해야겠네요.」

「완전히 흰 사람도 없고 완전히 검은 사람도 없어요. 내가 보기에 다리우스는 진짜 재능 있는 코미디언이었어요. 자기와 같은 일을 하는 사람들을 존중할 줄도 알았고요. 하지만 당신 얘기를 듣고 보니, 그를 싫어할 만한 이유도 적지 않은 것 같군요.」

「가장 큰 문제는 리골로 15세가 이름 없는 사람들의 유머를 약탈해서 자기 왕국을 건설했다는 것이에요. 그는 아메리카 대륙의 정복자들처럼 행동했어요. 선주민들의 땅을 빼앗아서 팻말을 박고 철조망을 친 다음 소유권이라는 개념을 만들어 낸 백인들처럼 말이에요. 그는 법률적인 공백을 악용했어요. 창작자가 아니라 도둑이었죠.」

「그렇다면 그의 재능은 남들이 지어낸 우스갯소리들을 적절한 어조와 적절한 연기로 소개하는 것이었던 셈이군요. 하기야 코미디언이란 시나리오 작가보다는 배우에 더 가깝죠.」

이지도르는 자기 접시에 담긴 강낭콩을 숟가락으로 퍼 먹었다.

그녀가 말했다.

「객석을 가득 메운 관객들 앞에서 그들이 웃어 주기를 기대하며 개그를 한다는 게 결코 쉬운 일은 아니죠. 나는 너무 겁나서 못 할 것 같아요.」

「내가 보기엔 아주 잘할 것 같은데요.」

「당신 앞에 5백 명의 관객이 있다고 상상해 봐요. 웃기 위해서 돈을 내고 들어온 관객들, 당신이 실패하면 비웃을 준비가 되어 있는 관객들.」

이지도르는 물을 끓였다. 그런 다음 그녀에게는 냉동 건조 커피를 내밀고 자기는 녹차를 타서 마셨다.

그는 쌍안경을 들고 먼 곳을 살피면서 말했다.

「무명씨들의 우스갯소리를 자기 공연에 써먹는 것은 분명 도둑질이에요. 다만 피해자들이 고소를 하지 않기 때문에 모두가 대수롭지 않게 생각하는 것이죠.」

이번에는 그녀가 일어나서 바다를 살폈다.

「우리가 GLH를 찾아낼 거라고 생각해요?」

「트리스탕 마냐르는 그것을 믿었어요. 그러니까 배를 타고 이리로 왔겠지요.」

「이건 그냥 물어보는 건데요, GLH가 이 섬에 있으리라 생각한 이유가 뭐죠?」

「배를 타기 전에 지도를 구했어요. 트리스탕 마냐르를 뒤쫓아 간 패거리가 어느 뱃길로 갔는지를 짐작하게 해주는 항해 지도들 말이에요.」

「그들이 여기에서 멈췄나요?」

「여기 어디쯤인 건 맞아요. 하지만 바로 이 섬인지는 잘 모르겠어요.」

뤼크레스는 어이가 없다는 표정을 지었다.

「잘 모른다고요?」

「점점 멀리 나아가면서 이 근방을 죽 살펴볼 생각이었어요. 오래 걸리지는 않을 거예요. 내가 보기에 이쪽에 있는 건 분명해요.」

「하지만 여긴 난바다예요! 이건 마치……」

「건초 더미에서 바늘을 찾는 격이다 이거죠? 그러면 내가 무어라고 대답할지 알겠네요.」

「건초 더미에 불을 지르고 자석을 그 재에 갖다 대면 된다는 거죠? 그것도 당신이 좋아하는 말 가운데 하나잖아요.」

「안심해요, 뤼크레스. 항만청 해도를 보니까 모르비앙만의 이 구역에 뱃길이 닿지 않는 섬들이 세 개 있더라고요. 배들을 끌어들일 만한 요소가 전혀 없는 섬들이죠. 이제 두 군데만 더 가보면 돼요. 시간도 충분하고요.」

그녀는 자리를 털고 일어나더니 알아들을 수 없는 말을 웅얼거리면서 짐들을 서둘러 배낭에 담았다.

그들은 다시 요트에 올라타서 수평선 쪽으로 출발했다. 수평선과 맞닿은 하늘이 어두워지고 있었다.

79

어느 초등학교 교사가 논리적 사고에 관한 수업을 하면서 학생들에게 묻는다.

「까마귀 세 마리가 전깃줄에 앉아 있는데 포수가 한 마리를 맞혀 떨어뜨렸어. 그럼 몇 마리가 남았을까?」

한 학생이 즉시 대답한다.

「당연히 두 마리죠.」

교사는 고개를 가로젓는다.

「아냐, 한 마리도 남지 않았어. 나머지 두 마리는 총소리에 놀라서 날아
가 버렸거든. 이런 문제에 어떻게 대답하는가를 보면 그 사람이 어떤
식으로 사고하는지를 알 수 있어. 네 대답은 네가 아주 단순하게 사고
한다는 것을 보여 주는 거야.」

그러자 학생이 되받는다.

「이번에는 제가 선생님께 문제를 내도 될까요?」

「좋지. 논리적 사고에 관한 우리 수업과 동떨어진 문제가 아니라면 말
이야.」

「세 여자가 백사장에서 아이스크림을 먹고 있어요. 첫 번째 여자는 혀
로 핥아 먹고 두 번째 여자는 야금야금 깨물어 먹고 세 번째 여자는 입
안에 넣고 빨아 먹어요. 셋 가운데 결혼한 여자는 누구일까요?」

「그야 세 번째 여자겠지.」

「아뇨. 정답은 〈결혼반지를 끼고 있는 여자〉예요. 이런 문제에 어떻게
대답하는가를 보면 그 사람이 어떤 식으로 사고하는지를 알 수 있죠.
선생님의 대답은 선생님의 심리 상태를 잘 말해 주고 있어요.」

다리우스 워즈니악의 스탠드업 코미디

「논리 문제」 중에서

80

빛살이 설핏해지고 날씨가 서늘해진다.

그들의 손은 몇 시간 전부터 밧줄을 꼭 쥐고 있는 탓에 하
얗게 변해 간다.

하늘은 끊임없이 바뀌는 무대 장식 같다. 날은 빠르게 저물어 가고 작은 요트는 더욱 빠른 속도로 나아간다.

이지도르는 갑자기 어떤 직감이 스친 듯, GPS를 보며 좌현 쪽으로 방향을 틀었다.

「내가 기대를 걸고 있는 곳에 곧 도착할 거예요.」

「당신의 그 〈직감〉이 또 발동한 건가요? 아까는 날씨가 좋아서 그나마 다행이었는데.」

바로 그 순간, 검게 변한 하늘에서 번개가 번쩍였다. 천둥소리가 요란하게 울리고 무수한 여음이 이어졌다. 빗방울이 후드득거렸다.

돛에 달린 리본들이 곤추서고 돛대의 풍향계가 빙글빙글 돌아간다. 잔잔하던 물결이 너울로 변하여 넘실거린다. 수평선에서 롤러처럼 둥글게 솟아난 파도가 점점 크게 굽이치며 그들 쪽으로 덤벼든다.

작은 요트가 바람에 맞선다. 파도가 소용돌이치며 선체를 밀어 올린다. 돛이 바람에 휩쓸리며 아우성을 친다. 두 사람은 밧줄에 매달린다. 그러는 동안에도 그들의 배는 성난 너울을 헤치며 내달린다.

이지도르는 뤼크레스에게 삼각돛을 내리라고 손짓을 보냈다. 그녀는 즉시 돛을 내리고 아딧줄을 밧줄 거는 곳에 묶었다.

그녀는 파도가 뱃전을 때리는 소리에 자기 목소리가 묻히지 않도록 고함을 질렀다.

「이제 뭘 하죠?」

「물을 퍼내요! 물이…… 종아리까지 차올랐잖아요!」

「나는 요트를 처음 타보는 거예요!」

「나도 그래요.」

「뭐라고요? 잘 못 들었어요!」

「나는 배우는 중이라고요!」

그때 여느 것들보다 높은 너울이 뱃머리를 때렸다. 배는 높이 솟구쳤다가 요란한 소리를 내며 다시 떨어졌다.

그 충격에 이지도르는 키를 놓쳤다. 즉시 배의 항로가 바뀌었다.

알루미늄으로 된 하활이 바람 소리를 내며 허공을 가르더니 뤼크레스의 눈두덩을 때렸다.

그녀는 반쯤 정신을 잃었다가 파도가 얼굴을 덮치는 서슬에 다시 정신을 차렸다. 뺨으로 피가 흘러내리고 있었다.

이지도르는 즉시 그녀 쪽으로 갔다. 내색은 별로 안 해도 그녀를 걱정하는 마음이 큰 것이었다. 그는 뱃전을 덮쳐 오는 파도를 피하면서 소리쳤다.

「우주를 대하는 당신의 태도를 바꿔야 해요. 늘 화를 내고 있으니까 세계가 당신의 분노에 대답하는 거예요. 당신이 공격하면 세계는 반격을 가하게 마련이죠.」

그녀는 이마에 생긴 혹이 커지는 것을 느끼면서 되받았다.

「이지도르, 그게 유머인지 철학인지 모르지만 진짜 마음에 안 들어요.」

「조심! 고개 숙여요!」

삼각돛의 하활이 다시 허공을 갈랐다. 뤼크레스는 아슬아슬하게 그것을 피했다.

「영리한 사람은 똑같은 실수를 되풀이하지 않아요.」

이지도르가 그렇게 소리치는 순간, 다시 높은 너울이 밀려오면서 요트가 물마루로 솟구쳤다가 떨어졌다. 이지도르는 몸이 앞으로 확 쏠리는 것을 느꼈다. 그때 알루미늄 활대가 이번에는 그의 이마를 때렸다. 속이 빈 나무를 두드릴 때와 같은 소리가 났다. 그는 쓰러질 듯 비틀거렸다. 남에게 해준 충고는 자기에게 돌아온다는 말이 딱 들어맞는 상황이었다.

그는 이마에 손을 대고 불룩하게 부어오른 것을 확인했다.

그들은 균형을 잡기 위해 자세를 낮추고, 밧줄을 당겨 돛을 내리려고 했다. 그러잖아도 거센 풍랑에 휩쓸리고 있는 터라 펄럭이는 돛 때문에 배가 더욱 불안정해지는 것이라도 막으려는 것이었다.

하늘은 갈수록 어두워지고 있었다. 어스름이 밀려오는 것처럼 주위가 어둑했다.

바람이 더욱 드세게 불어왔다. 배는 계속 기우뚱거렸다. 아슬아슬하게 전복을 모면한 게 한두 번이 아니었다. 그들은 엉금엉금 기는 자세로 손에 닿는 것이면 무엇이든 붙잡고 매달리면서 물을 퍼냈다.

뤼크레스는 뱃멀미가 치미는 것을 느끼며 뱃전 너머로 고개를 내밀었다. 이지도르는 그녀가 토악질을 하는 동안 그녀를 꼭 붙들어 주었다.

거대한 너울이 갑자기 그들을 덮쳐 왔다. 배는 통제에서 벗어나 저 혼자 항로를 바꾸었다.

그들은 바람과 추위와 속도에 취한 채 비틀거렸다. 바닷물을 뒤집어쓸 때마다 숨이 콱콱 막혔다.

그때 난데없이 뾰족한 암초가 나타나서 합성수지로 된 선체에 구멍을 냈다.

그러자 모든 것이 느린 화면처럼 펼쳐졌다.

배가 폭발음처럼 요란한 소리를 내면서 그대로 멈춰 섰다. 그 반동으로 배에 타고 있던 두 사람은 앞으로 멀리 튕겨 나갔다. 그들은 즉시 의식을 잃었다.

81

서기 5세기 말엽.

갈리아. 켈티카. 브로셀리앙드 숲 인근.

로마 제국이 무너져 가고 있었다.

모든 국경을 동시에 공격하는 이민족들의 기세에 밀려 로마 문명이 쇠퇴하고 있었다.

브르타뉴 땅에 주둔해 있던 로마 제17군단은 갈리아를 가장 나중에 떠난 군단들 가운데 하나다.

군단의 지휘관들은 주둔지를 떠나면서 이민족의 침입에 맞서 켈티카 지방을 지키도록 약간의 정예병들을 남겨 두었다. 갈리아 귀족층의 자제들인 이 병사들은 로마 군단의 장교들에게서 교육을 받은 뛰어난 전사들이었다.

한편 이미 영국에서 브리타니아 사람들을 몰아낸 색슨족은 그들을 점점 더 남쪽으로 내려가도록 압박하면서 갈리아의 북쪽 국경으로 쳐들어왔다.

그러자 브르타뉴의 갈리아 사람들은 전쟁을 이끌어 줄 왕을 선출하기로 했다. 그들은 가장 지략이 뛰어난 인물을 선택했다. 그 인물의 이름은 아서이다.

아서는 로마 군단에서 훈련을 받은 정예병들을 신속하게 불러 모았다. 이들은 켈트족이었지만 로마의 영향을 받아 기독교 신자가 된 사람들이었다. 아서는 전투에서 뛰어난 능력을 보인 병사들 열두 명을 골라 기사로 임명했다. 열두 명을 선택한 이유는 예수의 사도 수에 해당하는

12의 상징성 때문이었다. 그들에게는 〈원탁의 기사들〉이라는 별명이 붙었다. 이 이름은 그들이 둥근 탁자에 둘러앉아 회의를 열었던 데서 유래한 것이다.

색슨족과 픽트족(스코틀랜드에서 온 이 부족을 그렇게 부르는 것은 그들이 얼굴에 색칠을 하는 사람들, 즉 〈픽티〉이기 때문이었다)은 만만한 상대가 아니었다. 하지만 아서와 그의 기사들은 꿋꿋하게 버텨 나갔다. 아서는 매우 미신적인 주민들의 지지를 얻기 위해서 심리전에서도 승리를 거둬야 한다고 생각했다. 그래서 마법사이자 드루이드인 멀린에게 도움을 청했다. 멀린은 열두 기사들에게 신성한 임무를 부과했다. 십자가에 못 박힌 예수의 피를 받았다는 술잔, 즉 성배를 찾아내는 것이 바로 그 임무였다.

어느 날, 예루살렘에서 돌아온 호수의 기사 랜슬롯이 황금빛 술잔을 보여 주며 〈성배를 찾았습니다!〉 하고 소리쳤다. 누구도 그게 성배가 아니라고 주장할 수 없었다. 그리하여 하나의 전설이 만들어졌다. 아서 왕과 열두 기사들은 일약 신화적인 정당성을 얻게 되었다. 바야흐로 로마 제국에서 프랑크 왕국으로 옮아가던 과도적인 시대가 그 절정기를 맞이하고 있었다.

그런데 기사들의 모임에 문제가 생겼다. 그들은 하나같이 혈기가 너무 왕성한 젊은이들이라서 서로 사이가 좋지 않았다. 기사 가웨인은 호수의 기사 랜슬롯이 귀니비어 왕비와 동침했다고 폭로했다. 두 젊은이는 결투를 벌였고 랜슬롯이 가웨인을 죽였다. 이로써 기사들의 단결이 깨지고 랜슬롯을 지지하는 사람들과 아서왕을 지지하는 사람들로 편이 갈렸다.

그러자 마법사 멀린이 왕에게 말했다.

「전하, 우리의 문제는 외적을 물리친 뒤에 내부의 적을 만들어 서로 싸우고 있다는 데에 있습니다. 무위는 악행의 근원입니다. 기사들에게 새로운 임무를 부과해야 합니다.」

그때 예루살렘으로 떠났던 갤러해드가 돌아왔다. 그는 거기에서 〈제2의 성배〉에 관한 이야기를 들었다고 보고했다.

「신비주의 교파에 속한 일부 사람들은 그것을 〈솔로몬의 보검〉이라 부르고 있었습니다. 첫 번째 성배가 형체를 가진 물건이라면, 제2의 성배인 〈솔로몬의 보검〉은 형체가 없는 정신의 보물이라 합니다.」

그러자 아서왕은 기사들에게 일거리를 줄 수 있게 된 것을 매우 기뻐하며 말했다.

「좋다. 기사들을 보내 그 보물을 찾아오도록 해라.」

왕이 지명한 기사는 캐러독과 갤러해드와 다고넷이었다.

세 기사는 2년에 걸친 조사 끝에, 솔로몬 성전의 보물로 간주되는 목갑이 존재한다는 것, 그리고 이 목갑에 들어 있는 것은 금은보석이 아니라 정신적인 보물이고 그것을 일컬어 〈솔로몬의 보검〉이라 한다는 사실을 알아냈다.

그들은 그 보물의 정체에 궁금증을 느끼고 행방을 추적하기 시작했다. 그것은 결코 쉬운 일이 아니었다. 그들은 여섯 달이 지나서야 추적의 실마리를 잡았다. 신바빌로니아 왕국의 군대가 예루살렘에 쳐들어왔을 때, 한 히브리인이 목갑을 가지고 그리스로 피신했다는 사실을 알아낸 것이었다.

그 히브리인의 자취를 찾아내는 데에는 1년이 더 걸렸다. 그는 베냐민 지파의 임마누엘이었고 그가 피신한 곳은 아테네였다.

세 기사는 아테네로 갔다. 거기서 알아낸 것은 임마누엘이 그 보물을 에피카르모스라는 희극 작가에게 넘겨주었고 이 작가가 다시 그것을 어딘가에 감췄다는 것이었다.

그들은 낙담하지 않고 오랫동안 조사를 벌여 보물의 행방과 관련된 새로운 사실들을 알아냈다. 〈솔로몬의 보검〉은 그리스의 희극 작가 아리스토파네스의 수중으로 들어갔다. 그는 이 보물을 일컬어 〈바보들을 침묵시키기 위한 완벽한 무기〉라고 했다. 보물의 그다음 주인은 로마의 희극 작가 테렌티우스였다. 그는 이 보물을 〈거드름쟁이들을 잡아가는 저승사자〉라 불렀다. 그는 갈리아로 여행을 갔다가 뢰카트 앞바다에서 조난을 당했다. 〈솔로몬의 보검〉은 그가 뢰카트에 숨겨 둔 것으로 추정되고 있었다.

세 기사는 나르보넨시스 지방으로 가서 보물의 행방을 계속 추적했다. 기사 다고넷은 목갑이 정말 뢰카트에서 발견된 적이 있음을 알아냈다. 하지만 로마 황제의 탄압을 피해 도망쳐 온 루키아노스라는 작가가 그것을 챙겨 북서쪽 지방으로 피신했다는 사실이 이내 밝혀졌다.

그들은 오랫동안 보물을 찾아다닌 끝에 사실상 출발점으로 돌아가게 되었다는 것을 확인하고 크게 놀랐다.

사모사타의 루키아노스가 〈솔로몬의 보검〉을 브르타뉴에 숨겨 놓았다는 것, 그것이 추적의 결론이었다. 이미 셋 가운데 가장 익살스러운 면모를 보이고 있던 다고넷은 〈고생한 보람이 있어. 등잔 밑이 어둡다는 진리를 깨우쳤잖아!〉하고 자조하지 않을 수 없었다.

그들은 1년 동안 더 찾아다니고 나서야 마침내 보물이 브로셀리앙드 숲의 어느 선돌 밑에 감춰져 있다는 사실을 알아냈다. 그 장소는 아서 왕이 성검 엑스칼리버를 바위에서 뽑아낸 곳에서 그리 멀지 않았다.

세 기사 가운데 가장 힘이 센 캐러독이 선돌을 들어 올렸다. 그 아래에는 커다란 궤가 감춰져 있었고, 궤의 뚜껑을 강제로 열자 작은 목갑이 나왔다.

캐러독은 〈솔로몬의 보검〉이 비수나 단검일 거라고 생각했다.

목갑에는 금색 글자로 〈Hic nunqruam lergendum est(절대로 읽지 마십시오)〉라는 라틴어 문장이 적혀 있었다.

목갑의 뚜껑을 연 사람은 다고넷이었다. 안에는 양피지 문서가 들어 있었다. 그는 라틴어를 모르는 터라 문서를 해독할 수가 없었다. 그래서 그것을 캐러독에게 내밀었다. 캐러독은 그것을 읽자마자 죽었다. 갤러해드는 그의 어깨 너머로 읽은 뒤에 똑같은 운명을 맞았다.

다고넷만이 라틴어를 몰랐던 덕에 살아남았다.

하지만 그는 무시무시한 무기를 손에 넣었다는 사실을 알아차렸다. 그래서 목갑을 다시 감추고 비밀 기사단을 만들기로 했다. 그 기사단의 이름은 〈솔로몬 보검의 수호자들〉이었다. 단원들의 수는 얼마 되지 않았다. 신입 단원을 선발하는 주된 기준 가운데 하나는 라틴어를 몰라야 한다는 것이었다.

유머 기사단 총본부 편, 『유머 역사 대전』 중에서

82

갈매기 한 마리가 뤼크레스의 얼굴로 다가가더니 부리로 그녀의 감긴 눈꺼풀을 겨냥한다.

갈매기는 머뭇거리며 몇 센티미터 떨어져서 그녀의 눈꺼풀을 톡 쫀다. 그녀가 반응을 보이는지 알아보려는 듯하다. 그녀가 움직이지 않자 갈매기는 과감하게 그녀의 머리 위로 뛰어오른다. 그러고는 부리를 귀로 접근시켜 귓불을 콕 찍는다.

이번에는 반응이 활발하다.

뤼크레스는 한 손으로 갈매기를 쫓고 눈을 떴다. 그러고는 자기가 검은 바위에 둘러싸여 있음을 알아차렸다.

그것 말고는 보이는 게 별로 없었다. 짙은 안개가 섬을 뒤덮고 있었다.

하늘에 은빛 햇무리가 떠 있는 듯했다. 그렇다면 섬에서 밤을 보내고 새날을 맞았다는 얘기였다.

입안에서 피 맛이 느껴졌다. 그녀는 기신기신 몸을 일으켰다.

조금 걷다 보니 부서진 요트가 바위에 얹혀 있는 것이 보였다. 파도가 바위에 부딪칠 때마다 하얀 물거품이 일었다.

「이지도르! 이지도르!」

대답이 없었다. 그녀는 좌초한 요트를 뒤져 보고 주위를 살펴보았다. 마침내 실루엣 하나가 눈에 띄었다. 조금 떨어진 곳에 바다 쪽으로 뾰족하게 머리를 내민 바위가 있고 거기에 이지도르가 서 있었다. 아이폰을 손에 들고 이리저리 움직이며 무언가를 시험하는 중이었다.

「이지도르, 대답 좀 하면 어디가 덧나요? 나쁜 일이 생긴 줄 알았잖아요.」

그는 돌아보지도 않고 말했다.

「못 들었어요. 하지만 당신이 살아 있다는 것은 이미 확인했어요.」

그는 아이폰을 위로 올렸다가 내렸다. 여기저기에 피멍이 들고 상처가 나 있었다. 그녀처럼 배가 난파할 때 어딘가에 된통 부딪친 것이었다.

「나한테 괜찮으냐고 물어보려던 참이었다면 내 대답은 이래요. 〈괜찮은 것 같긴 한데 곳곳에 피멍이 들었고 온몸이 쑤셔요.〉 그다음에 당신이 〈어디 심하게 다친 데는 없어요?〉 하고 물었다면, 나는 이렇게 대답했을 거예요. 〈아뇨, 걱정 말아요, 곧 회복될 것 같아요.〉 모름지기 신사라면 심각한 사고를 겪고 난 양갓집 규수를 상대로 그런 대화를 나눠야 하는 거예요.」

「우리에게는 그런 인사치레보다 더 중요한 일이 있어요.」

「인사치레가 아니라 기본적인 예절이죠.」

「그렇게 예절을 잘 아는 사람이 미친 황소처럼 카르나크 토박이들에게 덤벼들었어요? 이 지역 주민들을 대하는 거 보니까 당신 역시 예절하고는 좀 거리가 먼 사람처럼 보이던 걸요. 인사는 말로 하는 거지 발길질로 하는 게 아니에요.」

「그건 정당방위였어요. 그들은 엽총으로 무장하고 있었다고요.」

그는 어깨를 으쓱 추켜올리고 다시 아이폰으로 무언가를 포착하려고 했다.

「간간이 신호가 잡혀요. 내 생각엔 우리가 외디크섬 인근 해역에 있는 카르디노 암초 등대 너머로 와 있는 것 같아요. 그런데 이상해요. 이 섬이 어떤 지도에도 나와 있지 않아요.」

「혹시 〈로스트〉에 나오는 섬이 아닐까요?」

「어느 텔레비전 드라마를 두고 하는 얘기 같은데, 나는 드라마를 보지 않아요. 오로지 뉴스만 보죠. 아무튼 이 섬은 구글 맵에도 나오지 않아요. 정작 놀라운 것은 바로 저거예요.」

그녀는 그가 가리키는 곳을 보았다. 둥근 탑 같은 것이 보였다.

「등대로군요.」

「맞아요, 그런데 알려지지 않은 등대예요. 브르타뉴 등대 목록에 나와 있지 않아요. 따라와요.」

그들은 등대 쪽으로 걸어갔다. 안개 사이로 등대가 천천히 모습을 드러냈다. 사용하지 않고 오랫동안 버려 둔 등대처럼 보였다.

그들은 참나무로 된 출입문 앞에 다다랐다. 문은 녹슨 자물쇠로 잠겨 있었다.

이지도르는 문을 살펴보면서 말했다.

「우리가 제대로 찾아온 것 같은데요.」

「글쎄요. 폭풍이 그렇게 용할까요? 우리가 찾는 바로 그 섬에 우리를 던져 놓을 만큼…….」

이지도르는 몸을 숙여 작은 물건을 주웠다. 작은 하트를 담은 눈알이 새겨진 분홍색 배지였다.

뤼크레스는 문손잡이를 돌려 보았다. 헛일이었다. 이지도르가 한 걸음 물러서서 문을 살피는 동안 그녀는 어깨로 문을 쾅쾅 두드려 보았다. 어깨만 아플 뿐이었다.

그녀는 이지도르 옆으로 가서, 그가 하는 것처럼 오랜 세월 풍우에 씻긴 나무문을 가만히 바라보았다.

「유머와 관련된 비밀 결사라……. 어쩌면 그들은 별난 방식을 사용해서…….」

그녀의 머릿속으로 섬광이 스쳐 갔다.

「문이 거꾸로 되어 있어요!」

그녀는 문을 이리저리 만져 보다가 자물쇠와 돌쩌귀의 위치가 뒤바뀌어 있음을 알아차렸다. 진짜 자물쇠는 가짜 돌쩌귀 쪽에 있고, 진짜 돌쩌귀는 가짜 자물쇠 쪽의 내부에 숨어 있는 것이었다. 아닌 게 아니라 반대쪽을 밀자 문이 딸깍하고 열렸다.

「훌륭해요, 뤼크레스」

「뭘요. 문과 자물쇠는 내 전문 분야인데.」

그들은 휴대 전화기의 불빛으로 앞을 밝히면서 안으로 들어섰다. 위아래로 통하는 계단이 나타났다. 그들은 먼저 위쪽으로 가보기로 했다.

계단은 등대 꼭대기로 이어지고 있었다. 바람이 윙윙거리며 등대 벽을 때렸다.

이지도르는 등대의 관측소를 둘러보았다. 관측소 한복판
에는 커다란 탐조등이 있었다. 유리와 구리로 된 케이스 안
에 램프며 반사경 등이 들어 있는 장치였다. 조금 떨어진 곳
에는 탁자가 놓여 있었다. 지도며 컴퍼스며 육분의가 보였
다. 먼지가 뽀얗게 앉은 것으로 보아 아주 오래전부터 아무
도 발을 들이지 않은 듯했다.

뤼크레스는 좁은 통로로 나가는 문을 열었다. 통로는 등
대 꼭대기의 베란다로 이어지고 있었다. 베란다로 나서자마
자 축축한 바람이 얼굴을 때렸다.

그들은 나란히 서서 광활하게 펼쳐진 바다를 바라보았다.

「여기엔 아무것도 없어요.」

뤼크레스는 세찬 바람에 머리카락을 휘날리며 그렇게 결
론을 내렸다.

「뭐가 있을 거라고 기대했는데요?」

「당신은 우리가 아무것도 찾아내지 못하리라는 것을 알고
있었다고 말하고 싶은 거죠?」

「그래요, 잘 아네요.」

「그렇다면 무엇하러 여기에 올라왔어요?」

「그냥 확인하러, 그리고 단서를 찾으러 올라왔죠.」

이지도르는 관측소로 되돌아가서 수납장을 열고 럼주 한
병을 찾아냈다. 그러고는 술병을 그녀에게 내밀었다. 그녀
는 병나발을 불었다. 그도 병에 입을 대고 마셨다.

「당근주스랑 녹차랑 아몬드우유만 마시는 줄 알았는
데요.」

「그래요. 하지만 상황이 상황이니만큼…….」

그러면서 그는 다시 병의 주둥이를 입술에 갖다 댔다.

그들은 가없는 대양과 멀리로 지나가는 몇 척의 배를 물끄러미 바라보면서 잠시 그대로 서 있었다.

「이지도르, 왜 내가 다가갈 때마다 도리질을 치는 거죠? 내가 싫어요?」

「당신의 병은 〈급성 유기 공포증〉이라 이름 붙일 수 있을 거예요. 당신은 부모에게 버림을 받았어요. 그건 치유하기 쉽지 않은 상처죠. 치료법이라고 해봐야 그저 고통을 줄이고 남들과 정상적인 관계를 유지하도록 약간의 진통제를 주는 것뿐이죠. 그런데 당신은 든든하게 보호받거나 사랑받고 싶은 욕구가 대단히 강해요. 병적이다 싶을 만큼 강하죠. 그런 욕구를 채워 줄 만한 남자는 세상 어디에도 없을 거예요. 그래서 당신은 아버지를 찾고 있어요. 그리고 내가 당신을 밀어내면 당신은 오히려 내가 당신 아버지 같다고 생각해요. 당신을 밀어내는 남자는 누구나 당신의 도전 대상이죠.」

그녀는 가만히 듣고 있었다. 하지만 단어 하나하나가 핏속으로 흘러들고 세포들의 핵으로 파고드는 듯했다.

「당신은 남자가 당신을 거부하면 오히려 그 남자에게 더 다가가고 싶어 해요. 그 남자가 당신 아버지처럼 행동하면 당신의 욕망은 더욱더 커지죠. 당신이 나한테 끌린다면 그건 유령과도 같은 어떤 보잘것없는 존재에게 앙갚음을 하고 싶어 하는 것뿐이에요. 그래서 내가 당신이 다가오는 것을 받아들이지 않는 거예요.」

그녀는 침을 삼키고 나서 나직하게 말했다.

「어쨌거나 이유가 분명하기는 하네요. 그럼 당신의 병은 뭐죠?」

「〈급성 인간 혐오증〉이죠. 나는 사람들을 두려워해요. 내가 보기에 인간은 비열하고 단순하고 짐승의 시체를 좋아하고 썩은 내를 풍기는 것에 환장해요. 혼자 있을 때는 비겁하고 떼거지로 있을 때는 위험하죠. 나는 마치 하이에나들의 무리 속에 끼여 있는 것 같은 기분으로 살아요. 사람들은 죽음을 좋아하고 남들이 고통받는 것을 보면서 즐거워해요. 윤리도 없고 원칙도 없고 타인에 대한 존중도 없어요. 아이들을 교육시킨다면서 남에게 고통을 주는 장면이 나오는 영화들을 보여 주고, 그런 것들을 재미있다고 말하죠.」

「모두가 그런 건 아니죠. 당신은 세상을 너무 어둡게 보고 있어요. 부정적인 측면을 과장하고 있어요. 그것도 일종의 신경증이에요. 어쨌거나 나는 〈급성 유기 공포증〉을 앓고 있고 당신은 〈급성 인간 혐오증〉에 시달리고 있다 이거죠?」

다시 하늘이 무너질 듯 요란한 천둥소리가 울리고 비가 퍼붓기 시작했다.

「우리는 서로의 욕구를 채워 주고 있는 셈이에요. 나는 아버지를 원하는 당신의 욕구를 채워 주고 당신은 공포나 혐오감에도 불구하고 인류와 화해하고 싶어 하는 나의 욕구를 채워 주는 것이죠.」

「그렇게 인간을 싫어한다면서 이 취재에 동참한 이유는 뭐죠? 따분함을 달래기 위함인가요?」

「아뇨. 여기에 오는 동안 곰곰 생각해 봤어요. 사실 과학 전문 기자로 활동하던 때에 나는 내 기사를 통해 지식을 전파했어요. 나한테 아쉬운 것이 있다면 바로 그거예요. 지식을 전파하고 비밀을 밝혀내고 알려지지 않은 진실을 찾아내는 것, 그게 내 삶의 의미죠. 워터 타워에 틀어박혀 사는 것은 내가 가진 재능을 썩히는 거나 다름없어요. 경주용 자동차를 차고에 넣어 두는 거나 마찬가지죠. 그건 바람직한 일이 아니에요. 사실 내가 잘못 생각했던 거예요. 당신이 나를 일깨워 준 셈이죠.」

「다시 기자가 되겠다는 건가요?」

「글쓰기를 중단했던 적은 없어요. 신문이나 잡지에 기고하지 않았을 뿐이죠.」

「무슨 말인지 모르겠어요.」

「나는 새로운 야망을 품고 있어요. 자유로운 상태를 계속 유지하면서도 지식을 예전보다 광범위하게 전파할 수 있게 해주는 일에 내 시간을 바치고 싶어요. 과학 전문 기자일 때와는 다른 방식으로 과학을 대중화하는 데 기여하겠다는 것이죠.」

「무얼 하겠다는 건지 도무지 짐작을 못 하겠어요.」

「소설가가 되고 싶어요.」

「지금 농담해요?」

「듣고 보니 자존심이 상하네요. 내가 소설을 쓸 수 없다고 생각하는 거예요? 우리가 어렵게 취재를 해서 무언가를 알아내도 그것을 기사화할 수 없을 때가 종종 있어요. 그런 정보들은 소설의 소재로 활용하는 편이 나아요.」

먼 하늘에 퍼져 있는 검은 구름 덩이들이 끊임없이 움직이면서 거대한 구름장을 만들어 가고 있었다.

「그러면 당신이 진실을 말하고 있는데도 그걸 읽는 사람들은 지어낸 이야기라고 생각할 텐데요.」

「그래도 어딘가에 진실이 적혀 있다는 게 중요하죠. 사람들은 그것을 읽으면서 자연스럽게 질문을 던지고 깊이 생각

「하게 될 거예요.」

「하지만 소설이라는 장르는 정보의 신뢰성을 떨어뜨려요.」

「그건 중요하지 않아요. 그들의 무의식이 그 지식을 활용할 테니까요.」

「예를 들어 인류 진화의 〈잃어버린 고리〉에 관한 이야기를 하겠다는 건가요?」

「내가 만약 인류의 기원에 관한 소설을 썼다면, 독자들은 우리 유전자의 80퍼센트가 돼지의 유전자와 같다는 것을 읽었을 거예요. 그러면 돼지를 잡아먹는 것이 식인 풍습의 잔재들 가운데 하나라고 생각하면서 식생활을 조금 바꿨을지도 모르죠.」

「뇌의 비밀에 관한 소설은 어때요?」

「내가 그런 소설을 썼다면, 독자들은 자기들 행동의 감춰진 동기라든가 자기들의 내면에 있는 광기에 관해서 깊은 관심을 갖게 되었을 거예요. 개인적인 발전의 토대가 되는 중대한 질문을 스스로에게 던지기 시작하지 않았을까요? 〈나를, 오로지 나만을 진정으로 기쁘게 하는 것은 무엇일까?〉하는 질문 말이에요.」

뤼크레스는 살아 있는 동물처럼 꿈틀거리면서 미끄러져 가는 구름장들을 바라보고 있었다.

「다리우스의 죽음에 관한 취재도 소설의 소재가 될까요?」

「나는 우리가 인간을 특징짓는 가장 중요한 요소, 즉 웃음에 관해서 중대한 발견을 하게 되리라고 생각해요.」

그때 갈매기 한 마리가 끼룩끼룩 울었다. 마치 그들을 놀리는 소리 같았다.

이지도르가 말을 이었다.

「나는 내가 취재에 동참한 이유를 말했는데, 정작 당신은 왜 유독 이 사건에 관심을 가졌는지 말해 주지 않았어요.」

「그건 내 젊은 시절에 일어난 어떤 사건 때문이에요.」

이지도르는 그녀가 그 이상은 말하지 않으리라는 것을 알아차렸다. 그래서 숨을 길게 들이마시고 나서 말했다.

「이제 내려갈까요?」

83

서기 451년.

갈리아, 오를레앙 근처.

쇠퇴 일로를 걷고 있는 로마 제국. 게르만족의 잦은 침입에 하루도 평안한 날이 없다. 하지만 동쪽 국경 너머에는 게르만족보다 더 사나운 기세로 공격해 오는 외적이 있다. 한때 동맹군이었다가 로마인들의 가장 고약한 적이 되어 버린 훈족.

훈족의 왕 아틸라는 헝가리 티서강 유역의 한 부족 출신이다. 그는 오랫동안 로마와 평화적인 관계를 유지했고, 공격을 하지 않는 대신 정기적으로 조공을 받는 것에 만족했다.

그런데 콘스탄티노플의 성채가 지진 때문에 무너지자, 아틸라는 거기에서 운명의 징후를 보았다고 생각했다. 그는 세상의 지배자가 되고 싶은 욕구를 억누를 수 없었다. 그래서 반쯤 파괴된 콘스탄티노플을 공격했다.

그는 몇 차례에 걸친 공략의 와중에 갖가지 불운을 겪고 결국은 그쪽 국경으로 침입하는 것을 포기했다. 대신 군대를 결집하고 게르만족이며 몽골족과 동맹을 맺은 뒤에 갈리아 쪽으로 쳐들어가기로 결정했다. 서기 451년 봄의 일이다.

첫 번째 부대가 갈리아의 북동쪽 국경으로 침입하는 사이에 두 번째 부대는 북쪽 국경을 공략했다. 그리하여 아틸라는 동부의 스트라스부르와 메스와 랭스를 잇달아 정복했고, 북쪽으로는 투르네, 캉브레, 아미앵, 보베를 차례로 함락시켰다. 어느 도시에서나 약탈과 방화가 자행되었고 갈리아 남자들은 죽임을 당하거나 노예로 전락했다.

두 갈래로 나뉘어 진격하던 아틸라의 군대는 파리에서 합류했다. 그러나 아틸라는 파리에 콜레라가 돌고 있다는 소문을 접하고 파리를 떠나 오를레앙 쪽으로 내려갔다.

얼마 지나지 않아 그는 뜻하지 않은 저항에 부딪혔다. 갈리아의 군대가 공격을 저지하러 달려온 것이다.

이로써 카탈라우눔 평원의 전투가 벌어진다. 한쪽에는 훈족과 그들의 동맹군인 몽골족과 게르만의 여러 부족, 즉 알라마니족, 동고트족, 반달족, 헤룰리족, 루기족, 판노니아의 부족들, 게피드족이 있다. 그들은 50만 대군을 이루고 있고 아틸라가 몸소 그들을 이끈다.

반대쪽에는 갈리아인들과 그들의 동맹군인 서고트족, 브리타니아인들, 프랑크족, 알라니족, 부르군트족, 아르모리카인들, 바가우다이 무리, 사르마타이족이 있다. 그들의 병력은 12만이고 총사령관은 로마의 장군 플라비우스 아이티우스이다.

여기에는 기묘한 운명의 장난이 있다. 양 진영의 우두머리가 서로 잘 아는 사이라는 것이다. 플라비우스 아에티우스는 어린 시절에 훈족의 궁전에 볼모로 보내졌다. 그는 거기에서 훈족의 왕자 아틸라와 친분을 쌓았다. 그래서 플라티우스 아에티우스는 훈족의 관습에 대해서 누구보다 잘 알고 있다.

아틸라의 기병대가 언덕바지에 포진한 갈리아 로마군을 공격한다. 전투는 한낮부터 해거름까지 계속된다. 로마군은 결국 훈족을 격퇴하지만 그 과정에서 1만 5천에 달하는 병력을 잃는다. 훈족의 인명 피해도 그와 비슷한 수준이다.

그렇게 첫 전투를 끝내고 양쪽 진영의 지휘관들은 다음 전투의 전략을 숙의한다. 상대편에서 무엇을 꾀하고 있는지 알아내기 위해 서로 첩자들을 보내기도 한다.

훈족 진영 근처에서 한 남자가 붙잡힌다. 작은 키에 머리털이 붉고 초록색 옷을 입은 남자다. 그는 자기 이름이 로이그라면서 브리타니아의 드루이드임을 자처한다.

브리타니아인들은 로마군과 동맹을 맺고 있으므로 로이그는 첩자로 의심받는다. 여러 가지 언어를 구사하고 있으니 혐의는 더욱 짙어질 수밖에 없다.

아틸라는 직접 나서서 로이그를 고문한다. 로이그는 혹독한 고문을 당하면서도 당당하게 소리친다. 〈당신이 위대한 아틸라요? 실망스럽소. 나는 당신이 더 잔인할 줄 알았소. 그런데 이걸 고문이라고 하는 거요? 이건 여자애들에게나 어울리는 간지럼 태우기가 아니오?〉

아틸라는 그토록 무시무시한 상황에서도 기가 죽지 않는 로이그의 대담성에 깜짝 놀란다. 그는 화를 내는 대신 껄껄 웃으며 로이그를 자기 곁에 데리고 있기로 결정한다.

그 뒤로 며칠 동안 양 진영의 지휘관들은 다음 전략을 놓고 갑론을박을 벌인다. 그러다가 갈리아 로마군 진영의 동맹군들 사이에서 분란이 일어난다. 첫 전투에서 자기들의 왕을 잃은 서고트족은 더 싸우지 않고 철수해 버린다. 훈족의 동맹군들 사이에서도 사정은 마찬가지다. 반달족과 동고트족의 사이가 틀어지고, 몽골족은 게르만족의 사고방식과 행태를 견디지 못한다. 결국 동맹군의 지휘관들은 각자 자기들 나라로 돌아가기로 결정한다. 이로써 카탈라우눔 평원의 전투는 승자도 패자도 없이 양 진영에 동맹의 붕괴만 가져온 전투가 되어 버린다.

그 뒤로 아틸라는 갈리아 침공을 완전히 포기한다. 그는 로이그를 데리고 자기 궁정으로 돌아간다.

로이그는 마침내 〈궁정 광대〉라는 공식적인 임무를 맡게 된다. 그는 초록색 옷에 광대 모자를 쓰고 작은 종들이 달린 지팡이를 손에 든 차림으로 왕과 손님들이 식사를 하는 동안 재미난 이야기로 그들을 웃긴다.

그리스의 역사가 파늄 사람 프리스쿠스는 아틸라왕의 초청을 받고 그의 궁정을 다녀온 뒤에 흥미로운 이야기를 전한다. 거기에서 본 브리타니아 출신의 궁정 광대가 몇 가지 언어를 유창하게 구사하면서 좌중의 의표를 찌르는 놀라운 이야기로 손님들을 즐겁게 해주더라는 것이다.

하지만 프리스쿠스가 모르는 사실이 있다. 로이그는 단지 왕에게 즐거움을 주는 일만 하는 것이 아니다. 그는 비밀 조직을 이용해서 아틸라의 군사 계획에 관한 정보들을 로마인들에게 제공한다. 그래서 그 뒤로 진행된 아틸라의 군사 작전은 모두 실패로 돌아간다. 아틸라가 마지막으로 총공세에 나서기로 결심하자, 로이그는 직접 행동에 나선다. 아틸라의 침대에 파란 목갑을 가져다 놓은 것이다. 목갑에는 라틴어 문장이 적혀 있다.

이튿날 아침 아틸라는 숨이 끊어진 채로 발견된다.

유머 기사단 총본부 편, 『유머 역사 대전』 중에서

84

뤼크레스와 이지도르는 임시변통으로 두 개의 홰를 만들어 불을 붙인 다음 지하로 통하는 계단을 내려가기 시작했다.

10분쯤 지나자 계단이 끝나고 넓은 홀이 나타났다. 그런데 어디에도 문이 보이지 않았다.

「이지도르, 내가 왜 당신을 계속 신뢰하는지 모르겠어요.」

「그야 나를 사랑하기 때문이죠.」

뤼크레스는 뭐라고 대답할 말이 없었다. 그녀는 횃불을

들이대며 벽돌을 살펴보았다.

「잠깐만요! 뭔가 보여요.」

「뭐가요?」

「여기에 있는 벽돌들이 조금 달라 보여요.」

그녀는 벽을 더듬다가 간단한 누름단추를 찾아낸다. 그것을 누르자 금속성의 굉음이 울리면서 가짜 벽이 옆으로 미끄러지고 통로가 나타났다.

그들은 횃불을 높이 들었다.

그녀가 물었다.

「우리가 유머의 원천으로 접근해 가는 것일까요?」

그는 대답 대신 한 걸음을 앞으로 성큼 떼어 놓았다.

양쪽 벽에 물기가 배어 있었다.

「이번에도 당신의 여성적인 직감을 따르고 있는 건가요?」

「나는 그런 재능을 타고났어요.」

「정말 그렇게 믿고 있어요?」

「그렇게 믿고 있는 게 아니라 경험을 통해서 알게 된 사실이에요. 내 직감을 실험하면서 그것이 발달해 있다는 사실을 알게 된 거죠. 그림을 그리다가 자기에게 화가의 재능이 있다는 것을 알게 되는 것과 비슷한 거예요.」

「당신 말대로라면, 아이가 자기의 특별한 재능을 발견하도록 하기 위해서는 가능한 한 모든 것을 시켜 보아야 하겠네요.」

「맞아요. 아이가 자기의 천부적인 재능을 깨닫도록 충분한 기회를 주어야죠. 티베트 불교의 신자들이 하는 것처럼 해야 해요. 그들은 아이 앞에 수십 가지 물건을 놓아 준대요. 아이가 본능적으로 혹은 직감적으로 무엇에 관심을 갖는지 알아보기 위해서죠.」

그때 가까이에서 무슨 소리가 들려왔다.

뤼크레스는 리볼버를 빼내어 앞으로 내밀었다. 이지도르는 소리가 난 쪽으로 불빛을 비췄다.

공연히 겁을 먹은 것이었다. 천장 아래로 박쥐들이 날아다니고 있을 뿐이었다.

그들은 조심스럽게 다시 나아갔다.

「그런데 누구에게나 장점이 있으면 그에 못지않게 중요한 단점이 있게 마련이죠. 그것 역시 경험을 통해서 알게 되죠.」

「그래서 당신의 단점은 뭐죠?」

「나는 기억력이 나빠요.」

「단점이 그것밖에 없어요?」

「아뇨. 나는 비사교적이에요. 여자에 대해서는 더 그렇죠.」

「그건 내가 보기에도 맞아요.」

「다른 건 몰라도 내가 당신한테 겉 다르고 속 다르게 굴지는 않았다는 얘기로군요.」

좁다란 복도가 끝나고 더 넓은 통로가 나왔다.

「당신이 대답을 안 해줘서 또 물어보는 건데요, 다리우스의 죽음에 왜 그렇게 관심이 많아요?」

「그의 갑작스러운 죽음에 충격을 받았어요. 최고의 자리에 오르기까지 정말 고생을 많이 한 사람이잖아요.」

「그는 꼭대기에 다다랐다가 추락한 셈이죠. 오스카 와일드가 그랬어요. 〈신은 우리에게 벌을 내리고 싶으면 우리 소원을 들어준다.〉」

「나는 당신이 그에 대해서 신랄하게 말하는 것을 좋아하지 않아요. 다리우스는 웃음을 주는 사람이었어요. 대중에게 유익한 일을 한 거죠. 웃음으로 사람들을 치료하고 슬픔을 달래고…….」

「……당신을 구원해 주었나요?」

그녀는 대답하지 않았다.

「다리우스는 유머 감각이 뛰어났어요. 그의 묘비명만 봐도 알 수 있잖아요. 〈나 대신 그대들이 이 관 속에 들어 있다면 좋겠다.〉 정말 대담한 유머 아니에요?」

「그런 유머는 누구나 할 수 있는 거예요. 사샤 기트리는 자기 정부였다가 아내가 된 이본 프랭탕에게 이렇게 말한 적이 있대요. 〈당신이 죽으면 묘비에 이렇게 새겨 줄 거야. 마침내 차가워지다.〉」

「……그 말에 대해서 이본 프랭탕은 이렇게 대답했죠. 〈당신이 죽으면 묘비에 이렇게 새겨 줄 거야. 마침내 빳빳해지다.」

이지도르는 고개를 끄덕였다.

「나는 그런 식으로 재치를 겨루는 것을 좋아해요.」

「그럼 어디 한번 해봐요. 이지도르, 당신은 묘비에 어떤 글을 새기고 싶어요?」

그는 조금 생각하다가 대답했다.

「〈사람들이 내 말귀를 알아듣지 못했다. 나는 화장을 원했건만.〉」

「괜찮은데요. 다른 묘비명도 있어요?」

「번갈아 가면서 해야죠. 이번에는 당신 차례예요.」

「잠깐만요……. 〈내가 아프다고 그대들에게 말했거늘.〉 어때요?」

「너무 잘 알려져 있는 거예요. 그건 안 쳐줘요. 다른 걸로.」

「〈마침내 조용해지다.〉」

「1 대 1. 이번엔 내 차례예요. 〈언제나 착한 사람들이 먼저 떠난다.〉」

「〈아무리 좋은 것도 끝은 나쁘다.〉」

그들은 통로를 나아가면서 계속 농담을 주고받았다.

그녀가 말했다.

「여기는 재치가 번득이도록 영감을 주는 곳인가 봐요.」

「그게 아니라 우리가 그럴 거라고 상상하는 거예요. 어떤 것을 믿게 되면, 정말 그런 일이 벌어질 때가 있죠.」

그들이 더 나아가는데 이상한 냄새가 코를 찔러 왔다. 고여 있는 물에서 나는 냄새보다 훨씬 고약한 냄새였다. 그들은 옷소매로 코를 막았다.

통로가 끝나고 바위를 파내어 만든 넓은 방이 나왔다. 등대 지하에 회당이 감춰져 있는 것이었다.

뤼크레스는 햇불을 들어 방 안을 밝혔다

송장 썩는 냄새가 진동해서 더 견딜 수가 없을 지경이었다.

방 한복판에 작은 원형 경기장 같은 공간이 마련되어 있고 거기에 팔걸이의자 두 개가 마주 놓여 있었다. 의자들 옆에는 삼각대가 설치되어 있고 삼각대에는 전선과 연결된 권총이 고정되어 있었다.

「세상에! 다리우스 극장에서 본 것과 비슷해요!」

「뭐가요?」

「저 장치요. 의자며 삼각대! 그자들이 〈프로브〉라는 것을 할 때 쓰던 거예요.」

「프로브? 그건 또 뭐죠?」

「〈먼저 웃으면 총 맞기〉라는 게임을 줄인 말이에요. 타데우시 워즈니악이 그렇게 설명했어요.」

그녀는 팔걸이의자에 갈색 자국이 묻어 있는 것을 보았다. 피가 말라붙은 자국이 아닌가 싶었다.

그들은 지하 회당을 천천히 둘러보았다. 그때 뤼크레스의 발에 어떤 물체가 밟혔다. 우두둑하는 소리가 음산하게 울렸다. 그녀는 횃불로 자기 무릎 아래를 비췄다. 한 줄기 전율이 등골을 타고 흘렀다. 그녀가 밟은 것은 시체의 배였다.

「썩는 냄새가 바로 여기에서 나는 거예요.」

이지도르는 몸을 숙여 시체에 불빛을 비춰 보았다.

「이곳이 서늘해서 부패가 더디게 진행되고 있어요. 그러니까 이 사람이 죽은 지는 며칠, 아니 일주일 이상 되었을 거예요.」

뤼크레스는 횃불을 높이 들고 주위를 살폈다.

「시체들이 또 있어요! 여기에만 10여 구는 족히 되겠어요.」

이지도르는 처음 발견된 시신의 마스크를 벗겼다. 한 노인의 얼굴이 나타났다. 노인이 걸치고 있는 긴 망토에는 GLH라는 세 글자가 금실로 새겨져 있었다.

이지도르는 바닥을 찬찬히 살폈다.

「이건 집단 자살이 아니에요.」

그러고는 걸음을 옮기며 방 안을 구석구석 조사했다.

「이건 대학살이에요. 어떤 자들이 여기를 찾아왔어요. 이곳 사람들은 그들을 경계하지 않고 맞아들였어요. 방문자들은 제지당하지 않고 모든 관문을 통과해서 여기에 다다랐어요. 그러고는 이곳 사람들과 이야기를 나눴어요. 시신들이 놓인 자리로 보건대, 그러다가 방문자들은 자동 권총을 빼어 들고 닥치는 대로 쏘아 댔어요.」

이지도르는 다시 방 안을 성큼성큼 돌아다니면서 바닥을 살폈다.

「면담을 나누다가 총격을 가한 자리가 바로 여기일 거예요. 저쪽에 시신들이 가장 많거든요. 몇 사람은 달아나다가 총알을 맞았어요. 총탄을 피하고 도망친 사람들은……」

그는 눈에 보이지 않는 선을 따라서 걸어갔다.

「이쪽으로 갔어요.」

뤼크레스는 그와 보조를 맞췄다.

다시 통로들이 나왔다. 그들은 도중에 다른 시신들에 걸려서 비틀거렸다. 그 시신들의 연보라색 망토에도 GLH가 새겨져 있었다. 뤼크레스가 주의를 환기시켰다.

「보세요. 등에 총알을 맞았는데 심장을 관통했어요. 또 한 발은 머리에 맞았고요.」

그들은 한쪽으로 방들이 죽 나 있는 복도로 들어섰다. 뤼크레스가 다시 말했다.

「햇볕도 들지 않는 이런 곳에 사람들이 상시적으로 거주했던 모양이에요.」

그들은 구내식당이며 주방이며 욕실을 비춰 보았다.

「하나의 마을이나 진배없군요. 거주자가 수백 명에 달했을 거예요.」

그들은 복잡한 기계들이 설치된 방에 다다랐다. 그녀는 컴퓨터들과 스캐너를 가리켰다.

「과학 실험실인가……」

그들은 탐사를 계속하다가 넓은 도서실에 다다랐다.

거기에도 몇 구의 시체가 바닥에 쓰러져 있었다.

서가들 앞에는 잘 알려진 인물들의 흉상이 줄느런히 놓여 있었다. 몰리에르, 그리우초 마크스, 찰리 채플린, 버스터 키턴, 해럴드 로이드, 우디 앨런 등의 얼굴이 보였다.

뤼크레스는 고대 이집트의 의상을 입은 여자를 가리켰다.

「이 여자는 누구예요?」

이지도르는 횃불로 비춰 보며 내답했다.

「하토르예요. 이집트 신화에 나오는 웃음의 여신이죠.」

그는 토가 차림의 난쟁이를 나타낸 조각상을 가리켰다.

「이건 모모스예요. 올림포스 신들의 어릿광대죠. 뢰벤브뤼크 교수를 만나러 갔을 때 거기에서도 봤어요. 고대의 신화에 나오는 존재들이라서 대중들은 잘 몰라요. 하지만 인류의 첫 유머들의 기원에는 이들이 있어요.」

뤼크레스는 판화며 책이며 작은 조각상들에 불빛을 비춰 보았다. 하나같이 유머라는 주제와 관련된 것들이었다.

「이지도르, 우리가 지금 어디에 와 있는 거죠? 여기가 어디냐니까요?」

「여기는 유머의 산실이에요. 트리스탕 마냐르가 찾던 곳이 바로 여기 아니겠어요? 우리는 그를 따라옴으로써 몇 해 전에 그가 발견한 것을 똑같이 보고 있는 거예요.」

뤼크레스는 또 다른 시신을 가까스로 피해 성큼 건너뛰었다.

「정말 음산한 곳이에요.」

「역설의 법칙은 세상 곳곳에서 두루 통해요. 어린이 어른 할 것 없이 모두에게 밝은 웃음을 주는 재미난 이야기들이 이토록 음산한 곳에서 나왔다니 역설도 이런 역설이 없죠.」

「이지도르, 갑자기 시인처럼 말하네요.」

「장차 소설가로 활동하기 위해서 연습하는 거예요.」

「이걸 소설로 쓰려고요?」

「못 할 것도 없죠.」

「희극 배우들이 알고 보면 비극적이라는 당신 이론이 여기에 딱 들어맞는 것 같아요. 유머의 산실이 그야말로 무덤 속이로군요.」

「단정하지 말아요. 특히 성급한 결론은 금물이에요. 당신의 오감이 이끄는 대로 따라가요. 그러면서 이 기이한 성소의 비밀을 밝혀내야 해요. 내가 보기에 이 사건을 가지고 유머에 관한 소설을 쓴다면 결국······ 아주 어두운 추리 소설이 되지 않을까 싶은데요.」

뤼크레스는 횃불을 들어 올렸다.

「어쨌거나 어느 사이비 교파의 소굴 같아요. 유머와 관련되어 있기는 하지만, 〈프로브〉라는 살인 게임을 벌이는 사이비 교파 말이에요.」

「그런가 하면 유머에 관한 아주 훌륭한 장서를 보유하고 있었어요. 유머에 관한 책들이 이렇게 많이 모여 있는 것을 본 적이 없어요.」

이지도르는 그렇게 중얼거리면서 한 고서 쪽으로 횃불을 가져갔다. 바로 『필로겔로스』라는 책이었다.

그녀는 벽에 글귀들이 적혀 있는 것을 보았다.

웃음이란 자기표현을 억압하는 가혹한 사회적 기계 장치에 대한 생명의 항변이다. ─베르그송

393

나는 위험을 무릅쓰고라도 철학자들이 짓는 웃음의 수준에 따라 그들의 등급을 매기고 싶다. ─니체

「철학자들의 코너로군요.」

뤼크레스의 말에 이지도르는 다시 불빛을 비춰 보았다. 아닌 게 아니라 아리스토텔레스, 플라톤, 데카르트, 스피노자 등이 웃음에 관해서 쓴 글들을 모아 놓은 자리였다.

그는 시대순으로 배열된 책들을 더듬어 가다가 다시 시신에 걸려 비틀거렸다.

그들은 훨씬 더 오래된 다른 책들을 발견했다. 유리 덮개를 씌워 보관하는 양피지 문서들이었다.

「확실히 사이비 교파의 소굴 같아요.」

「아니에요. 그보다는 어떤 비밀 결사의 본부 같은걸요. 일루미나티나 성전 기사단이나 장미 십자회 같은 비밀 단체 말이에요.」

「프리메이슨 같은 거요?」

이지도르는 자기들의 머리 위에 있는 커다란 방패꼴 문장에 불빛을 비췄다.

「GLH라…… 아, 알겠어요. 이건 분명 유머 기사단 총본부 Grande Loge de l'Humour라는 뜻이에요.」

「누가 이들을 죽였을까요? 왜 유머를 수호하는 기사단의 본부를 파괴했을까요?」

「그들의 유머가 재미없다고 생각하는 사람들이 그랬는지도 모르죠.」

그 참혹한 현장과 너무나 동떨어진 말이라서 뤼크레스는 그만 피식 웃고 말았다.

그들은 모자걸이에 횃불을 걸었다. 그러자 실내의 전체적인 윤곽이 드러났다.

그들은 썩어 가는 시체들이 군데군데 놓여 있는 그 넓은 도서실을 아연히 바라보았다.

그때 이지도르가 갑자기 고개를 돌리더니 얼어붙은 듯 꼼짝달싹하지 않았다. 그러더니 한 손가락을 입술에 갖다 댔다.

「쉿!」

그는 책 몇 권을 작은 선반에 올려놓은 장식 패널 쪽으로 갔다. 그런 다음 책들을 빼내어 바닥에 내려놓고 나무판자에 귀를 갖다 댔다.

가느다란 목소리가 들릴 듯 말 듯 새어 나왔다.

「……도, 도와줘요…….」

85

서기 1095년.

프랑스, 파리.

교황 우르바누스 2세는 예루살렘으로 가는 순례자들이 시리아와 튀르키예에서 살해되는 것을 보다 못해 순례길이 더 안전해지도록 십자군을 보내기로 결정한다.

〈하느님이 원하신다!〉라는 규합의 외침이 진동하는 가운데 여러 부대의 기독교 군대가 결성된다. 그들은 1099년 7월 15일 예루살렘을 함락시킨다. 제1차 십자군의 지휘관 고드푸르아 드 부용은 예루살렘의 새로운 통치자로 선출된다.

그로부터 20년이 지난 1120년 1월 23일, 십자군의 두 기사 위그 드 팽과 조푸르아 드 생토메르는 유럽에서 예루살렘으로 가고자 하는 순례자들을 안전하게 지켜 주기 위한 특별 의용대를 창설하기로 결정한다.

그들은 모든 성지의 수호를 자기들의 임무로 삼고 〈그리스도와 솔로몬 성전의 청빈 기사단〉를 만든다. 이 기사단은 나중에 〈성전 수도회 기사단〉 또는 더 간단하게 〈성전 기사단〉이라 불리게 된다.

이 수도회는 이내 큰 성공을 거둔다. 젊은 기사들은 누구나 이 수도회에 들어가기를 꿈꾼다. 교부 베르나르 드 클레르보의 영향을 받아 작성된 수도회의 규약에 따르면 신입 회원들은 다음과 같은 자격을 갖춰야 한다.

- 나이가 18세 이상일 것.

- 약혼하지 않았을 것.

- 다른 수도회에 소속되어 있지 않을 것.

- 채무가 없을 것.

- 정신과 신체가 건강하고 사지가 온전할 것.

- 성전 기사단 수도회에 가입하기 위해 누군가를 매수하는 행위를 하지 않았을 것.

- 농노나 노예가 아닌 자유민일 것.

- 파문당한 적이 없을 것.

성전 기사단은 성스러운 유물들, 이를테면 그리스도 가시 면류관의 조각, 그리스도가 매달렸던 십자가에서 떨어져 나온 것으로 간주되는 나뭇조각 등을 얻을 뿐만 아니라 솔로몬 성전에서 나온 훨씬 더 오래된 보물들을 손에 넣는다.

성전 기사들은 겉모습에서 다른 기사들과 구별된다. 그들은 머리가 짧고 수염을 기르지 않으며, 그들의 하얀 제복에는 가지가 끝으로 갈수록 넓어지는 빨간 십자가가 찍혀 있다.

그들은 중근동의 수십여 곳에 요새를 건설하고 서양에 7백 곳이 넘는 기사령을 마련한다. 이 기사령들은 신입 회원들의 군사 훈련과 종교 교육을 맡은 학교 구실을 하기도 한다.

그들은 통상 폐쇄된 장소에서 모임을 가지며 모임 중에는 비밀을 지킨다는 서약을 하고 신성한 문서들을 강해한다.

그들은 숱한 군사 원정을 지원하고, 수많은 순례자들을 약탈자의 공격에서 구출한다. 몇 세기에 걸친 그들의 활약과 재정적인 지원은 기독교 세력의 승리에 크게 기여한다.

그들은 무슬림들에게 볼모로 잡힌 기독교인들의 몸값을 낼 수 있도록 금은보화를 마련해서 〈보물 궤〉에 넣어 두었다. 이 궤는 예루살렘에 있는 성전에 감춰졌다.

그런데 1187년 살라딘 장군이 이끄는 무슬림 군대가 예루살렘에 쳐들어온다. 기독교인들은 학살되거나 추방당한다. 무슬림들은 성전 기사들이 기독교 세력의 가장 뛰어난 기사들이라 여기고 포로가 된 성전 기사 3백 명을 공개적으로 처형한다. 살아남은 성전 기사들은 성전과 보물 궤를 이스라엘 북부 아코로 옮긴다. 하지만 이 도시도 다시 무슬림의 공격을 받고 1291년에 함락된다. 성전 기사들은 가장 가까운 기독교 세력의 영토인 키프로스로 도망친다. 도피 중에 성전 기사단의 총장으로 선출된 자크 드 몰레는 기사들을 이끌고 키프로스에서 프랑스로 간다.

성전 기사단의 잇단 군사적 패배는 기사단의 위신을 떨어뜨린다. 성전 기사들이 기독교 순례자들을 더 이상 지켜 줄 수 없다면, 존재할 이유가 없어지는 것이다. 미남왕이라는 별칭을 가진 프랑스 왕 필립 4세가 보기에 성전 기사단은 이제 정치적이고 경제적인 경쟁 세력일 뿐이다. 성전 기사단은 무수한 영지와 전설적인 〈보물 궤〉를 소유하고 있다. 게다가 필립 4세를 비롯한 여러 군주들에게서 받기로 되어 있는 빚도 적지 않다.

그때 법무 대신 기욤 드 노가레가 행동에 나선다.

그는 한 성전 기사가 자기들의 음란한 성행위에 관해 자백했다고 주장하면서 미남왕 필립을 설득하여 프랑스의 모든 성전 기사들을 체포하게 한다. 이 대대적인 체포 작전은 1307년 10월 13일 금요일에 실시된다(13일의 금요일에 관한 미신은 바로 여기에서 비롯된 것으로 보인다).

성전 기사들은 공정한 재판을 통해 자기들의 결백이 곧 입증되리라 확신하고 순순히 체포에 응한다. 하지만 그들은 파리, 캉, 루앙, 지소르 성 등지의 감옥에서 오랫동안 모진 고문을 당한다. 파리에서만 137명의 성전 기사들이 체포되고 그 가운데 38명이 처음 며칠 동안 고문을 견디지 못하고 죽는다. 다른 성전 기사들은 고문자들이 일러 주는 대로 그리스도를 부정하고 비역질을 하고 바포메트라는 우상을 섬겼노라고 거짓 자백을 한다. 하지만 성전 기사단의 총장 자크 드 몰레와 노르망디 관구장 조프루아 드 샤르네는 자백을 번복하고 결백을 주장한다. 그들은 1314년 3월 파리 센강의 시테섬에서 화형을 당한다.

총장 자크 드 몰레가 마지막으로 남긴 말은 이러하다. 〈하느님께서 억울하게 죽어 간 우리의 원수를 갚아 주시리라. 교황 클레멘스 5세, 필립왕, 기욤 드 노가레, 당신들은 1년 안에 이 불의에 대해서 벌을 받을 것이다. 그리고 당신들의 후손들에게도 13대에 이르도록 저주가 내리리라.〉

그 뒤로 미남왕 필립은 성전 기사단의 재산을 송두리째 빼앗기 위한 수순을 밟아 나간다.

기욤 드 노가레가 사망하자, 왕은 도미니크 수도회의 성직자이자 프랑스 대심문관인 기욤 욍베르에게 성전 기사단 재산의 관리를 맡긴다. 기욤 욍베르는 〈보물 궤〉가 숨겨져 있던 밀실을 찾아낸다. 그때 그는 장부에 기록되어 있는 작은 궤 하나가 어딘가로 사라졌음을 알아차린다. 그 보물의 행방을 알아내기 위해 다시 고문이 시작된다. 성전 기사들은 자크 드 몰레가 그 작은 궤를 가장 소중한 보물로 여겼다고 자백한다. 총장이 그것을 일컬어 〈배신자들을 응징하는 비밀 무기〉라고 말했다는 것이다. 그들의 묘사에 따르면 그것은 파란색을 칠한 나무로 되어 있고 뚜껑에 라틴어 글귀가 적혀 있다.

하지만 그 안에 무엇이 들어 있는가에 대해서는 성전 기사들도 아는 바가 없다. 다만 자크 드 몰레 총장이 솔로몬 시대로부터 전해져 내려오는 〈정신적인 보물〉이라고 말한 것에 비추어 금은보석 같은 것이 들어 있지 않다는 사실을 말할 수 있을 뿐이다.

위그 드 페로라는 성전 기사는 그 보물이 성전 기사단의 수중에 들어오게 된 사연을 자백한다. 십자군 전쟁이 한창이던 때에 브르타뉴 출신의 어느 성전 기사가 솔로몬 신전을 샅샅이 수색하자고 제안했고, 그 결과로 깊숙한 지하실에 감춰져 있던 그 보물을 찾아내게 되었다는 것이다. 미남왕 필립은 불같이 화를 내면서 당장 그 보물을 찾아오라고 하명한다. 왕은 그 〈작은 궤〉에 집착한다. 모든 점에서 그것이 커다란 〈보물 궤〉보다 우월한 것으로 여겨지기 때문이다.

왕의 명령을 받은 대심문관 기욤 욍베르는 오랜 조사와 숱한 고문 끝에 한 가지 사실을 알아낸다. 성전 기사들 한 무리가 일제 검거를 피해 브르타뉴로 도망쳤다는 것이다. 도망자들은 브로셀리앙드 숲 속에 숨어 있다고 한다.

기욤 욍베르는 도망자들을 추적하기 시작한다. 또다시 체포와 고문이 행해진다. 그리하여 새로운 사실이 밝혀진다. 성전 기사들은 카르나크 항구에서 배를 타고 영국으로 갔다는 것이다.

그는 즉시 첩자들을 보내어 도망자들이 스코틀랜드에 있다는 사실을 알아낸다.

그는 영국 왕에게 도움을 요청하라고 미남왕 필립에게 상주한다. 하지만 영국 왕 에드워드 2세는 거만한 이웃 나라 왕을 늘 경계하고 있는 터라 도와주기를 거부한다.

그 뒤로 프랑스에서는 아무도 〈작은 궤〉에 대한 이야기를 꺼내지 않게
된다.

유머 기사단 총본부 편, 『유머 역사 대전』 중에서

86

희미한 목소리가 다시 들려왔다.

「제발…… 도와주세요…….」

뤼크레스는 소리가 들려오는 쪽으로 가는 방법을 찾다가
바닥에 홈이 나 있는 것을 보았다.

「이 나무 패널 뒤에 비밀 문이 있어요. 분명 이것을 회전시
키는 기계 장치가 어딘가에 있을 거예요.」

이지도르는 벌써 패널을 더듬고 있었다. 그러다가 뤼크레
스의 리볼버를 달라고 하더니, 한 걸음 물러서서 기계 장치
를 겨냥하고 총알을 발사했다.

그렇게 몇 발을 더 쏘고 나자 마침내 자물쇠가 부서졌다.
그들은 패널을 밀어 보았다. 패널은 삐걱거리는 소리를 내며
빙 돌아갔다.

수염을 길게 기르고 기다란 보라색 망토를 걸친 남자가 힘
없이 바닥에 누워 있었다.

뤼크레스는 얼른 뛰어 들어가서 남자의 왼쪽 가슴에 손을
얹었다.

「아직 살아 있어요.」

남자는 신음을 토하며 더듬거렸다.

「부디…… 이 말을…… 꼭…….」

뤼크레스가 물었다.

「당신은 누구죠?」

「뤼크레스, 불필요한 질문은 하지 말아요. 이 사람이 누군지 알잖아요. 바로 우리가 찾으러 온 트리스탕 마냐르예요.」

이지도르는 덤덤한 어조로 그렇게 말하고는 즉시 물을 가지러 갔다. 욕실에 유리컵이 하나 있었다. 그는 서둘러 돌아와서 남자가 몸을 일으키도록 도와주었다.

「마셔요, 천천히…….」

이지도르는 남자를 살펴보았다. 배에 상처가 나 있었다. 뤼크레스가 말했다.

「저 위, 등대 꼭대기로 올라가면 당신 아이폰이 통신망에 연결되지 않을까요? 그러면 구조를 요청할 수 있어요.」

「난…… 난…… 아흐…….」

남자의 눈이 도로 감겼다. 이지도르가 속삭였다.

「너무 늦었어요. 손을 쓸 수가 없어요. 피를 너무 많이 흘려서 곧 숨이 끊어질 것 같아요.」

트리스탕 마냐르는 다시 눈을 떴다. 극도로 약해진 상태에서도 눈빛이 놀라우리만치 강렬했다. 그는 또다시 무언가를 말하려고 했다.

「두 분…… 두 분에게…… 부탁…….」

그러자 이지도르는 겁에 질린 아이를 달래듯 그를 살며시 품에 안고 가만가만 흔들었다.

뤼크레스는 무엇에도 엄두를 내지 못하고 그냥 지켜보기만 했다.

남자는 조금 차분해진 기색을 보였다. 하지만 여전히 무언가를 알리고 싶어 하는 듯했다.

「어서…… 어서…… 두 분…….」

「진정하세요. 이제 아무 문제 없어요. 천천히 말씀하세요. 그래야 말이 쉽게 나올 거예요.」

그런 다음 이지도르는 몸을 숙여 부상자의 입에 귀를 바싹 들이댔다.

「자, 이러고 있으면 잘 들릴 테니까 말씀해 보세요.」

부상자는 이지도르의 귀에 대고 무언가를 속삭였다.

이지도르는 심각한 얼굴로 고개를 끄덕였다.

부상자는 크게 안도하는 듯했다. 그는 눈을 크게 뜨고 자기 말을 들어 준 것에 감사하듯 설핏 미소를 지었다. 그런 다음 마지막 숨을 내쉬었다.

이지도르는 그의 눈을 감겨 주고 고별사를 중얼거렸다.

「곧 내생에서 다시 만납시다.」

그는 망자를 품에 안고 탁자 위로 옮겨 놓았다.

「저기요, 이런 걸 물어보면 실례가 될지도 모르지만, 트리스탕이 죽기 전에 무슨 말을 했나요?」

이지도르는 대답 대신 묘한 표정을 지었다.

「나는 세바스티앵 돌랭이 죽기 전에 무슨 말을 했는지 당신한테 이야기했어요. 그런데 당신은 당신이 알아낸 것을 나한테 숨기고 있어요. 이건 페어플레이가 아니잖아요?」

그는 여전히 묵묵부답이었다.

「우리가 함께 취재를 하는 것으로 알았더니, 그게 아닌가 보죠?」

「당신이 뭐라고 하든 트리스탕의 유언을 당신한테 말하지 않을 거예요. 그러니까 더는 묻지 말아요.」

뤼크레스는 잠시 얼떨떨한 표정을 지었다.

「당신은 정말……」

402

「뤼크레스, 당신은 너무…….」

「멍청하다고요?」

「아뇨, 젊다고요.」

그녀는 그가 자기를 놀리는 건지 에둘러 칭찬하는 건지 알수가 없었다. 이도 저도 아닌 것보다는 그가 아예 불쾌하게 구는 편이 나을 것 같았다. 그러면 대놓고 한바탕 퍼부을 수있으니 속은 시원할 것이었다. 하지만 그는 그런 즐거움을 안겨 주지 않았다.

「당신은 정말…….」

「아니 당신이야말로…….」

「내가 뭐요?」

그는 빙그레 웃었다.

「당신이야말로 높이 평가할 만하다고요. 뤼크레스, 고마워요, 이해해 줘서. 자, 그럼 우리의 원칙으로 돌아가 볼까요? 먼저 정보를 얻고 깊이 생각한 뒤에 행동하자는 원칙 말이에요.」

그는 방 안을 조사했다. 금고가 부서져 있었다.

「여기에서 대체 무슨 일이 있었던 걸까요?」

그는 열려 있는 서랍들을 가리켰다.

「우리가 처음에 생각했던 대로예요. 어떤 자들이 여기를 찾아왔고, 유머 기사단 사람들은 그들을 맞아들였어요.」

「그래서 지하 회당에 이를 때까지 침입의 흔적이 보이지 않았군요.」

「회당에서 면담이 결렬되었어요. 내가 보기에 방문자들은 다섯 또는 여섯 명이었어요. 그들은 면담이 뜻대로 돌아가지 않자 폭력을 사용하기로 했어요. 몸에 감추고 있던 총기를 꺼내어 닥치는 대로 쏘아 댄 거죠.」

그는 그 장면을 머릿속에 그려 보려는 듯 눈을 감았다.

「먼저 아래쪽에 있던 사람들이 죽었어요. 우리가 처음 발견한 것이 바로 그들의 시신일 겁니다. 다른 사람들은 상황을 알아차리고 도망쳤어요. 그들 가운데 일부는 뒤에서 날아오는 총탄에 머리를 맞고 즉사했고, 일부는 도주에 성공했어요. 트리스탕 마냐르는 이 밀실로 도망친 것이고요.」

「아귀가 맞는 설명이에요. 트리스탕이 여기로 도망쳤을 때, 방문자들 가운데 하나가 그를 뒤쫓아 와서 문이 닫히기 전에 들어왔을 거예요. 여기에도 침입의 흔적이 없다는 게 그 사실을 말해 주고 있어요. 방문자는 트리스탕의 배에 총을 쏘았어요. 다른 사람들을 공격할 때와는 달리 그를 죽이기 위해서가 아니라 입을 열게 하기 위해서 총을 쏘았다는 뜻이죠. 십중팔구는 이 금고를 열기 위해서 그랬을 거예요.」

「맞아요, 뤼크레스. 그러고 나서 방문자는 금고를 털고 트리스탕을 그대로 놓아둔 채 밀실 문을 닫아 버렸어요.」

「그렇다면 트리스탕 마냐르는 다리우스의 살해범이 아니에요.」

「그것까지는 모르지만 두 집단이 서로 대립하고 있는 것 같기는 해요. 한쪽에는 이 등대 아래에 본부를 두었던 비밀 결사 유머 기사단이 있어요. 트리스탕 마냐르가 속해 있던 집단이죠. 그리고 반대쪽에는 다리우스와 그의 형제들과 〈분홍 정장들〉이 있어요.」

「빛의 유머와 어둠의 유머 사이에 전쟁이 벌어진 거예요.」

「그게 무슨 말이에요?」

「세바스티앵 돌랭이 한 말이에요. 그는 태고 이래로 두 세력이 서로 맞서 싸워 왔다고 주장했어요.」

「흥미로운 이야기로군요.」

이지도르는 생각에 잠긴 표정으로 방 안을 샅샅이 살펴보았다.

뤼크레스는 책들이 군데군데 빠져 있는 책꽂이를 조사했다.

「이지도르, 조금 전에 하던 얘기 계속해 봐요. 그러니까 유머 기사단 사람들과 다리우스 쪽 사람들이 서로 싸우고 있다는 거죠?」

이지도르는 배낭을 뒤져 비스킷을 찾아내더니 뤼크레스에게 권했다.

그녀는 고개를 가로저으며 물었다.

「정말 여기에서 이런 것을 먹겠다는 거예요?」

그는 비스킷을 입에 넣었다.

「당신의 가설을 더 설명해 봐요, 이지도르.」

그는 입안에 비스킷을 담은 채 말했다.

「당신 말대로 두 집단이 모두 〈프로브〉라는 게임을 하고 있다면, 그 게임은 여기에서 처음 고안되었을 것이고 나중에 다리우스 일당이 모방했을 거예요.」

그는 바닥에 앉았다.

「그래서요?」

「그게 다예요. 지금으로서 내가 할 수 있는 얘기는 그게 다예요.」

「그럼 금고가 열려 있는 것과 이 밀실은요?」

「여기는 유머 기사단이 보물을 감추어 두던 장소일 거예요. 트리스탕 마냐르를 뒤따라온 방문자는 그를 죽이고 보물

405

을 가로챘을 겁니다.」

「그렇다면 어둠의 유머 쪽 사람들이 이긴 거네요.」

「그런 셈이에요. 지금 단계에서는 그렇다고 봐야죠.」

「그런데 당신의 가설에 따르면 어둠의 유머 쪽에는 다리우스와 그의 형제들이 있어요. 하지만 다리우스는 죽었죠.」

「그래서요?」

「유머 기사단의 단원들 가운데 적어도 한 명은 제때에 도주해서 살아남았을 거예요. 혹시 그 생존한 기사가 자기 동지들의 원수를 갚은 것은 아닐까요?」

이지도르는 씹기를 중단하고 말했다.

「여전히 다리우스가 정말 살해되었다고 생각해야 할까요?」

「뭐라고요? 다리우스가 살해되었다고 생각하지 않는다는 거예요?」

「이 단계에서는 어떤 결론도 내리지 않고 있어요.」

「아무튼 우리가 엄청난 사건을 취재하고 있는 것은 분명해요. 〈프로브〉라는 살인 게임이 벌어지고 있고, 당신의 워터 타워와 내 아파트가 파괴되었어요. 그리고 이 섬에서는 대학살이 벌어졌어요. 그 저주받은 파란 목갑을 둘러싸고 두 세력이 물불을 가리지 않고 싸우는 것 같아요.」

이지도르는 안경을 올리고 다른 비스킷들을 찾아내더니 누가 빼앗아 먹기라도 할 것처럼 얼른 베어 물었다.

「정말 맛있는데요.」

그러고는 다시 말했다.

「트리스탕은 여기서 사경을 헤매고 있었는데 어떻게 다리우스를 죽일 수 있었겠어요? 편지를 보내는 데 쓰도록 훈련된 비둘기의 다리에 파란 목갑을 매달아서 보냈을까요?」

그녀는 불만을 드러냈다.

「전서구가 아니라 슬픈 표정의 어릿광대를 보냈겠죠.」

그는 다시 빙그레 웃었다. 그녀를 짜증 나게 하는 미소였다.

「뤼크레스, 나는 취재를 중단하겠어요. 이제 우리가 할 일은 그저 돌아갈 방도를 찾아내는 거예요. 그런 다음 이 시신들에 대해서 경찰에 신고를 해야죠.」

⋯⋯여기서 그만두겠다고? 내가 보기엔 이제부터 진짜 시작인 것 같은데.

그녀는 흥분하지 않으려고 숨을 길게 들이마셨다. 이지도르를 움직이려면 맞서기보다는 요령을 발휘할 필요가 있다는 생각이 들었다.

그녀는 배낭에서 카메라를 꺼내어 사진을 찍기 시작했다.

「이 정도로도 충분히 기사를 쓸 수 있다는 거죠?」

「반은 전부가 아니에요, 뤼크레스. 마지막 열쇠를 수중에 넣지 않는 한 기사를 쓴다 해도 아무 쓸모가 없어요. 그리고 그 마지막 열쇠는 이제 여기에 없어요. 나갑시다. 내 생각에는 유머 기사단의 단원들 일부가 비밀 통로를 이용해서 궁지를 벗어났을 것 같아요.」

그는 두 개의 홰에 다시 불을 붙이고 출구를 찾아 앞장서서 나아갔다. 그녀는 그를 따라갔다. 그들은 별 모양으로 배치된 복도들이 교차하는 지점에 다다랐다.

이지도르가 말했다.

「그들은 분명 여기에서 추격자들을 따돌렸을 거예요.」

그는 각각의 복도 앞에서 횃불을 들고 연기가 어떻게 움직이는지 살펴보았다. 그러고는 한 복도에서만 연기가 빨려 나가는 것을 확인했다. 그들은 그 복도로 나아갔다. 지상으로 올라가는 계단이 나타났다.

그들은 작은 내포에 다다랐다. 고무보트 몇 척이 매여 있었다. 이지도르는 고무보트 한 척을 바다 쪽으로 끌고 갔다.

「트리스탕 마냐르가 당신한테 뭐라고 속삭였어요?」

「집에 돌아가서 돌고래들과 상어를 보살피라고 하던데요. 그리고 날씨가 좋아져서 오늘은 뱃놀이를 하기에 딱 좋을 거라고 했죠. 뤼크레스, 고무보트에 올라타요. 미리 말해 두지만, 나는 이런 배도 몰아 본 적이 없어요. 그러고 보니 배를 부리는 새로운 경험을 계속 당신하고 하게 되네요.」

그녀는 어쩔 수 없이 고무보트에 올라탔다. 그는 시동 줄을 잡아당겼다. 부르릉 하는 시동 소리에 이어 엔진의 규칙적인 소음이 들렸다.

그들은 등대섬을 떠났다.

「그만 숨기고 말해 줘요. 트리스탕이 뭐라고 했어요?」

「취재와는 아무 상관 없어요. 아주 개인적인 얘기거든요.」

그는 한시라도 빨리 브르타뉴 해안으로 돌아가기 위해 엔진의 출력을 최대로 높였다.

87

서기 1314년.

스코틀랜드. 글래스고.

솔로몬 시대의 보물은 스코틀랜드에 마련된 성전 기사단의 기사관에 숨겨져 있다.

그런데 스코틀랜드에 어려운 시기가 닥친다.

잉글랜드군에 맞서 독립 전쟁을 벌이던 스코틀랜드군은 폴커크 전투에서 패한 뒤에 지휘관을 잃는다. 이 전투를 이끈 스코틀랜드의 수호자 윌리엄 월리스는 가까스로 탈출하여 프랑스에 원조를 요청하러 갔다가 스코틀랜드에 돌아와서 체포된다. 그는 잉글랜드 왕 에드워드 2세의 지시에 따라 거열(車裂), 교수형, 궁형(宮刑), 화형, 능지처참, 효수 등 갖가지 극형을 차례로 당한다. 사형 집행자들은 그의 몸을 매달고 사지를 당겨 찢는가 하면, 숨이 끊어지기 직전까지 목을 조르고 생식기를 자르고 내장을 들어내어 그의 면전에서 태우고 목을 베고 몸통을 네 토막으로 자르기도 하고, 잘라 낸 머리를 런던 브리지에 매달아 놓기도 한다.

그 뒤로 스코틀랜드 주민들은 혹독한 탄압을 받는다.

하지만 스코틀랜드의 명문 귀족 로버트 브루스는 프랑스에서 온 성전 기사들, 특히 다비드 발리올의 영향을 받아 다시 저항의 기치를 든다. 새로이 군대를 조직하고 로버트 1세라는 이름으로 왕위에 오른 그는 1314년 6월 23일 배넉번 전투에서 잉글랜드군을 상대로 승리를 거둔다.

하지만 위험은 여전히 남아 있다. 잉글랜드가 스코틀랜드에 대한 종주권을 절대로 포기하지 않을 것이기 때문이다.

다비드 발리올은 로버트 1세에게 잉글랜드의 공격에서 벗어나기 위한 묘책을 제안한다. 프랑스에 생존해 있는 성전 기사들의 도움을 빌려 잉글랜드 왕을 함정에 빠뜨리자는 것이다. 다비드 발리올은 프랑스 왕위의 정통 계승권이 잉글랜드 왕에게 있음을 주장하는 가짜 문서를 작성한다.

「잉글랜드 왕은 이 문서를 근거로 프랑스 왕위를 요구하며 군대를 보낼 것이고, 그러면 스코틀랜드를 공격할 여력이 없을 것입니다.」

이 계략은 기대 이상으로 잘 통한다.

에드워드 2세의 뒤를 이어 잉글랜드의 왕위에 오른 에드워드 3세는 자기가 미남왕 필립의 외손자임을 내세우며 프랑스 왕위에 대한 자신의 권리를 요구한다. 이로써 잉글랜드와 프랑스 사이에 백 년 전쟁이 시작되고, 스코틀랜드는 마침내 한숨을 돌리게 된다.

잉글랜드군은 사정거리가 긴 새로운 활로 무장하고, 무거운 철갑을 두른 프랑스 기병들을 쉽게 물리친다. 아쟁쿠르 전투는 이 신무기를 갖춘 소규모 궁사 부대가 수적으로 훨씬 우세한 중무장 기병대를 제압할 수 있음을 결정적으로 입증한다. 프랑스군의 저항은 끈질기지만 전쟁의 판세는 이내 잉글랜드군의 우세로 돌아간다.

그러자 스코틀랜드인들은 잉글랜드군이 프랑스군을 격파한 뒤에 다시 자기들을 치러 오지 않을까 염려한다.

새로 스코틀랜드의 왕위에 오른 제임스 1세는 다비드 발리올의 조언에 따라 잉글랜드군의 세력을 약화시킬 또 하나의 계략을 꾸민다. 다비드 발리올이 〈짓궂은 장난〉이라 명명한 계략이다.

이 계략은 복잡한 단계를 거쳐 성사된다.

먼저 그들은 프랑스 로렌 지방 동레미 마을로 밀사들을 파견한다. 이 마을 농부의 딸인 잔이라는 순진한 처녀에게 메시지를 전달하기 위해서다. 밀사들은 나무 뒤에 숨어서 커다란 뿔을 확성기로 사용하여 잔에게 말한다. 〈잔, 너는 잉글랜드 침략자들의 손아귀에서 프랑스를 해방시켜야 한다. 이는 너의 소명이다.〉

정말 거창한 장난이었다. 장난을 치는 밀사들조차 웃음을 참느라고 애를 먹었을 정도다.

하지만 반응은 즉시 나타난다. 아주 순진한 시골 처녀인 잔 다르크는 이 장난을 진지하게 받아들인다. 자기가 천사들의 음성을 들었다고 생각한 것이다. 그녀는 놀라운 설득력으로 주위 사람들의 도움을 얻어 마침내 프랑스 왕을 만난다. 당시의 프랑스 왕은 잉글랜드군 때문에 아직 즉위식조차 올리지 못한 샤를 7세다.

그녀는 더없이 진지하게 자기가 하느님의 메시지를 받았다고 주장한다. 샤를 7세는 종교의 힘을 빌려 프랑스군의 사기를 높일 수 있는 기회로 여기고 그녀에게 소규모 기병대의 지휘를 맡긴다. 그녀는 오를레앙을 포위하고 있던 영국군을 격퇴한다. 이로써 전쟁은 새로운 국면을 맞게 된다. 프랑스는 위기에서 벗어나 공세를 강화해 나간다.

잉글랜드 왕은 어쩔 수 없이 원군을 보낸다. 스코틀랜드인들은 이 소식에 환호한다. 다비드 발리올은 구원자로 칭송을 받는다.

다비드 발리올의 계략 덕분에 스코틀랜드는 오랫동안 독립과 평화와 문화적 발전을 향유한다. 제임스 2세 때에 세인트앤드루스 대학이 창설된 것을 시작으로 글래스고, 애버딘 등지에 대학들이 잇달아 설립되고, 제임스 4세 때는 교육법이 반포된다.

한편 프랑스에서 스코틀랜드로 피신한 성전 기사들은 국왕의 허락 아래 새로운 단체를 결성한다. 그들은 주로 기념물이나 건물과 관련된 직업에 종사하고 있으므로 스스로를 프리메이슨, 자유 석공이라 칭한다. 그리고 도제, 장인, 마스터, 그랜드 마스터로 이루어지는 위계 제도를 만든다.

회원 상호 간의 부조와 우애를 추구하는 이 운동과 병행하여 또 하나의 단체가 나타난다. 프리메이슨단보다 더욱 은밀하고 심오한 이 비밀 결사의 회원들은 물질적인 건축물이 아니라 정신의 건물을 세우는 일에 종사하는 사람들이다.

그들의 최고 지도자인 다비드 발리올은 당시로서는 매우 드물게 1백 살을 넘긴 백발노인이다. 그는 솔로몬 시대에 니심 벤 예후다가 했던 일을 본받아 유머 기사단을 창설하고 초대 그랜드 마스터로 선출된다. 유머 기사단은 프리메이슨단보다 한결 은밀하면서도 역동적이다. 이 단체는 매우 효율적인 정보 유통망을 갖추고 있다. 이 유통망의 주된 중개자는 온 유럽의 궁정 광대들이다.

다비드 발리올은 기사단 총본부의 한구석에 〈작은 궤〉를 감춘다. 솔로
몬 시대부터 전해 내려오는 이 목갑에는 〈전제 군주와 현학자와 바보
들에게 맞서기 위한 절대 무기〉가 들어 있다고 한다.

유머 기사단 총본부 편, 『유머 역사 대전』 중에서

88

아침이 밝아 온다. 이제 비는 내리지 않는다.

바닷말 퇴적장 위쪽의 하늘에서 갈매기들이 선회한다.

이지도르와 뤼크레스는 아침 식사를 하기 위해 다시 〈마
리네 크레이프 가게〉에 가서 테이블을 사이에 두고 마주 앉
았다. 뤼크레스는 누텔라크레이프를, 이지도르는 녹차를 주
문했다.

그녀가 한 소리를 했다.

「그런다고 살이 빠지는 게 아니에요. 식사를 거르면 당신
의 몸은 열량 부족에 대비하느라고 다음 식사 때에 지방을
축적할 거예요.」

그는 귓등으로 듣고 있었다.

레이스 커튼 너머로 구급차들이 보였다. 들것에 실린 시
신들을 운반하는 차들이었다.

그들은 지방 치안대의 간부와 협의를 벌인 끝에, 등대섬
의 살인 사건에 관해서 잠정적으로 침묵하기로 했다. 지나치
게 세인의 관심이 쏠리는 것을 피하고 수사를 방해하지 않기
위해서 당분간은 살인 사건이 아니라 단순한 사고라고 말해
야 했다. 이를테면 요트를 타고 뱃놀이를 하던 중에 암초로
둘러싸인 섬에 좌초했다가 난파를 당해서 몰살한 관광객들
을 발견했다는 식으로 말하라는 것이었다.

신원 확인과 부검은 파리가 아니라 렌의 법의학 연구소에서 이루어질 것이었다. 한편으로는 시간을 벌고, 다른 한편으로는 공황 상태가 야기되거나 호기심이 촉발되는 것을 막기 위해서였다.

카르나크 주민들은 광장에 모여 구급차들이 지나가는 것을 바라보고 있었다. 그 느닷없는 사태에 대한 공식적인 설명에 이의를 제기하려는 사람은 아무도 없었다.

브르타뉴의 전통 의상을 차려입은 할머니가 브랜디에 절인 체리크레이프를 내왔다. 뤼크레스가 추가로 시킨 크레이프였다.

노파는 블랙커피가 담긴 포트를 내려놓으면서 몸을 숙이고 속삭였다.

「신부님이 생미셸 예배당에서 보자고 하시네요. 지난번에 내가 데려갔던 곳인데, 원한다면 다시 안내해 줄게요.」

이지도르는 벌써 일어나서 노파를 따라가고 있었다. 뤼크레스는 화를 내며 크레이프를 한입에 삼키고 그들을 따라나섰다.

그들은 지난번과 똑같은 길을 걸었다. 다만 이번에는 날씨가 좋아서 몸을 적시지 않아도 되었다.

그들은 작은 언덕을 올라 하얀 예배당으로 들어갔다. 파스칼 르 게른 신부가 수심 어린 표정으로 그들을 기다리고 있었다. 신부는 대놓고 그들에게서 등을 돌리며 말했다.

「지난번에 내가 얘기하지 않은 게 있어요. 당신들이 그 비밀 결사의 수수께끼를 부분적으로 풀었으니까 이제 이걸 알아야 해요.」

「이미 알고 있습니다.」

신부는 도로 몸을 돌렸다.

「무얼 안다는 거죠?」

「보름 전에 파리에서 사람들이 왔어요. 분홍 정장 차림의 사람들이요.」

「……맞아요.」

「그들은 흥분해 있었고요. 그들 가운데 한 명은 코미디언 다리우스였죠.」

「연예계에 관심이 없어서 잘은 모르지만, 우두머리로 보이는 자가 있었어요. 모두가 그의 말을 따르고 있었죠. 금발의 자그마한 남자였어요.」

뤼크레스는 확실하게 해두는 게 좋겠다 싶어서 물었다.

「오른쪽 눈에 안대를 찼던가요?」

「그래요. 그들은 카르나크 해변으로 가서 보트들을 빌렸어요.」

「몇 명이었죠? 다섯 또는 여섯 명?」

「여섯이었어요.」

「그렇군요. 워즈니악 형제들 세 명하고 경호원 세 명이었을 거예요. 그다음에는 무슨 일이 있었나요?」

신부는 경계심 어린 눈으로 그들을 살폈다

「당신들이 그들과 한패가 아니라는 보장이 있나요?」

「저희가 신고를 해서 구조대가 시신들을 옮겼어요. 피해자들을 마침내 기독교식으로 안장할 수 있게 되었다는 것이죠.」

「그건 아무 증거도 되지 않아요.」

신부는 무언가를 얘기하고 싶어 하면서도 아직 마음을 정하지 못한 눈치였다. 뤼크레스는 다른 사람들의 마음을 여는

데 사용했던 열쇠들이 신부에게는 통하지 않으리라 생각했다. 이지도르가 어떤 열쇠를 찾아낼지 궁금했다.

그녀는 힐난조로 말했다.

「이렇게 말하기를 꺼리실 거면 무엇하러 우리를 부르셨어요?」

이지도르는 신부가 대답할 틈을 주지 않고 생뚱맞게 물었다.

「예수님은 유머에 대해서 어떻게 생각하셨을까요?」

신부는 놀란 기색을 감추지 않았다.

「예수님이 유머에 대해서요?」

「네. 예수님이 어떤 분이었다고 생각하세요? 농담을 즐기시고 벗들과 더불어 웃기를 좋아하시고 재담의 가치를 아는 분이었을까요? 아니면 모두에게 훈계를 일삼는 근엄한 분이었을까요?」

「글쎄요…….」

이지도르는 신부의 대답을 기다리지 않았다.

「예수님은 〈너희는 서로 사랑하라〉 하고 말씀하셨어요. 당시의 풍속에 비추어 볼 때 이건 지독한 유머입니다. 또한 예수님은 간통한 여인에게 돌을 던지려는 사람들을 향하여 말씀하셨죠. 〈너희 가운데 죄 없는 자가 먼저 돌을 던져라.〉 이것 역시 훌륭한 유머입니다. 그런가 하면 이런 말씀도 하셨어요. 〈어찌하여 형제의 눈 속에 있는 티는 보면서 네 눈 속에 있는 들보는 깨닫지 못하느냐?〉라든가 〈행복하여라, 마음이 가난한 사람들! 하늘나라가 그들의 것이다〉 같은 말씀요. 물을 포도주로 바꾸신 일이나 빵 다섯 개를 수백 배로 늘려 5천 명을 먹이신 일은 또 어떻습니까? 제가 보기에 그

415

런 사건들은 〈벗들을 모아 놓고 잔치를 벌이면서 간단한 공연을 하거나 재미있는 이야기를 들려주는 일〉과 비슷합니다.」

신부는 당황한 기색을 보였다.

「우리 주님을 두고 그런 식으로 말하지 말아요. 주님의 집에서는 더더욱 그러면 안 되죠.」

「저는 그분이 듣고 계시다면 제가 이렇게 말하는 것을 허락하시리라 생각하는데요.」

두 남자는 서로 물러서지 않고 버티었다.

「카첸버그 선생, 도대체 무슨 얘기를 하자는 겁니까?」

「아주 오랜 옛날부터 빛의 유머와 어둠의 유머 사이에 전쟁이 있어 왔던 모양입니다. 여기에서도 전투가 벌어졌어요. 저희가 빛의 편에서 싸울 수 있도록 도와주세요.」

그러자 신부의 얼굴에 동요의 빛이 나타났다.

뤼크레스는 이지도르의 머릿속에도 열쇠 꾸러미가 있다고 생각했다. 다만 그는 그녀와 다른 열쇠들을 사용하고 있었다. 그녀는 그의 열쇠가 통하지 않으리라 생각했다. 너무 거창하게 나가는 바람에 신부가 겁을 먹지 않을까 싶었다. 그래서 애초의 용건을 상기시키며 똑 부러지게 말했다.

「아무튼 신부님이 저희를 부르셨잖아요. 대체 무슨 얘기를 하시려고 했던 거죠?」

신부는 눈길을 떨어뜨렸다. 입을 열 눈치였다.

「보름 전이었어요. 분홍 정장을 입은 사람들이 배를 타고 떠난 지 몇 시간이 지나서, 고무보트 10여 척이 카르나크 해변으로 들이닥쳤어요. 50명쯤 되는 사람들이 고무보트들에서 내렸어요. 파리에서 왔다는 사람들하고는 다른 사람들이었죠. 분홍 정장을 입지도 않았고 내가 본 적도 없는 사람들이었어요. 부상자들도 있더군요. 그들은 자기들이 쫓기고 있다고 했어요. 누가 자기들을 죽이려 한다면서 은신처를 찾았죠. 나는 위험에 빠진 사람들을 모른 척할 수가 없었어요. 교회야말로 억압받는 사람들을 위한 성소가 아니겠습니까? 그래서 나는 그들을 숨겨 주었어요.」

이지도르는 고개를 끄덕이고 나서 말했다.

「50명이었다고요? 그렇게 많은 사람들을 한꺼번에 숨겨 주기는 쉽지 않았을 텐데요.」

「우리 예배당 아래 고분 속에 숨겨 주었죠. 그러고 나자 분홍 정장들이 다시 들이닥쳤어요. 그들은 무장을 하고 있었고 자기들의 용건을 감추지 않았어요. 그들이 바로 추격자들이었죠. 그들은 구석구석을 뒤졌어요. 하지만 이곳의 역사도 모르고 있었고 예배당 아래 고분이 있다는 사실도 알아차리지 못했어요. 그래서 나는 도망자들을 그들의 추격에서 벗어나게 해줄 수 있었죠.」

뤼크레스가 물었다.

「그 고분을 볼 수 있을까요?」

신부는 요청을 받아들여 커다란 자물쇠가 달린 문을 열었다. 지하 동굴로 통하는 문이었다.

「우리는 유적이 훼손되는 것을 막기 위해 5년 전부터 이 지하 공간을 관광객들에게 개방하지 않고 있습니다.」

뤼크레스와 이지도르는 돌에 새겨진 그림들을 보았다. 선사 시대 사람들의 자취였다. 중세 사람들이 새겨 놓은 그림들도 보였다.

「나는 도망자들에게 음식을 주고 다친 사람들을 치료해

주었어요.」

「젊은이들이었나요, 노인들이었나요? 아이들도 있었어요?」

「노인들이 많았고 성비는 비슷했어요. 아이들은 없었고요. 그들은 여기에 사흘 동안 머물렀어요. 다들 신경이 날카로워 보이더군요. 패배의 원인을 놓고 서로 말싸움을 벌이기도 했어요.」

이지도르는 휴대 전화기 불빛으로 벽을 비춰 보았다. 그림들이 만화처럼 이어지고 있다. 첫 번째 부조는 왕관을 쓰고 궁궐에 앉아 있는 왕을 나타낸 것이다. 왕의 머리 위쪽에 〈솔로몬〉이라고 쓰여 있다. 왕의 발치에는 용 같은 괴물을 만들고 있는 사람들이 보인다. 그들 가운데 가장 작은 사람의 머리 위쪽에 〈니심 벤 예후다〉라는 이름이 적혀 있다. 용 옆에는 히브리어의 세 글자가 새겨져 있다.

두 번째 부조에는 하나의 궤가 나타나 있는데, 궤의 뚜껑에는 히브리어 글자 대신 그리스어의 세 글자가 적혀 있다. 그 옆으로 토가 차림의 남자가 보인다. 남자가 궤를 열자 주위의 모든 사람들이 웃으면서 죽어 가는 장면이다.

세 번째 부조에는 로마의 한 귀족이 범선을 타고 바다를 건너 어느 항구에 도착하는 장면이 담겨 있다. 그 옆에 새겨진 것은 이 남자가 말을 타고 어느 성당으로 가서 그 지하 동굴에 궤를 감추는 장면이다. 궤의 뚜껑에는 그리스어 대신 〈Hic nunquam legendum est(절대로 읽지 마십시오)〉라는 라틴어 글귀가 적혀 있다.

네 번째 부조에서는 그 궤 근처에 인물들이 쓰러져 있다. 다들 웃음을 머금은 채 눈을 감고 있는 모습이다.

그때 신부가 두 손으로 머리를 감싸며 침통한 목소리로 탄식했다.

「난 몰랐어요!」

「뭘 몰랐다는 건가요?」

「그들의 실체를 모르고 그들을 구해 준 겁니다.」

　신부는 뤼크레스에게 다가가 그녀의 한쪽 팔을 꽉 잡았다.

「나는 GLH가 무엇인지 몰랐어요.」

　다섯 번째 부조에는 예루살렘을 향해 가고 있는 한 기사가 나타나 있다. 기사의 머리 위쪽에 새겨져 있는 이름은 〈다고넷〉이다.

　뤼크레스가 말했다.

「우리는 GLH가 무엇인지 알아냈다고 생각해요. 그건 유머의 전파를 꾀하는 프리메이슨 같은 비밀 결사예요.」

「그들이 나를 속였어요. 나는 그들이 진정 누구인지를 몰랐어요. 그들은 용을 지키는 자들이라고 자처했지만, 알고 보니 그 용을 만들어 낸 자들이었어요. 괴물을 창조해서 먹이고 키우는 자들이었다고요!」

　신부는 갈수록 흥분하고 있었다. 목소리마저 떨리기 시작했다.

「당신들이 가고 난 뒤에 이 부조들을 다시 조사해 봤어요. 내가 익히 보아 온 것들이지만 무언가 다른 의미가 숨어 있을지도 모른다고 생각했죠. 그들은 여기에 해결책이 나와 있는데 자기들이 그것을 깨닫지 못했다고 말했어요. 나는 그들이 무슨 말을 하는지 이해하지 못했어요.」

　신부는 이지도르 쪽으로 가더니 여섯 번째 부조를 가리켰다. 훈족의 왕이 이끄는 군대가 어느 도시를 공격하는 장면이다. 어릿광대로 분장한 남자가 궤의 뚜껑을 열자 훈족의 왕이 바닥에 쓰러진다. 궤의 뚜껑에는 BQT라는 세 글자와 함께 〈Hic nunquam legendum est(절대로 읽지 마십시오)〉라는 문장이 적혀 있다.

「나는 이게 무엇인 줄 몰랐어요. 그저 장식으로 써놓은 글 자들이라고 생각했죠.」

신부는 그 글자들을 입에 올리기도 싫다는 듯 몸서리를 쳤다.

「그러다가 문득 깨달았어요. BQT는 바로…… 벨 크제부 트Bel QzebuTh, 그러니까 사탄의 이름 베엘제불을 조금 다 르게 표기한 것이에요. 이 부조의 장면들을 보세요. GLH 사 람들은 이 궤를 숭배하고 있어요.」

신부의 눈빛이 이글거렸다.

「분홍 정장을 입은 사람들 역시 이 궤를 찾고 있어요. 괴력 을 지닌 이 악마적인 용을 자기들 것으로 만들고 싶은 거죠. 이 장면들을 살펴보세요. 궤의 뚜껑이 열리면 모두가 죽어 요. 그리고 이 사람들의 얼굴을 보세요. 용을 보는 순간 모두 가 미쳐 버리는 것 같지 않아요?」

그는 이지도르의 멱살을 잡고 흔들어 댔다.

「이제 알았을 테니까 BQT에 대해서 더 알려고 하지 말아 요! 당신들 역시 미치고 말 거예요. 그것을 찾아내려 하지 말 아요! 여기서 그만둬요! 포기해요!」

그러더니 뒤로 휙 물러서서 멍한 눈길로 성호를 그어 댔다.

「Vade retro Satanas(사탄아 물러가라)! 당신들 역시 태고 에서 튀어나온 그 우상에 오염되었어요. 당신들은 파리 사람 이니까 파리로 돌아가요! 당신들은 우리에게 불행을 가져올

420

뿐이에요. 당신들은 이교의 우상들을 숭배하고 있어요. 당신들이 무엇을 찾고 있는지 모르지만, 그 악의 화신은 이제 브르타뉴 땅에 없어요. 그것은 당신들의 저주받은 수도, 권력과 불안의 도시에 있어요. 찾더라도 거기 가서 찾아요. 그것 때문에 미치광이가 되어 죽더라도 파리에 가서 죽으라고요!」

89

서기 1450년.

프랑스, 파리.

백 년 전쟁이 끝나 간다. 프랑스인들은 그 어둡고 험한 시대에서 벗어나 축제를 벌이고 싶어 한다.

한 무리의 대학생들이 그런 시대 분위기에 부응하여 고대 로마의 사투르누스 축제를 부활시킨다.

사투르누스 축제는 농경의 신 사투르누스를 기리는 축제였다. 신화에 따르면 사투르누스는 인간들에게 농경을 가르치고 황금시대라 불리는 평화로운 시대를 마련해 주었다. 〈사투르날리아〉, 즉 사투르누스 축제 동안 로마인들은 사회 질서를 뒤바꾸고 방탕한 잔치판을 벌였다. 축제 일에는 모든 것이 거꾸로 돌아갔다. 노예들은 주인들에게 복종할 필요가 없었고 오히려 주인들에게 허물없이 말을 걸거나 거리낌 없이 비판을 가할 수 있었다. 심지어는 주인들의 시중을 받기도 했다. 부모와 자식, 남편과 아내, 위정자와 평민 사이에서도 그런 역전이 이루어졌다. 공개 처형은 금지되었고, 학교와 법원은 문을 닫았으며, 노동은 면제되었다.

프랑스의 대학생들은 그 축제를 프랑스에 맞게 변형하여 〈광대 축제〉라는 이름을 붙인다. 이 의식은 이내 대중의 큰 인기를 얻는다. 한 해에 한 번, 가난하고 힘없는 사람들이 모든 압제에서 벗어나 휴식을 얻고 원한을 푸는 길이 열린 것이다.

해마다 1월 초가 되면 성대한 축제가 열린다. 백성들은 귀족들의 허수아비를 교수대에 매달고 음주 가무를 즐긴다.

하지만 광대 축제의 인기는 교회와 귀족들에게 불안감을 안겨 주기에 이른다. 그들은 민중의 광란이 진짜 폭동으로 변질될 수 있으리라 생각하면서 이 축제를 곱지 않은 눈으로 바라본다. 성직자들은 광대 축제를 금지하는 명령을 잇달아 내리고 1431년 바젤 공의회에서는 축제 참가자들에게 벌금을 부과하는 조치를 의결하기도 한다.

하지만 억압된 감정을 해방시키는 이날을 끝내 포기하고 싶어 하지 않는 일군의 젊은이들이 있으니, 그들은 바로 〈천하태평한 아이들〉이라는 우애 단체에 소속된 파리 대학생들이다.

그들은 예전에도 자기들의 수호성인인 성 미카엘의 축일이 되면 풍자극을 상연하며 위정자들을 조롱했다.

이들의 영향을 받아 성 미카엘 축일은 새로운 광대 축제의 날이 된다. 그들은 노란색과 초록색이 반반씩 들어간 옷을 입고 궁정 광대로 분장한다. 머리에는 딸랑거리는 방울과 당나귀 귀가 달린 모자를 쓰고 손에는 지팡이를 든 차림이다.

기마 경관들은 그들이 매년 모임을 가질 때마다 주저 없이 공격을 가한다. 그 〈천하태평한 아이들〉의 일원인 프랑수아 비용은 유독 말썽을 많이 피우는 대학생이다. 1455년 그는 축제 도중에 사제를 다치게 한다. 이 듬해에는 침입 절도 행위에 가담한다. 그의 공범은 고문을 견디지 못하고 그의 범행을 일러바친다. 그래서 프랑수아 비용은 블루아로 피신하여 오를레앙 공작 샤를 1세의 식객이 된다. 그는 거기에서 「모순 발라드」, 「격언 발라드」, 「잡설 발라드」 같은 장시들을 쓴다.

하지만 프랑수아 비용은 계속 절도 행각을 벌이다가 경찰에 체포된다.

그는 샤틀레 감옥에 갇혀 고문을 당하고 교수형 판결을 받는다. 그는 처형을 기다리면서 「교살당한 자들의 발라드」를 집필한다. 그러던 어느 날 연보라색 외투를 입은 신비로운 남자가 그의 감방을 찾아온다.

「나를 기억하겠는가?」

프랑수아 비용은 상대를 살피다가 환해진 얼굴로 소리친다.

「아! 생각나. 우리 광대 축제에서 만났지? 자네는 기욤 알레시스. 우리가 스코틀랜드인이라고 불렀지.」

사실 방문자는 〈천하태평한 아이들〉의 옛 동지다. 이제는 머리와 수염이 희끗희끗하다.

그들은 서로 끌어안으며 재회의 기쁨을 나눈 뒤에 〈익살과 담쌓고 사는 사람들〉에 맞서 함께 싸웠던 왕년의 호시절을 회상한다.

방문자는 한 가지 계약을 맺자고 제안한다.

「자네의 글재주가 비상하다는 것을 알고 있네. 이제부터는 시만 쓰지 말고 희극을 써보게나.」

「희극은 써본 적이 없는걸. 내가 쓸 수 있을지 모르겠어.」

「삶은 익살스러운데 글은 슬프다는 얘기로군. 그러지 말고 글도 익살스럽게 써보게. 내가 책임지고 자네를 구해 주겠네.」

그 말대로 기욤 알레시스는 1463년 프랑수아 비용을 감옥에서 빼내는 데 성공한다. 프랑수아 비용의 형벌은 교수형에서 10년 동안 파리에서 추방되는 형벌로 감형된다.

그는 파리를 떠나 브르타뉴로 간다. 그때부터 그는 실종자로 간주된다. 공식적으로는 그의 행방을 아는 사람이 아무도 없다. 하지만 그는 기욤 알레시스와 〈천하태평한 아이들〉의 다른 옛 동지들과 함께 브르타뉴의 모처에 숨어 살면서 야심 찬 계획에 착수한다.

그들은 새로운 형태의 희극 공연을 개발하기로 결정한다. 장터에서 상연되는 기존의 소극에 비해 짜임새가 있고 인물들의 심리를 잘 보여 주는 작품들을 만들기로 한 것이다. 여러 명의 저자들로 이루어진 공동 창작단이 프랑수아 비용을 돕기 시작한다. 이제 희극의 걸작이 탄생하는 것은 시간문제다.

1464년, 프랑수아 비용이 기적적으로 감옥에서 풀려난 지 1년 만에 「파틀랭 변호사의 소극」이라는 작품이 출간된다. 민중의 언어로 쓰인 이 작품의 줄거리는 이러하다.

〈파틀랭은 사기 행각을 일삼는 매우 교활한 변호사다. 그는 기회가 있을 때마다 사람들을 속여 먹으려고 한다. 그는 옷감 장수 기욤에게서 고급 옷감을 외상으로 산다. 나중에 기욤이 외상값을 받으러 그의 집에 가보니 그의 아내가 흐느끼고 있다. 파틀랭 변호사가 석 달이 다 되도록 몸져누워 있다는 것이다. 사정이 그러하니 기욤은 외상값 얘기를 꺼내지도 못하고 빈손으로 돌아간다. 얼마 뒤에 양치기 티보가 파틀랭 변호사를 찾아온다. 그는 자기가 주인집 양들을 훔쳤다는 혐의를 받고 있으니 자기를 변호해 달라고 부탁한다. 파틀랭은 거액의 수임료를 받기로 하고 소송에서 이기기 위한 계책을 내놓는다. 세상 물정 모르는 숫보기로 행세하고 어떤 질문을 받든 양처럼 매 하고 대답하라는 것이다. 재판이 열린다. 그런데 공교롭게도 원고가 옷감 장수 기욤이다. 파틀랭 변호사의 계책은 기가 막히게 맞아떨어진다. 티보는 양처럼 매 하고 대답함으로써 순진하고 어수룩한 사람으로 간주된다. 일견 사기꾼이 승리를 거둔 것처럼 보인다. 하지만 파틀랭 변호사가 양치기 티보에게 수임료를 달라고 하자, 티보는 양처럼 매 하고 대답한다. 결국 변호사는 자기 꾀에 자기가 넘어간 꼴이 되고 만다.〉

「파틀랭 변호사의 소극」은 분절된 구성과 복잡한 인물들을 갖춘 프랑스 최초의 희극이다. 이 작품은 통상적인 민중 소극에 비해 훨씬 미묘하고 덜 저속한 방식으로 웃음을 이끌어 낸다.

성공은 즉각적이다. 장터가 아니라 프랑스 전역의 진짜 극장들에서 앞다투어 이 작품을 무대에 올린다.

관계 당국과 성직자들은 이 작품에 암시적인 사회 비판과 기존 체제에 대한 불손한 어조가 담겨 있다고 느낀다. 하지만 딱히 중상이나 명예 훼손이라고 할 만한 것을 집어낼 수 없는지라 공연을 금지시키지 못한다.

이로써 브르타뉴에 은밀하게 정착한 유머 기사단은 민중 소극이라는 웃음의 새로운 매개체를 찾아낸 것이다.

유머 기사단 총본부 편, 『유머 역사 대전』 중에서

90

안개가 너울처럼 붉은 달을 가리고 있다. 에펠 탑의 모든 전등이 반짝거리며 레이저 쇼가 펼쳐진다.

자정이다.

사이드카가 곁달린 모토 구치 오토바이가 다리우스 극장에 인접한 도로에 멈춰 선다.

뤼크레스는 헬멧과 레이싱 슈트를 벗고 등반에 적합한 더 간편한 옷을 입었다.

이지도르는 자기들의 특공 작전에 필요한 장비들을 담은 작은 배낭을 집어 들었다.

뤼크레스는 망원 렌즈를 사용해서 안마당에 주차된 고급 승용차들의 사진을 찍었다.

그런 다음 쇠갈고리를 던져 지붕에 걸고 줄을 타고 올라가기 시작했다. 이지도르는 그녀를 따라갈 수가 없었다.

「미안해요, 뤼크레스, 나는 너무 무거워요.」

뤼크레스는 비아냥조로 말했다.

「아무래도 다이어트를 독하게 해야겠는걸요.」

「그럴 생각이에요. 다이어트도 하고 정신 분석도 받아 보려고요. 그러고 나면 몸도 마음도 바뀌고 인생도 달라지지 않겠어요?」

「진심이에요?」

「거의.」

그는 그녀에게 줄사다리를 던져 주었다. 그녀는 그것을 굴뚝에 고정시키고 그에게 올라오라는 신호를 보냈다.

그녀는 그의 손을 잡아당기면서 마지막 몇 미터를 오르도록 도와주었다.

이윽고 그들은 다리우스 극장의 아연 지붕 위로 올라섰다.

이지도르는 몇 번이나 추락의 고비를 넘겼다. 그녀가 속삭였다.

「고소 공포증 있어요?」

「어디 그것뿐이겠어요? 나는 여기에서 아무 쓸모가 없어요. 이미 말했듯이 나는 당신한테 짐만 될 거예요. 나를 믿지 말아요. 내가 주먹을 날리거나 발길질을 하거나 무기를 사용하리라고는 기대하지 말라고요. 설령 상대가 해로운 자라 해도 마찬가지예요.」

「오케이, 알았어요. 여자들은 일하고 남자들은 쉬는 그 낡은 관행을 답습하겠다 이거죠?」

「사자들의 세계에서도 그래요. 암사자들은 사냥을 하고 수사자들은 기다리죠. 그게 자연의 법칙 아니겠어요?」

「이지도르, 당신한테서 가장 짜증 나는 게 뭔 줄 알아요? 바로 당신의 지식이에요. 당신에게는 언제나 정보가 있어요. 당신은 옳고 나는 틀렸다는 것을 말해 주는 정보요.」

「당신이 옳아요.」

그들은 조심스럽게 아연 지붕 위를 돌아다니다가 뤼크레

스가 첫 잠입 때 사용했던 천창에 다다랐다. 하지만 이번엔 천창에 빗장이 걸려 있었다.

그녀는 배낭에서 연장통을 꺼낸 다음 거기에서 금속 박판 두 개를 찾아내어 천창 틈새로 밀어 넣었다. 그런 다음 미세한 조작을 몇 차례 가하자 자물쇠가 풀렸다. 그녀는 매듭 밧줄을 아래로 던졌다. 그들은 차례로 밧줄을 타고 무대 천장의 좁다란 통로에 내려섰다.

거기에서는 링이 설치된 무대와 객석이 곧장 내려다보였다.

이지도르는 작은 쌍안경으로 객석을 살폈다. 다리우스 걸들이 관객들을 좌석으로 안내하고 있었다.

뤼크레스는 계속 사진을 찍었다.

트럼펫 소리가 울렸다.

타데우시 워즈니악이 완벽한 분홍 정장 차림으로 나타났다. 핏불테리어를 닮은 경호원이 그를 수행하고 있었다. 경호원은 극장 안에 들어서자마자 무대 천장을 올려다보았다.

뤼크레스는 얼른 이지도르의 머리를 낮추었다.

그러고는 카메라의 뷰파인더를 잠망경처럼 사용하여 위험이 지나갔는지를 확인했다. 다행히 경호원은 그들을 볼 수 없는 자리에 가서 앉았다.

음악 소리가 커졌다.

타데우시 워즈니악은 스포트라이트가 비치는 링 위로 올라갔다.

「〈먼저 웃으면 총 맞기〉, 이는 게임의 참으로 멋진 진화입니다. 〈서로 턱 잡고 있다가 먼저 웃으면 뺨 맞기〉라는 전통적인 게임과 러시안룰렛이 진화한 것이니까 말입니다. 우리

427

선수들은 목숨을 걸고 경기에 임합니다. 동기 부여가 확실하지 않다면 그건 도저히 불가능한 일입니다. 승자에게는 1백만 유로의 상금이 수여됩니다. 반면에 패자들에게는 베넬리 MP95E 권총으로 발사되는 22구경 롱 라이플 탄알이 기다리고 있습니다.」

관객들은 즉시 박자에 맞춰 구호를 외쳤다.

「프로브! 프로브! 프로브!」

「아, 참으로 기쁜 일입니다. 오늘 밤에 찾아 주신 관객 여러분들은 유난히 열의가 강하다는 느낌이 듭니다. 덕분에 경기가 더욱 치열해질 것으로 예상됩니다. 오늘은 어떤 프로그램을 준비했는지 궁금하시죠? 다들 만족하시리라 생각합니다. 유명 선수들과 다크호스들이 함께 겨루는 서프라이즈 프로그램을 준비했으니까요. 그러면 먼저 새로운 선수를 여러분께 소개하겠습니다.」

그러자 새틴 망토를 걸친 자그마한 남자가 링으로 올라왔다. 얼굴을 가리고 있는 검은 마스크 아래로 흰 염소수염이 빠져나와 있었다.

「이름이 어떻게 되시죠?」

「진짜 이름요? 자크 뤼스티크입니다. 뤼스티크는 〈쾌활한 사람〉이라는 뜻이죠.」

「아뇨, 예명을 물어본 겁니다.」

「아, 예명이요? 〈말놀이 대장〉입니다.」

「와, 기대가 되는데요, 〈말놀이 대장〉.」

「말놀이라고 다 재미있는 것은 아니죠. 시답잖은 말놀이는 사람들을 바보로 만드니까요.」

「아! 처음부터 세게 나오는군요. 하지만 잠시 참아 줘요,

〈말놀이 대장〉. 힘을 아꼈다가 도전자와 싸워야 하지 않겠어요?」

「네, 도전자와 싸우는 게 주전자와 싸우는 것보다 낫겠죠!」

관객들이 야유를 보내자 그는 정중한 인사로 대답했다.

「좋아요, 아주 좋습니다. 자기 소개 좀 해주시죠.」

「내 메르(어머니)는 쾬피요페르(입주 보모)이고 내 페르(아버지)는 메르(시장)입니다. 그런가 하면 형은 마쇠르(안마사, 내 누이)이고, 삼촌은 탕트(여자 역할을 하는 남성 동성애자, 숙모)죠.」[15]

이번에는 관객들이 노골적으로 조롱을 보냈다. 하지만 자크는 그것에 아랑곳하지 않고, 마치 격려라도 받은 듯 두 팔을 번쩍 들어 올렸다.

「〈말놀이 대장〉과 맞서 싸울 선수는 이미 니스 지역에서 명성이 뜨르르한 프랑키, 일명 〈초록 말똥가리〉입니다.」

말이 끝나기가 무섭게 빨간 머리 젊은이가 링에 올라왔다. 마스크와 망토와 타이츠가 모두 초록색이었다.

그는 링 한복판으로 가서 두 손을 번쩍 들었다.

「〈초록 말똥가리〉 프랑키, 마이크에 대고 말해 보세요. 이 콩바(결투)에 임하는 심정이 어떠한가요?」

「〈콩 바(저열한 바보)〉 하나를 만났다는 느낌이 드는데요.」

그 말에는 관객들이 박수갈채를 보냈다. 타데우시는 흡족한 기색으로 한 손을 들어 올려 관객들을 진정시켰다.

---

15 마쇠르가 masseur일 때는 〈안마사〉이지만 ma sœur일 때는 〈내 누이〉가 된다. 탕트tante는 보통 〈아주머니〉를 뜻하지만 〈남성 동성애자의 여자 역〉을 뜻하기도 한다.

「여러분, 여러분! 우리에게 오랜만에 이런 기회가 찾아왔습니다. 두 선수가 모두 언어유희의 달인을 자처하고 있습니다. 빅토르 위고가 말한 〈정신의 방귀〉를 열심히 뀌는 선수들입니다. 그야말로 방귀 냄새가 진동할 것 같습니다!」

다리우스 걸들이 올라와서 두 선수의 망토를 벗겼다. 그러고는 그들을 각기 팔걸이의자에 앉히고 가죽띠로 손발을 묶었다.

그런 다음 그녀들은 객석으로 돌아가서 좌석 열들 사이로 돌아다니며 판돈을 걷었다. 링 위쪽에 설치된 대형 스크린에 이내 판돈 총액과 배당률이 표시되었다. 〈초록 말똥가리〉에 베팅한 사람들이 다섯 배나 많았다.

이지도르가 말했다.

「마스크를 쓴 것도 그렇고 이름도 그렇고 꼭 프로 레슬러들 같아요. 귀여운데요.」

「귀엽다고요? 몇 분 뒤에는 잔인한 살인극이 벌어질 텐데요.」

「그런데 이걸 꼭 봐야 하나요? 이런다고 BQT가 어디에 있는지 알게 되는 건 아니에요. 우리가 찾는 것은 바로 그거예요. 잊지 말아요, 뤼크레스.」

「아뇨, 내가 찾는 것은 『르 게퇴르 모데른』에 실을 만한 특종 기사예요. 그리고 당신이 찾는 것은 환상 추리 소설의 소재 아닌가요?」

그녀는 여러 장의 사진을 잇달아 찍어 댔다.

「이런 증거를 들이대면 말랑송 경정도 우리의 고발에 이의를 달지 않을 거예요.」

타데우시가 신호를 보냈다. 객석의 조명이 꺼지고, 링을

430

비추는 스포트라이트의 불빛은 더욱 강렬해졌다.

프랑키가 선공에 나섰다. 그는 자신이 창작한 것으로 보이는 짤막하고 제법 효과적인 유머로 포문을 열었다.

〈말놀이 대장〉의 얼굴에 미소가 크게 번졌다. 검류계 수치가 단번에 15까지 올라갔다.

이제 그가 공격할 차례였다. 그는 간단한 언어유희가 포함된 너무나 잘 알려진 우스갯소리를 들고 나왔다.

효과는 미미했다. 프랑키는 거의 웃지 않았다. 20점 만점에 5점이었다.

관객들이 야유를 보냈다. 한쪽에서는 벌써부터 〈프로브〉의 구호가 터져 나왔다.

「웃길래 죽을래!」

하지만 〈말놀이 대장〉은 느긋하게 미소를 머금고 있었다. 프랑키가 다시 유머를 날렸다. 이번에도 15점이었다.

〈말놀이 대장〉의 반격은 처음보다 조금 올라간 7점에 그쳤다.

이지도르가 속삭였다.

「〈말놀이 대장〉 자크가 이길 거예요.」

「〈초록 말똥가리〉 프랑키가 훨씬 재미있는걸요.」

「이건 재미의 문제가 아니에요. 얼마나 마음을 잘 다스리느냐가 중요해요. 자크의 반응은 15에 고정되어 있어요. 그는 이 수치를 절대로 넘어서지 않을 거예요.」

「그의 유머는 한심해요.」

「그래요. 하지만 상대의 반응에 맞춰 조금씩 변화를 주고 있어요.」

「프랑키가 더 젊어요. 더 활기차고요.」

두 선수는 다시 우스갯소리를 주고받았다. 〈말놀이 대장〉은 15선을 유지하면서 상대의 수치를 11로 끌어 올렸다.

그다음 공격과 반격도 비슷한 방식으로 진행되었다.

늙은 코미디언은 관객들이 야유를 하거나 말거나 15에서 버티고 있었고 젊은 코미디언은 관객들의 응원에도 불구하고 공격의 방향을 종잡지 못하고 있었다.

그 순간 뤼크레스는 자기가 사진 찍는 것을 잊고 그 유머 대결에 마음을 빼앗기고 있음을 알아차렸다. 살인 도박이 벌어지고 있음에도 어느새 그것의 진행에 관심을 갖고 있는 것이었다. 그녀는 할 수만 있다면 프랑키의 귀에 대고 진짜 재미있는 이야기들을 귀띔해 주고 싶었다.

이지도르는 아직 그 경기가 얼마나 잔혹한지 모르고 있었지만 그녀와 마찬가지로 공포와 매혹을 동시에 느끼고 있는 듯했다.

〈말놀이 대장〉이 다시 유머를 날렸다. 시답잖은 언어유희가 들어 있는 우스갯소리였다. 상대는 비웃음을 흘렸다. 그 바람에 검류계의 수치가 14로 올라갔다.

여러 관객이 연호했다.

「프랑키! 프랑키!」

다시 〈프로브〉의 구호가 터져 나왔다.

「웃길래 죽을래!」

결투가 길어지고 있었다.

두 선수 모두 20점 만점에 15점을 얻고 있는 상황이라서 승부를 점치기가 쉽지 않았다.

하지만 이지도르가 예상한 대로 늙은 코미디언은 상대의 공격에 안정적으로 대응하고 있었고, 젊은 쪽은 모든 관객이

성원을 보내고 있음에도 식은땀을 흘리기 시작했다.

그때 〈말놀이 대장〉이 앞선 테마들과 동떨어진 성적인 이야기를 꺼냈다.

이지도르가 중얼거렸다.

「아디외 프랑키, 자넨 죽었어.」

반응 수치가 돌연 16으로 올라가더니 17, 18, 19로 빠르게 솟구쳤다.

「빵!」

이지도르가 그렇게 속삭이자마자 총알이 발사되었다.

객석에서 실망의 외침이 터져 나왔다.

다리우스 걸들은 객석을 돌아다니며 배당금을 나눠 주었다. 남다른 통찰력을 발휘하여 희끗희끗한 염소수염의 남자에게 돈을 걸었던 관객들은 조용한 승리의 미소를 지었다.

다른 다리우스 걸들이 무대에 나타나 불운한 도전자의 시신을 치웠다.

타데우시는 다시 무대에 올라가 승자의 결박을 풀어 주고 문신으로 덮인 그의 오른팔을 높이 치켜들었다.

〈말놀이 대장〉은 염소수염을 고양이처럼 쓰다듬었다.

「오늘의 첫 경기는 〈말놀이 대장〉 자크의 승리로 돌아갔습니다. 이로써 자크는 1백만 유로의 상금에 한 발 더 다가섰습니다!」

뤼크레스가 나직하게 중얼거렸다.

「말도 안 돼. 저런 수준의 코미디언이 이기다니!」

「절대로 상대를 과소평가하지 말 것, 그게 모든 대결의 첫째 규칙이죠. 프랑키는 형편없었어요. 상대를 지나치게 과소평가했어요. 나이가 많고, 빤한 유머를 던지고, 단박에

15까지 올라가니까 만만하게 생각했던 거예요. 반면에 자크는 상대의 눈에 가루를 뿌려 함정에 빠뜨렸어요. 먼저 상대를 안심시키고 그다음에 해치운 거죠.」

뤼크레스는 이지도르의 잘난 척에 또 짜증이 났다.

트럼펫 소리 때문에 뤼크레스는 멍한 상태에서 벗어났다.

벌써 타데우시가 다음 경기의 시작을 알리고 있었다. 지난주의 우승자 〈은빛 족제비〉 카티가 은빛 마스크와 망토 차림으로 등장하여 관객들에게 인사를 보냈다. 그녀의 상대인 〈크림즌 테러〉 미미가 소개되었다. 빨간 망토를 두르고 빨간 마스크를 쓴 여자가 나타났다.

이지도르가 속삭였다.

「자, 이렇게 떠들썩할 때 빠져나갑시다. 증거는 충분히 얻었어요.」

하지만 뤼크레스는 얼굴이 창백해진 채 몸이 마비된 것처럼 꼼짝달싹하지 않았다.

「뤼크레스? 괜찮아요?」

그녀는 여전히 꼼짝하지 않았다. 그저 콧방울만 벌름거릴 뿐이었다.

아래쪽 링에서는 누가 먼저 공격할지를 결정하는 제비뽑기가 이루어졌다. 그런 뒤에 보조 요원들은 두 선수를 팔걸이의자에 결박하고 총구가 각 선수의 관자놀이에 닿도록 권총들을 배치했다.

「뤼크레스? 무슨 문제가 있어요?」

그녀는 눈도 깜박이지 않고 한곳을 응시하고 있었다.

〈프로브〉 경기가 시작되었다.

첫 번째 유머는 펭귄들에 관한 이야기였다. 〈크림즌 테러〉의 검류계 수치가 11로 올라갔다.

그녀는 코끼리에 관한 우스갯소리로 응수했다. 효과는 20점 만점에 10점밖에 되지 않았다. 이어서 죽음, 비만증, 간통, 토끼, 농부, 트럭 운전사, 무료 편승 여행자, 의사, 간호사 등에 관한 이야기들이 쏟아져 나왔다.

〈은빛 족제비〉 카티가 우세를 보이고 있었다. 미미의 얼굴에는 굵은 땀방울이 흐르기 시작했다. 카티의 검류계는 14를 가리키고 있는데 상대의 수치는 짧게 요동을 치다가 16으로 접근했다.

미미는 레즈비언에 관한 조크를 날렸다. 효과는 11점에 그쳤다.

객석에서 야유가 터져 나오고, 앞줄에 앉은 관객들이 박자에 맞춰 소리쳤다.

「웃길래 죽을래! 웃길래 죽을래!」

이지도르는 승부를 점치지 않을 수가 없었다.

「이번엔 〈은빛 족제비〉 카티에게 걸겠어요. 기껏해야 두 번 더 공격을 주고받으면 또 다른 사망자가 생겨나겠군요.」

뤼크레스는 여전히 조각상처럼 굳어 버린 채로 아무 대꾸도 하지 않았다.

〈은빛 족제비〉는 천국에 간 두 남자에 관한 긴 이야기를 시작했다. 얼굴에 자신만만한 미소가 어려 있는 것으로 보아 정말 깜짝 놀랄 만한 반전을 감추고 있는 듯했다.

상대는 웃음이 새어 나오는 것을 억누르지 못했다. 이야기가 결말에 다다르자 미미의 수치가 빠르게 올라갔다. 15, 16, 17…… 18…….

관객들은 숨을 죽였다.

그 순간 뤼크레스가 밧줄을 던졌다. 그러고는 그것을 타고 링 한복판으로 쭈르르 미끄러져 내려갔다.

검류계가 19를 가리키려는 찰나, 뤼크레스는 번개 같은 발차기로 권총의 총열을 위쪽으로 돌렸다. 총알은 천장 쪽으로 날아가 스포트라이트 하나를 박살 냈다. 무대의 한 부분이 어둠에 잠겼다.

뤼크레스는 갑작스러운 혼란을 틈타 재빨리 〈크림즌 테러〉의 결박을 풀고 그녀를 백스테이지 쪽으로 데려갔다.

그녀들은 청소 용구 수납장에 숨어서 추격자들의 발소리가 멀어지기를 기다렸다.

두 여자는 놀란 눈길로 서로를 응시했다.

뤼크레스는 거친 숨소리를 힘겹게 억누르고 있었다.

다시 발소리가 들렸다. 분홍 정장들이 돌아와서 분장실들과 통로를 샅샅이 뒤지고 있는 것이었다. 발소리가 다가오고 있었다. 그녀들은 더 이상 달아날 길이 없다는 것을 알고 있었다.

그래도 미미는 힘을 내어 말했다.

「뤼크레스, 고마워, 내 목숨을 살려 줘서.」

뤼크레스는 상대에게서 눈길을 거두고 갈라진 목소리로 대답했다.

「네가 그 뒤에도 계속 유머의 길로 갔는지는 몰랐어. 〈크림즌 테러〉 미미, 아니, 네 이름을 불러 줘야겠지? 마리앙주. 팔에 새긴 문신을 보고 너인 줄 알았지.」

제2권에서 계속

옮긴이 **이세욱** 1962년에 태어나 서울대학교 불어교육과를 졸업하였으며, 현재 전문 번역가로 활동하고 있다. 옮긴 책으로 베르나르 베르베르의 『개미』, 『웃음』, 『신』(공역), 『인간』, 『나무』, 『상대적이며 절대적인 지식의 백과사전』(공역), 『뇌』, 『타나토노트』, 『아버지들의 아버지』, 『천사들의 제국』, 『여행의 책』, 움베르토 에코의 『프라하의 묘지』, 『로아나 여왕의 신비한 불꽃』, 『세상의 바보들에게 웃으면서 화내는 방법』, 『세상 사람들에게 보내는 편지』(카를로 마리아 마르티니 공저), 장클로드 카리에르의 『바야돌리드 논쟁』, 미셸 우엘벡의 『소립자』, 미셸 투르니에의 『황금 구슬』, 카롤린 봉그랑의 『밑줄 긋는 남자』, 브램 스토커의 『드라큘라』, 파트리크 모디아노의 『우리 아빠는 엉뚱해』, 장자크 상페의 『속 깊은 이성 친구』, 에리크 오르세나의 『오래오래』, 『두 해 여름』, 마르셀 에메의 『벽으로 드나드는 남자』, 장크리스토프 그랑제의 『늑대의 제국』, 『검은 선』, 『미세레레』, 드니 게즈의 『머리털자리』 등이 있다.

웃음 1

발행일   2011년 11월 23일 초판 1쇄
          2021년 5월 15일 초판 44쇄
          2024년 10월 15일 신판 1쇄

지은이   베르나르 베르베르
옮긴이   이세욱
발행인   홍예빈
발행처   주식회사 열린책들

경기도 파주시 문발로 253 파주출판도시
전화 031-955-4000 팩스 031-955-4004
www.openbooks.co.kr

Copyright (C) 주식회사 열린책들, 2011, 2024, *Printed in Korea.*
ISBN 978-89-329-2470-0 04860
ISBN 978-89-329-2469-4 (세트)